怒
IKARI
怒り

吉田修一
YOSHIDA SHUICHI
陳嫺若——譯

上

犯案後，男子在現場逗留了六個小時，而且那整段時間幾乎是全裸狀態。這一天，東京的白天氣溫超過三十七度，即使入夜後，也沒降回三十度以下。凶案現場的尾木幸則家，是位於八王子郊外新興住宅區「櫸木山丘」的單戶獨棟建築。南側沒有遮蔽陽光的障礙物，而且夫妻都在外工作，封閉一整天的室內，到了傍晚六點半左右的犯案時間，應該已接近四十度。可以說男子是在蒸氣浴的狀態下，將尾木幸則和里佳子夫妻殺害。事實上，現場地板上驗出許多男子汗漬和夫妻的血跡，還留下男子踩到汗水和血後滑了好幾跤的足跡。即使如此，男子還是沒開窗。所有窗子上都沒有男子的指紋，只有他想開空調的跡象。為了尋找空調開關，從客廳到廚房、走廊所有牆壁的開關，都留下了無數他到處亂按、氣急敗壞的指紋。

尾木家採用的是兼用太陽能板發電的特殊系統，操作上並不困難，但如果不知道順序的話，就連電視機也開不了。男子拚命到處找開關，最後敲了好幾次天花板上的隱藏型空調，破壞了濾網和面板。

命案發生在距今一年前的八月十八日。在立川市內雙葉幼稚園從事保育員工作的尾木里佳子，在下午五點六分走出幼稚園。按慣例在立川車站坐上電車，到達八王子站時是五點半。從錢包裡保留的收據得知，她在車站內的超市買了自製優格時需要的比菲德氏菌種和幾件商品，坐上往橋本車站六點十七分發車的巴士回家。巴士幾乎客滿，但很不巧，該輛公車的駕駛和乘客都沒有提供有用的情報。沒有人記得里佳子在車上，也沒有看到可疑男子的情報。而且，在里佳子下車的「櫸木山丘住宅中央」站，有七、八位乘客下車，但已確定都是附近的住戶。

從里佳子的胃內容物推斷的死亡時間為晚上六點半到七點之間，也就是進屋之後立刻遭到殺害。根據現場跡證，里佳子一到家，還沒來得及打開客廳窗子，男子便按了門鈴。他裝扮成宅配送貨員的可能性極高，里佳子開門，男子闖入。

里佳子的臉頰到下顎，留下猛力被摀住口的瘀痕。推斷是男子在玄關內堵住里佳子的嘴，帶到客廳，合衣狀態下當場勒斃，之後再將她拖到浴室的浴缸。

約兩小時前的下午五點多，在港區新橋網頁設計公司上班的丈夫尾木幸則提早下班。兩星期前，他表示胃部不適，請假後，於新橋站前的「野島診所」接受診療。因為疑似有胃潰瘍的症狀，所以約定了次週星期二做胃鏡檢查。出了診所後，幸則從新橋站返回自己家。當天幸則早退看醫生的事，不確定里佳子知不知情。

幸則大約在里佳子回家後一小時到家。一如往常的自己開鎖，進入屋內。也許是因為室內的熱氣，讓他以為妻子還沒有到家。

在玄關走向客廳的短短走廊上，男子從背後刺中剛到家的幸則。推測男子可能躲在背後的樓梯，在幸則走向客廳時襲擊他。走廊上留下刺中牆壁的刀痕、噴飛的血痕等，都可作為幸則被刺後激烈抵抗的證明。推測此時男子也受了傷。他用以作為凶器的是刃長十八公分的西式菜刀。那是里佳子從網路上訂購，四天前才剛送來的。

男子把滿身是血的幸則和里佳子一樣搬到浴室去。然後，在他行凶的走廊留下血字。他用手指沾了被害人的血寫下了「怒」字。

幸則的屍體並未像里佳子那樣放進浴缸，而是呈ㄑ字型放置在蓮蓬頭下。推斷男子跨立在幸則的屍體上淋浴，將血沖洗掉。

無法確定男子之後在尾木家逗留的六個小時做了什麼事，一樓客廳、廚房，二樓臥室、書房，所有房間都有他路過、並且大翻特翻的跡象。可是夫妻倆平時沒有把現金留在家裡的習慣，最後男子帶走的只有錢包裡的現金。臥室鏡台前里佳子的首飾，和幸則價值三十萬的手錶都丟在地上沒帶走。

很可能在逛過各房間後，男子一直待在廚房裡。警方推測他吃了里佳子當天在超市買的四個裸麥麵包、冰箱裡的火腿、放在碗裡的豆腐細麵和三個芒果，之後就躺到客廳的沙發上。

男子從尾木家出來時，是隔天凌晨一點多，隔兩戶的鄰居村山成子正好帶狗散步回來，目擊到該男子推著幸則的腳踏車出來。她說她向對方道晚安，他則微微點頭。

男子騎上自行車往八王子車站方向，因為未開頭燈騎車，被路檢的巡警叫住。男子順從的下了腳踏車，但趁巡警開始調查登記號碼時，突然丟下腳踏車，往京王八王子站方向逃逸。

第二天，尾木家的犯行敗露，根據當時巡警和村山成子的證詞，製作成精細的合成照片。男子立刻遭到全國通緝。之後，民眾提供了許多有利的情報。不到兩天，便查出男子的身家背景和居住地點。搜查員闖入公寓，但已經人去樓空。

男子的名字叫做山神一也。昭和五十九年生於神奈川縣川崎市，在當地高中畢業後，輾轉換了幾個工作。犯案當時獨居在立川市的公寓。無業。身高一七八公分，體重六十八公斤。

從山神開始逃亡，到本月十八日正好滿一年。直到今天的現在，還沒有任何決定性的目擊消息。

◈

「愛子，沒時間了哦。」

槙洋平對牢牢站在西點蛋糕店展示櫃的女兒叮嚀著。神色口氣中透露出對火車即將發車的著急，與叫不動人的無奈。

愛子沒有回頭只回了一聲「嗯」，女兒還沒決定要買哪一種。站在窄小的通道，不斷與經過的客人擦身相撞。地點是東京車站裡新開設的購物區，許多西式、日式甜品名店都在這裡設櫃，店門前擺了粉紅、紅或橘色的糕點，在洋平看來，就像是釣魚用的浮標。

「愛子。」

洋平再次叫喚。這次愛子回過頭，還特地從排隊的行列中探身出來說：「爸……我還是想選年輪蛋糕。」

「爸爸去拿。」

「沒關係，我自己選。」

陳列櫃前幾個人很自然排成隊伍，專心選蛋糕的愛子可能沒有意識到自己在隊伍裡吧，再稍等一會兒，就輪到愛子了。愛子離開隊伍，走向稍遠的年輪蛋糕架。排在後面穿制服的年輕

ＯＬ，立刻補上空缺，彷彿愛子不存在似的。她與愛子差不多同年吧，披在背上的頭髮閃著光澤，穿著高跟鞋的腳踝到整雙腿的線條都很美。

洋平的目光跟隨著離開隊伍的愛子。原本就是為了這家店出名的年輪蛋糕，才會上門來。愛子已經拿了一盒年輪蛋糕盒，走到排了五、六個人的隊伍最後站著。

「愛子，都說沒時間了，你還……」洋平忍不住招招手，向眼前的ＯＬ拜託：「對不起，我們要趕電車，可不可以讓我們先排？」ＯＬ立刻退後半步。可是陳列櫃後面的店員為難似的插嘴說：「這位客人，真抱歉，能不能請你排隊。」洋平把狀況解釋了。但是他聽到站在行列最後的愛子，難為情的說：「別這樣，爸……」

外房線特急「若潮」號21班次，於十八點整從東京站發車，經一小時四十分橫越房總半島。外房線與前往東京迪士尼的京葉線共用一個月台，不論從東京站丸之內口或八重洲口，都是最遠的位置。中途雖然設有自動式步道，但成人就算快走，也得花十分鐘以上。

終於，愛子小心翼翼的抱著年輪蛋糕盒，與洋平從甜品店走出來。洋平對女兒說道：「好了，我們得快跑，只剩十三分鐘了。」隨即在傍晚尖鋒時段擁擠的車站裡跑起來。每次超過前面的行人時，洋平便回頭確認女兒是否跟上。雖然腳步凌亂，不過總算緊跟著，沒有落後洋平。

來到鋪有自動步道的地下通道，可能上行列車剛剛到站，攜家帶眷從迪士尼回來的旅客，逆向朝他們湧來。不僅往他們方向的自動步道擠滿了人，連往月台的方向也塞住了。

「愛子，走這邊。」洋平朝女兒招招手，沒上自動步道。隱約聽到愛子悠閒的聲音說：

「啊，剛好暑假嘛。」「欸，你說什麼？」他反問時，愛子說：「迪士尼啊。今天這麼擠，肯定是。」興味盎然的看著一家人抱著米老鼠袋子回家的模樣。

洋平再看一次時間，只剩五分鐘。

「愛子！」

洋平叫完女兒，快步跑了出去。穿越步伐緩慢的行人，從長電扶梯往下奔去。他沒有再回頭確認愛子有沒有跟上。一旦趕不上的話，自己先跳進電車，擋住門等著愛子到達就行。也許會被車長責罵，但拖個一分鐘應該勉強混得過去吧。若是趕不上車，特地買的特急對號票就可惜掉了。

最後一道電梯，洋平也用跑的下去。發車鈴在響了，所幸電車還沒動。一回頭，愛子也拚命跟在後面。洋平衝進電車，半個身子退回月台，邊招手「快快！」，「看吧，趕上了。」愛子朝他撲來，跳上了車。

愛子一上車，車門旋即關上。洋平伸手到褲袋想拿出車票確認位子，但不知何時整隻手都汗濕了，在口袋裡掏了半天，就是掏不出車票來。因為這緣故，腋下也跟著出汗。在身旁調整氣息的愛子也一樣，額頭上浮出一粒粒汗珠，瀏海濕透黏住了。

「愛子，第二車廂。」

終於拿出車票的洋平說。

「你買了對號？」

「對啊。所以才跑得這麼辛苦啊。」

他推著愛子的背讓她先走，她的背也被汗濡濕了。身體的火熱與汗的冰冷同時傳到了手心。

自由座車廂乘客稀稀落落的情形已經相當明顯，但好不容易走到的對號座車廂，更只有四、五個乘客。

「愛子，這裡。」

洋平在車廂中央站定，叫住還想往前走的女兒。所有座位全都朝著行進方向，不知為何只有洋平他們的座位轉過來，變成四人對座。洋平想把它扳回去，但愛子說著：「不用了，這麼坐，腳可以伸直。」然後一屁股砰的坐下，呼了一口氣道：「啊，累死我了。」

最後，洋平也在窗邊與愛子對坐。電車還行駛在地下，在螢光燈照耀下，兩父女汗水淋漓的身影映在玻璃窗上。

「爸，晚飯怎麼辦？」

愛子脫了鞋，揉著小腿肚問。

「跟『勝魚』叫份壽司吧？」洋平也把鞋子脫掉，把腳伸到對面的座位。愛子立刻哼著鼻子、皺起臉說：「爸，你的腳好臭。」

滿身大汗的在東京走了大半天，悶在襪子裡的腳趾發起癢來。電車駛出地面的那一刻，夕陽突然射進來，車廂裡變成橘紅色。洋平把目光轉向窗外。從林立在填海土地的巨大工廠後方，可以窺見東京灣。也許是光影的變化，海水漆黑一片，升起滾滾白浪。

與自己成長的濱崎完全不同。洋平出生的港鎮面對宏偉的太平洋，那裡的海儘管也有凶暴的一面，但絕不像眼前東京灣這樣，有種令人畏縮的恐怖。

洋平從黑海白浪的景色轉向車內。背向行進方面倚在窗邊的愛子，略帶哀愁的望著漸行漸遠的東京。

洋平本想找個話題跟她聊聊，但放棄了。他突然覺得自己也能看到現在女兒眼中的景象。

這次愛子偷偷溜出街區，是在四個月前。那天正是附近體育大學的開學典禮。每年，這所大學都會舉辦盛大的開學儀式，在校生會扛著自製的神轎在街上遊行來歡迎新生。

這一天，愛子一如往常，在早市的三崎丸商店打工後，突然失去蹤影。到了晚上沒回來。洋平有點擔心，打電話給三崎丸的老闆娘，「和平常同樣時間回去啦。」她說。洋平頓時有種不祥的預感，又打電話給愛子的堂姐明日香，對方說「今天沒見到，也沒有聯絡。」明日香也擔心起來，立刻打電話到在濱崎車站工作的朋友。十分鐘後回電告訴他「叔叔，愛子好像坐上中午左右的電車耶。」

外房線濱崎站之後只有安房鴨川站。如果有事到安房鴨川，愛子一向會開車去。這麼一想，愛子只有可能坐上上行列車到東京去了。

愛子失蹤了四個月，音訊全無。哦不，只有那麼一次，在春末時節，她傳了簡訊到堂姐明日香的手機。內容只有短短的一句「好吃到爆」，和那天吃的韓國零食照片。

失蹤的第二天，洋平立刻與從前工作過、位於新宿歌舞伎町的非營利保護中心聯絡，請求他們若有看到，務必聯絡他。

今天早上，就在洋平迎接四十七歲生日的這天，保護中心來電通知，說是發現愛子在歌舞伎町的泡泡浴工作。

據早上保護中心打來的電話說，愛子身心都受到極大的創傷，已經住院三天。當然，洋平立刻追問為什麼不馬上跟他聯絡。女職員只是公式化的回答，需以令嬡的身子為重。

根據來電話的職員調查，愛子四個月前離開家之後便前往東京，參觀了新近完成的東京晴空塔、到原宿購物之後來到歌舞伎町。與上次離家時一樣，在遊戲中心玩了好幾小時的電動。後來一個男人向她搭訕「要不要去吃飯？」她便跟著去了。愛子說「他看起來人很好」。男子帶她到歌舞伎町高價鐵板燒餐廳，點了沙朗牛排，又到時髦的酒吧請她喝雞尾酒。「如果還沒決定住處，就去我那兒吧」在男子的邀請下，愛子又跟去了。在男子的公寓住了兩、三天，後來又被他花言巧語騙到泡泡浴上班。

保護中心的職員發現到疑似愛子的行蹤，是來自另一個被男人賣進泡泡浴工作的女孩。那女生逃進該中心時提到一則謠傳，「我聽說別家店也有個笨手笨腳的女人，做得快崩潰了。」仔細打聽之下，得知那女孩二十三歲，來自千葉，體型豐滿，不論什麼樣的客人，她都使出渾身解數的服務。客人們的要求漸漸升級，不斷捉弄她。把她當成搞壞也不在乎的玩具。

保護中心的職員立刻動起來。中心館長花了好幾小時說服那家店的老闆，利用至少帶她去做個健康檢查的藉口，才好不容易跟她見到了面。見面之後，館長立刻把愛子帶到醫院去。

「……就算是今天的那個孩子，下次受不了寂寞，還是會回到這歌舞伎町來。可憐，性器官什麼全都毀得一塌糊塗啊。」

這是洋平今早到中心時，在隔壁房間聽到館長說的話。當然他不知道對方指的是不是愛子。洋平當場握緊了拳頭，但是，他也只能這麼做。

太陽西沉，特急若潮號的車廂內飄蕩著夏日疲憊的氛圍。洋平靠在窗邊，目光轉向正在聽音樂的愛子。

愛子盯著黑暗的窗外。側臉清晰的映在玻璃窗上。

注意到洋平的視線，愛子拉下耳機線，突如其來的說：「晚飯別叫壽司了。我想吃爸爸的飯糰。」

「想吃飯糰還不簡單，回家我馬上做給你吃。」洋平露出微笑。

一張海苔包住男人拳頭大的飯糰，雖然鹽撒得有點多，也沒有包料，可是愛子說「這是爸爸做的菜當中最好吃的一道。」

愛子本想再戴上耳機，突然停下手說：「爸，這就是我之前說過的東方神起。」她把一邊耳機遞出來。

洋平伸手想接過耳機。但是就在快碰到那粉紅色耳機的瞬間，不知為何背脊升起一股寒意。彷彿自己指甲骯髒的粗大手指，會污染了那個與愛子手指相似的物體。

儘管如此，愛子還是不由分說的把耳機塞給他。洋平略略屈著身，把粉紅色耳機插入耳朵。

「聽得見嗎？這是我最喜歡的一首曲子。」

插在耳朵的耳機中只聽得到沙沙的乾澀聲音。然而過了一會兒，終於也聽到男生的歌聲。

「以前是五人組，現在是二人組。還好留下的兩人都是我喜歡的。」

愛子的聲音和歌聲分別從兩個耳朵傳進來。洋平閉上眼，仔細聆聽的話，漸漸可以理解歌詞的內容。

It's time for love, Somebody to love
不再談同樣的愛情　嶄新的我開始向前跑
Somebody to love, Somebody to love
我在尋找愛情
今年　你一定會來到我身邊
我想擁抱　真正的愛

洋平把耳機拉下，「嗯」的點點頭還給愛子。「怎麼樣？」她問，「爸爸聽起來只覺得吵。」

洋平苦笑。可是儘管覺得吵，但那甜膩的歌詞不知為何把他的心擠爛了。

◇

雖然才剛過晚上七點半，但濱崎站的站前廣場已變得零零星星。八月這時期，週末時還有一些來往海水浴場的人潮，但非假日的晚上，一旦站前的旅遊服務中心關了燈，連圓環排班計程車都跑光了。只剩下愛子堂姐明日香開來的輕型車，孤伶伶的停在一旁。

今天傍晚，明日香的手機接到洋平叔傳來的簡訊，上面寫著：「順利與愛子見到面。搭六點的特急帶她回去。」車站到洋平家，就算走路也不用十五分鐘，他也沒有拜託明日香來接，可是在家裡幫獨生子大吾張羅好晚飯之後，不自覺的就開著車來接他們。

明日香打開駕駛座的車窗，點了根菸。太陽下山後，氣溫也下降了些。外面吹進來的風比開了空調的車裡舒服些，點菸的時候手機響起簡訊送達聲。打開一看，是職場裡最近開始上班的新人打來的。明日香回訊：「只要金額相符，明天再做精算作業就行了。今天先回家去吧。」接著又傳了一則「回宿舍時注意安全」。

明日香在濱崎這裡最大的休閒飯店上班。員工幾乎都是從東京調派過來的大學畢業生。想到這一點，曾是不良少女的自己在本地徵才活動中獲得錄取，現在還能升到組長一職，實在充滿感激。剛進公司時，她在一樓的餐廳工作。工作表現受到上面主管的注意，第二年，就被派到飯店的重點設施——豪華ＳＰＡ部門。五年後的現在，她成為該部門的企宣主管。因為這個港鎮很小，居民幾乎沒有人不認識明日香。老人們常會得意的說些搞錯方向的話——「其實那家飯店全靠明日香在運作」，彷彿能一雪當初收買用地時的怨恨。

把香菸揉熄在菸灰缸裡，擋風玻璃前有兩個體育大學女生，穿著合氣道制服，抱著大袋子走上車站的階梯。她們可能剛練習完，走路的步伐拖拉著，彷彿袋子裡裝的是石頭。只是，兩人一進入明亮的車站後，站前又只剩下海面吹來的風聲。

風力又轉強了，明日香關上車窗。已經打烊的食堂前，寫著「營業中」的紅旗猛烈翻飛著。無人來往的站前廣場上，只有那支紅旗在動，明日香因而無法離開目光。

廣播傳送出特急列車到站的通知，遠處響起平交道的鐘聲。明日香還在注視著紅旗。照理說它應被風吹得啪答啪答響，但卻聽不到那個聲音。

特急列車緩緩滑進月台。完全停止後，電車的門打開，乘客陸續下來。原本無人的月台站滿了人，終於像個車站的樣子。

車子停在圓環邊也能看清楚月台上的情景。明日香伸長脖子尋找洋平和愛子的身影，可惜他們並沒有從車上看得見的車廂下來。大概有三十個吧，乘客們從月台搭電梯到樓上剪票口，發車的鈴響了，電車再度緩緩駛動。只有一對夫妻在自動販賣機前站定，一轉眼間，月台又恢復原來清靜的狀態。

走陸橋過來的乘客，現在正走下往站前廣場的樓梯。洋平與愛子很快出現在眼簾。兩人緊靠著一起下樓，但並沒有在交談的樣子。洋平的手上提著愛子的提包。印著粉紅玫瑰花的提包，自然不可能是洋平的東西。

明日香正想按下喇叭，驀地停住了。視線末端是在強風中翻飛的「營業中」紅旗。被強風吹了一整晚，不斷啪答啪答翻飛的這支紅旗，不知為何竟與洋平父女倆的身影一模一樣。

兩人一走到樓梯底，便與其他往公車站牌的乘客們反方向，朝縣道走去。明日香沒按喇叭，駛動車子，緩緩從兩人背後靠近。趕上時，打開副駕駛座的窗口。

「愛子！你幹了什麼好事！害叔叔擔心死了！」

第一句話就劈頭責問。

突如其來的聲音，令兩人停下腳步，惶恐的往車中瞄了瞄。明日香把身體倚向副駕駛座，像為自己的急躁感到羞赧，接著說：「叔叔，你們先上來吧。我送你們。快，愛子也是。」

洋平打開副駕駛座時問道。明日香冷冷的回答：「我今天早班。」

「專程來接我們啊？」

明明從同一側上車就行了，可是愛子卻繞過車子，從駕駛座後面的門上車。兩個人的重量讓車子瞬間沉了一下，從傳過來的感覺，愛子或許比洋平還重。

「愛子，你這丫頭給我老實點。」

明日香立刻踩下油門，從車站前沒什麼作用的紅綠燈下衝過去。

「算了，那些話以後再說。先帶我們回家吧。」

洋平無力的辯護，讓明日香忍不住反駁：「叔叔就是這麼寵著她才……」不過看到後照鏡中愛子疲憊不堪的表情，沒把話說完就吞回去了。

儘管如此，明日香還是從鏡子裡說：「愛子，你聽到沒！」愛子朝上瞥了一眼，小聲囁嚅：「對不起。」

不是叫你道歉好嗎！她反射性的想這麼罵回去，但話卡在喉嚨裡。

車站前的馬路在碼頭前向左大轉彎後，沿著碼頭延伸下去。馬路邊停著一排載了貨櫃的卡車，擋住了海。蒼白的街燈冷冷的照著馬路。有個男子在街燈下騎著自行車。明日香記得那件大熊圖案的T恤，放慢了速度。

騎自行車的是兩個月前開始，在濱崎漁會上班的年輕人田代哲也。可能是跟宿舍的歐巴桑借的自行車，腳長和踏板位置不合，彷彿騎的是三輪車。明日香搖下車窗，魚和海水的腥味頓時撲進車內。

她追過田代哲也的自行車後停下來，後照鏡映出側著頭駛近的田代身影。

「叔叔，你看，是田代。」明日香提醒道。坐在副駕駛座的洋平似乎也注意到了，「哦。」他點點頭，轉過身去。

田代追上車子，把車煞住，略微遲疑著探看車裡。

「剛才去哪兒了？」明日香問。他對洋平點頭招呼：「晚安。」

「下午有什麼事嗎？」

聽到洋平詢問，他答道：「沒有，沒什麼事。……啊，新榮丸船長因為無線電的事來電聯絡。他說請您打電話給他，明天也沒關係。」

「他說了訊號不良，是吧。不過，他那支已經很好了呢。他有說要買新的嗎？」

「不知道。」

明日香交互注視隔著她說話的兩個人。從兩個月前第一次在魚市碰到他，她對田代這個男人的印象一直沒變。要說陰柔也不至於，但也沒有一點霸氣。跟他說個兩三句話，不知為何就有點沒力。聽說最初是突然出現在魚市場，問洋平「有沒有工作可以做？」好好一個年輕人跑到這種地方找工作，當然一定有什麼隱情吧。洋平立刻拒絕了。但是細問之下，才知道他直到不久前都住在信州的度假屋工作，身上帶著履歷表、度假屋老闆夫妻的介紹信。漁會的同事說：「反正能瀨先生辭職，人手不足。」於是告訴他，如果願意打雜的話，倒是沒問題。第二天就讓他來上班了。這兩個月田代認真工作，沒有什麼奇怪的地方。洋平和漁會的人把他當作「正在尋找自我的年輕人」儘管有些驚訝，但也接受了田代。

與洋平對話結束後，田代仍跨在自行車上沒有動。車子龍頭掛著便利商店的塑膠袋，所以不用問也知道。明日香再問：

「剛才去哪兒了？」

「便利商店。」

心知肚明的問題，心知肚明的回答。

「我想也是。那，我們走嘍。晚安。」

明日香踩下油門，後視鏡映出站在原地目送他們的田代。

她把視線轉向前方，車內的後視鏡看得見愛子。停車的時候，她沒看到愛子在幹什麼，不過現在她轉過頭望著遠去的田代。

「叔叔，晚飯吃什麼？」明日香用愛子也聽得見的聲音問。

「哦，看家裡有什麼吧。」

「如果想吃燉菜的話，我家還有，等一下用保鮮盒給你們送過去吧。」

「嗯嗯，謝謝。」

從港邊路經過一條短隧道，進入一條陡急的山路。洋平的家就在半山上。離海雖然很近，但很奇妙的，穿過青苔遍布的隧道後，只有這一角不見海，卻聞得到山的氣息。也許是隧道的緣故，因為這裡到了盛夏依然沁涼，感覺比周圍都要低個一兩度呢，明日香想。

在黑漆漆的家門前停了車，洋平和愛子立刻準備下車。

「愛子，明天到我家來一趟。」明日香叮囑道。愛子沒看她，只是點點頭「嗯」了一聲。後座的位子上有個蛋糕盒。

「愛子，你忘了拿那個吧。」

「啊，對耶。」

「那是什麼？」

「年輪蛋糕。明天，我拿一半去給你。」

謝啦。道了謝，洋平沒等愛子便往門口走去。

明日香在窄路上幾次迴轉調轉車頭。轉到一半，看到愛子還在注視自己，便做個手勢要她「別等了，你先進去。」愛子聽話的進去了。

再迴轉一次，車頭就能轉過來。但是，她突然全身癱軟，腦中浮現出兩人走進家裡的光景——擺滿骯髒塑膠長靴和愛子女鞋的門口，堆在短廊下的紙箱和收納櫃。客廳的佛壇、吊掛著遮住佛壇的兩人衣服、廚房桌上擠滿了杯麵、調味料和零食，多得連玻璃杯都擺不下。

隧道裡駛來一輛車，明日香把方向盤切到一邊。在窄路上交錯的是站前洗衣店老闆的車，她和對方輕輕的舉起手彼此招呼。

這家洗衣店的獨生女麻里，和愛子從小學到高中便一直感情甚篤。麻里高中畢業後，考上東京的大學。聽說去年開始在都內的大型房屋仲介公司上班。麻里出發到東京去時，愛子在車站裡號啕大哭。「週末我會回來啦」，不管麻里怎麼安慰，據說愛子還是難過的大哭不已。

細想之下，自從形影不離的麻里離開後，愛子便漸漸改變了。並不是往不好的方向改變，不妨說原本漁港長大的陽光少女，漸漸轉變為女人了吧。

當地體育大學的那個空手道社社長迷戀上她，正好就是這個時期。那男生剃平頭，石頭般的長相，身高一九〇，總是拖著木屐在這一帶走動。外表看起來凶猛，不過對愛子的心思卻很細膩。好幾次撞見兩人在鎮上的飲料店喝茶，在愛子面前，那男人縮起魁梧的身軀，吃著可愛的蛋糕。

體育大學的空手道社，又是社長，影響力非同小可。成為那男人鍾情的對象，幾乎所有學生都對愛子另眼相待。

愛子的容貌，就算自家親戚再怎麼相挺，也絕對算不上美人。豐滿的體型和溫柔的笑臉當然有她可愛之處，但是還沒那本事成為地方上的女神。只不過，女人的確是種不可思議的生物，仗著自己男人的權威，就會變得魅力非凡。當時，愛子走在鎮上，男學生們都會跟她打招呼。不論在便利商店、便當店，人們都會竊竊私語「那是空手道社長的女友」，那時候，向他們露出微笑的愛子，彷彿也充滿了威嚴。

明日香覺得，那一定是愛子人生中最輝煌的時代。愛子為了去替他比賽加油，一大早起來做便當的幸福模樣，明日香到現在還是難以忘懷。

只是，雖然愛子當時的姿態給她留下鮮明的印象，但不知為何卻想不起當時洋平的態度。洋平究竟是用什麼表情看待這個被男學生們吹捧奉承，走起路來彷彿銀鈴作響的女兒呢？

明日香只記得愛子與男人關係結束後洋平的身影。儘管是清晨，為什麼自己會看到洋平垂著肩膀，走在碼頭邊的背影呢。

愛子與男人的交往持續了半年後，突兀的結束了。把錯歸咎在愛子有生以來，第一次被男人奉承因而得意忘形，也許很簡單。不過，過著半年輕飄飄的日子，不知不覺以為自己真的比原本的自己好，其實也是人之常情。

愛子跟找自己搭訕的其他學生睡了，地點在學生宿舍的房間。劈腿立刻被揭發。空手道社長大發雷霆，在愛子面前展現從未露出的男性另一面。

愛子被狠狠修理了一頓。明日香在港邊看到的洋平，是第二天早上從醫院回來時的背影。

洋平與愛子並沒有控告那男人。與學校方面商量之後，選擇了和解作為解決方式。男子被處以退學處分，離開了這個小鎮。

再美味的水果，一旦有了小傷便腐敗得很快。男人離去，閒話也流傳開來。愛子從「空手道社長的可愛女友」變成「早市裡的胖子」，再加上背叛愛她的男人這個事實，在體育掛的年輕男學生眼中，她成了骯髒的東西。

距今三年前，接到洋平的電話，說愛子突然離家出走時，明日香心底覺得「也好」。本以為愛子自己肯定無法扭轉一切，因而為她離開這個鎮感到欣喜。就因為如此，看到洋平一臉憔悴，她總是安慰他，沒有聯絡就是平安的意思。直到幾個月前一位自稱歌舞伎町公益團體的女子打電話來說「已將在泡泡浴打工的愛子收容進來」。

◇

暑假接近尾聲。濱崎港碼頭邊坐著一排來釣魚的老少一家人，他們從停在港邊的車子拿出各自的釣竿和魚餌，孩子們在父親的教導下垂下釣魚線，擔心日曬的母親們用毛巾包住頭臉，蹲在車子延伸出的短短日蔭處。

濱崎港雖然瀕臨太平洋，但由於有防波堤阻擋，幾乎看不見浪。從港邊凝視海水，看得見竹筴魚在游動。運氣好的話，也能釣到沙鮻或七星鱸魚。

碼頭上赤辣辣的陽光射得人睜不開眼，把目光轉向背後，清晨作業已然結束的魚市場空無一人，形成如洞窟般的陰暗日蔭。當然，那裡嚴格禁止釣客進入。但它既沒拉起繩子，還有很多野貓在睡午覺。所以釣客也不以為意的在其中穿梭來去。

不管哪個港口都一樣，走在碼頭有種獨特的氣味。暖熱的海風、生魚、貓尿，還有夏天的陽光，這些氣味混合在一起，舒服又刺激的交互向鼻子襲來。

愛子在歌舞伎町工作的時候，經常也會聞到彷彿相同的氣味。當然，在都會正中央不可能有港口的氣味。但在泡泡浴的準備室等客人、送客人出去，然後回宿舍上下鋪睡覺時，不知為何都會聞到這種味道。

愛子望著釣客們的成果，緩緩走在光線反射刺眼的碼頭邊。走出家門不到十分鐘，脖子冒出的汗便已流到胸口。正好一個男孩釣到了竹筴魚，發出歡呼。愛子不自覺走近去。難怪這麼高興，釣魚線的末端掛著四條竹筴魚。

男孩炫耀的把魚提給她看，愛子對他說：「真厲害呢。」然後往漁會走去。從東京回來已經一星期了。她又開始在早市裡工作，中午前像這樣給父親送便當，過著和從前一樣的生活。

望著並排停在船塢的漁船，走出碼頭，愛子往漁會大樓走去。等了一輛車經過後，穿過窄小的車道。三層樓的漁會大樓窗口上，貼著用一個個手寫字母組成的舊標語「存款請到漁會」。

愛子注視著二樓的窗口向它走去。大門右側有張長椅，那個男人一如往常的坐在那裡。她雖然知道，但不敢把眼光轉向他。這兩三天，愛子一直採取這種態度。

坐在長椅上的是兩個月前才來到這小鎮的男子，田代哲也。愛子從東京回來的那晚，坐明日香的車回家的路上，在碼頭邊遇到的男子。

這個時間，田代一向在這張長椅上吃便當。愛子有些納悶，幹嘛要在這麼熱的地方吃便當呢？在開了冷氣的辦公室吃多好。但對方沒向她打招呼，所以愛子也不好主動說什麼。就在愛子看著二樓窗口，一如往常走進漁會大樓時。

「那個，」長椅上的人開口了。

愛子大吃一驚，她沒把眼光轉向長椅，而是港口。

「那個，槙先生今天不在。」

田代立刻又接著說了。愛子轉過身看向長椅。田代一手拿著便當盒，一手拿著筷子，眨也不眨的瞧著愛子。

「我爸爸不在嗎？」愛子發出有點撒嬌的聲音。

「不在。槙先生現在去勝浦還卡車去了。」

說完，田代又開始吃便當。他的筷子用得很粗魯，看起來像是刺進便當盒。愛子覺得那動作太不可思議，忍不住看得出神。

「你為什麼總是在這裡吃飯？」愛子問出她心裡多日來的疑惑。田代站在稍遠處，一面用牙籤檢視便當裡的東西。

「一直待在冷氣房，頭會很痛。」

田代答道，用筷子插進燉海帶。愛子又走近一步。便當裡是滷海帶、青菜，魚板、醬菜、羊栖菜，看起來黑呼呼的。白飯和菜餚的冰涼，甚至傳到愛子的嘴裡來。

「你認識我嗎？」愛子歪著頭問道。

田代有點吃驚的抬起臉，「嗯嗯」的點點頭，好像在說「這還用說嗎」，似乎有點不高興。

「你生什麼氣嘛！」愛子顯得困惑。

「我沒生氣啊。」田代短促回答。

漁會大門打開，上原婆婆像要支撐折彎的背似的，從裡面推著推車出來。

「欸？小愛，你什麼時候回來的？」

婆婆注意到愛子，停下步伐。

「啊，婆婆，天氣好熱哦。」愛子微笑。

「你什麼時候回來的？」

「大概一個星期前。」

「你去哪兒啦？」

「東京。」

「東京？去東京幹什麼？」

婆婆一邊向愛子問話，眼睛則飄向背後的田代，皺起了臉。「小子，怎麼又坐在那麼熱的地方。」

「啊，對喔。田代先生在上原婆婆家裡租房子住對吧。」愛子說。話一出口，立刻意識到對方就會知道自己知道他的名字和住處，有點慌張。

「妳今天是來？」婆婆又轉回來問愛子。

「給我爸爸送便當。」

「妳每天都來送啊？」

「對。」

「既然這樣，就幫田代也做個便當吧。一人份和兩人份沒什麼差別嘛。我這種老人家做的菜，年輕人吃起來不夠味。」

愛子回頭看看田代。本以為他至少會說「沒有那回事」，但他若無其事的繼續吃便當。

上原婆婆繼續把推車推到車道上，靠著樓房屋簷下的小小日蔭處往前走。

愛子目送她的背影後，倏地轉身問田代：「要做嗎？」田代楞了一下，立刻明白了意思。但是，既沒說好也沒說不用。

愛子站在那兒注視田代好一會兒，問著：「要看嗎？」

「什麼？」

抬起臉的田代，嘴唇上黏著海苔。

「我做的便當。我爸爸愛吃肉和炸物，所以比你那個份量更大。」

愛子再次瞄著田代的便當。不知不覺間，白飯和菜都只剩一半了。

田代並沒有說想看，但愛子還是動手打開便當盒。因為站著解不開手帕結，所以走到田代身邊坐下。一坐下就發現自己的大腿脹成兩倍大，立刻用便當盒蓋住。這麼坐著，才發現海上吹來的風好舒服，也了解田代想坐在這裡吃便當的心情。

愛子解開手帕，掀起便當盒蓋。有炸雞塊、炸蝦、肉丸、蛋捲，白飯上則灑了魩仔魚酥。

愛子轉頭看身邊的田代。他明明沒什麼興趣，卻盯著便當裡的菜看個不停。

「這個給你。」愛子用手指捏了一塊炸雞，放進田代的便當盒。

「可以嗎？」

「可以啊。」

田代又是粗魯的用筷子刺進去，一口放進嘴裡。還聽得到嘴巴咀嚼的聲音，肉和唾液咕滋咕滋的混合在一起。

「明天開始幫你做。反正做一個做兩個都一樣。」

「那我付你便當費。」

「你現在付上原婆婆多少錢？」

「一個月四千。」

「那你給我三千就行了。兩人份的材料費幾乎一樣。」

愛子看著田代的嘴邊，炸雞的油把嘴唇沾得油亮亮的。

◇

明日香從自家車庫開了車出門，給在碼頭釣魚的兒子大吾送便當。打了手機確認時，跟兒子在一起的，只有同一個足球隊的翔太和亮兩人。所以，她把三人份的飯團和簡單的配菜塞進盒子裡。早上讓他帶了裝麥茶的水壺去，應該喝完了。現在再煮還得花時間等它涼，所以在路上的便利商店買了一．五公升裝的烏龍茶。

三個人沒在碼頭，而是站在防波堤的末端。她老是提醒兒子，沒有認識的大人在不可以進去。可是已經念高二的翔太哥哥也在那裡，三個人討論的結果，認為高中生已經算是大人了。

光是從沒有日影的防波堤走到盡頭，明日香的額頭就已經流下汗來。不但陽光熱辣，地面又是混凝土，所以腳邊不斷升起熱風。

明日香把便當交給在盡頭垂釣的三人，又把五百元硬幣塞進大吾的手「烏龍茶喝完的話，去那邊自動販賣機買果汁喝哦。」

從防波堤走回來，正要鑽進停在陰涼處的車時，一眼瞥見漁會門口的愛子和田代哲也。這麼個大熱天，兩人並肩坐在外面的長椅。

明日香鑽進車裡，倒車出碼頭。可能因為速度過快，釣客們一齊把目光轉向她。她倒車回到車道，並且繼續倒著行駛到漁會前面。

明日香踩下煞車，搖下駕駛座的窗口。兩人一副發生什麼事的表情，注視著突然倒駛過來的車。

「這麼熱的天，坐在那裡幹什麼？」明日香招呼道。愛子白皙的大腿在陽光曝曬下，更顯得肥壯。

「我給爸爸送便當。」回答的是愛子。仔細一瞧，田代的腿上也放著剛吃的便當。看他們沒想再說下去的意思，明日香應了一句「這樣！」便踩下油門。可是瞬間，她有種把手插進愛子汗涔涔的大腿間的噁心感受。

「田代，這個星期六如果有空的話，再來看大吾他們踢足球吧。」

明日香似要填補沉默般的這麼說。田代輕輕從長椅站起來，短促的回答：「好啊。」

「真的嗎？大吾他們會很高興。」

田代沒向明日香和愛子招呼，拿起便當盒就想走回漁會大樓。

「幾點能來？」明日香對著背影說。

「什麼時候都行。」

田代站定，有點駝著背轉過身。

「那麼，九點左右來吧。中午有些孩子要去補習。」

田代無言的點點頭，走進大樓。

田代這個男人彷彿像一個人，但又說不出所以然。比方說，這濱崎小鎮上，一到夏天就會有許多到海水浴場玩水的旅客。在明日香工作的飯店裡住宿的旅客幾乎都是。但除此之外，連釣客用的民宿、渡假村、露營場，只要是夏天就像變了個地方。田代給人的印象，也許就類似這種弄潮的旅客，簡單的說，就是路人的臉。明明在這裡，卻好像已經不在了。心裡明白只要夏天結束他就會不見，所以才會有這種感覺吧，還是是因為對方也抱著夏天結束就要消失的心思呢？

視野的一角，瞄到愛子站起來。明日香呆滯的目光從熱氣薰蒸的馬路轉回來，問愛子：「你跟田代說些什麼？」

「沒什麼。」

愛子的手上也有便當盒。

「叔叔的便當嗎？」明日香問著極其理所當然的事。「嗯，爸爸的便當。」愛子也回應了一句極其理所當然的答案。

明日香看著愛子走進漁會大樓的背影。迷你裙的裙腰塞滿了脂肪。圓呼呼的腳踝下，銀絲編織的小涼鞋似乎發出了哀鳴。

❖

一手拿著莫希托酒，藤田優馬開始穿過人潮混雜的舞池。巨大的揚聲器大音量放出的重低音，直接從地板迴盪到心臟。上半身的赤裸胸口和背已被海風、汗水和砂弄得黏答答的。只要從赤膊跳舞男人之間穿過時，身體廝磨，便會互相傳遞別人的汗和體溫。

曲子換上了魔力紅的〈Moves Like Jagger〉，優馬停下腳步。去年這項活動接近尾聲時，也是放這條熱門流行曲。

優馬當下立刻與人擦撞的舞動起來，也不管手上的酒是否溢出。半裸男人們全都發出近乎鬼叫的聲音，但在巨大音箱放出的音樂前，完全被抹去。開始舞動的優馬，產生了一種恍惚感，彷彿是在靜默無聲裡扭動身軀。

八月最後一個週六，在鎌倉海岸特設的度假小屋舉行的這項活動，已成了夏日結束前的例行公事。每年都有上千人參加。

一開始跳舞，汗水立刻從全身滴落。背上淋著身後舞男的汗水，自己的汗則撒在前面舞男的肩。越過肩膀，他看到剛才在海灘上招呼自己的男人。他似乎發現了自己，緩緩的擠過來。幾個月前，他們在推特上互加關注，但實際上一直到剛才才第一次見面。優馬最初是上傳一張肌力鍛鍊後的手臂照片，隨便在推特上發了一句：「想讓手臂再練粗一點」時，對方留了言。此後幾天，彼此都上傳當天吃的餐點照片，互相給予「好像很好吃」或「我知道那家店」等留言，自然而然留下「下次見個面吧」「好哇」的對話，但沒多久就漸漸淡掉了。由於對方用的大頭照是個他還滿順眼的男人臉，所以今天那人叫他時，優馬還記得他。只是，實際見了面後，雖然他與大頭照的印象並沒有太大的差別，卻有種點了杯冰可樂，喝到時卻不冰那種難以形容的失望感。

看那一身汗的男人走近來，優馬刻意把背轉向他。手上的酒已經灑掉一半多，弄濕了自己的肚子和泳褲。

下一秒鐘，他感覺到那個男人汗涔涔的胸口貼上他的背。優馬假裝沒注意的走出去，離開舞池，走到同伴克弘等人所在的海灘遮陽傘下。

太陽已經西沉，海上的風拂遍沙灘。優馬脫去拖鞋，享受沙子撓著腳趾間的觸感。

四處張立的遮陽傘下，全是像優馬這類的男人。大家都笑得開心極了。的確，瘦骨如柴或是三層肥油的人都別想參加這種活動。這些人無不展現美而發達的胸肌和精瘦的腹肌，炫耀自己是多麼享受此刻的愉悅。那些肉體和陽剛一再刺激著優馬的性欲，但是那種新鮮感只有一瞬間。他們應該也像自己或克弘那樣，天天在交友社群軟體上尋找男人，一到週末，便和還看得上眼的男人來場還算像樣的性愛，然後又開始來往於職場和家裡的生活。一想到這，聽到他們的笑聲越是響亮，與其把他們當成性對象，更想去拍拍他們的肩說「要不要一起玩嘛。」

克弘等人坐在接近海潮邊的遮陽傘下。他們和其他傘下的男人一樣，熱烈談著幾個月前一起去觀賞的女神卡卡現場演唱會。

「明哥說他想回去了。」

傘下的克弘對他說道。「欸！不玩了嗎？」優馬慌張問道。

「明哥說，好像得勉強做出很歡樂的樣子，他覺得很累。」

「哎，再多待一會兒嘛。我不是不明白明哥的心情，因為我也是到了自爽自樂的等級，才能裝得出歡樂的樣子耶。真的，我沒開玩笑。明哥也再忍耐一會兒嘛。」

為了勸住明哥才急中生智想出來的話。不過，優馬仔細一想，也許真是如此。

但是最後還是按照明哥的意思，在即將進入最高潮的八點前回到都內。他們是可以把纏人又麻煩的明哥先送回家，但這麼一來連回去的工具都沒了，所以優馬、克弘，把在舞池泡沫噴射區噴得滿身泡沫的大貴也拉出來，坐進明哥的賓士。

「優馬，等會兒你要做什麼？」

坐在駕駛座的克弘問道。「什麼意思？」優馬回問。

「明哥和我要去新宿。」

聽了克弘的話，跳得精疲力盡、望著窗外發楞的大貴立刻接著說：「那我也要去。」

「我就不跟了。」優馬回答。

雖然已經先洗過澡了，但在空調中風乾的皮膚還黏著海水的氣味。

「你跟別人有約嗎？」

利用導航確認到達時間的克弘問道。「唔——，約會嗎，沒有啊。」優馬回答。

「啊，你是不是在會場上跟誰約好等一下見面？哦，那個在ＩＢＭ上班的傢伙？」

克弘興趣十足的轉過頭問。

「你說直人？不是不是。我跟他現在只是一起吃午飯，再去吃流行甜點的朋友。跟色情完全扯不上邊……我最近天天加班，所以今晚才想待在家裡輕鬆一下。」

一直在車道上奔馳超車的明哥，到這時才放慢速度變換車道。

「優馬的工作需要常加班嗎？」

被明哥一問，優馬皺起眉頭說：「最近真的加了不少。」

「大型通訊產業都是這樣。不過，也不錯嘛，公司內部的氣氛不是對同志很友善嗎？」明哥從後照鏡裡問道。

「還好。公司裡的確有團體辦那類型的活動，不過我在公司還沒出櫃。」默默聽著優馬說話，依然呆望窗外的大貴嘆氣說：「真不錯啊，優馬的公司。就算萬一被發現了也不用緊張。像我們那種小公司，若是被發現我今天一身泡沫，立刻開除呢。」

半途下了高速公路，明哥說送大家到自家所在的櫻新町。優馬婉拒，最後一個人在新宿站西口前下車。下車時克弘還調侃他：「你等一下果然要跟誰見面吧。」他只「嘿嘿」兩聲，目送轎車離去。

時間剛過九點半，新宿街頭還是人潮擁擠。才一下車，街上的熱氣就逼出了汗。優馬走進開了冷氣的車站裡，傳了簡訊給嫂嫂友香。

「還在醫院？」才剛傳去，立刻就來了回訊。

「對不起，今天有點事去不了了。看護師聯絡我說，沒什麼好擔心的。」

優馬輕輕嘆了口氣。往小田急線車站走去。

現在，母親貴子住的安寧病房，位於小田急狛江站走路十分鐘左右的地點，再走幾步就是多摩川，但河上的恬靜傳送不到病房內。

醫師宣告，母親貴子還剩三個月可活。一年半前在胰臟發現了癌，此後做了各種繞道手術，將轉移到胃、腸、腎臟的部分一一割除，以救活命。

大約一個月前，從原本就診的綜合醫院介紹到這家照護癌末病患素有好評的療養醫院。當初，母親聽到轉院以為就代表要去等死，因此堅決反對。但是都有工作的兩個兒子，和家有幼兒的嫂嫂無法二十四小時輪流待在病房照顧，因而最終在主治醫生和護士的勸慰下，才終於點頭同意轉院。

以現在的病況來說，有時她能看著電視哈哈大笑，但有時夜裡疼痛得不斷嘔吐。精神看起來不錯，卻曾說出語意不詳的話，嚇壞周圍的人。根據主治醫生的解釋，那是腎功能障礙導致毒素開始流入身體內，一般來說差不多該使用強力的止痛藥，但這也表示意識清醒的時間會越來越少。

在狛江車站前的超市買了桃子，往醫院走去。結構雖古老，卻沒有一般醫院的感覺，反倒令人想起度假勝地的老飯店。基本上，二十四小時都接受探訪，所以儘管電燈已經關了，還是可以從大門進入。以前住的綜合醫院，只有分秒必爭的集中治療室旁有夜間櫃台，必須從那裡進門。

病房在三樓，從電梯出來時，正好與負責的護理長飯野正面相遇。「謝謝你對我母親的關照。」一見到低頭道謝的優馬，護理長回應：「哦，她剛才還在看電視呢，現在吃了藥睡著了。」護理長是位體態優雅的女子，手指等處圓潤豐滿。

「這樣啊。」

優馬正要跨出步伐，飯野又叫住他：「啊，對了。剛才跟你母親在聊天，她說你三十二歲，是嗎？」

「嗄？」

「我們大家都以為你才二十幾歲，嚇了一大跳呢。」

「我看起來那麼年輕嗎？」

「對啊。說你是學生都有人相信。」

「哎，哪有這回事。」

優馬不覺有點樂。飯野笑說：「咦，我可不是在誇你哦，是說你沒有威儀啦。」

雖然不知道她是玩笑還是真心，可是飯野這種輕鬆的調調，整個醫院都有。母親現在也對轉院之事感到高興。

與飯野道別後，優馬靜靜的打開病房的門。臉還腫了一倍大的母親弓著身體睡著了。腹部和背都裝了人工肛門用的袋子，所以只好以這種姿勢入睡。

「媽。」優馬小聲的輕喚，但是母親全然沒有醒來的跡象，只有近乎打鼾的規律鼻息聲。

優馬在鐵管椅坐下，拿出手機，發了推文：「回家中。今年鎌倉的海濱派對也很好玩！」望著母親睡臉好一會兒後，陸續有留言進來：「累了吧！」、「找了你半天呢！你跑到哪兒去了？」、「我朋友說優馬是他喜歡的型w」

吃了兩顆買來的桃子，母親醒了。不知道是不是睡迷糊了，突然說：「會再多待會兒嗎？」優馬接道：「嗯，會啊。」母親可能做了個悲傷的夢吧，窺探到她的眼角被淚水沾濕了。優馬抽了面紙想幫她擦淚。母親接了過去，壓在自己眼邊說：「沒關係。」

「對不起，吵醒你了？」優馬道歉。

「什麼時候來的？」

「剛才，大概來了十五分鐘吧。」

「對了，十一月去洗溫泉，好像是第一次單獨跟你一起去吧？」

「嗯？哦，的確是第一次。」

「去秋田嗎？不對不對，是青森。」

「對，青森。」

優馬點頭說，母親也深深點頭回應，她的目光失去焦點，漸漸闔上眼瞼。優馬從母親手中接過面紙。

他不記得與母親約好去溫泉。她並不是說夢話，因為意識並沒有混雜不清。

母親沉沉入睡後，優馬坐著伸了個懶腰。病房裡四處巡了一下，並沒有可以打發時間用的雜誌和報紙。

優馬打發無聊，拿出手機，打開交友軟體。只用手指頭輕撥一下，男人們的照片和個資就在眼前一一掃過。用年齡、體型、嗜好、喜愛的性愛等條件進去搜尋，漸漸從幾萬名註冊者中篩選出來。有人上傳的是上半身赤裸的照片，也有人列出喜歡的音樂。雖然已是常有的事，不過像這樣瀏覽網頁，只要想到隨時都能跟所有會員見面，就喜不自勝。但相反的，與全體會員都能見面的意思，就等於「跟誰」也見不到面。

優馬打開自己的簡歷欄。這幾小時之間，又有兩位會員表示「有興趣」。立刻查看，可惜兩人與他的興趣都不投合。

那時，母親翻了個身，優馬走出病房。在沉睡的母親身邊找男人，還是有些難為情。坐在走廊長椅上開始搜尋有沒有新的註冊者。

在走廊長椅上待了兩小時的優馬，最後在母親枕邊留下「明天傍晚再來」的字條後，離開醫院。

從醫院回到自己獨居的公寓，搭計程車比坐電車更方便。他往狛江站走去，想在站前招車。到達車站時，是十二點十五分左右，來到計程車招呼站，優馬停下腳步。

海濱派對的興奮餘溫還殘留在體內，而且在醫院長椅上一直瀏覽著半裸男人的照片，優馬跑上往新宿終班電車進站廣播的月台。

他並沒有決定回新宿後要做些什麼。有點打算跟在某個酒吧流連的克弘他們會合，他只是不想直接回到自己家去。

所幸，趕上電車了。往新宿的終班電車相當擠，優馬靠在門邊，望著快速閃過的世田谷街景，一面把耳機塞入耳朵。放出來的是阿黛爾的曲子。

每站皆停的終班車，悠哉的往新宿前進。成城學園前、經堂、豪德寺、下北澤、代代木上原、南新宿，雖然沒有在這條路線上生活過，但有回憶的車站很多。當然，回憶都跟男人有關。

可是即使他能想得出每站下車的情景、對方公寓的陳設和時期，但不知為何，那些男人的長相這種關鍵處，卻一點也想不起來。心想，以前我到底跟哪些人做過呢？甚至懷疑自己會不會沒有發現對手都是同一人，只是在不同的車站下車，做著種種不同的性愛呢？

電車到達新宿站月台時，他決定了接下來要往哪裡去。雖然去克弘所在的酒吧應該可以歡樂到天亮；經過下北澤附近時，海濱派對上認識的男人傳了簡訊來約他。但他都沒想去。出了新宿站的優馬，走在充滿夏日氣息的街上，朝著目的地而去。

每次來到這個地點，總會有種不可思議的感覺。如果有什麼地方可以省略掉一切像新宿酒吧、登入交友軟體、臉書或推特、第一次約會時的時髦餐點、第二輪酒店裡喝的雞尾酒、互相試探著由誰先說「去摩鐵吧」的話，或是「也行」、「還是下次」之類的回答等囉嗦繁複的元素，一定就是這個地方。

用接過的鑰匙打開置物櫃，優馬迅速變得全裸，把毛巾繫在腰際。窄小置物櫃室旁的長椅上，坐著一個平頭胖子，一直盯著自己瞧。優馬雖然察覺到，但沒有迎上他的目光。走出置物櫃室，來到走廊。他張望著左右並列的小房間。每個房間都一片漆黑，只有各處地面有人體在蠕動的跡象。

走廊盡頭是個三溫暖和浴池。優馬快速的只做了淋浴，走進最大的房間。

在門口的燈光幫助下，視覺習慣後，室內的情景也漸漸分明了起來。地上鋪著軟墊，不管是優馬的腳邊，還是房間裡側，都是全裸交疊的男人們。

汗水、精液和空虛揉合交錯的氣味撲鼻而來，如果性欲有臭味的話，應該就是這種味道吧。優馬想。

優馬再走進室內。除了交疊的男人之外，也有人打鼾熟睡，或是假睡等人來找。儘管在黑暗中，奇妙的仍能分辨出容貌、體形和年齡。不管他想怎麼裝嫩，從他的氣息和動作，都會顯露出本來的年齡。

就在這時候，他注意到最裡面角落那個抱膝而坐的男人側影。看他的姿勢不可能在睡覺，也不是在欣賞別人的行為，只是呆坐著。

優馬踩著紊亂的毛巾，往裡面走去。抱膝而坐的男人並沒有抬頭注視優馬走近，從剛才眼睛便一直盯著地板上的一點。

優馬站在他面前，俯視著男人。雖然看不見臉，但因為他也把毛巾繫在腰部，從肩膀到背的肌肉，就可以判斷出他與自己是同一年代的人。

優馬試著輕踢那男人的小腿，男人還是沒有抬起頭，突然嘆了一口短氣，可能打算表明意願吧，微微偏過身體的方向。此時，他微微張開雙腳。優馬趁隙想把自己的腳插進去。然而一剎那間，男人用手臂斷然將優馬的腳擋開。骨骼與骨骼發出相撞的悶響，疼痛激怒了優馬。不知為何，他想起醫院的走廊，想起嫂嫂的簡訊：「對不起，今天有點事沒辦法去了。」這並不是誰的錯，大家都各有各的難處，他心裡很清楚。只是儘管明白，但心裡仍莫名殘留著「開什麼玩笑！別鬧了！」的字眼。

優馬蹲下來審視男人的臉。男人想把臉埋進手臂中，優馬硬將他的手拉開。男人反抗的嘖了一聲，斜瞪了他一眼。沒特別好也沒特別壞，到哪兒都看得到的長相。

男人想掙脫被抓住的手，優馬更用力的抓住他的手掌。男人的腳倏地伸直時，踢中了優馬蹲踞的腳踝，害他失去重心。優馬順勢朝著男人撲倒，男人強力按住優馬的肩，想再次抵抗，脫逃。

「別裝模作樣了。」優馬在男人耳邊說。

他抓住男人的肩，用手肘和膝將他頂在地上。男人更加掙扎，但正好讓優馬的手臂抵住他的咽喉。稍微壓一下，男人的喉嚨便痛苦的低吟。

優馬的手肘壓得更深。抓住男子意圖衝撞的肩頭，用膝蓋壓住他的肚子。男人死心似的放鬆了力氣。兩人身上的毛巾都已鬆脫，男人的性器與優馬不同，依然皺縮著。

那是近乎性侵似的做愛，只有自己得到滿足的單方面性愛。優馬脫下保險套，把精液洩在男人的肚子上。在精液洩出的同時，那裡的熱度也冷卻了。男人無言的用毛巾擦去優馬灑在他肚子上的精液，彷彿完成一項厭惡的作業般，坐起身子，默默的走出房間。

平常的話，就這麼結束了。但不知為何，優馬霎時抓住男人的手。

但是，男人還是粗魯的甩開了。

「你要去哪裡？」優馬小聲的問道。

「淋浴。」

男人不耐煩的回答。

其實，男人的態度是正確的。在發展場*做完愛之後，是不可能會有後續發展的。

「今天要睡在這裡嗎？」優馬問。男人沒有回答。

「要走的話，一起出去吧。」

他自己也知道這句話不合時宜。男人聽了也只有驚訝。

舉例來說，在這種地方遇到了某人，然後立刻做愛，若是結束時不馬上走人，就會逐漸看見原本看不到的部分。像是對方平時怎麼說話、怎麼笑，喜歡的音樂、成長的環境，或是跟什麼樣的朋友為伍等，與那場性愛完全無關，卻只會阻礙性愛的東西。

優馬也不知道自己想做什麼。從這裡走出門口，兩人就沒有可做的事了。

男人沒回答，逕自去淋浴。優馬也跟在他身後進去。彼此用蓮蓬頭沖洗對方的汗水和體液，擦乾身體後回到置物櫃室。他們並沒有約好一起出去。只是彼此無言的換好衣服，回到暑氣薰蒸的夜。

並肩走在往車站的路。終班電車早就結束了。鬧區還是人潮洶湧。站在路邊蛇吻的女人，底褲被看得一清二楚。

「肚子餓了。」

驀然，男人說話了。但並不是約他一起去吃點什麼，比較像是自言自語。

「想吃什麼？」優馬問。

男人似乎有點吃驚，但仍建議：「餃子？」

走進第一家映入眼簾的中式餐廳。坐在只有賣豬排拉麵和餃子的吧台前，兩人並肩吃起麵來。

「你住哪裡？」

咬了一塊叉燒後，優馬問道。「才剛到這裡，所以在幾個朋友家輪流打地鋪。」男人回道。

「哦？那，從哪兒來的？」

「不想回答。」

「那年齡呢？」

「二十八。」

「工作？」

「現在在找。」

眼前煮麵的工作員似乎很訝異的聽著兩人的對話。

對話只有這樣，但優馬彷彿已經摸透了他是個什麼樣的人。把無法融進人群若有似無的怪罪到性取向，嘴邊總是掛著「反正」二字，總之就是到處都看得到的那種基仔。老大不小了沒有穩

＊發展場，供男性同志交誼做愛的風化場所。

定工作，永遠不想定下來，也是這世界裡並不罕見的男人。

「今晚如果還沒有決定住哪兒，要不要來我家？」

也許是隱約看穿了男人的真面目，也許因為明天是星期天，優馬用調羹啜著湯，真正若無其事的問道。男人沒有回答，也一樣用調羹啜著湯。

走出店，優馬去招計程車。回頭時，男人也默默的跟在後面。

◈

二十六日，八月最後一個週日的晚上，設置在八王子警察署的搜查總部裡，許多搜查員齊聚在電視機前。畫面上，兩小時特別節目——公開搜查報導已經在播片頭了。

今晚，這個節目要公開「八王子夫妻血案」嫌疑人山神一也最新的兩張通緝照片，他已逃亡長達一年了。

八王子署搜查一課巡查部長北見壯介在電視機前占好位置，打開一直沒空享用的雞肉蓋飯。蓋飯已經完全冷掉，凝結在蓋子裡側的水滴都流到飯上了。

「山神的單元什麼時候開始？」

聽到在旁邊點菸的南條邦久問道，北見扒著雞肉飯邊說：「九點半之後和最後，分兩次播放。」

南條的年紀比北見大一輪，是本廳搜查一課調來的警部補*，不過也許是四十歲之後還在跑現場，所以不太會拿官威壓人。

南條叼著香菸，打算換襪子。北見看了有點倒胃，挪身到隔壁椅子，同時回話：「這次的通緝照片很具衝擊性，應該會有相當大的反響。」

「聽說收視率不錯。」

一年前山神開始逃亡時，立刻公開的通緝照片，是犯案半年前，他去千葉建設公司接受面試時提供的履歷表照片。照片中單眼皮的銳利眼神，讓觀者都覺得他在瞪視自己。雖然他的照片給人凶惡匪徒的印象，但眼瞳深處又帶著一抹憂愁，在電視新聞一再放送的過程中，這張照片在網路上更是到處瘋傳。甚至有人半開玩笑的說，山神的相貌也算一表人才。

這次，在節目中公開的兩張照片與前照截然不同。兩張都是合成製作，一是把頭髮剃光，戴黑框眼鏡的變裝照。而另一張是戴著長假髮，化上淡妝的女裝照。

公開女裝照之前，搜查總部當然經過了很長的討論。光頭戴黑框眼鏡的照片還說得過去，但扮成女裝的嫌疑犯照片，並無前例。再者，這兩張照片都是從之前的目擊線索所推斷出來的模樣。光頭黑框眼鏡的扮像主要是從以名古屋為中心的中京地區得來的情報，女裝照則是從這類用品店較多的新宿區域。只是女裝照這部分，並不是實際有人看到山神著女裝，而是從那一帶酒吧等得到的目擊情報，與他家裡便條紙上留有從事同志活動的俱樂部名，緊急趕製出來的。

＊警部補，日本警察階級之一，為警部以下、巡查部長以上之職位。

「只不過因為在新宿二丁目有目擊情報，就認為他有女裝癖，太武斷了吧。」

會議中，北見多次提出這樣的意見，但年輕搜查員即使費心解釋這個地區的微妙特性，南條等資深幹部也只是瞪眼發楞的表示「這次是在電視上公開，只要有一絲可能，登出來也無妨吧」，最後便補上這張女裝照片。

逃亡超過一年，讓警方顏面盡失，因此搜查總部才會與呼籲提供線索的電視公開節目積極合作。

當然，搜查總部與這類公開搜查節目合作，自有其缺點。因為這麼一來，等於告訴凶手警方手邊搜到的情報有多少。只不過，因為現在連山神的活動範圍都還完全無法鎖定，除了與他們合作外，別無他法。

北見把雞肉蓋飯吃完時，山神事件的單元開始了。主持人說明了事件概要後，畫面立刻轉到被害者尾木里佳子父母的採訪錄影上。

北見把便當盒放在地上，朝電視傾過身。

為了保護隱私，頸部以上沒有出現。但從兩人正坐在佛壇前的姿態，可以感到他們生活品質的優越。採訪的內容對女兒夫妻被殺害的父母而言，都是極尋常的問題。但是兩人每每忍住淚水堅強回答的模樣，還是讓北見看了心疼。

「現在您們用什麼樣的心態面對生活？」

北見認為這問題有欠考慮。但是，他也不知道對他們該問什麼問題才好。

「現在，我們會想那孩子生前很快樂……即使遭到那種不幸，但她的人生是幸福的，只能抱著這樣的想法活下去。」

聽到那母親的回答，北見忍不住閉上眼睛。體會到原來母親失去女兒的心情是這樣的啊！同時從她絕不接受女兒人生不幸的說法，也可領悟到這母親的倔強。

「……我女兒有很多珍貴的朋友，也有很多朋友重視她。她的興趣廣泛，去過許多國家旅行。她實現了兒時的夢想成為保母，然後認識了幸則這個體貼的老公……那孩子過世前一星期，突然回來了。她說並沒有什麼事，但因為幸則剛好出差不在，所以難得的和爸爸三個人吃了一頓晚飯。……那天晚上，我開車送她到車站。女兒突然問我：『我真的能教給孩子什麼東西嗎？』我問她：『怎麼了，為什麼這麼想？』她說她讀了一位兒童教育家寫的書，其中提到『自己受的傷越重，越能了解孩子的痛苦』。我不知道該怎麼回答她，她卻笑說『是我不該拿這麼難的問題來為難媽』。車子到了車站，女兒下車時說了，『媽，不過，了解幸福的人，一定能告訴孩子幸福是什麼，對吧。』……那孩子這麼說。」

採訪影像結束，畫面回到攝影棚，來賓們眼中都泛著微微的淚光。

「今晚，我們將公開兩張嫌疑犯山神一也的最新通緝照片，照片衝擊性很強。剛才聽完里佳子父母的訪談，再次期盼盡快掌握住嫌犯的身分。請各位觀眾踴躍提供訊息。」

下一個畫面，是山神一也扮成女裝的照片。不管是攝影棚裡的來賓，還是正在看電視的搜查員，都發出「哦哦」的低吟。

幾分鐘後，十支事先準備好的電話機開始響起。待命的搜查員們個個衝去接電話。雖然有人惡作劇，一打來就掛斷，但搜查員才一放下話筒，電話又立刻響起。

反響出乎意料的好。電視台方面也接到更多電話。北見在心裡祈禱著，拜託這些電話中能有一通可以找到山神一也。

◇

一週開始的星期一，出席在飯店會議室裡連經理也參加的內部會議後，明日香利用午休時間回自己家一趟，幫饑腸轆轆的大吾快速的做完午餐，再立刻回飯店去。

不管在做蛋包飯還是問吃飯的大吾「暑假作業做完了沒？」時，腦海的一角都還在思考著會議的議題「室外泳池關閉時間」。聽到兒子回答「漢字作業最後一天再寫」時，她不覺喃喃說出在會議上沒能提出的意見：「雖然開放到九月的第二週，但如果天氣變壞的話，電費不就浪費了嗎？」

知道自己母親為工作忙昏頭時就會出現這種毛病，大吾也不再繼續多說，把剛才先吃了煎蛋後剩下的番茄醬炒飯，就著麥茶一起吞下。

在車庫鑽進車子，明日香突然停下動作，打開大門朝著廚房叫道：「大吾！剛才田代哥哥說了什麼嗎？」

「田代哥？」

「他沒說什麼嗎？」

「哦，有。前天星期六，足球練習完之後，大家不是一起去烤肉嗎，他說後來只剩大人們留到晚上，喝了很多酒。那時候，田代哥醉倒了。被抬到愛子姐姐家住了一晚。」

聽完狀況外的兒子說明之後，明日香反問：「真的嗎？」

「他剛才說的啊。」

「哦，抱歉抱歉。那媽媽走嘍。電動只能玩一小時，聽到沒？」

大門後面聽到大吾拉長尾音回答：「是——。」

明日香坐進車內，還有一點時間在回到飯店後，簡單解決自己的午餐。心想在半路上的便利商店買份三明治，所以沒走碼頭邊的路，改走商店街。

早市已經結束，商店街冷清沒人。提供午餐的咖啡館也早早掛出「準備中」的牌子，雖然時間還不到中午十一點。

超商前的巡邏亭，有個人站在那裡。開到附近一看，竟然是愛子。她不知在看些什麼，歪著頭站在巡邏亭的公布欄前。

明日香停下車，出聲說：「愛子，你在幹嘛？」

愛子慢條斯理的轉過來，微笑道：「啊，明日香姐。」

「做什麼呢？」

「嗯？」

巡邏亭裡沒有警員在。

「你別光會『嗯』，早市不是結束了嗎？吃過午飯了嗎？」

愛子又轉過頭去看公布欄，沒有回答明日香的問題。她跟著看過去，發現昨晚電視上播出的殺人犯通緝照片，連這鄉下巡邏亭前都已經貼出來了。

「啊，那個，」明日香張著嘴。「姐也看到了？」愛子回頭。

「好噁心哦。那張女裝照片。」

明日香告訴愛子昨晚第一次在電視上看到時的感想。

「那種男人化了妝再戴上假髮的話，就會變成這模樣哦。」

愛子喃喃說著，想去撫摸照片。

「啊，對了。聽說星期六那天晚上，田代住在你家？」明日香問。

「嗯，對。」

「為什麼不帶他回宿舍？那邊比較近啊。」

「爸爸帶他回來的。他說回上原奶奶家的話，沒法把他揹上二樓。」

「那，田代跟叔叔睡一間房哦？」

「吵死了，他們兩人的鼾聲，一下『勾』一下『呱』的。」

明日香看看手錶，再不回去連吃三明治的時間都沒了。

向還在看通緝照片的愛子道別，明日香踩下油門。

愛子真是個奇妙的女孩，明日香想。見到她，那份鬆散的節奏，會令人火冒三丈，但是如果她不在身邊，又會坐立難安。並不只是因為擔心愛子，就像是沒什麼功效的護身符，你把它放在錢包裡，並不會有什麼好事發生，但是一旦弄丟了、不見了，卻好像會有不吉祥的事降臨。

明日香回飯店之前，順路到了便利超商。快速把午餐用的三明治和沙拉拿到收銀台處，挖出錢包裡的零錢支付。收銀台旁的特別陳列架上，擺出潛水鏡、救生圈還有煙火等海水浴用品。在夏天即將結束的此時看來，這些花俏的色調似乎有點淒涼感。

看到煙火，明日香想起死去的丈夫遼。因為擺在家裡客廳的遺照，是過世一個月前，他們一起去煙火大會時拍的。照片中穿著浴衣的兩人，露出幸福微笑，而身後則是在天空爆開的美麗煙火。

看到這張照片的所有人都讚嘆：「難得能在這麼完美的構圖和照明下拍出來。」其實那是遼用電腦合成出來的相片。兩人的照片是在看完煙火大會的歸途拍的，遼將它與當晚拍到的大花煙火巧妙的融合在一起。

回想起來，煙火大會那一夜，她肚子裡已經有了大吾，這是唯一一張三人到齊的全家福照。對這張合成照片的成果甚為得意的遼，卻被東名高速公路上的汽車追撞殃及，就這麼白白送了命。這已經是八年前的事了。那天，遼開著自家卡車從岡山載著糖果工廠的贈品，準備送到東京去。車禍發生後，高速公路上散落了數千個小丑造型的橡皮玩偶。

那次意外後的幾天之間，明日香幾乎沒有記憶。接到通知是在自己家裡，但從那裡怎麼到醫院、在醫院裡遼是什麼模樣，她完全想不起來。

當時，明日香一家住在千葉市的市立社區。申請三次才好不容易過關的房子，坐北朝南兩房兩廳，從三樓的陽台還能俯看小學熱鬧的校園。

「我們有孩子之後就讓他在這裡上學吧。」

她還記得可能是搬家的那天，遼在陽台上這麼說。

「想要孩子的話，晚上多加油吧。」明日香嘲弄說。

「我有在加油了啊。每次做的時候，心裡喊的不是『去嘍』而是『衝啊』！」

明日香喜歡遼說這種笑話。儘管覺得很傻氣，可是這些傻氣時間加起來的生活是可愛的。

並沒有什麼特別的因素，但明日香讀國中的時候很墮落。學校總是曠課，交了男友就離家出走，在男人那裡生活。

那些男生對她都很好，可是就算人再好，他們也都沒有開創人生的力量。住在向父母租的公寓，整天玩電動的男人；雖去打工但大半薪水都用在可疑賭場中的男人；買贓車零件為生的男人，她都遇過。

明日香謊報年紀，在夜總會或酒店打工。她個性要強，又很機伶，不論在哪個店都被當成珍寶，意外賺了不少錢。但是，明日香一開始賺錢，男人們就不工作了，不工作便失去自信，最後，憎恨起讓他們失去自信的明日香。

十六歲時，她與住在老家的男人交往，每天晚上都一起吃飯，可是對方家長既沒有問她年齡，也不問她名字。男人叫她「小明」，家長也跟著這麼叫。那時，明日香第一次有了「半夜跑路」的經驗。那男人父親開的公司破產，四個人果真如字面形容，半夜逃出家門跑路。他們逃到的地點是東京灣對岸的川崎。後來，男人和他父母有半年時間沒有工作，四人的生活費全靠明日香當坐檯小姐的薪水支應。

跟那種男人們生活了近十年，明日香遇到了遼。遼偶然走進了她上班的夜總會，成了芳客。她還記得很清楚，就在遼打開店門的前幾秒，明日香心裡有種「要來了」的感覺。自己也不知道是什麼東西要來，只是強烈的感受到什麼東西要來。

後來，她把這事說給遼聽，他先是一驚，然後說：「其實，我也是一樣。」

「那天，我把卡車停在辦公室，本來打算直接回家。可是走了幾步後，看到那家店的招牌，招牌下睡著一隻貓。走近時，牠立刻逃了。可是牠很可憐，有隻眼睛不見了。所以，我四處張望，想知道牠去了哪裡。結果，牠四平八穩的坐在你上班那家店的門前，突然躺下來露出肚子，好像在說，來店裡喝一杯嘛。」

那是明日香每天餵飯的野貓。雖然少了一隻眼，但在牆上走路的身影比起其他任何貓都優雅。

一個月不到，明日香就搬出當時交往的男人家，到遼的公寓一起生活。雖然這在她來說已經是稀鬆平常的事，但這次有什麼地方不一樣。以前不論在哪裡展開新生活，那裡都像是避人耳目的藏身處，但只有遼的公寓有一種氛圍，讓她終於從藏身處跳出來。

「因為這裡風水好。」遼笑說。

「你有研究這個？」

「沒有啊。可是我懂的。明日香跟這房子一樣，讓人很舒服。」

「我嗎？你怎麼知道。」

「總之，我就是知道。」

遼自信十足的笑笑說。從國中一再離家出走後，一直壓在她頭頂的陰霾突然放晴了。

明日香沒有回家的期間，單獨把她養大的父親死了。發現時胃癌已回天乏術。叔叔洋平和親戚想聯絡明日香，但沒有人知道她在哪裡。最後，明日香連父親的喪禮都沒參加。然而，在明日香失去車禍過世的遼、茶飯不思時，還是洋平找到了她把她帶回濱崎這裡。

洋平查到明日香的所在，完全是一次奇妙的偶然。遼上班的千葉市運輸公司裡，有洋平的舊識，因而得知因車禍過世的駕駛，有個濱崎出身的老婆。

明日香被帶回空無一人的家後，濱崎的鄉親無不擔心她的景況。女人們送食物給她，男人們則到處奔走，幫她處理保險和千葉的公寓。

對於當時的情景，明日香幾乎沒有記憶。唯一記得的是冬日裡，她哭著一步步走進冰冷海水的時候。

她並沒有想死，只是想見遼。如此而已。但是，不論問誰，大家都不告訴她去哪裡才見得到。既然如此，只好自己去找了。

海面上月光閃耀，海水應該凍得令人麻痺，但她完全沒有感覺。只是腳踝濕了，膝蓋濕了。腰部濕了的時候，她被海浪推得有些踉蹌，即使如此，她還是使勁的跨出腳步。

她聽到遼在海上呼喚她。對著「明日香！明日香！」的叫聲，她大聲回應：「我現在就去！現在就去！」察覺遼的聲音有些變化時，胸口幾乎全浸在海水裡了。呼喚自己的聲音不是來自海上，而是來自後方的沙灘。那個聲音喚著自己，一面靠近。

「明日香姐！明日香姐！」

她聽到的是愛子的聲音。一回頭，愛子大大擺動著手腳走進海裡。愛子的圓臉在月光下顯得蒼白。

「明日香姐！不要！不要！」

儘管腳被海浪淹沒，愛子還是揮動她粗壯的手臂向她追來。失去平衡跌倒、快要溺水的向她追來。

回神時，明日香停下了腳步。愛子不會游泳。縱使不會游泳、快要溺水，她還在呼喚自己的名字。

最後，明日香抱起喝到海水、劇烈嗆咳的愛子，回到沙灘。

就在這事之後，她發現自己懷了大吾。醫生說，大吾沒有被冰冷的海水打敗，平順的成長著。

◇

「媽媽——！這個花瓶，不帶走嗎？」

小宮山泉從洗臉台架子上拖出威尼斯玻璃花瓶，對正在客廳把最後行李塞進皮箱的母親真由叫道。

「什麼花瓶？」

「就是這個啊。」

泉從浴室探出頭，母親正跪坐在大皮箱上。

「哦，那個花瓶的話，不要帶。」

「真的嗎？很可愛耶。」

「可是，已經放不下了嘛。」

母親指指屁股下的皮箱，大大嘆了一口氣。

「哎喲，我們幹嘛要趁夜跑路嘛。」

「不是跑路，請你說趁夜搬家嘛。」

母親跪坐著巧妙彎曲身體，把皮箱的掛鉤扣上。

「好了，關上了。」

母親天真的鼓掌，頭髮都亂了。泉將花瓶放回洗面台的架子上，把自己要搬的另一個皮箱拖出來，「媽，時間差不多了。」去門口穿鞋。母親慌張的站起來，哭喊：「啊，好重——」一面拖著皮箱過來。

「媽媽，電燈電燈！」

「哦，我去關我去關。」

她把皮箱先拖到門口，然後把家裡所有的開關關掉。

「咦，小泉，你又踮腳尖啦。」

回到門口的母親踮起腳給女兒看。

「那個等一下再說啦。往沖繩的班機最後一班是八點吧？從這裡到福岡機場要三十分鐘以上耶！」

在泉的催促下，母親匆匆穿起鞋。

「泉，你說，我們在這棟公寓住了多久？」

「我國一的時候搬來的，所以正好三年。」

「三年啊。」

母親深深看著漆黑的室內。

「我們沒有傷感的時間！」

「啊，對不起……總之，多謝照顧了。」

母親向黑暗的房間行了一禮，隨即被泉推著肩膀，兩人一起走出大門。

味。

走下公寓的樓梯，剛才還停著的搬家公司卡車已經不在，只是似乎還殘留著作業員的汗臭

明明時間快來不及，該加快腳步，但母親還戀戀不捨的回頭望著公寓。

「媽媽！快點啦。真的會來不及。你再拖拖拉拉的，那些人就會來責問你嘍。」

母親對時間沒有反應，但這句話十分有效。立刻滾著皮箱滑輪「走吧走吧」的走出去。

突然決定搬到沖繩，只不過是一星期前的事。那天晚上，泉和朋友外出看電影，回家時，母親問她：「小泉，我問你。如果可以讓你選，你想住在哪裡？」

碰巧那天看的電影是以沖繩為背景的愛情故事，所以她不假思索答了「沖繩」就去洗澡了。可是邊脫衣服時，一股不祥的預感襲來。

「等等，媽，你剛才的問題，讓我有種很不祥的預感。」

泉半裸的回到廚房，在燉咖哩做晚飯的母親說：「欸，我們搬去吧？沖繩。」

三年前的事瞬間甦醒。慌慌張張的收拾行李、名古屋車站、味噌豬排的幕之內便當、新幹線，還有晚上的博多車站。

雖然泉當時才國一，但懵懵懂懂的理解為什麼兩個人必須突然逃出名古屋。母親一五一十的向她解釋過，而她口中的男女問題，並非母親一人的錯。

當時，母親是名古屋工程店的事務員。那是個員工只有三十人，在家作業，過年時員工一起到老闆家搗年糕的小公司。但是對員工呵護備至的家庭公司，有個「小三」的天敵。她就是泉的

母親。簡而言之，她與老闆兒子，也就是擔任專務的少老闆發生不倫戀。平日和樂的家庭，因為小三的出現而風波不斷。因此，母親逃走了。帶著剛進網球社，正在享受國中生活的女兒。

「小泉，先坐這裡。」

母親抱著手提包坐進福岡機場旅客雜沓的登機門長椅。泉也在機場裡走得腿痠腳麻，在母親身旁重重坐了下來。

往機場的計程車陷入塞車車陣中，本想一定趕不上了。但似乎有神明保佑這對母女，最後一班飛沖繩的班機延遲三十五分鐘起飛，她們倆勉強趕上。

「媽媽，喝茶。」泉拿出寶特瓶的茶。母親默默接過，咕嚕咕嚕的大口喝下。

八月底，登機門前長椅上，很多都是全家福。有些人早已充滿觀光氣氛，一家人都穿上沖繩的花襯衫。

「媽媽。」

望著登機門前等候處的泉，驀地叫了母親。

「怎麼？想上廁所？」

「不是，這麼一看，就覺得普通的一家人很多耶。為什麼我們家會變成這樣呢？」

「沒辦法呀。因為你沒有爸爸。」

「哇——，用這個當藉口啊？有些普通的家庭，也沒有爸爸啊。」

這句話並沒有特別的深意，但說出口時，感覺自己好像說了一句很中肯的話。

「小泉，對不起哦。」

「幹嘛突然道歉。」

「因為媽媽又失敗了嘛。」

母親的頭髮亂了，泉幫她把亂髮整理好。

「那有什麼辦法呢。誰叫跟他們商量的時候，媽媽被當成了壞人。所以逃走的人才能贏。」

「媽媽是不好。」

「那當然啦！請你不要輕易反省過就算了。因為我可是被你害得轉學咧。」

「對不起……欸，不過，現在那些人應該到我們家了吧？看到屋裡空空如也，一定很生氣。」

雖然努力擺出嚴肅的表情，但母親的眼睛先笑了出來。

三年前從名古屋逃出來時，對象是公司裡的少爺。這次，母親又惹出問題的，竟然是泉同班男生的父親。

據母親說，最初在開學典禮的家長懇親會上打過招呼。幾天後，在博多車站裡偶然遇到，對方請她去喝茶。

後來的詳細情節，泉並不清楚，也不想問。但八成是用同為家長的名義，交換了電子郵箱，用「前幾天那麼湊巧，真是嚇一跳」之類的話開場，母親則以「謝謝你的咖啡」之類的話回答。

想必是利用彼此的女兒、兒子學校活動之類當作話題，來往了幾封家長口吻的信件中，約她「如果不介意，下次我們去吃好吃的雞肉火鍋。」一定沒錯。

這種話讓女兒來說也許不太像話，不過母親基本上是個沒原則的人。用一句話形容，就是「喝醉酒時就會愛上鄰座」的類型。恐怕在這家雞肉火鍋店——是不是真的雞肉火鍋還不清楚——總之，對方看到母親喝醉酒的樣子，一定確信「有機可乘。」

那天兩人之間發生了什麼？還是姑且守住成人的分際，各自回家。但之後對方又傳些美麗的黃昏風景，而母親也隨之傳些美味的甜點照片。當然，沒多久就演變成「再見面吧」，忘了大人的分際。

事實上，泉之所以對母親這個男人有這麼深刻的印象，是有理由的。因為這男人的兒子，泉的同學後藤公平，不折不扣就是這種人。

剛開始，他們互通簡訊只是為了說班導師的壞話等正常的內容。但不知何時開始，簡訊演變成曖昧的邀約，最後則是明白約她去看電影。只是，從這裡開始，泉和母親有著關鍵性的不同。泉對對方沒有興趣，所以拒絕了。她認為就算對方有所期待，她也無能為力。但是，這個後藤公平還是沒死心。

首先，他寫了一封長長的信，為自己的冒失道歉。一般女生接到這種信，大概會很體貼的回信「我也有很多失禮之處，希望以後還能當好朋友」，但泉沒有這種體貼。她每次看到寫這種回信的朋友，就嗤之以鼻：跟喜歡自己的人，還能當朋友……？

所以，當然這時候，她也不會回信。後藤公平可以以為自己的信沒寄到，又傳了一封以「為保險起見」為題、幾乎同樣內容的信。

到這種地步，心眼比一般壞一點的女生，至少會回一封「你的信我收到了」的信吧，可是泉沒有回。

從這裡開始，雖然不知道後藤公平腦袋裡想法是怎麼發展的，但是某一天，班上同學跑來問她「小泉，你和後藤之間發生什麼事嗎？」她問原因，對方說「後藤說了，因為自己太過積極，好像讓小泉方寸大亂。」

實際上小泉一點也沒有混亂。她只是討厭這個人，直率拒絕罷了。但是後藤公平卻把它想成因為自己的問題，讓小泉不知如何是好。

到這地步，就算心眼相當壞的女生，也會主動溝通表示「我沒有任何為難之處，請不用放在心上。」但是泉還是不動如山。

過了一陣子，後藤公平又再傳簡訊來了。

我並沒有要跟你約會。我也不像你以為的那樣喜歡你。以前向我告白的女生可多著。粗略整理之下，大概是這種感覺的內容，但不知為何簡訊還附上了黃昏風景照或與國中同學去公園打籃球的照片。

聽到母親與後藤公平爸爸的不倫戀，經由家長會副會長向對方老婆揭露的消息時，泉先是為自己母親舊習不改哀嘆，接著想像後藤公平父親對老婆辯稱「不是我主動」的模樣。

親眼看到母親與後藤公平父親從飯店走出來的家長會副會長，雖然要求對方「事情到此為止」，卻又同時把這件事說給認識兩人的幾乎所有母親聽。

後藤公平的母親立刻為招納同志而四處奔走，泉認為，家醜全被大家知道，恐怕是她採取如此歇斯底里行動的原因。她每天都在學校附近的家庭餐廳講述事情的始末。

以泉的角度來看，後藤公平的母親做出那種事雖然莫名其妙，但那些「好，我參加星期五三點那一梯」的母親們也令人不解。

當然，在這種時候，母親們全都團結一心。以她們的立場來說，不論如何「美好家庭」是後藤公平家；這麼一來，泉的母親理所當然就是破壞「美好家庭」的魔女。

當然，母親也有不是之處。只不過他們應該群起圍攻的是母親和後藤公平父親兩個人，不能只聲討母親一人。因為享受這段關係的不是母親而已，後藤公平的父親不也一樣嗎!?

偶爾她和同班女生聊天，說到自己對母親的感覺時，泉感覺自己跟別人有些不同。

大部分十六歲這個年紀的少女，就像大家所說，對母親這個角色都夾雜著愛恨交集的情緒，甚至於是一種無限接近「恨」的感覺吧。

女兒眼中一直扮演母親的人，有時會顯露出女人的那部分，而女人的部分令女兒討厭作嘔。

但是，泉幾乎沒有這方面的感覺。當然並非完全沒有，但是和其他朋友相比，可以說幾乎沒有。

有時候，其中一個朋友這麼說「想討女兒歡心的態度，光是看著就令人心煩」。

心。

從這些話，泉大致明白了為什麼自己的感覺和一般孩子不同。泉的母親絕對不會討女兒的歡

遠遠聽到寶寶的哭聲。大概是做夢吧，泉把抱枕調整一下位置。可是調整後的枕頭觸感跟平時不同，於是清醒過來。

以前的話，晨光透過薄窗簾照進來。但不知為何，房間裡一片黑暗。然後，她終於意識到

「啊，對了。」

把臉靠在柔軟的羽毛枕上，微微可以看見睡在隔壁床的母親，肩膀正小小的上下起伏。

以為是夢的寶寶哭聲，好像是從飯店走廊傳過來的。聲音緩緩遠去，但寶寶一發起脾氣，哭聲就停不下來。

昨晚，手忙腳亂的搬家和收拾行李之後，泉與母親兩人搭上福岡起飛，往那霸的最後一班飛機。在機上可能有些亢奮，一點睡意都沒有。但到達那霸機場，坐進往飯店的計程車時，從早上開始勞動的疲倦漸漸滲透出來，終於不支睡著。被母親搖醒，進入某家飯店，又被帶入某個房間後，她迷迷糊糊的刷牙、鑽進床裡，現在想來宛如在做夢。

泉賴在床上，使勁伸了個懶腰。可能因為睡得很沉，身體完全不覺疲倦。

看看床邊的數位時鐘，是早上的七點十二分。

「難得來到沖繩，這幾天我們奢侈一下吧。媽媽已經訂了休閒飯店呢。」

出發前母親這麼說。

泉下了床，厚厚的遮光簾縫隙裡透出光線，非常細，但非常強。

泉把窗簾一口氣拉開，粗暴的光線瞬間令視野只剩一片白茫，她趕緊閉上眼睛。眼瞼裡側是紅的，即使隔著玻璃窗也能感受南國的太陽。

泉輕喊「預備——起」，緩緩睜開眼睛，眼前是一大片青一色的世界。她打開窗，像被那顏色誘惑似的走出陽台。

「媽媽……快看……」

她忍不住發出聲音，眼前只有碧藍的大海和蔚藍的天空。

泉被眼前的景色擊倒，她無法相信以前居住的博多市區和眼前的海與天是同一個世界。她絕非討厭博多，即使如此，瀰漫隔壁爐邊烤肉店煙味的窄小公寓、走到學校的單調街道、灰色的校舍，那些印象在湛藍的海天之前全都被吹到腦後去了。

「欸，媽媽，叫你呢！」泉又朝著房裡大喊。

母親終於醒來，從床上坐起來，用惺忪含糊的聲音說：「唔？怎麼了？嗄？」

「快來嘛。」泉再從陽台大叫。

揉了好幾次眼睛後，母親凝視窗口，瞪大了眼睛。

「我說吧，很美對吧？美極了。」

泉回到房間，拉起母親的手，帶她走到陽台。兩人靠在欄杆上，不約而同的說：「這種顏色的大海，從來沒見過。」、「第一次看到這種顏色的天空耶。」

「我們要在這個飯店住三個晚上嗎？」泉興奮的問道。

「對。難得來一趟，就奢侈一下吧。」

「吃完早飯之後，我們馬上去海邊吧！……啊，泳衣。你幫我放進皮箱了嗎？」

「當然。媽媽的是比基尼。」

「比基尼。你開玩笑吧。」

「為什麼？」

「也不想想自己什麼年紀。」

笑意不知不覺湧出來。海風輕撫著兩人的臉頰。

「逃走的時間剛好遇到泉的暑假，真幸運。」

「虧你還說得出這種悠哉的話。……」

「因為如果不是暑假，馬上就得去學校啦。」

「啊，轉學手續都幫我辦好了嗎？」

「當然，九月開始，泉就是波留間高中一年級學生了。」

「媽，那個波留間島，距離這裡很遠吧？」

「坐渡輪三十分鐘左右。」

「我們在那種地方真的能適應下去嗎？」

泉忍不住喃喃說道。母親拍拍胸脯說：「有媽在，沒問題。」

「有你在，我才擔心嘛。」泉愕然。

❖

在全國性的公開搜查節目裡發布山神一也的通緝照片，得到超乎搜查總部預期的反響。犯行的殘忍度外，還加上女裝通緝照片的特殊性，使得事件在全國擴散著某種煽情。

播映時，搜查總部便收到全國各地進來的大量訊息。不過很遺憾的，沒有任何可連結到目前山神一也所在的迫切訊息。幾乎都是「很像昨天夜裡迎面遇到的男人」、「有點像兩個月前在咖啡館，坐在我旁邊那個人」等含糊不清的情報。當然，這些情報都一一交由搜查員分工查核。雖然最後沒有得到重要的資訊，但可以預料到，至少這次的節目對逃亡中的山神一也形成了限制。以搜查總部來說，也算有了相當的成果。

那天晚上，北見返回八王子署的單身宿舍時已經十一點多。連日在外打地舖，讓他累得連從口袋取出房間鑰匙都懶，走進房間，只把外套脫了，就直接躺到棉被裡。沉睡中，那隻違反宿舍規定收留的老貓好幾次來舔他的耳朵，把他弄醒，但他沒力氣趕牠，又立刻沉沉睡去。

這隻貓是一年前，山神事件發生前幾天，在附近兒童公園撿到的。輪休去打柏青哥回來的路上，這隻貓纏在北見的腳邊，發出親人的叫聲，似乎不久前還有人養著的樣子。不知是迷了路，還是被人丟棄，沒有項圈。他也不知道自己是什麼心理作祟，突然間，這隻失去自己世界的貓散發的孤寂，莫名的揪住他的心。

他試著上網搜尋是否有飼主在尋找，但是一無所獲。帶回來的那晚，貓吐了好幾次。他帶去動物醫院，醫生說這隻公貓已經十五歲以上，恐怕沒有多久好活了。

最近有時會在廁所之外的地方小便，無計可施之餘只好幫牠穿上尿布。可是撿回來一年多，貓還是頑強的活著。

北見醒來時，剛過凌晨兩點。雖然只睡了三小時好覺，不過可能因為睡得沉，身體變輕，有很強的飢餓感。他坐起身，抱起睡在身邊的貓，聞了一下貓的尿片，沒有臭味。

拿出自用手機，打了簡訊。

「你又來幫貓換尿布了吧。謝謝你總是幫忙。」

沒一會兒，回信來了。

「辛苦了。今天我也是在午休的時候過去。我想應該沒被宿舍的人發現。」

從棉被裡出來，他抱著貓打開窗子。貓扭動掙扎了一下，從手臂中逃走，躲回棉被去。北見走出窄小的陽台。單人房型的單身宿舍後面是住宅區，從四樓陽台望出去，可以看遍靜謐的街景。馬路對面燈火通明的便利商店前，除了一輛自行車駛過外，深夜的住宅區一點動態也沒有。

北見的視線轉向遠處八王子車站，「在哪裡？在哪裡呢……」不自覺發出聲音來。

即使執勤讓他體力接近枯竭，山神一也的事還是隨時占據著北見的意識。更別說睡飽了覺的現在，思維更像要從身體滿出來般。

山神犯案後，八王子署的新手巡警讓他逃掉的事，在記者圍攻質問下，在記者會上揭露了出來。那時產生的低氣壓，直到一年後的現在還殘留在警署內。

犯案一星期前後的目擊線索，都侷限在都內。連結發生凶案的八王子與都內的京王線、中央線沿線，線索零星。網咖、桑拿、簡易旅館，一旦有線索出現，大家便分頭前往查問。從一開始，搜查總部就沒有把自殺列為選項。從他與被害夫妻並不相識，犯行殘忍無計畫性看來，警方不認為他會以自殺結束一切。

事件發生經過兩星期，社會上的關心一如往常的漸漸冷淡下來。目擊線索也就此中斷。若是他還活著，沒有自殺，山神一也今年九月就是二十八歲。

山神一也是父母的第二個兒子。父親邦彥在神奈川縣川崎市的鋼鐵製品溶解鋅鍍金加工廠上班，母親景子是清潔業的兼差職員。大他四歲的長子一彥一出生便得了心臟病，三歲時就過世了，當時一也還沒有出生。

父親邦彥出身自福岡，當地工業高中畢業後，就請求住在川崎市的親戚幫忙。上京後在這位親戚介紹下，到現在「東日總鋅」的前身「德田加工」上班，從此之後不曾間斷的工作了四十年。

邦彥原本就是個寡言的人，上京後，也許怕自己的九州腔丟臉，變得越發沉默下來。尤其是失去年幼的長子一彥後，據說他偏執的認為，自己一開口就會招來災難。

邦彥每天的生活幾乎千篇一律。每天早上七點半出門，如果沒有加班，六點下班。回家途中到居酒屋喝一杯生啤酒配三支烤雞串後回家。洗澡，再吃晚飯，看電視看到十點後睡覺。每星期一天的休假幾乎都在柏青哥店度過。這種生活在一也犯案之後也沒有變過。

另一方面，母親景子是個平凡不起眼的女子，周圍唯一聽得到的評語，只有她任職的清潔公司說「手腳相當俐落，可是她去負責清掃的大樓，從不與人打招呼，即使住戶主動問候，她也不理會。因此多次有人抱怨她態度不佳。」原本她就是個沉靜的女人，與丈夫互為鏡之表裡，不過打工的同事邀她去卡拉ＯＫ的話，她也會參加，唱些七〇年代的民謠。

事件之後，景子辭去了這份兼職。自案發以來，大批媒體湧到家中，雖然打了馬賽克，但是那個景象在電視上不知重播了多少次。最近，短暫的熱度雖然消失，但是定期上門的記者中，有些成了熟識，景子偶爾會請他們進門，聊些一也兒時無趣的回憶等與事件無關的瑣事。

眾所皆知，高中畢業後，山神便離開了家。從那之後到發生凶案的十年間，他幾乎沒有回過老家。

兩個月前，北見在某本週刊上看到景子的訪談。她談到產下山神一也時的軼事。

那天晚上，景子獨自在病房睡覺。生產後高燒不退，為了謹慎起見，她被移到單人房照顧。那是川崎市內一家老舊的醫院。

好不容易才要進入夢鄉時，她感覺房間的門好像開了。雖然沒開燈，但月光的照耀下，可以朦朧的看到室內。門是關著的，景子心想也許是自己搞錯了，再次閉上眼睛。但是一個三歲小男孩卻從那扇緊閉的門快步跑了進來。他並非真實可見，但景子很清楚他就在那裡。

男孩子快步來到床腳，一臉驚奇的望著床上的景子。他並不是真實的，可是，景子知道他就在那裡。男孩站在床腳，眼也不眨的凝視著她。但奇妙的是並不覺得可怕。

「怎麼了？」景子忍不住問。「怎麼了？為什麼站在那裡？」

男孩沒有回答，只是靜靜的站在床腳看著景子。景子想要坐起身。霎時，男孩忽地離開了床腳，又快步退回門的方向。她以為男孩就要出去了。但在門前，男孩回過頭，好像要景子跟著他。

景子下了床，穿上冰涼的拖鞋，跟在從門穿過的男孩後面。走到陰暗的走廊上時，男孩已經站在遠處，在走廊的末端，靜靜的等待。景子跟了上去，過了轉角，是新生兒室。這次男孩站在門前。一眨眼間，男孩消失了。

景子像被催眠般走進新生兒室。大面玻璃後面，一也和其他五、六名小嬰兒應該躺在小床裡。

可是走進去的瞬間，景子尖叫起來。玻璃後方有一群身影朦朧的男人們圍在床上的一也身邊。黑影般的男人窺視著睡在小床上的一也。景子貼在玻璃上大叫「走開！」她拍著玻璃，不斷喊著「走開！走開！」

朦朧男人們一齊抬起頭望向景子的方向。景子更用力的拍玻璃。一個男人抱起一也的剎那，景子尖叫一聲「不要！」就這麼暈了過去。

第二天早上，景子在晨光灑落的病房中醒來。景子立刻跑到新生兒室。驚訝的護士從護理站追出來。

「山神太太，怎麼了？你還在發燒呢！」

景子聽到護士在身後喊叫，但她無暇顧及，一頭往新生兒室鑽。

大面玻璃後面，一也平安無事，好端端的睡在小床上。

據護士所說，昨晚景子的確昏倒在新生兒室的玻璃窗前。夜班護士偶爾發現，一時搞得人仰馬翻。但是，照值班醫師的診斷，猜測會不會是景子發著高燒跑到新生兒室，結果便在那裡失去意識。

景子當然沒把昨晚看到的事告訴護士和丈夫。她不認為他們會相信。

但另一方面，丈夫邦彥對一也卻是寵愛備至，連從妻子的眼光來看，都有點寵過了頭。當然，也可能是因為失去了長子，但有時他甚至不讓孩子的母親靠得太近。

一也是個惹人疼愛的孩子，愛笑，又不怕生。總的來說，父母的性格較屬於怕生內向，不管面對的是幼稚園老師，還是附近商店的老闆、公車上坐在身旁的乘客，只要一也會用烏溜的大眼看著人家，對方一定會跟他打招呼。這麼一來，自己就必須與對方對話。景子還是小姐時便性格陰鬱，很怕與陌生人交談。

丈夫邦彥對一也的寵愛，到孩子上小學時還持續著。加入地方上的足球隊後，儘管沒有經驗，自己還身兼教練參加練習。

上小學後的一也不但可愛，也成為一個聰明伶俐的孩子。在班上頗受歡迎，因而被選為股長。有時候甚至景子會接到同學母親打來的電話：「我女兒很喜歡一也，她幫一也做了餅乾，我們可以現在拿去嗎？」當然景子請了那個女孩和母親進門，晚飯準備了散壽司招待。

對景子而言，一也從頭到腳都和自己小時候相去甚遠。童年時的自己與母親如果是個配角的話，現在的一也與自己無疑是主角人物。她想丈夫邦彥應該也有類似感覺。

但是，以前不論發生什麼事，只要躲在角落低著頭就行了，但現在經常成為中心人物。景子感到很疲倦，簡而言之，當「一也小朋友的完美媽媽」，她不是那塊料。

這種感覺應該也出現在丈夫邦彥身上。明明沒有踢球經驗，卻因為疼愛兒子而成為足球教練，這也無可厚非。隊上的孩子初學時還應付得來，可是小孩子的吸收力驚人。練習了一年之後，他們便要求學習連大人都相形見絀的技術。當然，邦彥為了配合也努力的練習。但是沒經驗的中年大叔再努力也趕不上孩子們的成長。

最後，邦彥也和景子一樣，當不成「一也小朋友的帥氣爸爸」，不知何時也辭去足球隊的教練職務。

小學高年級開始，一也的成績退步，成了一個連父母的眼中看來都平平無奇的小孩了。

◈

曝曬在烈日下的民宿「波留間之波」的後院，泉正急著採些豔紅的扶桑花。休閒旅館的老闆林耕作已把車了停在大門口，準備帶住宿客到渡輪碼頭。

泉摘了幾朵花開五分的扶桑花，一面喊著「等等我！」跑到大門口。

在民宿住宿四天三夜的夏帆與母親正好坐進車裡，夏帆看到泉從後院跑來，也迎上前去：

「姐姐！你到哪兒去了！」

「夏帆，明年夏天要再來哦。」泉把摘下來的扶桑交給她。才六歲的夏帆拿起扶桑花時，整張臉都被豔紅的花朵遮住了。

「我一定會再來的。姐姐，你要傳簡訊給我哦。」

「游泳課要加油。」

「我會努力。等我會游之後，你要帶我坐船到很遠的地方哦。」

夏帆的母親微笑的看著兩個小女生依依不捨的模樣，摸摸夏帆的頭說：「好啦，夏帆，我們該走了。跟泉姐姐說『謝謝你帶我玩得好開心。』」

在豔陽照射下，三人的濃影在腳邊排成一排。圍繞民宿種植的多棵向日葵，也像捨不得分離似的，在海風中左右搖曳。

「那我們走了吧？」

耕作被太陽曬黑的臉從駕駛座窗口探出來，夏帆和母親坐進小巴。剛才還待在廚房的泉媽和瑞惠阿姨也拖著草鞋，跑出來送行。

「夏帆，再見嘍。」泉揮起手。已經駛離的車窗開了，夏帆不住的搖著手。泉和其他人站在大門邊，目送著兩母女，直到車子被榕樹擋住。

「小泉，你待會兒要出去嗎？」

正要回去工作的母親把泉叫住，泉回答：「我和若菜他們約好，要一起看《歡樂合唱團》的DVD。」

聽到泉的回答，瑞惠驀地站住問她：「若菜的爸爸腳傷怎麼樣？聽說他從屋頂跌下來。」

「好像還打著石膏。不過他的嘴巴還是活力充沛，所以每天都很吵。若菜的母親說的。」

「有請人幫忙嗎？只靠母親一個人，民宿忙不過來吧。」

「若菜的姐姐會從本土回來幫忙。」

泉這麼一說，瑞惠故意露出驚奇的表情笑說：「你竟然說本土，小泉，你已經成了道地的島民耶。」

與母親兩人來到沖繩離島——波留間島，已經過了三星期。在島上的生活，要說沒有任何不安是騙人的。在那霸休閒民宿住了三個晚上之後，搭上渡輪來到這個島的清晨，第一眼看到瑞惠和丈夫在碼頭上揮手迎接時，泉的不安立刻一掃而空了。「你長大了呢！」瑞惠上前擁抱的力道，和耕作外表寡言但從黝黑臉龐的皺紋中滲出的安靜歡迎氛圍，讓泉的緊張心情鬆弛了不少。

現在，泉和母親在民宿後面的別院生活。雖說是別院，但以前也是耕作瑞惠夫妻用作起居的房子，所以，生活必要用品一應俱全，對幾乎沒帶行李的泉母女來說，每天的生活並沒有任何困難。

到達島上的第二天開始，母親便開心的在民宿工作。泉有時間的話也會幫忙，不過轉過來的新高中開學之後，泉每當放學回家或休假想幫忙時，瑞惠就會把她趕走：「十六歲的女孩子別曬什麼被單啦，快點去交個男朋友吧。」

然而，這次旅客中有像夏帆這種小朋友時，泉便很樂意當她的玩伴。夏帆與母親剛到時有些鬱鬱寡歡，也可能是因為同一天入住的兩組家庭，都有著可靠父親、溫柔母親和孩子等一家和樂的形象吧。於是泉問來到民宿就一直在客廳看電視的夏帆，要不要去別院玩玩。她摘了園裡盛開的花做成花束，互相拿著花束幫彼此拍照。第二天，夏帆說她想去海邊，於是與母親三人到海灘去玩。湊巧泉的同班男生也在，他們用腳或木棒把熱帶魚趕到淺灘，而且不僅是夏帆，連泉看到彩色魚群在腳邊悠游，也不禁歡呼尖叫。

泉轉進的波留間高中，是個迷你學校，一個年級只有兩班。雖然目前是普通高中的體制，但兩班中，一班是機械電機科，而泉轉入的另一班則是觀光資訊科，主要為畢業後有意往觀光飯店發展的學生設置。當然，機械電機科九成都是男生，觀光資訊科有三分之二是女生。

第二學期的開學典禮那天，泉一臉緊張的站在觀光資訊科的學生前。由於時間太趕，她還穿著福岡高中的制服，可是這套制服竟然頗獲女學生們的青睞，午休之前，就已經完全接納她這個新生了。尤其運氣最好的是，負責統合班上女生的大城若菜在泉不適應新學校的生活中，親切的關照她。

若菜最愛看美國的人氣音樂電視劇《歡樂合唱團》，因而也在波留間高中籌畫一個「歡樂合唱團俱樂部」。以泉來說，她很想繼續打網球，可是遺憾的是，波留間高中別說沒有網球社，連網球場都沒有。最後雖然她的熱情只有「卡拉OK也不算討厭」的程度，但還是拗不過若葉的半推半求，在社團申請通過後，成為創始社員之一。

最近只要一有時間，她就去若菜家，與其他三個創始社員同學一起看《歡樂合唱團》的DVD，學習英文歌詞和舞步。又把錄音機帶到若菜家附近的河口，在沙灘邊練習歌舞直到黃昏。

「波留間之波」民宿，是一棟白牆的水泥兩層樓房，建築在沖繩傳統石牆圍繞的土地上。穿過獅像並列的人門，泉走上沿灘而建的小路，從這條路可一眼望盡整片沙灘，路旁也有老石牆緊緊跟隨著。榕樹茂盛的伸展枝葉，形成濃密的樹影。從這濃密的陰影下，眺望眼角下的美麗大海，彷彿同時體會到日與夜的感覺。泉一如平常爬上石牆，在日與夜之間行走。

美麗的大海上沒有人，只有碧波無聊的沖上沙灘又再次退下。

就在此時，她在石牆尾端，與縣道交會處看到一個人影。那人坐在榕樹樹蔭下的石牆，伸長脖子望著自己。泉對這個理光頭、黝黑的臉龐有點印象。前天，她帶夏帆到海邊時，那個男生就是幫她追趕熱帶魚那群人之一，同年級的機械電機科，名字好像叫知念辰哉。他似乎在等人，狀甚無聊的抱著單膝，另一隻腳懸在牆邊晃蕩。

泉再往前走了幾步，在那男生之前的一個榕樹樹影下，叫了一聲「喂」。辰哉抬起頭，回應「哦」。

「你在等人嗎？」泉問道。

辰哉只說：「船。」

「船？」

「前天你不是說想坐船嗎？」

「有引擎的船？」

辰哉對泉的問題點點頭。

前天的時候，泉的確說過想駕駛看看載有小型引擎的船。但是她不記得有請辰哉幫忙。

「我們家的船今天沒出海。」

辰哉只說了這句話走上石牆。泉霎時有點困惑。她本來要去若菜家看《歡樂合唱團》，然後到沙灘上練習歌舞，但能航行在眼前這片碧藍大海更有魅力。

「欸。」泉把辰哉叫住。

「……我傳訊息告訴若菜晚點再過去，你等等我。」

泉立刻傳了簡訊給若菜，她知道在這麼小的島上，就算說謊也會馬上拆穿，所以乾脆誠實以告。若菜立即回訊：「知道啦──。可是辰哉家的船很爛，小心沉掉哦 w。」

走到縣道，辰哉從石牆上跳下。泉也想學他這麼做，可是畢竟還是太高，她手扶著牆滑下來。

「欸，辰哉，你是漁夫嗎？」

走上沒有樹蔭的縣道，泉望著辰哉的背問道。辰哉踩的白線，在強烈的日照下發出閃亮的光芒。白線一直從下坡連接到海。

「不是，是民宿。就是若菜她家附近的那家『珊瑚』。」

「哦，我知道。粉紅色的牆對吧。」

「以前是紅色的。」

辰哉似乎並沒有說笑的意思，也沒有回頭。縣道的下坡路穿過椰子原生林。向藍天伸展的椰子葉，被海風吹得大幅擺動。泉學著辰哉走在白線上，這條白線看起來彷彿在馬路前端與白雲相連，遠遠的有輛廂型車爬上坡道而來。不知為何，辰哉停下腳步。

白色的廂型車駛到兩人身旁停下。駕駛座上是個身材健壯的中年男人。他沒開口，只是看著辰哉。

「他是我爸。」

辰哉點了一下下巴算是介紹，泉連忙低頭問候：「初次見面，請多指教。」

「嗯，你是最近剛到『波留間之波』那對母女的女兒？」

以那體格來說，聲音顯得略微尖高。泉點頭道：「是的。」

「辰哉，爸爸兩三天不會回來，家裡拜託你了。」

辰哉的父親只說了這句，向泉頷首便又開車走了。辰哉隨即邁步往前，但泉轉過身目送著那輛車好一會兒。

「辰哉，你爸爸要去哪裡？」泉問他，同時加快了步伐以便趕上有點拉開的距離。

「大概是那霸。」

「去工作？」

「抗議運動。聽說那霸又要遊行示威了。」

「抗議運動是要抗議什麼？」

「你知道的啊。反對基地，或是反對戰機。」

「你爸爸也參與這種事嗎？」

「他原本是那霸人。跟老媽結婚才搬到這裡。」

辰哉好像認為這樣就算解釋了。但泉對這些事的認知太少，無法理解。

「從我讀小學的時候就開始了，像今天這樣，突然丟下工作去那邊好幾天，只會給大家找麻煩。我媽對他都已經死心了。」

「真的啊。」

「如果只是不在倒也還好。有時回家了，又對來我家住的客人說些沖繩現況等大道理，讓客人也很困窘。」

「真的啊。」

「嗯，剛開始大家都很認真的聽他說，可是畢竟那些人是來觀光的嘛，到最後還是露出為難的表情。」

泉不知道該怎麼回答，又再輕聲說：「真的啊。」辰哉加快了腳步，泉快跑起來想與他並行。正要追上的剎那，辰哉突然站定，泉差點撞上他的背。

「欸，你看，龜殼花。」

辰哉指著路邊草叢，泉越過他的肩頭探頭看。一條長約一公尺的龜殼花正扭動著光燦燦的身體前進。

「害怕嗎？」

辰哉回過頭，大臉就在眼前。鼻子下滲出汗。

「好漂亮。」泉回答。

辰哉若無其事的又再邁出腳步。

縣道沿著海邊延伸，像是繞著小海角而行。從這海角走十五分鐘，就是若菜和辰哉他們住的聚落，那個區域也分布著藍海的峽灣。

辰哉的船繫在無人的峽灣中、陽光普照的藍海上，被世界遺忘般的兀自搖晃著。

走下沙灘的辰哉拉起粗繩。繩子纏著海藻，光是摸起來應該就很痛，但辰哉一把一把的拉著，彷彿他拉的不是小船，而是把海上的景色也一把一把的拉近來。

「你先上去。」

在辰哉吩咐下，泉把涼鞋拿在手上，踩著打上來的浪花坐進船中。同時，辰哉將整好的繩子丟進船內，它的重量讓船身搖晃了一下。

「啊——！」

泉失去重心，不由得大叫起來，在搖晃的船中彎身前傾，慢慢的蹲坐下去。辰哉沒理會泉的緊張，粗魯的踢著船，改變它的方向，再猛力一推，自己也坐進船裡。

泉抓著船邊蹲著，對突然相反的景色看得入迷。眼前只有青藍色的海。

跳進船裡的辰哉，下半身全部浸濕了。只要在船裡一動，就會清晰留下野獸般的腳印。

「要看嗎？」

聽到辰哉的話聲，泉回過頭。辰哉手上已多了小型引擎的細繩。

「嗯，我要看。」

泉爬行到船尾。引擎雖然相當陳舊，但看上去整理得相當好，裡面的零件都上了油而發出銀光。

辰哉沒有任何說明，按下拉桿，拉出細繩，又摸了什麼東西。一次發動不了，第三次才終於發動了引擎。意料之外的巨大馬達聲，讓泉不由得塞住耳朵。同時，船頭倏地浮出水面，小船切過藍海快馳而出。

泉不自覺「哇——」的大叫。伏蹲的辰哉說：「來，到這邊。」把自己握著的船舵出示給泉看。

「讓我來開嗎？」泉驚慌的說。

「我會扶著。」

泉調整姿勢，握住船舵，引擎的振動清晰的傳送過來。辰哉把手包住泉緊握船舵的手上，也握住了舵。他的手心很熱。船漸漸的離海邊越來越遠，打在臉上的熱風不知為何不時帶點涼意。

「繞過那個岬角後往右轉吧。」

聽辰哉這麼說，泉問：「怎麼轉？」

「慢慢轉動這裡的話，你看，往右走了。」

泉配合著辰哉手的動作，自己也用了力氣。船體與上空的積雨雲一起往右傾。快要繞過岬角的時候，看到附近海面有個小島。

「那個島有人住嗎？」泉問。

「沒有。」

「那就是無人島嘍？」

「可是有田地。」

「誰的？」

「很多人啊。我們家有，若菜家應該也還有吧。」

「種了什麼嗎？」

「甘蔗啦，玉米啦。」

「欸，可以開到那個島上嗎？」

辰哉沒有回答泉的問題，只是把船舵轉向那個方向。

小船不時衝過浪頭，在湛藍大海上挺進。小小的無人島也隨著船的接近，變得越來越大。島上有五、六隻大鳥在盤旋，彷彿在迎接泉二人到來。

駛近長了一排原生椰子的沙灘，直到連開在樹下的扶桑花都清楚可見時，辰哉關上了引擎。引擎聲突然消失，只剩船頭劃過海浪的聲音。

「這個島滿大的嘛。」泉問。

「我剛出生的時候，這裡還住了不少人，還養豬。」

泉放開船舵，被辰哉握到的地方有點痛。

一條老舊的棧橋從峽灣延伸出來。伸到白沙灘的木棧橋看起來像是尚未完工的橋，又像是連到藍天的飛機跑道。

辰哉關上引擎後，小船緩緩前進的飄到那座棧橋，精準得令人驚奇。而且它並沒有撞上去，比較接近挨上前的感覺。

「好厲害，剛剛好耶。」

泉不由得喊道。辰哉咕噥的說：「因為很習慣了。」

「我先下去，你等等。」

他把捲成一團的麻繩背在肩上，跳到橋上。船劇烈的搖晃，泉再次趴伏在地。她覺得搖晃的不是自己，而是眼前的島。

「好嘍。」

把繩索繫在浮標上，辰哉伸出手，泉讓他的手拉著跳上棧橋，棧橋也像小船一樣搖動。泉仰頭看天，旋轉了一圈，只聽得到海浪的聲音。

「環島一周需要多久時間？」

「大概一小時吧。」

兩人並肩走在棧橋上，兩人的影子也在腳邊相隨。

「從那條路走上去，就會到上方的田地。也許會遇到什麼人來這裡耕作。」

「除了田之外，還有什麼？」

「沒有啦。全是老房子的廢墟。」

「可以到島上到處看看嗎？」

「那，我到那邊睡個午覺。」

辰哉指著椰子樹的樹蔭下。

「嗄？你不跟我一起去啊？」

「要去也可以……」

「可是？」

「我以為你想一個人晃晃。」

近前一看，辰哉的眼眸閃閃發亮，濃密睫毛的影子使他的眼睛看起來更深。

「這種事在這裡很普遍嗎？」

「什麼事？」辰哉瞪大眼睛。

了。

「沒，沒事。」

她不太能解釋，但心裡很開心，聽到對方讓她隨意的玩，好像表示他們已經完全接受自己了。

辰哉在大椰子樹蔭下真的躺下來睡覺，泉丟下他獨自從沙灘走上林道，因為沒有修整，她必須撥開兩側長出的葉子才能前進。走上緩坡，視野豁然大開。如辰哉所言，眼前是一片廣大的甘蔗田。除了風之外，沒有任何聲音。雖然農道略微整理過，但是當然沒有鋪設柏油，在強烈的日照下，土地顯得有些發白。遠處有幾棟農事用的小木屋，但沒見到任何人在耕作。

整座島幾乎都是平坦的土地。左手邊有個小高坡。泉向著那個坡走去。她把甘蔗葉撕碎，像樂團指揮般邊甩邊走。藍色的蝴蝶像把頭頂的藍天撕碎般飛在前面，引導著泉前進。

路上有輪胎的痕跡，是整地用的大型卡車。看樣子是下雨時印上的，如同筆劃很多的漢字，清晰的留下形狀。

泉有些後悔，早知道帶點飲料來就好了。毒辣的太陽底下無處可逃，又沒有戴帽子，心想爬上眼前那座坡之後就回沙灘去好了。決定之後，又甩著葉子前進。

走上坡，整個島一覽無遺。辰哉說的果然沒錯，平房形式的廢墟聚落有好幾處。可能被颱風颳壞了吧，每棟房子幾乎都沒有屋瓦。

她看見坡上立著一面水泥牆。可能以前蓋了什麼建築吧。不知為何只剩下一面牆。打穿的窗子後面，是清澈無雲的天空。若是仔細觀察，還能看到草叢中留存著水泥的隔間，顯然是棟相當大的樓房。走到那面牆邊，發現後面還有個半倒的二樓建築。只有水泥外牆，沒有門也沒有窗戶。

這裡以前有人生活過吧，泉想像著。想像他們從半倒的二樓窗口過著望海的日子，不知為何，這讓她想起在樹蔭下睡午覺的辰哉。就在這時，她突然聽見不屬於自己的腳步聲，半倒的建築中的確有什麼東西在動。

泉豎起耳朵，廢墟中的聲音也同時停止，只剩下吹過島上的風聲。

泉想，一定是辰哉躲在那裡。他謊稱要在沙灘等，其實是先抄近路過來這裡嚇她。

泉對這種小孩玩的躲貓貓，忍不住笑了。既然他這麼大費周章，那就演個驚嚇的樣子給他看好了。

泉又揮著甘蔗葉，刻意邊走邊哼歌，來到廢墟前停下腳步，做好驚奇的準備，可是辰哉並沒有出來。

因為樓房沒有門，可以看見廢墟的內部。天花板塌了，陽光射進裡面，十分明亮。四周的圍牆雖然骯髒，但因為是白色的，更顯得眩目。

裡面有燒過火堆的痕跡。雖然簡陋，但石頭堆得很好，還擱著一張燒焦的網子，旁邊有個大背包。哪裡都看得見的紅色背包還很新，裡面塞得鼓鼓的。更仔細一看，地上擺著未開封的寶特瓶和罐頭。

牆後面一定有人，可是她察覺那不是辰哉。泉故意用開朗的聲音喊：「是辰哉吧？你在這裡對不對。」然後緩緩往背後退去。驀地，一個年輕男人從窗戶對面站起來，泉不由得尖叫，一屁股坐在地上。

那是個好像好久沒洗過澡的男人，蓬頭垢面，長了微微鬍青的臉上，被太陽曬成暗紅色，看起來隱隱生疼。只不過他穿著米老鼠的T恤，所以稀釋了一點恐怖感。

「我以為是我朋友……」泉搶先說。窗戶後面的男人回頭檢查了一下，辰哉當然沒在那兒。

「沒事嗎？」男人問，似乎在關心坐在地上的泉有沒有受傷。

「哦，沒事。」

泉後退著站起來，雖然屈著身體，但視線還是朝著男人。男人似要逃開她的注視，消失了身影，接著從沒有門的門走出來，手上還拿著剛吃了一口的香腸。

泉站起來後拍拍屁股上沾的沙。男人站在門口，目不轉睛的注視著泉。

「請問，你在這裡做什麼？」

泉非常直率的問道。男人好像也預期到她會這麼問，歪著頭說：「在這一帶晃晃，有點像一個人旅行。」

男子隱現的白牙，讓泉進一步放鬆警戒。

「這一帶是指沖繩？」泉問。

「嗯。」

「你是怎麼到這個島來的？」

「在波留間島上，有人載我來的。」

「島上的人？」

「對，來這裡農作的人。」

男人的口氣平緩，但也許也有些緊張吧，手上的香腸捏得太用力，快從塑膠袋擠出來的樣子。

「什麼時候？」泉問。

「三、四天前。」

「然後一直待在這裡？一個人？」

泉打量著男子背後，地上堆滿了水和罐頭。

「你呢？來種田？」

「搭朋友的船過來玩。」

「那個朋友呢？」

男子目光看向泉的背後。

「他在沙灘上等。」

說著時，泉驀地閃過一念問道：「啊，如果你要回波留間的話，要不要搭我們的船？」

男子猶豫了幾秒，搖頭道：「不用了，沒關係。」

接著，沉默了半晌。剛才的藍蝶又開始飛在泉的四周。

「那我該走了。」泉說。「哦，嗯。」男子點點頭。泉轉過身，往來時路回去。

「對了！」

走了相當遠之後，又被男子叫住。

「我在這裡的事，希望你盡可能不要對別人說。」

男人俯低的臉有陰影遮住，看不清表情。泉點個頭，又再次轉身走了。

回到海邊，辰哉躺在椰樹的樹蔭下。聽到泉的腳步聲坐起身體，驚訝的問：「這麼快看完啦？」

從山頂廢屋回到這裡的路程中，泉以為自己會把剛才那男人的事告訴辰哉。並不是故意想說，只是應該不知不覺就會說出來吧。可是，辰哉這麼一問，泉只回答：「因為很熱。」

辰哉站起來，拍拍黏在屁股和背上的沙，但是因為滲著汗，背上的沙不太容易拍得掉。辰哉走向棧橋的船，泉望著他背上流汗處黏的沙粒，跟在後面走。

泉抓著辰哉的手坐進小船，問道：「我問你，觀光客也會到這個島上來嗎？」辰哉發動引擎一面回答：「不會啊。這裡什麼都沒有。」

引擎啟動，小船來個大迴轉，又再往海上駛去。泉已經比來時更能掌握住重心了。

「不過，偶爾會有些怪人過來。」

辰哉突然想到似的說。泉回頭：「什麼怪人？」

「像是背包客之類的，請到這裡耕作的人載他過來。說起來，不久前聽說鄰居也載了一個人過來的樣子。」

「有回去嗎？」

「可能拜託別的人吧。」

泉的目光轉向背後漸漸遠去的島。不知道鄰居載的那個年輕人，是不是就是剛才的男子，不過，辰哉想錯了，那個人還沒有搭別人的船回去。

「欸，那個島上有水嗎？」泉問。

「有啊。不然怎麼種田。」辰哉笑說。

離無人島更遠了。泉在腦海中描繪著男子在廢棄屋中迎接夜色的情景。沖繩的星空深而濃，以前見到一般的星空，都像千層派般，一層層疊上去的。泉總是想把自己的手插進深沉的星空，好像把整隻手臂伸到底，就能感覺到星星刺刺扎扎的觸感。

◈

南青山的根津美術館附近，有一家專做野味的法式餐館，叫做「O」。店裡陳列了一個四面玻璃的冷凍櫃，裡面大喇喇吊著帶肋骨的野豬、鹿生肉。有的客人對這光景感到可怕，但因為他們以平實的價格提供精湛的料理和嚴選紅酒，所以，店裡總是擠滿了常客。

優馬坐在這個冷凍櫃前的桌子，等著嫂嫂友香。下班時間一延再延，沒趕上約定的七點半，但沒想到友香更遲。

優馬注視著一個新人服務生排遣無聊。他可能還是學生吧，理得短短的頭髮看起來很整潔，聽不懂客人的點餐，不時羞紅了臉的模樣十分可愛，令他無法轉開視線。

「抱歉哦——」門開了，友香誇張的道歉走進來，剛好是在那個他聽錯紅酒名稱，再次脹紅了臉的時候。也許是因為穿著醒目大花的艾蜜莉歐．普奇的洋裝，友香一進來的瞬間，整個店都明亮起來。「咦？三個人？」在眼前的位子就坐後，友香察覺桌子的擺設問。

「等下克弘會來會合。」

「克弘？好久不見他了。可是今天晚上不是小叔為平時嫂嫂辛勞所開的慰勞會嗎？」

「本來是這麼打算，可是剛才克弘傳簡訊來，所以我就約他了。」

「今天的晚餐聽說是阿航拜託優馬請的？」

「對啊，有個體貼嬌妻的老公，小友真是幸福呢。怎麼，今天要幫我介紹誰？你那個老公。」

「真是溫柔體貼的小叔。」

「一輩子都要記得我的恩德哦。……今天花音怎辦？」

「今晚請阿航幫我看著。剛才才洗完澡。」

優馬和友香最初是酒友，兩人從學生時代就認識了。

「對了，我聽大哥說了，你又要開始上班啦？」

友香正向那個可愛的服務生點了一杯香檳時，優馬問道。服務生下去後，友香立刻說：「剛那男生，是你中意的類型吧。」優馬也坦率點頭：「沒錯。」

「對了對了，工作，我想差不多該回職場了。」

「回以前的公司嗎？」

「不是。一個熟朋友開的公司。她叫洋子，記得嗎？就是一直在紐約廣告代理商的那個女生。優馬不認識嗎？」

「不認識吧。又是公關的工作？」

「對。」

「大哥怎麼說？」

「唔——，他當然贊成我去工作啦。不過考慮到媽的狀況，問我『現在馬上嗎？』」

「一定的嘛。」

「不過，今天媽的精神很好呢。她說想吃紅豆麵包，我去買了來，她吃了一大半呢。」

「啊，今天你不用當我嫂子，當朋友就好了。」

「真的假的？我可有滿肚子苦水耶。」

「那是當然的啦。才剛生了孩子，每天又要照顧婆婆。」

來接受點菜的不是剛才的服務生，而是資深的女生。小可愛可以拿來欣賞，但是真正點菜時，還是資深人員比較靠得住。野味時令還早，但前菜他點了熊肉凍，主菜則是碳火烤蝦夷鹿，份量很重的菜色。

友香已經喝完第一杯香檳，正在看酒單思索接下來要喝什麼好。看著這樣的她，優馬不禁回想起初識的時候。跟她是在什麼地方怎麼認識的呢……應該是在某家夜店吧。這女人雖然一喝醉就會開始跳起騷沙舞，可是說話的遣詞和笑的方法都頗有水準，所以在滿早的階段，他就相中她也許可以成為哥哥的老婆。而且實際上，介紹之後果然一帆風順。優馬覺得自己看人的眼光不會有錯。

「最近工作忙嗎？」

以為友香要開始倒苦水，沒想到點了一杯有機白酒之後，友香卻改變了話題。

「嗯——，工作倒沒什麼，不過這個夏天真的玩得太過火，精氣耗盡。」

「把自己的媽媽丟給嫂嫂照顧，虧你還真有臉在我面前說這種話。」

「所以才說今天我們是朋友。」

「嗄，原來是這個目的？被你騙了。」

友香並沒有跟大哥談過優馬是同性戀的事，當然優馬自己也沒有出櫃，但八成大哥心裡已經有數，而且友香也認為老公已經知道吧，所以彼此沒有明說。偶爾大哥會冒出「優馬也該找個女人結婚了」之類的話，那種時候友香就會巧妙的岔開話題：「他還想再玩玩吧。」而大哥據說就會露出寂寥的表情說：「是啊，那小子沒有目標嘛。沒有目標在很多種意義上，就不會有起步。」

「你這個夏天到底玩了什麼，玩到精氣耗盡？」

友香試喝了一口白酒，十分開心的向品酒師點點頭後問道。

「沒什麼啊。跟以往的夏天一樣。到健身房練身體，去夜店裡找男人，喝了酒之後被男人甩了，大家一起去烤肉，又找別的男人。然後又去健身房。」

「你們這些人每年也真辛苦啊。」

「沒得說，真的很累，而且每年都這麼搞。夏天結束了是秋天，秋天一到，食欲旺盛，好不容易練的體魄又長了贅肉，因為可以用厚衣遮住，心想管它的，先吃再說。沒多久夏天又毫不留情的到來。只好趕緊上健身房。」

插科打諢的說給友香聽時，驀然想到哥哥說過的「那小子沒有目標」。優馬問：「欸，小友，結婚之後有什麼改變？」友香楞了一刻，笑道：「好像變得更搶手。」

「為什麼？」

「可能因為我無意博取別人的好感吧。」

「聽了真刺耳。」

上主菜的時候，克弘喧鬧的出場。店門口明明是扇玻璃門，不知為何只有克弘看不見，看也沒看便一頭撞了上去，引起所有客人的注目。

克弘一就座便點了一杯白酒。與久未見面的友香短暫寒暄後，便把他們兩人之前的談話擱在一邊，說起自己最近的戀情。

儘管他有個交往九年的男朋友，但據他說，今年夏天對某個男人有了好感，而且那個男人也有個交往多年的情人。簡單說就是雙劈腿。彼此都沒有和最愛的情人分手的打算，就克弘來說，他只是很高興多了個便利的砲友。但是那個男的最近突然說「好像有點罪惡感……」當然，他指的是交往多年的情人，而且很嚴厲的責備克弘「你對你男友難道沒有罪惡感嗎？你是那麼冷血的人嗎？」附帶一提，克弘的確沒有什麼罪惡感，在那男人面前無可辯駁。

友香靜靜聽克弘說了半天，在這裡打斷了他。

「罪惡感是因為自己樂在其中才產生的。所以，重點就是，那個男人也享受雙劈腿的快感，他想說的也許是克弘並沒有像他那樣享受。」

這話真是一語中的，優馬對友香的見識深表贊同。旁邊的克弘說：「不，我也很快樂啊。不過，是還沒有到罪惡感的地步啦……」有些話似乎猶豫著沒說完。

「不過，不管是克弘你，還是那個外遇對象，不是都有個長年交往的朋友嗎？哎，你們這種開放的尺度，真令人瞠目結舌。」

友香誇張的重重嘆了一口氣，優馬忍不住想反駁：「不是不是。並不因為都是男人，所以大家都像克弘那樣。也有人很認真的從一而終哦。」說到這裡，又突然頓住了：「算了，我自己也還沒找到那種人就是了。」自己越說越沒力。

由於克弘再點一份又要花不少時間，所以決定將優馬兩人的火烤蝦夷鹿，三個人分著吃。

「既然如此，點紅酒不更好嗎。」克弘說著，把剛送到的白酒當開水一樣一口氣喝乾。

「可是啊，照你們倆個人這麼說的話，我總是很納悶，最近話題中的草食男人都跑哪兒去啦？」友香把話題拉回來。「啊，那個啊，那是非基友世界的人。我們這邊最新交友系的軟體上，豈止是內食，已經都是野味啦。大家獵人也被獵。」優馬笑道。

「欸，克弘，我再問你一次。你跟你男友已經交往九年了？」

面對友香的質疑，克弘點點頭說：「對，託福託福。」

「相處得不好嗎？」

「很好啊。應該說，我視他比自己更重要。」

克弘不假思索的反應，讓友香又是一驚。

優馬不覺思考停頓下來。他感覺到強大的衝擊，但不知道該怎麼樣來形容。克弘驀然吐露的真心話「我視他比自己更重要」打亂了優馬的思緒，也可以說是心情。

「怎麼了？」

冷不防被克弘抓到，優馬拿著紅酒酒杯，笑著唬弄說：「沒有，什麼事都沒。只是對你們倆位高亢的戀愛論十分佩服。」

克弘的戀愛話題到此結束，繼續談到友香回職場的話題，接著聊到夏威夷。兩人喝著甜酒，聊得不亦樂乎。可是優馬還是被剛才那句話絆住，跟不上兩人的對話。

結完帳走出店門，馬路上猛地一陣怪風。店門前掛的手寫招牌都快被風吹跑。優馬趕緊按住招牌，在一旁望著天空的克弘咕噥「颱風要來了吧」。

「……應該還在小笠原群島附近，不過威力相當強。還有一個大的往沖繩去。一個十九號，一個二〇號。」

優馬仰頭，厚重的雲層以極快的速度流過低垂的夜空。空氣潮濕沉悶，有雨的味道。

「那接下來有什麼打算？」

克弘問著，優馬把問題丟給友香：「小友呢？」

「我想回家好了，花音應該還沒睡。」

「別啦！再去一家吧。」

克弘忙不迭想阻止，但已經決定回家的友香聽不進去。

「那我也回去好了。」優馬也說。

「這算什麼嘛。那我豈不只是來吃你們分我的蝦夷鹿而已？而且份量那麼少。」

克弘嘟起嘴，優馬見狀說：「你要不要偶爾也直接回家一次？」克弘的嘴嘟得更尖了：「回到家也沒有人在。」

「為什麼？」

「我上次不是跟你說過了嗎。」

這個夏天，克弘的男友為了工作在國外滯留未歸，幾乎都不在東京。

「原來如此，難怪過著打野味的生活。」

友香一副自有領悟的表情點點頭，在雨點落下之前，三人直奔車站。到達表參道站時，友香問：「優馬，你該不會等一下還要去媽那邊吧？聽說你最近每晚都去？」「今天我會回家。」優馬答道。

「咦，伯母怎麼樣了嗎？」克弘假惺惺的問道。「真的想知道？」優馬笑說。「對不起，我不想知道。」克弘老實承認。

三個人並肩走樓梯到地下，各自去自己要搭的路線。別了兩人後，優馬一個人不知為何突然在剪票口前停下腳步，心裡自語著：「結果還是沒說。」

決定今晚和友香見面時，可能自己想把那件事告訴她吧。克弘匆忙來到時，他也想過，要不然就跟這兩個人說吧，可是，最後他誰也沒說。他不知道是因為覺得不是什麼值得說的事，所以踩了煞車，還是想講卻講不出口，只留下沒說出口的事實。

三星期前，他認識了那個男人，就這麼簡單的事，為什麼說不出口？尤其他遇到的這個人，並非他喜歡的類型，也並沒有萌生令胸口揪緊的戀情，然而，他卻無法告訴兩人，那傢伙現在住在自己家裡。也許相識的地點在發展場，丟臉到自己說不出口。但是友香和克弘應該不會在意這些。而且，他本來就打算說的，那個傢伙在發展場大房間的一角，抱膝坐在地上，做完愛之後直接帶回家了。這種故事俯首皆是。像克弘那樣把它當笑話說就可以，但不曉得為什麼，直到最後還是說不出口。

雖然自己平時認為「過得很自由」、「對自己是同性戀並不特別感覺掙扎」，可是到了這個當兒，他的謊話還是會被戳破。自從懂事之後，他就察覺到自己的感情和想法，會讓父母或朋友討厭。他不想讓喜歡的人討厭他，自然而然便不太把自己的感情說出來。漸漸習慣之後，驀然發現自己已經成了說不出口的人了。不論對方是友香還是克弘，就算認為自己自由的歌頌人生，但那個毛病，那個自己最不喜歡的毛病，直到最後都必定會苦苦糾纏著優馬。

從表參道站上車，約十五分鐘到達櫻新町站。優馬走上一如往常的樓梯，來到一如往常的大街。往駒澤公園方面走時，尋思著要不要到TSUTAYA借個什麼DVD回去看。已經十點多了，回到家洗個澡，回回電子郵信和推特，看完影片恐怕得到凌晨兩點了。最後，優馬沒進店門，就這麼走了過去。他驀地想到，那傢伙不知道愛看什麼電影？別說是喜歡的電影，連他的名字「大西直人」，都是在帶他回家的第二天早上才知道的。那天星期天，快中午才起床時，那傢伙沒說要走，優馬也沒下逐客令。帶著某種默契，一起出去到附近的樂雅樂吃東西。回家的路上在藥房買保險套時，他才問「對了，你叫什麼名字？」

結果，那一整天兩人都關在房間裡，肚子餓了就出去，回到房間就做愛。六個裝的保險套到週一早上便已用罄。

星期一早上，優馬上班前只說了「我該出門了。」既沒問他要不要一起出去，也沒說「你想待著就待著」。直人回了句「好」，脫下借來的T恤，換上自己汗臭的衣服，一起走出房門。往車站的路上，優馬問他「今晚有地方住嗎？」直人說沒有，於是優馬告訴他「我九點左右到家。」

這種對話延續了三個星期。優馬回家之後，直人也掐準時間回來。白天自己出去上班的時段，完全不知道直人在哪裡做了什麼事。他問過一次，直人回答「大多在前面無宿溫泉打發時間」，也實際把積點的會員券拿給他看。那是之前優馬帶他去過的，儘管地處世田谷區，卻有寬敞的屋頂露天溫泉。室內設有數個不同溫度的按摩浴缸，設施裡的休息空間也很寬敞乾淨，頗可以悠閒的打發時間。

「整天都待在那裡？」優馬驚訝的問。

「也不是整天，只是待得比較久。」

「哦，是嗎？上次一起去時，我發現你泡澡特別久，而且還是溫池，一坐就不起來了，真虧你泡不膩啊？」

日復一日，他漸漸習慣直人待在自己家裡。這幾天早上，他幾乎要說出「你想待的話就繼續住下去吧」這句話，但始終沒有說出來。雖然沒什麼存款，但也許他會連存摺一起偷走，也許會在他不在時帶不良份子進來，說不定他還是個吸毒的傢伙。每天晚上一起吃飯，一起睡在小床上，但優馬自忖，自己還是不信任直人。不，如果了解對方的什麼，就能信任對方，但現在他還不了解。

過平交道前等紅綠燈的時候，對面馬路的便利商店走出一個男人。壓低帽子的他，側臉和直人十分相似。只不過他告知過今晚會遲歸，直人應該不會這麼早回來。等待信號燈變換的時間，像直人的男子雙手甩著超商塑膠袋離去，優馬想喚他，但無法確定他是不是直人。下一秒，男人走進巷裡，背影清晰可見，那件背上印著鯉魚圖案的T恤，是優馬借給他的。風再次轉強，優馬仰頭看天，低雲像要躲避什麼妖怪般一溜煙的逃走。

信號燈換了，優馬往直人身後追去。一跨出步伐才發現自己醉了。跑進巷子時，直人還筆直的往前走。不知是走得太慢，還是中途停下來過，直人還走在陰暗的坡道中段。應該不是坡道太陡的關係吧，但他的步伐很小，而且十分在意手中的塑膠袋。

優馬不自覺的停下腳步，觀察他在做什麼。看來好像是袋子裡的便當沒放平，在袋子裡歪到一邊去了，如果再傾斜的話，飯菜都會擠到一邊去。他若能空出一隻手，就可以立刻調整好，但因為另一手也拿著超商的塑膠袋，所以總是調不好。

他壓低腳步聲不讓直人發現，悄悄的跟在身後。直人想用小碎步的走法，讓傾斜的便當恢復水平，可是還是不太能如願，最後決定用膝蓋把它頂回來。

那模樣看得優馬忍俊不住，趕緊摀住嘴巴。直人沒發現，又再度緩步邁向前。

驀地，心裡浮出剛才想過的一句話「如果了解一點對方的什麼，就能信任對方。」眼前的直人邊走邊擔心歪了一邊的便當，「該不是指這種醜態吧？」優馬覺得很滑稽，「縱使再怎麼好笑，也沒人因為這種背影而信任對方吧。」

「喂，你在幹嘛？」優馬對他喊著來掩飾笑聲。直人瞬時一凜，回過頭來，慢半拍的「啊」了一聲。

「我不是告訴你，今天也許會比較晚？」

優馬跑上來邊說。

「我想到隔壁的公園等。」

「公園？颱風要來了呢。」

走到他身邊，優馬幫他提起沒放便當的那個袋子，「好了，你現在可以盡情調整便當了。」他笑道。直人沒會意過來，歪著頭「嗄？」

兩人擦著肩膀走在狹窄的夜巷中。走上緩坡頂即是巷底，往右轉就到優馬的公寓。

「我每次晚歸時，你不會都在這個公園等我吧？」優馬開啟大門的自動鎖時問道。

「也並不是每次。」直人回答。入口的燈映照下，直人的臉色有些蒼白。

「怎麼看起來很疲倦啊。」優馬問。

「提不起勁，好像感冒了。」

進到窄小的電梯，優馬打開塑膠袋檢視，裡面有牛奶、豆沙麵包，還有保險套。

「啊，你幫我買了。」

電梯到了三樓。走進短廊，打開最後一間三〇五室的門。優馬踩著散落一地的運動鞋進了玄關，直人也跟在後面。

「光吃便當就夠了嗎？」

優馬暫時先把陽台上的換氣窗打開，立刻又開了冷氣。

「這個泡麵可以吃嗎？」直人指著廚房的櫥櫃，沒等回答就從櫥子裡拿出來。

「我也來一碗吧。」優馬說。雖然光想像熱呼呼的泡麵，汗水就要冒出來，可是跟友香他們三個人分著吃的蝦夷鹿還是不夠。直人立刻把兩碗泡麵擺在桌上，又拿了水壺燒開水。

「哎——，累死了。」

優馬趴到床上。沁涼的冷氣和窗口吹進來的暖風混合在一起，撫觸著脖子。

優馬從床上凝視著廚房直人的背影，脖子已被汗水濡濕，在螢光燈下發出油光。

「我說，」優馬出聲叫他。

正用牙齒咬破泡麵調味料袋的直人回頭。

「唔？」

「嗯，沒事。」

歪過頭來的直人再次轉過身去。優馬閉上眼，試著在腦海描繪出剛才直人的臉。他總以為那是張沒有特徵的臉，但即使沒有特徵的臉，還是有其沒有特徵的特徵。

「明天要加班，我也會晚歸哦。」優馬又叫。直人沒再回頭，只回答：「知道了。」

「如果身體不舒服的話，白天也可以待在這裡哦。」

看不見直人的臉，但可以知道直人停下了手的動作。

「……不過，因為我完全信不過你，所以事先聲明一下。如果你偷了這房間的東西逃走的話，我絕不客氣一定報警。很多人怕自己同性戀曝光，只好躲在棉被裡哭。所以很多混蛋看準了這一點，把人洗劫一空。不過我不怕曝光。」

優馬說完話之後，直人還是既沒回應也沒回頭。水燒開了，發出「嗶—」的愚鈍聲音。

「怎麼不說話？」優馬說。

直人不耐煩似的回過頭問：「說什麼？」

「你應該有什麼話想說吧？我在懷疑你耶，把你當成小偷。」

聽到優馬的話，直人嗤的哼笑出來。然後正色說：「你不是懷疑我，而是信任我吧。」優馬一時間不知該怎麼回答。

「好啦。你希望我說點話是吧。那我就說了：『謝謝你信任我。』這樣可以了吧？」

直人注入滾水的泡麵在他手邊升起蒸騰的煙霧。

也許就像直人所說，對懷疑的人說「我在懷疑你」也許就和坦言相告「我信任你」是一樣的意思。

優馬無來由的覺得想笑，於是改變了話題：「聽說再幾個鐘頭，颱風就要登陸嘍。」

◈

持續收訊的傳真和電話終於安靜下來。自從昨天氣象廳正式發布十九號颱風改變路徑，將接近房總半島海面的消息之後，洋平工作的濱崎漁會，電話和傳真就響個不停，職員們全體出動應付所有來電。

昨晚，洋平和田代哲也兩個人睡在漁會，也事先叮囑漁會會員們「除緊急狀況之外，大家請各自因應。」雖然有些船出海，總要等到颱風逼近才回來。不過當海浪轉大的黎明時分，所有的船都回港，現在都相互緊貼著停泊在碼頭內側。看到這種大型颱風來襲時，船家不在乎船體擦撞，緊密繫成串珠的狀態，就像兒童玩擠饅頭的模樣，洋平才驚覺原本這個港口竟有這麼多船。

一大早就開始為防颱準備到處奔忙的職員們，也在風勢暫時轉小的此時，到附近的食堂去吃午飯。辦公室裡只剩洋平一個人。洋平把氣象廳傳真來的最後一次預報看過一遍，關掉氣象預告的專業電視頻道後，洋平扭扭僵硬的脖子，走到窗邊。一靠近才發現強風吹得換氣窗咔答咔答響，而且才中午十二點，外面卻暗無天日，室內的螢光燈把自己的樣子映在玻璃上。現在據說颱風中心正在通過，不覺間開始轉為小雨。

海相凶猛，外海白浪滔滔，烏黑的雨雲在遠處水平線，星馳電掣般的速度逼近中。

洋平稍微打開換氣窗，才一開，便聽到動物呼號似的風鳴聲，背後放在辦公桌上的文件滿天狂舞。他趕緊想把它關上，但吹進來的風也很沉重，好不容易汗水才剛收乾的脖子又變得濕淋淋了。

洋平俯望碼頭的狀況，除了一個藍色水桶被風吹得地上滾之外，沒有任何動靜。但眼前的民宿招牌左右搖晃，下方一隻被風嚇壞的野貓蜷縮成一團。也就是在這時，他看到愛子死命握著快被風吹走的雨傘，正往漁會走來。

「這種天氣還送什麼便當嘛。」洋平嘖了一聲。

昨晚他忘了提醒愛子「明天不用送便當了。」早知道上午打通電話回去就好了，洋平現在後悔也來不及了。

確認愛子的傘被風搶走後，跑著進入大樓時，洋平離開了窗邊。

他在辦公桌前等了半晌，可是愛子一直沒上三樓來。洋平去到走廊窺探狀況，但幽暗的走廊末端是更幽暗的樓梯，樓下傳來愛子的笑聲。

外面的風聲清晰可聞，老舊的漁會大樓也不斷發出嘎吱嘎吱的聲響。

洋平莫名的壓低腳步聲，緩緩的走下樓。不經意摸到的水泥牆面都因為潮氣而濕涼涼的。

從三樓下到二樓，愛子的聲音更加明顯。她好像在對別人解釋，從家裡走到這兒就濕成這副模樣了。

自二樓樓梯走下幾階處，越過扶手往下看，愛子和田代站在一樓狹窄的穿堂，正在聊天。他本以為田代和大家一起去食堂吃飯了，看來是在這兒等愛子的便當。

「我看雨勢不大，以為沒關係，結果全身都濕透了。」

愛子用毛巾擦著濡濕的手臂和小腿。

「今天還是高麗菜捲。田代哥喜歡吃吧？」

從樓梯上也看得出愛子的臉也都濕了。

「哎喲，算了。擦了半天，現在反而出汗了。」

愛子放棄似的立起身，接著開始擦臉。

「欸，你今天要在哪裡吃？屋外沒辦法了吧。」

「我在這裡吃。」

「這裡？怎麼不到樓上跟我爸一起吃呢？」

愛子冷不防抬起頭，洋平慌忙縮回身子。

可是愛子已經看到了。她叫道：「哦，爸爸。便當來了！」

「啊，哦。颱風天可以不用送嘛。」

洋平故作鎮定，刻意發出腳步聲走下一樓。兩人正一齊仰頭看著他時，身旁的入口大門被強風推開，風直灌了進來。不知哪兒飛來的好幾片枯葉，黏在淋濕的玻璃窗上。

「來，你的便當。」

走下樓梯，愛子把田代手上的便當，拿出一個遞給洋平。

「你在這兒等會兒，我吃完飯開車送你回去。」洋平說，又補充道：「啊，田代，你如果有時間的話，能不能幫我送送她？」

「哦，好。」

田代面無表情的點點頭，在大廳的長椅坐下來。

「你要在這裡吃啊？」洋平驚奇道，卻沒想到愛子插進來說：「有什麼關係嘛，在哪兒吃不都一樣。」

「倒是你快點擦乾吧。會感冒的哦。」

洋平說了這句話，轉過身背對二人上了樓梯。在樓梯間反轉方向時，他看見愛子拘謹的在田代身邊坐下。

愛子平安回到濱崎來，已經過了一個月。剛回來時，洋平半夜總要被聲響驚醒好幾次。實際上根本沒有什麼聲音，只是洋平眼前一再浮現出愛子悄悄離家出走的影像，所以裝著去上廁所，從樓下確認睡在二樓愛子的鼻息聲。直到最近，他漸漸不會在夜裡醒來。他自己也覺得很奇妙，不知道什麼原因，當然並不是因為他可以不用擔心愛子離家了。而每天下了班回到家，看到愛子站在廚房時，他就如釋重負。

仔細一想，夜裡不會驚醒，是從愛子開始幫田代做便當之後的事。他不覺得兩人之間滋生出什麼，但從愛子做便當那麼樂在其中的模樣，可以確定愛子對田代有好感。只是同為男人的眼光看來，田代對愛子並沒有什麼遐想。

當然，他並不是祈望愛子和田代能有緣在一起。對家有獨生女的單親爸爸而言，女兒不論長到幾歲，永遠都是可愛的女兒。以前出現的那些男人，在他看來全都是沒出息的飯桶。當然，即使是田代，雖然他話少，工作認真，應該是個正直的男人，但那是工作上的表現，若要成為愛子的男友，他的不可靠就令人遺憾了。只是，最近睡覺的時候一閉上眼睛，驀然就會出現愛子哭泣的身影，雖然是個妄想，不過洋平知道愛子為什麼會哭。她是為了田代不接受她的感情而哭泣。每當做這番想像時，洋平便覺得荒謬可笑。但是，想到這裡的同時，自己心裡又暗暗期待著，有人能接受愛子的心意，就算是田代這種男人也行。每當察覺到這個念頭，身為獨生女的單親爸爸就痛惡自己，近乎心寒。

洋平也被愛子的堂姐明日香狠狠說了一頓：「叔叔一定要對她嚴厲一點才行。你應該對她說

『下次再出去的話，就別想回來了』。」可是明日香絕口不提離家出走的愛子到什麼地方，在那裡做什麼事。當然，以洋平的立場，罵她有用的話，再難聽的話他都罵，打她有用的話，再怎麼狠抽他也抽。可是，愛子並不是想在那種地方工作才離家出走的，他心裡很明白。

回到三樓的辦公桌，洋平把便當放在散了一桌的資料上。放了之後才發現包便當的手巾底下已滲出湯汁，慌忙的把資料抽出來，可是特地影印的「各種魚類漁獲量變化表」已經沾到了汁液。洋平把污損的資料揉成一團，丟進腳邊的垃圾箱，解開綁得很緊的手巾。幾次提醒她，換條大一點的布巾，可是愛子總是用尺寸剛好的手巾，害他必須用指甲慢慢挑開綁得又細又緊的結，總是弄得滿肚子火氣。

他已經用手指在手巾結上掏了半天，但可能是被雨淋濕的關係，不太容易鬆得開。洋平咂了一聲，推開便當盒；嘆了一口氣，靠在椅背上伸了個懶腰。眼前有張白板，貼著最近漁場的標示點圖，圖中有好幾個顯示漁場的小黑點，看起來就像飛鏢靶上的鏢痕。

洋平再把便當拖到手邊，再次試圖解開手巾，不知什麼緣故，這次一下子就解開了。

打開蓋子之前，洋平的目光又轉向白板。

那是愛子到慈愛寺幼稚園時候的事。園長請他一敘，於是洋平與當時還健在的妻子聰美一同去幼稚園。那時候，園長給他看的圖表，和眼前的漁場圖正好類似。

圖表自下方算起三分之一的位置，畫了一條橫線，也打了幾個小黑點，那條橫線好像是區分什麼的分界線。園長雖把圖表拿在面前說明，可是她的專有名詞太多了，洋平幾乎都沒聽進去。

只有「需要給予支持的孩子」幾個字，一直不斷在腦中迴盪。

園長並沒有說愛子是「需要給予支援的孩子」，但在圖表的那條橫線略高約一公分的地方，畫了一個代表愛子的點。洋平不知道那條橫線是誰、用什麼樣的理由畫在那裡，他很想質問那個畫線的人，憑什麼理由把線畫在那邊，根據是什麼。

從幼稚園回家的路上，洋平對妻子說「那種幼稚園，早早讓她退園算了」妻子沒多說，只回了一句「也是」。

「愛子跟其他小孩哪有什麼不同？沒有吧。反而她還比其他孩子懂事呢。」

事實上，洋平立刻把愛子轉到另一家幼稚園。妻子沒有反對。之後，他再也沒跟妻子提起那時候的事。只不過妻子過世時，他從抽屜裡翻出好幾本學術書，全是評論幼兒期這項測驗是如何沒有根據的論述。

洋平咬了一口便當的高麗菜捲，彷彿聽到走廊傳來田代的笑聲，立刻豎起耳朵。

剛才到現在，不時會聽見愛子的笑聲，但田代的聲音倒是第一次。愛子大嗓門的笑聲就算從一樓傳上來也不奇怪。但他能聽見田代的聲音，表示他一定笑得很大聲。

洋平離開位子來到走廊，再次躡著腳走下樓梯，來到可以聽清楚兩人說話聲的地方，緩緩在樓梯上坐下來。

「嗄？真的嗎？住在閣樓的房間哦？可是民宿的房間那麼多，總不會每天都客滿吧。」

「房間有是有，可是客人的房間是客人的房間，我們工作人員是不能住的。」

「那也不能因為這樣，就讓你們住閣樓吧。而且還是從屋主夫妻的臥室爬梯子上去。」

「那個梯子在我們上去之後，屋主就會把它移開，蓋上蓋子。閣樓很小，我和同事兩個男人住，真的很窄。」

「什麼蓋子？」

「你知道嘛，就是從天花板開的小門，梯子就架在那上面。」

「哦哦，啊？那個門要關上嗎？要是半夜要上廁所怎麼辦？」

「憋住啊。真的憋不了時，就只好說『對不起』把屋主叫起來。」

「怎麼好像監獄哦。」

田代似乎聊起來這鎮之前在信州民宿打工的往事。說話的內容沒什麼重點，但田代平時是個非必要絕不開口的人，他竟會在愛子面前坦誠不諱的說話，洋平大感驚訝。

突然間，愛子尖叫起來。似乎強風把入口大門推開了，潮濕的風長驅直到洋平所在的地點。

正想從樓梯站起身，口袋裡的手機響了。洋平慌張的按住它，但按住手機並不能取消鈴聲，樓下的兩個人似乎也聽見了，說話聲頓時中斷。洋平拿出手機，刻意放大聲量說「喂喂！」來電話的是明日香。立刻便聽到她的聲音「叔叔？現在可以說話嗎？」

洋平不想讓兩人以為自己躲在樓梯間。所以繼續大嗓門的問「可以啊，什麼事？」一面走到一樓。坐在長椅上的愛子和田代驚訝的抬頭看他。

「剛才在家看家的大吾打電話來，說我家廚房的玻璃窗破了。」

「廚房玻璃窗破了？怎麼會？」

「可能是窗外的樹被風吹斷了。」

「大吾沒受傷吧？」

「沒有，我已經叮囑他別碰碎玻璃。可是風和雨打進來，那孩子一個人似乎會怕。原本回家就行了，可是現在飯店裡忙得人仰馬翻，沒辦法馬上走開。叔叔，你現在能不能撥點時間去看看？」

「大吾沒受傷吧？」

「嗯，他倒是沒事。」

「我這邊也有點麻煩，現在會裡只有我一個人在……」

洋平站在樓梯中間，話說到一半，沒接下去。

「現在田代在這裡，請他去看看狀況好吧。」

洋平這麼說完，沒等明日香回答，就向田代說：「田代，你吃完午飯了吧？有點不好意思……」

田代似乎已聽到他們的電話對話，一開口便直呼其名的問：「大吾沒受傷吧？」洋平問他：「你認識大吾啊？」

「我去看過大吾他們足球隊的練習。」

洋平恍然理解似的點點頭，再次解釋了情況。田代從長椅站起來，「我馬上去。」

洋平重新把手機拿到耳邊，告訴明日香「田代說現在會去。」

◈

下午三點多，直撲房總半島而來的颱風，緩步慢移，持續數小時的暴風雨直到剛才才終於停歇。

晚上八點多，為了應付風災疲於奔命的服務員也終於能喘口氣。可能是這次颱風的走向關係，露天溫泉、野外ＳＰＡ設施旁種植的樹木、柵欄陸續被吹倒。男職員們在暴風雨中，可以應付的範圍內，把可能被吹倒砸傷人的物品搬進屋內，並且將賓客的車優先移至地下停車場。

明日香累得倒臥在辦公室一角的長椅上，她覺得只要再多躺一會兒，就會沉沉睡著。

得知颱風直撲而來時，雖然收到相當多取消訂房的電話，不過由於櫃台報到的規定時間，電車和高速公路仍然能通行，所以還是有相當多客人按原定行程入住。

當然，看著眼前狂風暴雨肆虐，幾乎所有客人只好乖乖待在飯店裡。但還是有少數客人抱怨「我們本來是來泡湯和享受ＳＰＡ，現在這種狀況還得照原價付費，無法接受」等云云，要求女服務員給個交代。其中更有些惡質的客人，因為颱風過境閒著沒事可做，竟把抱怨刁難當成樂趣。不過遇到這種狀況，對方也不求結果，所以職員不得不浪費寶貴的時間，一味的鞠躬道歉。

躺在長椅上的明日香，「嘿咻」了一聲，給自己打打氣坐起身。點了一根菸，深深吸了一口。一整天東奔西跑，連抽根菸的時間都沒有，隔了十幾個小時才抽到的菸，一眨眼就燃到盡頭。

明日香拿出手機，打回家裡，兒子大吾立刻接聽。她趕緊告知：「沒事嗎？我馬上就可以回家了。」「沒事啊。」大吾回話的口氣中彷彿帶著笑意，附近也有愛子的笑聲。

「愛子姐姐還在嗎？」明日香問。大吾狀甚開心的回答：「在啊。田代哥也在。」

「田代哥也在？」明日香驚問。

中午，田代受洋平所託，到她家看看廚房玻璃窗破損的狀況。田代本人也立刻打了電話給她聯絡。果然是屋外的樹被風吹斷，打破了玻璃。他已經把散落一地的碎玻璃打掃乾淨，破的地方也用薄鐵板擋住，請她不用擔心。所以，明日香以為田代處理完之後已經回去了。

「田代哥哥從中午就一直待在那裡嗎？」明日香問。

「他回去了一下，因為愛子姐說要幫我做晚飯，所以工作結束後又來了。啊，等一下！接下來是輪到我吧！」

聽起來三個人好像正在玩什麼遊戲。

「那愛子姐是什麼時候來的？」明日香問。

「不是說了嗎。她跟田代哥中午一起來的呀。她一直都在這裡。」

大吾有點不耐煩，回答得不太高興。

明日香告知「我馬上回家」便掛了電話。

她以為田代是獨自來家裡幫忙修窗子。愛子一起過來並沒有什麼不妥，只是覺得有點怪怪的。

明日香從長椅站起來，就在同時，副經理岩井出現，大吃一驚問：「啊？你怎麼還在？已經可以走啦。你不是今天早上五點就來了嗎？」

「對，剛才交班給松下先生，我要回去了。」

「對啊，你別硬撐，若是病倒的話，影響層面比颱風災害還大呢。」

「岩井經理就是這種度量令人佩服。聽你這麼一說，我們當然做牛做馬也甘願啦。你這個部下殺手。」

聽到明日香的玩笑，岩井笑說：「沒啦沒啦，我是真心的。不是場面話哦。」便出去了。

收拾好東西，明日香走出辦公室，從地下停車場把車子開出來，駛往家裡。暴風雨雖然停歇，但不時吹起的陣風，讓車體彷彿快飄起來。路上散落著盡是枯朽的椰子樹葉、垃圾袋、瓦楞紙，甚至民宿招牌等這次颱風的殘骸。據說中午以前碼頭沿邊道路禁止通行，但似乎已經解除，柵欄已經撤去，但是浪頭還是很高，拍打在碼頭上，濺起斗大的飛沫。

明日香加快速度，奔過碼頭邊的馬路，在商店街左轉後，藥局老闆穿著雨衣，站在門口拉開藍色的塑膠布，腳邊也散布著掉落的瓦片。

把車停進自家車庫，明日香先繞到廚房後面。田代幫她整理過了，吹斷的樹被安穩的放置在屋簷下。正想轉回玄關，屋裡傳來愛子與大吾的笑聲。

明日香繞到玄關，招呼道：「我回來啦。」大吾立刻跑出來炫耀：「媽媽，有披薩哦。愛子姐和我一起做的。我們從麵團開始做起耶。」

「麵團？」

「對。做了三種口味。」

邊聽著大吾的說明，明日香走進客廳。三人在玩電動遊戲，愛子和田代坐在電視機前，田代彎腰半蹲著。

「田代，今天謝謝你了。幫了我大忙。」明日香先道謝。

「沒什麼。啊，對不起，打擾了。」

田代就著彎身的姿勢，微微鞠了躬。

「愛子，聽說你一直待在這裡？」明日香問。

「嗯。啊，有披薩耶。你要吃嗎？」

愛子站起來走去廚房。餐桌上有個用保鮮膜包的大盤子。如大吾所說，三種口味的披薩都各剩下一片。田代不知怎地也跟著愛子進廚房，「沙拉是我做的喲。」他站在愛子身邊，把沙拉碗的保鮮膜掀開。

明日香的視線回到電視前。三個坐墊，角碰角的並排在一起。

◈

泉半望著窗外發楞，那片廣闊的青藍色海天與平時無異。天空沒有一片雲，海上靜靜的粼粼生光。從敞開的窗口吹來溫柔海風也與平時無異，帶著微微花香。

昨晚應該侵襲波留間島的颱風，宛如只在自己的夢裡出現。

當然，民宿「波留間之波」自颱風離去後的黎明開始，便開始大張旗鼓。耕作瑞惠夫妻和母親三人，忙著修理毀損的陽台屋頂、收回被風吹跑的椅子和招牌，進而想辦法在水泥工來處理前，先遮掩住已經剝落的外牆。

泉還無法用語言形容在這島上第一次體驗的颱風。當然，以前她也遇過颱風，但是，在名古屋和博多體驗到的颱風，與昨晚看到的完全是兩回事。若要用誇張點的比喻，以前的颱風若是從家門外經過，這次的二〇號颱風肯定是從家中穿過一般。不巧另一個十九號強颱昨晚也到達東京，電視新聞報導的內容漸漸偏向那邊，若以份量來說，大概是九比一的比例。節目光只會一再重複播放東京摩天大樓街路樹搖晃的影像，泉獨自憤憤的想「那些地方不重要啦。拜託，報導一點現在這個島上的情形吧。」

可能是嚇到了吧。儘管瑞惠和母親再三的安慰她「沒有問題，別擔心」但泉還是擔憂得快哭出來，彷彿只有自己家被拋棄在暴風雨中。她沒想到風會發出那麼恐怖的聲音，不知道雨會下得那麼激烈，更無法想像天空竟然會壓得那麼低。泉心想，昨天晚上恐怕是自己有生以來第一次看到颱風。不是在天氣圖、新聞節目影像、大樓窗口看到的那種，這是她生平第一次與一個具有形體、靈魂的颱風對峙。

泉仍舊發著楞注視窗外，看見母親拿著垃圾袋走進滿目瘡痍的後園。母親也立刻發現了她，對她說：「泉，不好意思。早飯麻煩你了。」

泉答道：「嗯，知道了。」從窗口探出身問：「麵包火腿蛋就行了嗎？」

「肚子如果餓了的話，就再多做點什麼吧。啊對了，冰箱裡還有燉牛肉，跟麵包一起拿出來。」

「一大早就吃燉牛肉？」

「媽媽和瑞惠他們五點就開始工作了耶。」

「也對。那我再做些沙拉吧。」

「嗯。對了，櫃子裡還有鮪魚罐頭。」

還好，昨天訂房的三組客人都因為擔心颱風而取消了，也沒有續住的客人，所以今天早上難得只有泉四個人迎接早晨。

泉放下開始在園裡撿垃圾的母親，走向民宿樓的廚房。

在空蕩的廚房打開公用冰箱，的確大鍋裡放著燉牛肉。泉費了點力抱出來放進微波爐。霎時，腦中掠過前幾天在無人島遇到的那個人。昨晚在凶猛颱風的吹襲下，她也無來由想起那個人，不知道他是不是還待在那個無人島上？如果還在的話，她有點擔心要怎麼躲過這場風雨。那人所在的廢墟，是個日照強烈、景觀絕佳的地點，但相反的，若是颱風來襲，卻也是無處可逃的地點。他應該懂得躲到農家的作業小屋吧，不對，昨天颱風那麼大，作業小屋搞不好都被吹翻了。聽說前天起海相轉趨惡劣，波留間的船都已經不出海了。不知那人的食物夠不夠？

燉牛肉鍋在火上咕嘟咕嘟的滾開。泉抬起頭，從架子上拿出一個大保鮮盒。

還好星期六學校放假。大家吃完早飯，把家園大致打掃整理妥當已經快到中午。大人們著手準備迎接今晚入住的客人時，泉拿著裝有燉牛肉的保鮮盒和小鍋，走出了家門。

她已傳了簡訊給辰哉。辰哉說，大人也要他打掃自己家裡，中午過後才能出船。泉把民宿廚房的野營用瓦斯爐也拿出來，如果那人還在無人島的話，她想給他弄點熱食。當然，這個人與自己素不相識，但一想到那個人孤獨的在島上，經歷昨夜她體驗的那場颱風，泉一廂情願的萌生出共度難關的夥伴意識。

泉坐耕作的車，到辰哉等她的河口處。耕作直接駛往渡輪碼頭，去迎接今天的住客。

在車裡，耕作問她：「這裡學校怎麼樣？」泉回答：「比想像快樂十倍。」

耕作沉默寡言，看起來也是個粗魯的男人，不過奇妙的是，待在他身邊卻令人感到安心。來到這個島時，泉還很擔心，這個耕作最好別又迷上她母親，或給他們增添麻煩。不過，在同個屋簷下生活了一段時間後，泉發現耕作打心底愛著瑞惠阿姨，並且因為母親是瑞惠的知己而接受她，對自己也很慈愛。愛烏及烏，說起來非常簡單，但其實並不容易做到，不過，耕作他們卻自然的做到了。泉覺得在這島上與他們一起生活，學到了很重要的道理。

下了耕作的車，往河口走時，辰哉已把小船放下水了。昨夜的颱風把很多藻類和垃圾打到沙灘上，但即使如此，白色的沙灘還是不減其美麗。辰哉看到肩上背著大包的泉，問她「帶了什麼？」泉只說「沒什麼特別的」，便用習慣的步伐踩著浪，坐進船裡。

雖然才經歷過那麼凶猛的風暴，但泉眼前展開的景色，卻一如從前，沒有任何改變。蹲在船頭，望著那片景色時，泉心中湧起自己的海戰勝了颱風的喜悅。

小船比第一次更快到達無人島。從小船下來後，辰哉又說要在沙灘的樹蔭睡午覺，於是泉說：「那麼，我一個小時後回來。」便往島上去。

從沙灘的小路走上去，太陽下的農地上有幾個人影，他們都是來查看風災受損的狀況。

泉快步走到上次那個人所在的廢墟。如果一早就有很多人來到這島，男人也許已經搭上別人的船回到波留間去了。泉不知為何心急起來，向廢墟的坡道快跑起來。

找到的廢墟也幾乎感受不到遭受颱風的影響。只是一開始，她就認定這裡是颱風受創最嚴重的地區，也許才會這麼驚奇。

泉刻意發出聲響，走進廢墟中。前幾天牆邊還放著罐頭等食材，但現在沒有了。

泉開口道：「請問……」但等了一會兒沒有人回應。

「人不在了嗎？」

她自語著，轉身想要回到沙灘去，但同時不自覺「啊？」了一聲，因為那個人就站在後面。

那人也不可置信似的歪著頭。他還穿著和前些天同樣的米老鼠T恤，兩手提著快壞掉的不同色塑膠水桶。

「欸，那個……」泉說不出話來，無來由的盯著那水桶瞧，裡面的水在晃盪。

「我想洗個衣服。」男人說。

「啊，喔喔。洗衣服。」

「喔，對，對了。昨天颱風很恐怖吧。」泉說。

「嗯。」

那人聽到這句話，肩頭霎時放鬆了，只有嘴邊一抹微笑：「的確，很恐怖。」

男子小心翼翼的把水桶裡的水挑到廢墟裡，泉保持一定的距離在旁觀看。

「請問，你一直待在這裡嗎？」

男子蹲在地上，聽到這問題回過頭，「我馬上逃到那邊的倉庫去。」他笑道。從那人的話，泉可以想像颱風侵襲倉庫的情形。

「我一直待在家裡，可是還是嚇得不得了。不知道那是風的聲音還是海的聲音，好像人在尖叫一般。」

那男子站起身，目不轉睛的凝視著泉回憶昨晚的激動情緒。

「啊，所以我才來的。我住在波留間啦，便想著不知道你還在不在這裡？如果在的話，那個你……」

「田中。」

「什麼？」

「我是說，我的名字，田中。」

「哦，對對。田中先生，對了，我是想田中如果還留在這裡的話，不知道會不會受傷，有點擔心。」

泉說到這裡，那個叫田中的男人表情頓時柔和很多。

「所以你特地來看我？」

「也並不是特地。就是……怎麼說呢。哦，因為田中先生在這裡的事，說不定只有我一個人知道，所以嘛……，總不能見死不救吧。」

不經思索冒出來的話，田中聽了忍不住苦笑。

「那多謝了。」

「什麼？」

「謝謝你為我擔心。不過，就如你所見，我很平安。」

田中略帶玩笑的張開雙手，泉也呼應笑道：「的確是呢。」

「喔，對了，燉牛肉。」泉突然想起似的叫道。「燉牛肉？」田中跟著說。

「你的食物還夠嗎？前天起就沒有船過來了不是嗎？」

泉把肩上的包包放下來。

田中瞪人眼睛注視著突然從背包中拿出鍋、保鮮盒和吐司麵包的泉。「你一直都吃罐頭吧？我猜你會不會偶爾也想吃點熱食。」泉不時抬頭說明，自作主張的開始張羅。

「欸。」

正當泉從保鮮盒把燉牛肉倒進鍋裡時，田中的聲音飄下來。

「欸，你是為了我特地拿來的嗎？」

第二次聽到這句話，泉漸漸覺得自己好像做過頭了。「是這樣的，的確沒錯。……嗯？這麼一想，好像有點怪。」泉自己也歪頭。

「並不奇怪。……應該說，我很高興。」

「我自己也不太清楚。可能因為昨天颱風來，心情還很激動吧。」

自己越說越覺得莫名其妙。泉放棄再解釋下去，專心從保鮮盒把燉肉放進鍋裡。

田中在眼前蹲下來，把腳邊的瓦礫堆起來，讓瓦斯爐固定住，再點了火。藍色火焰冒出時發出微微的瓦斯味，泉把鍋子放在爐上。

「其實我想帶個飯糰什麼的比較好。不過燉牛肉配吐司麵包也很好吃。」

泉把未開封的六片吐司交給田中。

「怎麼好意思讓你幫這麼多忙。」田中客氣道。

「沒啊，我自己也不知道為什麼要做這件事。」

「就是啊。」

「不過，你就當作兩人一起戰勝颱風的紀念，用這種感覺接受就行了。」

說到這裡泉噗哧笑出來，雖然是開玩笑，但這說法最接近初衷。田中也驚訝的笑出來。

「相當不好應付的對手呢。」

「對啊，可是我和田中先生，都算是打贏了。」

田中點點頭，叭的打破了吐司袋。

看得到服務台的食堂桌前，北見穿著廉價的桑拿浴袍，吸著並不好吃的荷包蛋烏龍麵。煮的時間可能太短，淡醬油中的麵條都還黏在一起。

❖

縱向通過日本的兩個颱風過去之後，日夜的氣溫陡然降低。可能是受此影響，只要一過傍晚六點，這家名叫「螢湯」的超級錢湯，便有客人絡繹而來。吃著烏龍麵的北見旁桌，是另一個穿著廉價浴袍的六十出頭的男人，他正夾起四季豆一口一口的配著啤酒。

北見正想在淡而無味的麵湯裡倒一點醬油時，同樣穿著浴袍的南條回來了。儘管已是四十歲中期的中年人，但可能因為還在第一線，身材還相當結實。

「令嬡還好吧？」北見察言觀色的問道。

南條在眼前的位子坐下，先是喝了一整杯白開水。「我們家那位真是小題大作，竟說什麼遇到車禍。」南條嘖了一聲。

「不是車禍嗎？」

「對方開的不是車，是腳踏車。而且只是在轉角輕輕碰了一下，手肘有點挫傷罷了。現在聽說已經回家了。」

「那不是很好嗎？」

看得出南條心口不一，著實放下心中大石。南條的女兒剛上國中，是田徑社的短跑選手。

「烏龍麵好吃嗎？」

被南條一問，北見答道：「是吃過的烏龍麵中最難吃的一次。」

南條看看手邊的菜單，向廚房招呼：「小哥！豬排咖哩一份。」

大門開了，客人進來。兩人立刻投以目光，但進來的是一位帶著小孫女的老太太。

「南條，你知道嗎？剛才我看月曆才發現到，今年的四月四日、六月六日、八月八日、十月十日、十二月十二日全部都是星期三。」

北見滾動手機上的月曆給南條看。

「這跟山神的事件有什麼關係？」南條沉著臉說。

「沒有，只是剛好發現。……」

北見從心情不佳的南條轉開眼光，又再次吸起難吃的雞蛋烏龍麵。

南條開始吃起送來的豬排咖哩，邊問：「車呢？」北見回答：「停到隔壁小鋼珠店的停車場了。」

南條吃相很差，但看他的吃法，咖哩比烏龍麵好像好吃多了。

北見視線轉向服務台。這家「螢湯」的年輕職員木下和剛才一樣，一臉緊張的微微朝他點個頭。北見緩緩點頭回應，像在安慰他「別擔心」。木下報以一個痙攣的微笑。

這位木下就是訊息提供者。所以要求他若是有貌似山神的人來時，請他拿下黑眼鏡作為暗號，這個重大任務讓他早已面無血色。

北見看看手錶，六點三十七分。距離貌似山神者經常出現的七點鐘，還不到三十分鐘。

◈

堆積的文件後面傳來呼叫，優馬把檢查中的新聞廣告拿在手上，一邊接了電話。

「博報堂的久保先生在二線上。」

「喂喂。我正想打電話給你。」

「傳過去了嗎？」

話筒另一端傳來久保略帶憂慮的聲音。

「是。這樣就沒問題了。設計部剛才也說ＯＫ。」

「是嗎，太好了。」

「不好意思。都要截稿了，我們還一再提出麻煩的要求。」

「沒事。貴公司標誌色用的黃很獨特，所以各種媒體的印刷效果不同。我已經請他們多小心了。」

「在雜誌上算是很常見的顏色，報紙的話，就得調整了。」

優馬把手上的新聞舉起來，對著天花板的燈審視。公司商標背景的黃色，比第一稿鮮明許多。

下次一起吃飯哦。久保的邀約，優馬答道「樂意之至」便掛了電話。看看手錶，已經快要七點了。

優馬拿出手機，推特上有好幾通私訊進來。他沒打開，而是直接給直人打了訊息。

「工作快結束了。今天去哪兒？一起吃飯？」

送出後伸了個懶腰。

最近這一段時間，到了星期五的這個時候，以前身體總會蠢蠢欲動，想早點下班歡樂一番。但可能季節轉變也是個因素，而且直人不知不覺在自己家裡安居下來，所以不再像從前那樣在推特上找玩伴，查找別人推特上的今夜歡樂行程，也完全不會焦慮或羨慕了。

再者，直人以前工作時存的錢似乎還剩不少，所以依舊沒去找工作。當然，優馬並不清楚直人到底有多少存款。不管存的錢再多，他認為人還是要工作比較好。不過，這種話他無法當面對直人說。他自己也說不出什麼原因。一起生活之後他發現，直人沒有一個稱得上朋友的人，說得更直接，沒有一個人知道直人現在在哪裡做什麼。這個時代沒有手機也令人驚訝。由於沒有手機實在太不方便，所以優馬半強制的要他買一支，直人堅持不要，優馬只好用自己名義買了一隻新手機給他。但是交給他之後，突然又想到，自己真的希望擴展直人的世界嗎？也許根本並不希望直人通訊錄上的人名越來越多，而是滿足於通訊錄只有自己一個人的名字吧。

茫然的思索著這個想法，郵箱響起了收件聲。直人很快回了信，一看內容就知道，他嫌打字回信太麻煩。

「我要去常去的超級錢湯，吃飯免了。」

這回答總比勉強他陪自己吃飯好，不過難得開口約他，卻得到這種答案，還是有點遺憾。優馬打了「了解」回傳，順便開始瀏覽推特，看看有沒有人今晚可以陪他吃飯。不過，雖然有些傢伙應該很娛樂，但沒有非見不可的人。

「超級錢湯哦。」優馬嘀咕道。

他想像直人走進掛著紅色暖簾的超級錢湯。

「我也過去。會合後在那裡的食堂喝啤酒吧。」

優馬打了這則訊息後，立刻開始準備回家。

◈

服務台上掛的時鐘指著七點，北見對眼前大口喝水的南條使了個眼色。南條放下玻璃杯，壓低聲音說：「聽好，別慌哦，總之等他先去置物室後再說。」

「既然都要堵他，立刻上比較好吧。」北見反駁。

「不，等他去到置物室，等那傢伙把衣服脫了再叫他。以前我們去搜索風俗店時發現一件事，人這玩意兒很奇妙，一旦脫光衣服就放棄了。反之，穿著衣服的話就會想著逃。」

北見旁桌的老男人已經喝到第三杯，拿著遙控器不斷轉台，害他聽不清楚南條的聲音。

北見正想俯前身子時，入口的自動門發出開啟的聲音。北見看向坐在服務台的木下。他叮囑過，萬一那個像山神的人進來時，千萬不可看他這邊。

木下的眼睛筆直看著客人的方向，但可看出他的眼神有些閃爍。

「好像來了。」北見只動了嘴唇。南條刻意伸起懶腰，順便從椅子站起來。

男客站在服務台前，背對著他們。背部的姿態與通緝中的山神有些類似。男人從牛仔褲後口袋拿出皮夾，付了費用。就在服務生木下收下錢時，他摘下黑眼鏡，放在櫃台上。

「就是他。」北見告訴南條。

已經站著的南條若無其事的走出食堂。男客接過置物櫃鑰匙，對南條瞥了一眼，直接走進置物櫃室。南條跟在幾步之後。雖然只看到一秒，但北見覺得的確與山神很像。北見首先走到服務台。「就是他，就是他。」木下不斷點頭，用抖得嚴重的手戴起眼鏡。

「麻煩通知店長。還有，盡可能不要引起騷動。」

北見留下囑咐，跟著男人和南條走進置物室。南條站在堆了毛巾的架子前，用下巴頂了一下，告訴他男子走的置物櫃通道。

北見拿了一條新毛巾，追那人去了。果然如事前要求的那樣，男人站在北見置物櫃很近的地方。他已經脫光了上半身，正用手機打簡訊。

北見打開自己的置物櫃，同樣也拿出手機，他知道男人朝他瞥了一眼，但並沒有警戒的樣子。

男人打完簡訊，脫下牛仔褲，脫了襪子、內褲。正當他全身赤裸，把毛巾捲在腰際時，北見迅速跨出步伐說：「打擾一下。」捲到腰際的毛巾掉下來，男人楞住了，驚慌的想去撿毛巾，北見趁勢抓住他的手。男人的右臉上沒有山神特徵的三顆直排黑痣，但是很有可能在逃亡期間點掉了。

男人轉頭看著從背後接近的南條，這時候男人的表情出現變化，感覺自己身處險境。

南條把手擱在男人肩上。他抖了一下，往後退縮想要逃走。

「對不起，我們有點事想請教。馬上就結束了，能不能請你合作一下？」

儘管南條口氣非常客氣禮貌，但連熟悉他血絲滿布的眼睛的北見，都覺得背脊發涼。

男人一點聲音都沒有，不知為何一直看著置物室門口方向。通常進行這種身家調查的時候，幾乎所有被訊問者都會突然變得饒舌。不用說犯人，就連沒犯過錯的人都會驟然饒舌起來。可是眼前這個人卻全然不說話。

南條出示警察手冊。霎時，男人皺起眉心。不知不覺，視線又朝著門口望去，看來像在找人。

「我們在追查一個案子，有點話必須問你。」

男人聽了南條的話，表情毫無變化。另一側浴室的門突然開了，水桶的響聲伴著熱氣高亢的傳了過來。

◇◇

七點整走出公司的優馬，到達直人所在的超級錢湯時已過七點半。不知為何服務台沒有人在，按了櫃台的鈴，才終於有個無精打采的染髮女員工走出來，有氣沒力的宣傳：「本週搓澡八折。」

拿了鑰匙，走進置物室。房間裡一個人都沒有，但顯得很凌亂。優馬的鑰匙不是上層，而是下層置物櫃。附近櫃中有支手機在響，來電鈴聲是卡通《小天使》的主題曲。他不覺浮起笑意。優馬正欲脫衣，突然停下動作。他感覺背後有人在看他。一回頭，並沒有人，天花板設了監視攝影鏡頭，紅燈閃爍著像在對他眨眼。

優馬脫下衣服，拿著毛巾走進浴室。門一打開，浴室裡的蒸氣隨即包圍住他，視野瞬間變成全白。

這家超級錢湯位於世田谷最高價地段，但它還是以寬敞的露天浴池作為賣點。視力習慣之後，優馬從室內浴池走到浴洗場尋找直人。客人相當多，浴洗場內一整排後背連成一氣。一眼望去，沒有直人的影子，他又到桑拿室去看看。直人說過他不喜歡桑拿，事實上桑拿室也只有一個布袋和尚般的胖男人在流汗而已。這麼一來就只剩露天浴池了。優馬先簡單沖洗了身體，走上連接露天浴池的短樓梯。

四周高牆圍住，景觀絕對說不上好。但涼亭風格的屋簷下，有個葫蘆形的露天浴池。近處有三人，遠處兩人。熱氣氤氳中，瞇眼打量了一下，岩頂下冒出另一個男人，朝他小小舉起手，是直人。

「哦！」優馬招呼著，姑且先進入池內。這是都內的天然溫泉，腳一伸進泛黑的熱泉時，皮膚會有點麻麻的感覺。優馬盡量不干擾其他客人，緩緩向直人走近。

「好快。」

直人對他說。優馬回道：「簡訊一送出，就馬上出公司了。」

「不去醫院看伯母嗎？」

「等一下，如果想去的話。」

「最近工作很閒啊？」

「怎麼說？」

「經常早歸。」

「是嗎？」

優馬不置可否的回答，洗了把臉。

「當然是啊，上星期六、日都在家裡。」

「也對。跟你在一起的時候，好像自然就會悠閒起來。其實我這個人的性格很怕悠閒，最好很多工作排進來，忙東忙西的比較有充實感。可能是你的懶惰傳染給我了。」

本打算開個玩笑，但直人驀地抬起頭，臉色有點僵。

「……嘿，下次去醫院看伯母時，帶我一起去。」

直人的話太過唐突，優馬在水裡的手滑了一下。「帶你去，幹嘛？」口氣有點慌。

「沒想幹嘛呀。……」

「……可以啊。如果你要去的話。」

「反正我白天很閒。」

「我不是說了可以嗎，你要去的話，別挑我語病了。」

雖然不知道他有什麼打算，不過優馬莫名有點火大。就好像做愛做到一半，被提起母親名字一樣。對優馬而言，他與直人的關係只有性愛而已。然而對方卻有點「並不是，我們兩人已是明明白白一起生活的關係」的味道，令他思緒混亂。

優馬改變話題，小聲的說：「倒是……這裡一個帥哥都沒有。」

假惺惺的環顧了四周，對剛才根本沒在意的其他客人，作出評判的表情。對自己與直人的關係，到底是性愛還是生活，自己看似就鑽進牛角尖中，於是趕緊尋覓小伙子的肉體。然而，問號還是依然留在腦袋的一角。

◈

北見跟在南條後面，走出超級錢湯「螢湯」。訊息提供者木下特地送到門口，兩人幾次回頭向他道謝後，來到大街。

駛過國道二〇號甲府外環道的車子很多，太陽下山後，風變得更冷，與疾馳而過的大卡車一起直撲過來。馬路沿邊除了「螢湯」、隔壁的小鋼珠店，對面的得來速大型招牌之外，就沒有其他顯著的物體，剩下的就只有一片廣闊的夜空。

走到街口再回頭，正好木下轉身進店，開敞的自動門裡面看得到服務台。

當他們告訴木下在置物室盤查的那個人，很遺憾的並不是山神一也時，對方倏地恐懼起來。等待的期間他似乎相當緊張，「是嗎……」連回答的聲音都極度失落。頻頻的道歉說「對不起，可是他真的很像。」北見一面安慰他「別這麼說，以後也請你繼續協助」同時也覺得自己緊繃的身體終於能鬆懈下來。

置物室裡盤查的人的確很像山神，但不是他。兩人專程跑到山梨來，得到的卻是如此令人失望的結果。

「以前朋友就說過，我跟通緝照片裡的人『超像的』。沒想到真有警察找上門……欸，你沒開玩笑吧，真的假的啊？」

當南條說出「八王子殺人案」幾個字的那一刻，男人說了這句話，而且笑了。那種笑法，連北見都看得出他並沒有說謊。

而且，男人自己拿出駕照，還出示他在甲府市內半導體廠正式職員的員工證。據男人說，前幾天和同事在甲府市的酒店喝酒時，有個醉客還揶揄他「你不就是那個凶手嗎？」

走進停車的小鋼珠店停車場，南條問：「到八王子要開多久？」

「如果走中央道的話，不用一小時。」北見答完，仰頭看天。這裡的星空比熟悉的八王子近一點。

「剛才那傢伙說的，你怎麼看？」

沉默半晌之後，直到車子上了中央道，南條才冷不防開了口。

「你是問他有沒有隱瞞什麼嗎？」北見超越慢速小卡車時反問道。

「不，那傢伙沒有隱瞞什麼。現在這時候，他搞不好還在吹噓自己被警察盤查呢！」

「那？」

「那傢伙不是說了嗎？別人都說他們相像。連隨便去喝杯酒，都會被當成凶手。簡單的說，現在全日本都在尋找山神這個男人。」

他知道南條話中之意，可是他不知道該怎麼回答。

「總之，如果他還活著，一定變了臉之類。」

南條的口吻已經無意要求回答。

「可是，那方面的搜查從一開始就相當徹底。如果山神在哪邊的整形外科出現的話，就算是北海道還是九州，一定會有人通報……」

「並不只有正規的醫院才會做吧。」

「是……」

車裡的氣氛陡然沉重下來。

「我睡會兒。」

南條說完，放倒了椅子。八王子還有五十公里的標示向他跑來。北見一再握緊方向盤，把意識集中在駕駛，視線專注在箭一般飛馳的白線。即使如此，睡意還是令手心熱得發麻；這兩天幾乎不曾闔眼。這次也並不抱著太大的期望，可是連暗中偵查也無功而返，失落感特別大。不知為何突然想到單身宿舍的小房間，想像自己鑽回還保持著前天離開時狀態的被窩。北見咬住牙忍著睡意，聽著隔壁南條惹人嫌的如雷鼾聲。

高中一畢業，山神便離開了家，以後幾乎不曾回去過。他並沒有找到工作，而是跑到都內當個所謂的打工族。之後山神的蹤跡貧乏得令人驚訝。快餐店、小鋼珠店、K歌酒店、建築公司等，他在幾個地點的打工都已經在搜查中確定，但不論哪個工作都只做了短短幾個月，近乎十年的都市生活，都還不足以從點連成線。

確認身分之後，走進山神的住處，也讓北見等人驚訝。他在這個房間應該生活了一年，可是幾乎沒有任何生活的痕跡，宛如客人下榻幾天的商務旅館客房狀態。

三坪一間的單房公寓，地上鋪著一組沒收的棉被，沒有家具和家電製品，衣服和隨身用品雜亂的堆在三個知名搬家公司的紙箱裡。窄小的廚房也一樣，別說烹調，連燒開水的跡象都沒有；水槽放了兩盆枯掉的觀葉植物。

在這個貧乏的房間裡，有件東西的異常吸引了搜查員們的注意。在信箱裡任意投遞的各種廣告傳單後面，寫了許多判斷應是山神筆跡的塗鴉。

文句沒有脈絡似乎稱不上是備忘，比較像是把臨時想到的字隨便寫下來，也沒有整理成一落。

其中寫有數字的紙最多，可能是日常的生活費用。從數百日元到數千日元的數字條列起來，有時加總，有的計算到一半就被塗黑。此外，可能想要上網吧，紙上寫著ＡＤＳＬ、租借、KDD等文字，以及某網路供應商的免費撥接位址。其他廣告傳單上抄寫了高級鐘錶品牌的名字、銷售中公寓的名字，還有新宿某俱樂部的名字，這也是警方製作女裝通緝照片的動機。

調查結果，除了新宿俱樂部之外，其他資料幾乎都對搜查沒有幫助。但是值得注意的是，在這些塗鴉中，找到兩個有意義的短句。

「為了電車延遲 恐嚇站員 臉脹紅 接受 因為有人臥軌沒有辦法啊 大叔」

「在餐廳向店員抱怨 說個沒完 說個沒完 丟臉 笨蛋夫妻 回家吃吧 回家」

這些可能是山神把在哪裡的見聞寫下來發洩的文字，調查了廣告傳單發送的日期，應該不是同一天寫的。他可能只是有隨手亂寫的習慣。這兩張傳單和其他不同，特地揉成一團丟到地板上。

當然，搜查總部也將這些文句和留在案發現場的血字「怒」合併起來，試圖解讀山神這個人。兩者的共通點是，對不明原因爆怒的別人，他都以鄙視的眼光看待。但是矛盾之處在於，山神也在案發現場留下「怒」這個血字。

在搜查會議上，某個年輕刑警說了件有意思的事。

「山神這個人可能對某件事憤怒，但很可能最後的狀況並沒有改善。所以他才會認為發怒的人都很愚蠢，或是不想變成那樣……有點像是對一切心灰意冷的人……」

年輕刑警口氣略帶緊張所發表的看法，讓會議室陷入沉默。雖然大家知道他想說什麼，但這些看法無法歸結到什麼結論。

「小子，你該不會也認為，不論對上司說什麼都沒有用吧？我們可都聽得很仔細哦。」

年輕刑警被本部長消遣了一下，低頭坐回位子，但拳頭卻握得死緊。

「可是若是如此，現場的血字『怒』豈不是又有不同的意思了？」

北見故意找話問年輕刑警，試著改變會議室氣氛。可是他似乎沒有想得那麼多，後來再也沒抬起頭來。

❖

制服換成了冬季，有兩星期的過渡期，所以男生幾乎都還是短袖短褲，但是泉很喜歡新做的西裝外套，所以從第一天就穿起來了。只是，白天氣溫升到近三十度，即使刻意穿著走出家門，但沒走幾步就因為太熱而脫掉了。

上午的補課結束，泉在教室把課本收進書包，因為和上星期的校慶對調，下午沒課。學校已經沒有社團生*，教室裡還有幾個下午沒事幹的回家社學生*在聊天。窗外還是一片夏季晴空，從泉窗口的座位可以俯瞰田徑社男生在耀眼陽光中的操場玩足球的身影。

＊社團生，指直到高三都還專注於社團活動的學生。
＊回家社學生，笑指不參加社團，天天都回家的學生。

「喂，泉。」

正當望著操場發楞時，坐在後面的若菜拍了拍她的肩。一回頭，若菜約她：「要不要去富香吃了漢堡再回家？」

「很想吃，但今天不行。」泉答道。

「傍晚你不是要來我家嗎？」

「啊，對不起，那個也不行。」

「為什麼？我媽網購了神戶的泡芙冰淇淋耶！」

有那麼一秒鐘，泉差點就要對泡芙冰淇淋投降了。但立刻又再次道歉「等一下要跟辰哉去一個地方。」

「又是辰哉？小泉，你該不是跟辰哉嗯嗯嗯……」

若菜露出別有深意的表情，所以泉反過來問：「啊，莫非，若菜你對辰哉……」

「什麼，我？才沒有呢，不可能。因為我從辰哉還會尿床時就認識他了呀。」

若菜豪爽的大笑後又回到話題：「所以說，你跟辰哉要去哪裡？」

「無人島。」泉回答。

「無人島？你是說星島嗎？」

「原來那裡叫做星島？」

「是啊……你上次不是也去過了？有什麼好玩的？」

若菜無法想像似的偏著頭問，泉也不可思議的偏著頭說：「可是，那是無人島耶。」

「哎，我才沒有你們這種內地土包子的想法呢，去那裡只會被太陽曬而已。」

若菜不耐煩似的站起來。

離開桌前時，若菜突然想起般說：「啊，你可能已經發覺了，我想辰哉應該喜歡你。」

「嗄？」

「啊，不過沒關係，別看辰哉那樣子，他還滿經得起打擊的……那晚上聯絡。」

泉目送若菜走出教室說：「嗯，傳簡訊給你。」

站起來正欲關窗時，走廊傳來好幾個人奮力衝鋒跑過的腳步聲。她吃驚回頭，看到辰哉在內的三個男生正疾速穿過走廊。兩秒鐘後，辰哉單獨回來，把頭伸進教室。

「今天，幾點？」

泉看著肩頭還在起伏的辰哉說：「我想想，回家吃完午飯之後，可以嗎？」辰哉看看牆上的時鐘又問：「那是幾點？」

「兩點怎麼樣？兩點在河口等。」

聽了泉的話，辰哉沒有回應，又再往走廊跑去。

不用若菜提醒，她也注意到辰哉的心意了。只不過辰哉完全沒提，若是他真問起，自己也不曉得該怎麼回應他的心意。若問她喜不喜歡，她只能說沒有。可是，每當想到辰哉，他的身影莫名會令她連想到沖繩湛藍的海。

泉瞄了一下牆上時鐘，回到家吃了午飯，到兩點之前還有時間。田中那個人還留在這個叫做星島的無人島上嗎？颱風二〇號之後，她坐辰哉的船到星島已經是一個月前的事。泉帶了一鍋燉牛肉到島上給獨自避過颱風的田中，那時候田中描述的無人島快樂野營生活，令泉的心情十分快活。那時田中說：「我也差不多該離開這個島，回那霸去工作了。」「你不回來了嗎？」泉問。「等我存夠錢，再過一個月後，也許會回來。」田中笑道。

後來，她又上了星島兩次，不過田中果然不在，行李也不見了。

泉的視線又轉向操場。辰哉加入田徑社中，正在踢著球。

望著船頭劃過一朵朵白浪間，小船已到達星島。辰哉本來就不是個多話的人，但今天他顯得更沉默。

辰哉下了船，逕自往沙灘的樹蔭下走去，但他的神態不同以往。

「每次都麻煩你，不好意思。」泉道歉說。

正要躺下的辰哉倏地撐起頭，表情有點詫異。

「我去散步，三十分鐘後回來。」

泉留下這話後便往小路跑去。她看到玉米田裡一輛曳引機時走時停，可能是距離的因素，聲音和動作合不起來。

泉又往廢墟的路跑去。距離和田中最後一次見面已有一個月以上，所以她直覺田中應該已經回來了。果不其然，烈日下的廢墟裡，真的看到田中的身影。
「田中哥！」泉出聲叫道。田中吃驚的回過頭，「啊，小泉。」隨即也舉起手。
「田中哥，你什麼時候回來的？」
「我嗎？今天第三天了。倒是你，一個人來的啊？」
「沒有，坐朋友的船。」
「朋友呢？」
「在沙灘。啊，我沒對別人說哦，田中哥在這裡的事。」
泉趕緊澄清。田中苦笑：「哦，嗯，謝謝。」
廢墟中的行李增加了。有帳篷、折疊椅，桌上還放著經濟型的瓦斯燈。
「田中哥，那個？」泉驚訝的問。
「厲害吧。這次打工賺了不少錢，所以都買齊了。哦，不過都是二手的。欸，小泉，你也坐嘛。你是我第一位客人。我幫你泡咖啡。」
田中把折疊椅搬過來，泉不拘束的坐下。布質的椅子配合身體展開，坐起來十分舒服。
「如何？」
「不錯耶。」
「對吧！椅背有點破，所以竟然三折賣給我。」
泉扭過身來檢視，果然布面破了幾公分。

「你等等，我現在來燒開水。」

田中拿起小型水壺放在瓦斯燈上。

「我想請問，田中哥為什麼要待在這裡？」

很單純的問題，奇妙的是之前見面她竟然沒問。

「你問我為什麼，我也回答不出來……可能我喜歡獨自一個人吧。啊，當然，非常歡迎你來我這裡作客。」

田中這個人該怎麼形容呢？泉覺得他沒有架子。「波留間之波」有時也會有年輕的單身旅行者下榻，他們與一大夥或情侶相偕而來的客人不同，泉總覺得他們不太容易親近。並不是他們自己圍起一道牆，但總的來說，獨自旅行的人雖然也會招呼她，但稍微一聊起來，泉發現可能他們對人生或旅行有些執著的原則，又覺得他們自己要做的決定很多，像自己這種腦袋空空的人可能會令他們感到無聊，所以泉總是與他們拉開距離。

「對了，小泉，你來沖繩之前，住在福岡吧？」

田中在即溶咖啡中注入開水，咖啡的香氣瞬間飄散開來。

「對。只住了三年。」

「不會討厭轉學嗎？」

「當然啦，轉學最討厭了，而且交新朋友真的很辛苦。」

泉接過田中遞來的咖啡。

「可是為了伯母的工作，沒有辦法吧……糖和牛奶呢？不過也不算牛奶，只是奶精粉而已。」

「兩種都要。」

田中泡的咖啡有點淡，可是欣賞眼前的大海喝著咖啡，心情十分舒暢。

「……我母親不檢點。」

話說出口的當兒，自己頓時一驚。

自然而然就這麼說出口了。當然，以前她也有說過，也當著母親的面說。只是那時候，話中總是包含著「雖然不檢點，但是我喜歡」的暗示。然而這次自己說的話，並沒有那個意思。

「怎麼說不檢點？」田中有點詫異。

「不，這是真的……不過，我雖然很感謝母親，但我希望自己不要變成她那種女人。」

自己也不知道為什麼要對田中說這些話。而且直到說出口，才第一次察覺到自己有這樣的想法。

「但是，小泉，我認為你母親是個了不起的人。因為她把你教養得很好。一個女人獨自照顧孩子，真的非常辛苦啊……不過像我這種待在這島上、不務正業又沒出息的男人，即使說了這些大道理，也沒有任何說服力就是了。」

田中想改變氣氛似的笑了。

「田中哥，你什麼都不知道才會這麼說！」

泉忍不住反駁，但立刻道歉。只不過一時激動的情緒很難再壓抑下去。

「……她不是只有一次這樣。從福岡到沖繩來時是這樣，從名古屋到福岡時也是。」

說到這個程度已經一發難以收拾了。泉一回神才發現自己已把母親在名古屋做了什麼事，因而去到福岡，然後又在福岡發生了什麼才逃到沖繩的歷程，原原本本的說給田中聽。

可能心情太激動，說完的時候，泉的肩頭還起伏不定的喘著氣。對母親惹出的麻煩，直到化為語言，她才知道自己有多麼大的憤怒。不過田中沒有何任反應，只是靜靜的聽著泉說的話。聽完之後，把目光轉向湛藍的大海。

「對不起，向你發了這麼多牢騷。」泉自慚形穢的說。

田中轉回視線說：「剛才這些話，你有沒有對母親說過？」

「才沒有呢。怎麼可能說嘛。」

「為什麼？」

「那是因為……」

泉一時語塞。

「因為，不論我說什麼也無濟於事，就算我說破嘴皮，也沒辦法改變母親。話雖如此，我也沒辦法離開母親獨自生活。所以，我已經放棄了。……嗯，我已經死心了。」

田中又把目光轉向大海。

因為田中沒有任何反應，使泉霎時有些坐立難安。把自己親愛的母親說得太壞，心裡感到有些歉疚。

「對不起，我，我該走了。」

田中也趕忙站起來，但泉如同逃跑般的轉身離去。她跑下山坡，胡亂的撥開路旁的雜草前進。

泉在熟悉的那棵椰子樹下找到了辰哉。他坐在岩石上對著大海扔石頭。

「不好意思，回來晚了。」泉道歉道。

辰哉站起來，突如其來的問：「小泉，下星期六，你有事嗎？」

「怎麼了？」

「我要去那霸。」

「那霸？幹什麼？」

「看電影。」

「電影？哪一部？」

「還沒決定。」

「一個人去？」

辰哉沉默著沒有回答。走近過來的他，下巴尖上長出醒目的鬍鬚，宛如胎毛一般。

「當天可以來回嗎？」泉問。

「那邊晚上的渡輪九點出發。」

辰哉不明所以的頻頻用右手去拉左手的食指。

對田中說母親不檢點的事，還在心頭纏繞不去，不禁覺得自己真是個差勁的爛人。

「如果方便的話，我可不可以跟你一起去？」泉問。

「可以啊。」

辰哉走上棧橋，臉上的表情稍微紓緩了一點。

◈

優馬在洗臉台刷牙，頂著一頭亂髮的直人悄悄的從鏡中出現。

「早安。」

在鏡中，直人把優馬推開，去拿自己的牙刷。優馬從鏡子裡茫然凝視著站在身邊開始刷牙的直人。

「你剛起床的臉真誇張。」

優馬不自覺的脫口而出。但直人好像沒聽見，繼續粗魯的刷著牙。

「我是說，你那臉的腫法真的太誇張了。連眼皮都腫起來……是說，到底睡得有多死，才會把臉睡成那麼腫啊？」

因為還在刷牙，優馬含糊不清的話有一半直人都沒聽懂。漱了口之後，優馬正要走離洗臉台，直人說：「今天我也會去醫院看伯母，反正閒著沒事。」優馬回了頭，但什麼都沒說。

「你在醫院都跟我媽聊些什麼？」

優馬走到廚房泡咖啡，順便問道。直人從洗臉台露出半張臉，一邊刷牙含糊回道：「沒聊什麼啊……優馬小時候的回憶之類？」

以前，他們一起到附近超級錢湯去的時候，直人說過他想去照顧母親。剛開始優馬有點不高興，要他「別得寸進尺」。因為他覺得自己的家人、成長經歷，甚至說得誇張點，包括自己的歷史，好像突然被人侵入一般。

優馬自己也不明瞭，為什麼要帶直人到母親的醫院。可能每次都要說服直人不要去太費唇舌；也可能因為他改變了想法，認為兩人交往也許就意謂著互相走進對方的家庭和歷史吧，就像大哥航和友香那樣。

第一次帶他去時，優馬向神智清楚的母親介紹「這位是我朋友，直人」。母親並沒有露出驚訝的表情，只說「哎呀呀，不好意思讓你特意來看我。……啊，這是剛才友香帶來的拔絲地瓜，吃吃看。好像是家名店，很好吃哦。」儘管是個病人，還是展現母親的一面。

別想得太深，把他稱作單純的朋友，其實什麼事都不會有。

吃完火腿蛋吐司配沙拉的簡單早餐後，優馬邊注意時間，開始打領帶。還在吃吐司的直人說：「今天好早。」他簡短回應：「星期一早上開會。」

「聽說優馬小時候一直在送報打工？」

把打歪的領結調整回來時，直人冷不防冒出這句話。

「有啊。我媽跟你說的？」

「嗯，她說你和航哥從小學開始，每天早上去送報，一直送到國中畢業。」

「我爸很早就死了，單親家庭嘛。貧困的單親家庭。」

「這她也說了。你母親說她一邊在新橋的料亭當招待，一個女人把兩個兒子拉拔到進了大學。」

「沒錯啊，聞者哭泣，說者流淚的故事。」

「會嗎？可是我看優馬的媽媽，說起當時的情景非常開心啊。」

打領帶的手不覺停頓了下來。他瞥了直人一眼，對方的臉上甚至還有一點羨慕。

「我一開始就覺得優馬雖然現在這個樣子，但一定吃了很多別人看不見的苦頭。……」

「你那句『現在這個樣子』是哪樣？」

「意思就是說，只不過有點受歡迎，就成了男人一個接一個的輕薄玩咖。」

「這話太狠了吧。」

「可是，又沒有法律規定，辛苦的送報少年長大後不能變成玩咖。世人不都是這樣嘛，總是用那種眼光來看人，所以，以前不幸的少年，不是該繼續不幸，就是追求真誠踏實的人生。的確，這些人從旁看來令人感動，可是沒有必要去配合這種論調。」

直人兀自說了這麼多，然後彷彿對自己的話很能認同似的點點頭。優馬莫名的找不出話來反駁，他很想頂回去：「什麼叫做不幸？」但嘴邊已經笑開來。

優馬重新繫好領帶，這次很乾脆的將領帶縮緊。

「沒時間了，我走嘍。」優馬揚聲說著，衝出門口。他聽到直人在後面說「一路好走」時，已經跑下了樓梯。

提到兒時往事，這是第一次感覺神清氣爽。大部分的人只要一聽到他小時候為了幫助家計去送報的往事，就會像直人說的那樣，露出同情的表情說「真是辛苦你了。」的確，送報真的是件苦得半死的差事。下著寒雨的日子，他曾經很認真的考慮過，如果送到一半蹲在路邊哭的話，有沒有大人會來幫助他呢？有時訂戶家裡傳來「××，快點起床，媽媽今天帶你們去迪士尼樂園」之類，母親叫孩子起床的聲音時，年幼的他就會恨起自己的遭遇。但是，世人也並沒有那麼冷血的拋棄他，送報少年也有送報少年才有的快樂。例如，有個客人每年耶誕節都會送他蘋果；還有個老奶奶每天早上都會在大門口等優馬送報；有一家人會叫他一起到院子裡烤肉；小學六年級被選為運動會的接力賽跑選手時，也有個爺爺專程跑來幫他加油。因為送報的關係，自己和大哥比別的孩子更受到地方居民的疼愛，但沒有人這麼認為。不管他怎麼解釋自己的童年時光如何豐富，別人都會覺得他只是不服輸，不願讓人看不起。他討厭這種誤解，所以漸漸的不再向任何人提起當時的事了。母子三人住在斗室中的生活，是如何精采美好，不管他再怎麼說明，也沒有人明白。每個人都只會用相同的眼光看他們。

當客滿的電車駛進車站月台時，優馬察覺自己的臉上堆滿了笑意。停下的電車車窗映出了他的笑臉，他才趕緊恢復正經。但是，即使如此，只要想到直人一臉羨慕的說「會嗎？可是我看優馬的媽媽說起當時的情景非常開心啊。」表情又自然柔和下來。

想必在直人眼中，母子三人在斗室的日子看起來也是精采美好的吧。這一點令他開心。

那天，傍晚六點多，丟下正要出門和廣告代理商應酬的室長，優馬走出辦公室。一如以往的習慣，走去搭電梯的途中，順便檢查推特。快速掃過跟隨者們今天歡樂的預定行程，突然發現「咦？今天一整天我都沒有打開推特來看呢」，工作忙碌雖是原因之一，可是自從他有推特以來，從來沒發生過這種事。幾則傳來的訊息中，也包括了友香。

「今天在醫院見到直人了喲——☆」

友香只寫了這一句話。走出電梯，優馬打了友香的手機，友香立刻接了。「什麼時候到醫院去的？」他問。「大概兩點左右到，我待到四點。」友香回答：「對了，那位直人，相當不錯嘛，我覺得他很適合你耶。」

「哪部分？」優馬問。

「他有以前你所沒有的沉著？你看你，平時不是很浮躁嗎？如果跟他在一起，可能可以成為你的穩定力量哦。」

「真的嗎？」

「婆婆好像也很喜歡他。」

「我媽跟你說了？」

「沒說，不過看她的樣子就知道啦。」

「你們三個人聊很久？」

「沒有。直人來了之後我就回去了。」

出了公司往車站走。剛好與外勤的同事擦身而過。「啊，卡地亞的新貨！」他指著提包說，

「多謝！第一次被你發現！」對方很是開心。

轉了一趟電車，到達母親療養院的時候快七點了。往病房走去時，連走廊都聽得到母親的笑聲。

病房裡，直人還沒走。兩人不知道在聊什麼，同樣一臉笑意的把頭轉向他。

「連走廊都聽得到你們的聲音哦。」優馬吃驚的說。

「對不起對不起。我跟直人說起那件事。你記得嗎？就是我們中了一百萬樂透的那次。」母親又笑起來。

「累了吧。」直人想把椅子讓出來。「沒關係，不用。」優馬走到母親床畔，坐在她腳邊。

最近這段時間，母親的精神相當好，當然手上還是插了好幾根點滴管，不過身體似乎已經習慣注射的藥劑，不再像從前那樣需要忍受痛苦了。

「中了樂透的故事有那麼好笑嗎？」優馬加入兩人的話題。

「好笑啊，因為那是我們三個人第一次見到一疊鈔票嘛，每天都在想著要藏在什麼地方才安

全。」母親又噗哧笑出來。

「真的哦？」

「是啊。結果你哥哥把它塞進乳瑪琳的盒子，藏在冰箱裡。」

「啊，我記得。」

楞楞聽著兩人對話的直人，此時開口說：「對了，剛才醫生來過，叫你回去之前過去找他。」優馬不想打壞母親難得的興致，輕輕點頭說了聲OK。

母親看起來臉色漸漸紅潤，她自己似乎也知道，枕邊很難得擺了手鏡。

「欸，直人，你的右臉頰有一排痣耶。」母親突如其來這麼說。直人聽了，用力搓搓那個地方，「聽說右臉頰有痣不太好哦？」

儘管每天都會看到，但可能痣色較淡，優馬並沒有意識到。不過仔細一看，的確有三顆痣排成一直線。

到了七點，想起醫生快要下班，於是擱下正在聊面相算命的兩個人，往醫務室走去。所幸主治醫師還在，招呼他進去「啊，快來坐、坐。」一如往常，醫師的話很簡短。下星期開始又要加強藥量，疼痛應該會更為減輕，只不過睡眠的時間會更長。而且很遺憾的是，母親應該拖不過明年。

聽完了醫生的話，優馬問：「這些話已經跟大哥說了嗎？」

「聽說他昨天有來，但是我輪休。」

「是嗎。那我來告訴他好了。」

對醫生說完這話，來到走廊的剎那，他幾乎要癱跪下去。眼前浮現出中了樂透後，母子三人尋找百萬日元藏匿地點的身影。昨天以前還沒有的那筆錢，一旦得到手時，就開始日夜惶恐，生怕什麼時候它會消失不見。

◈

冬天的腳步近了，海風猛烈，猛烈到朝它看久一點，都會變得很悽慘的地步。洋平用原子筆頭插進客廳的窗框，讓它不會咔答咔答響。這是愛子發明的創意，也是父女倆說了十幾年「換氣窗該換了」但仍持續的習慣。

洋平拿遙控器關上電視，用同一隻手從餐桌盤子裡捏了一片魚板。愛子打工的市場店家賣剩的，沾點生薑醬油特別好吃。

傳來開門聲，洋平抬起頭，田代有點拘謹的站在敞開的門後。

「不好意思……」

可能跑來的吧，喘得很凶。

「進屋來，順便把門帶上。很冷耶。」洋平冷淡的招呼他入內。二樓立刻傳來愛子的聲音「田代先生嗎？我馬上下來。」田代仰頭看著樓梯「嗯」了一聲。

可是愛子並沒有下樓的動向，只聽見笨重的腳步在天花板上移動，嘴裡還哼著歌。洋平把魚板的盤子用保鮮膜包住，問田代：「去哪裡？」

「哦，看電影。去船橋的拉拉港。」

「坐吧。反正還得花點時間。」

田代在玄關的階梯坐下，洋平注視著他的背說：

「欸，田代，你總不能永遠做這時薪八百日圓的兼差吧。」

「什麼？」

田代回過頭瞪大了眼睛。

「我是說，你不能永遠在打工，你那份工作也有管道可以升為正式職員。當然，也得看你有沒有這個意願。」

洋平一回神，發現自己說話像連珠炮。自己現在憂慮的是田代的將來，絕不是想勉強這個休假要帶愛子去看電影的人，接受某種目標。

「愛子反正還得花不少時間準備，你進屋裡來等吧。」

洋平像是為打破沉默說道，田代也依言走進來。他瞥了散亂的房間一眼，在洋平的對面坐下，把手上的寶特瓶茶放在桌上。

「最近，好像跟愛子外出得很勤嘛。」洋平問。

「對不起。」

田代不知為何又把放在桌上的寶特瓶拿起來。

「不需要道歉啦，我也沒有想干涉的意思。」

「好。」

「倒是剛才說的那件事。」

一整天沒出門的洋平，身上還穿著睡衣，但儼然已是一副主管的口氣。

「……你個人有什麼隱情，沒辦法成為正式職員嗎？我並不是強迫你去做。只是，就像剛才說的，總不能永遠……」

「請問……我不能再做一段時間的兼差嗎？」

田代又把寶特瓶放在桌上。

田代在漁會打雜已經好幾個月。別說是缺勤，就連遲到都不曾有過。每天早上準時上班，默默做著指派的工作。如果有人叫他：「喂，差不多可以下班嘍。」他也就老實的回家去，從來沒聽過他下班會繞到哪家店喝一杯。根據他的房東上原奶奶說，假日也幾乎都待在家裡，只有大吾的足球隊練球時，才會外出。

「你有在東京工作過嗎？」

沒來由的冒出這句話，田代抬起頭，想要探尋他的真意。

「沒事。我只是想如果你去東京，想找工作應該到處都找得到吧？」

「東京的話，沒有。」

「以前去過歌舞伎町嗎？」

洋平問道，全然無意識的。

「……如果是說風月場所，沒去過。」

輕輕拋出的球，被敲出犀利的直球打回來。

自己剛才問田代的是歌舞伎町的風月場所嗎？自己該不會想說起愛子的事吧。洋平思緒混雜，竟然結巴起來：「不……嗄？風月場所？」

「我不太喜歡那種地方。」

田代垂下雙眼。二樓的愛子現在還在用吹風機。洋平抬眼看了一下天花板，想改變話題的笑說：「你看，都什麼時候了還在吹頭髮。」

「謝謝。」

聽到田代突如其來的道謝，洋平又恢復了表情。

「回到剛才升正式職員的話題。」

「啊，喔喔。你如果有意願的話，隨時來告訴我。當然啦，你會到這種鄉下小地方找工作，想必你也有無法對人說的苦衷吧，我並不想打探，只不過，如果你有什麼煩惱，可以來找我商量。畢竟在一個沒有人認識自己的地方，活得比較自在。」

洋平邊說邊想像著生活在沒有人認識自己和愛子的地方，是什麼情景。

「……總之，就算是你在別的地方做了壞事逃到這裡來，人哪，只要想重新來過，不管年紀多大都能辦得到，更何況你還這麼年輕。」

「……那個，我知道那件事。」

說到一半，田代插進來。不過，話題並不相關。

「知道什麼？」洋平問。

「……我，我知道愛子離家出走的事……也知道那段時間，她待在什麼地方。」

剎那間，樓上的吹風機聲戛然而止。愛子的腳步聲再次響起。

「……住在這個小鎮，那些事還是會自動傳進耳朵裡。」

田代面無表情。

洋平整個亂了套了。「你明明知道，還約愛子一起去看電影嗎？」這句話幾乎要脫口而出了。只是他不知道這句話是代表了感謝，還是生氣。

嘴裡說不出的渴。

「整個鎮都看不起我女兒，我這個什麼都做不到只能閉嘴的爸爸很丟臉是吧。」

儘管強裝冷靜，但是一股火直從心裡竄上來。

「不，不是這意思……」

「聽人批評我女兒，這老爸卻只能沉默，難道不丟臉嗎！」

洋平終於粗著嗓子說。「是我不對。」田代立刻道歉，又把寶特瓶拿在手中。

「就算跟他們拚命也沒有用啊。我越是想辦法護著愛子，他們笑得越厲害。男人做什麼都行，自暴自棄流連女人堆，就算成了女人的小白臉，世人也都可以接受。可是女人卻不行。我這做爹的拚死拚活為她戰鬥，結果吃虧的還是愛子。只有投降放棄才不會再掀波瀾啊。……」

說到這裡，洋平驀然住了嘴。他突然想到向田代傾吐這些苦水，根本無濟於事。

田代一直低著頭沒動，洋平又補充一句：「並不是愛子的錯。」

田代依舊低頭，點點頭說：「是。」

「……那個，我跟愛子在一起時，心裡很放鬆。」

「啊？」

「怎麼說呢，總之有很多話都想跟她說。……」

田代一臉深思的說。洋平搞不懂田代到底想說什麼，不過這話倒讓他想到一件事。那是颱風天吧，洋平躲在漁會樓梯口，看到一向寡言的田代在愛子面前笑得很開心的模樣。

「我並沒有阻止你們交往的意思。」

沉默半晌之後，他好不容易擠出這句話。

樓梯那兒響起愛子喀答喀答的下樓聲。田代站起來鞠了一躬：「那我們走了。」

「爸，晚飯你拿去微波爐熱哦，我做了燜飯。」

愛子窺探般對著洋平說。「嗯，別太晚回來哦。」洋平擺出嚴父面孔，試圖掩飾不悅的心情。

兩人出去了。田代的寶特瓶茶擺在桌上忘了帶走。

雖然面無表情，但可能田代的心裡也很緊張。想到這裡，剛才他說的話，也許並非壞事。

洋平打開電視，正好是個介紹甜膩蛋糕的專題節目。

妻子聰美還在世的時候，只要有什麼喜慶節日，她一定會做一個自製的蛋糕。每年耶誕節，會把這個小小的房子裝飾起來，洋平偶爾也會把漁會聚餐時餘興節目用過的耶誕老人裝扮穿回家。但愛子很奇怪，她自懂事開始，就不相信世上有耶誕老人。聰美總是感嘆這孩子一點也不天真，但對洋平來說，堅信爸爸就是耶誕老人的愛子，實在是再可愛不過的小寶貝。

❖

明日香剛從二樓曬衣場抱著取下的衣物下樓，兒子大吾把手機遞上來：「媽，你的電話！」是洋平打來的，所以她暫時把衣服堆在地上，按下接通鍵。

「怎麼？有什麼事？」

「沒什麼，雅代那邊是不是還在做蛋糕？」

洋平和蛋糕這兩個字不太連得起來，明日香重問了一次：「叔叔是說，你的同學雅代嬸嗎？郵局前面那家『蒙布朗』？」

「對，是她，就是那個雅代。」

洋平著急的回應。明日香乾脆在地板上坐下來，從衣物中拉出一條毛巾，邊折邊回答：「你是說蛋糕對吧？她還做啊，他們咖啡店主打的就是自製蛋糕呢。」

「那蛋糕，去店裡就買得到吧？」

「他們沒有大蛋糕哦。如果是切片的草莓蛋糕，隨時都有。」

「那麼寒酸的店還沒倒啊？」

「哎，因為這附近只有他一家蛋糕店呀。」

說到這裡，明日香才終於察覺到洋平好像想買蛋糕。

「怎麼？愛子讓你買呀？」

「沒有。」

「那，是叔叔想吃嗎？」

「我只是稍微打聽一下。」

「這是幹嘛？啊，如果『那個』的話，那我去買好了。等一下我去銀行，順便買了帶過去。」

「唔？哦，好啊。」

「什麼口味都行嗎？」

「嗯嗯，都行。」

掛了電話，大吾還在玩電動。

「大吾，書法！」明日香捅了一下他的屁股。

大吾撐起屁股懸空，但兩手還拿著操控機。明日香開始倒數「5、4、3……」

把衣物折好後外出，在銀行ATM提領了這星期的生活費，明日香直接走到「蒙布朗」，各買了兩塊正統草莓奶油蛋糕和蒙布朗。

難得洋平會想吃蛋糕，往他家駛去時，心裡驀然擔心起來，該不會發生了什麼事才好。但是，如果真的出了什麼事，應該不會想吃蛋糕吧。她反而擔心起洋平奇妙的興致。

「叔叔，在家嗎？」她邊喊著開了門，洋平坐在椅子上，把腳屈起來剪腳趾甲。

明日香逕自進來問：「愛子呢？」

「去看電影了。」

洋平回答時，正好看見他腳邊一塊堅硬的趾甲屑啪的飛起來。

「怎麼不鋪張報紙再剪呢……電影？愛子一個人去？」

「不是，跟田代。」

最近這段期間，頻頻看到愛子和田代在一起。大吾說，田代參加大吾校隊的足球練習時，愛子也一起去，隊員們都在笑他們兩個。

「我沒有資格干涉，不過田代那個人，沒問題嗎？」

「有什麼問題？」洋平還在啪答啪答的剪趾甲。

「看上去工作是蠻認真的，不過，不知道他什麼來歷，總覺得有點恐怖。不過，說恐怖也許太誇張。」

明日香的話終於讓洋平抬起頭來。

「我說，明日香。」

「唔？」

「……我這老爸來說，也許有點不妥。不過他們倆的事，你能不能關照一下。」

「關照什麼？」

明日香正要坐下，突然領悟到話中之意，一時有些慌亂。

「你叫我關照……是幫他們倆撮合在一起的意思嗎？拜託，光靠愛子一個銅板，怎麼也拍不響吧。的確啦，愛子對田代的好感，連大吾這些小學生都看得出來。但重要的是田代沒這意思吧？我就算再怎麼撮合，也沒有用。」

一說完，明日香便覺得自己說得太重了。不過洋平平時太寵愛子，此時說得狠一點，也許對他比較好。

「……難得有這機會，你就聽我說幾句。其實我最近有點擔心，愛子對田代愛得火熱是沒什麼關係，但最後傷心的，也是愛子呀。田代一定也不好受。他好不容易才找到工作機會，說不定又得因為這個原因，被迫離開這裡到別的地方去。」

明日香本以為自己說的話都是為了愛子和洋平著想，可是，洋平蹲在地上撿飛散趾甲屑的背影，突然變得好渺小。

「田代那小子知道了。」

洋平彎著身子開口道。

「知道什麼？」

「知道愛子離家出走，知道她在外面時去了哪裡。」

電視機前面還有一個趾甲屑，不過明日香沒提醒他。

「……可是，即使如此，他說他跟愛子在一起還是很開心。」

洋平直起身子，把目光轉向明日香察看她的表情。

「……不對，兩人在一起時不是開心。他說在一起的時候，心情很放鬆。」

表情有點僵硬，不過還是感受得到洋平的喜悅。

「……我最近偶爾會想到。如果我死了，愛子要怎麼辦？」

「幹嘛說這些嘛，叔叔還那麼年輕。」

她想笑著帶過，但腦海浮現出這個家只剩愛子一人的光景，不禁差點窒息。不，只要她還待在這個家就沒有問題。但如果她又去那種地方，就再也沒有人會去救她了。

「叔叔，你喜歡田代這個人嗎？」明日香問。

表情終於舒展開來的洋平，喜滋滋的說：「那傢伙，靠不住啦，不過還算體貼。」

◈

星期六的那霸市國際大道，比預料得還熱鬧。下午四點半，陽光還赤辣辣的，大馬路自是不在話下，連左右延伸出去的小巷也都灌注了滿滿的光線。大型購物商城後面有條古董街，微暗的巷子裡，一些賣沖繩雜貨和服飾的小店，擺出色彩繽紛的招牌。

小鞋店前，泉停下腳步。

「我可以再進去嗎？」

泉的身後，站著兩手提滿購物袋的辰哉。

「……不好意思，讓你拿這麼多。」泉道歉道。

「我是無所謂，不過你自己也拿得很重吧。」

泉自己提著一個比辰哉手上更大的塑膠袋。

「……我說，這些東西能不能先放在姨媽家？等一下還要去天文館，滿礙事的。」

泉聽了辰哉的建議，問道：「那等我在這裡買了懶人鞋就回去？」但還沒等得及回答就衝進店裡。

從這裡走回剛才吃午飯的辰哉姨媽家，不用花十分鐘。

與辰哉兩人去那霸，一開始泉的母親很擔心。她並不是不信任女兒，而是對女兒第一次表明去約會感到不知所措。

泉鉅細靡遺的把那霸的行程說給母親聽。坐十點的渡輪到本島，上午去看恐怖電影，午餐在辰哉那霸的姨媽家接受招待，下午購物，傍晚去天文館，如果可以待到吃完晚飯就搭九點的渡輪，如果不行，就坐六點半的渡輪回來。

可能是在辰哉姨媽家吃午飯讓母親放心，最後她只叮嚀「要有禮貌哦」，同意了與辰哉的約會。

事實上，從坐上十點的渡輪之後，泉和辰哉一路都很順利的完成了預定行程。唯一不在行程內的，是辰哉帶著換洗衣服去給在那霸參加抗議活動的老爸。似乎是今天早上出門前，辰哉母親強迫辰哉帶去的。也許是泉太敏感，但接過爸爸的換洗衣物後，辰哉顯得有點意興闌珊。

從架上拿了一雙藍色懶人拖，泉轉過身，本想問「怎麼樣？」可是辰哉卻盯著腳邊發呆。

「很可愛吧，而且又打折。」

辰哉沒理會，倒是剛才店裡的美女店員過來招呼。泉說：「是啊，我要這雙。」把商品放在收銀台，順勢把一旁的男用耐吉運動襪也交給店員。

走出店，泉從袋子裡拿出襪子。

「辰哉，這個給你。」

辰哉驚慌失措，不斷後退。「什麼？給我？不要啦……真的不用。」

「這是謝謝你今天約我出來。右腳是謝謝你約我，左腳是謝謝你幫我提東西。」

「好吧，那我收了。謝謝。」泉的解釋令辰哉忍俊不住，於是爽快的接下。

「哦，終於笑了。」泉如釋重負。

「嗄？」

「還嗄呢！不知你為什麼突然提不起勁了，上午明明還很高興的。」

泉說到一半頓住了，她差點要說「送衣服給你爸爸之後就沒勁了。」但是，辰哉似乎已經明白泉的意思。「對不起。」他道了歉，低聲說：「做那種抗爭，真的能改變什麼嗎？」勉強苦笑了一下。

「你是說伯父嗎？」泉問。

辰哉「嗯」的點點頭。

辰哉的爸爸在封鎖線的前頭高聲呼喊，掄起拳頭，口沫橫飛的大嚷大叫。地方報紙大幅報導了政治人物來訪沖繩的消息，連對政府不熟悉的泉都知道。這位政治人物宣布要將基地遷至縣外列入公約，這番言論違背了他從前的承諾，所以辰哉的父親等人對此發起了遊行抗議。

「做那種抗爭，真的能改變什麼嗎？」聽著辰哉的自語，泉很想說些安慰的話，可是想不出該說什麼。

「波留間之波」為旅客訂了沖繩地方報和全國報。泉喜歡報上的四格漫畫，每天早上都會看。地方報紙大幅刊登的抗議活動，在全國報紙上只有小小的一格。不，有刊出的還算好，很多平面媒體根本沒有刊出。泉想起之前颱風來的時候，電視上一再重複播放的，不是暴風雨中的波留間島，而是東京路樹劇烈搖擺的景象。

結果，東京來的政治人物在進入大樓之前，泉和辰哉根本無法靠近抗議民眾。辰哉抱著換洗衣物的袋子，對著眼前的喧嘩呆若木雞。

如果站在身旁的人不是辰哉而是母親的話，泉也許會握住他的手。當時的場面就是那麼殺氣騰騰，擴音機放出的吼聲也令人心驚。只不過，她覺得不能讓辰哉知道自己在害怕，因為他可能會認為自己嫌辰哉的父親礙眼。所以，泉努力忍耐著，視而不見，聽而不聞，只祈禱能快點脫離那裡。

政治人物走進大樓後不久，抗議隊伍稍微散開。辰哉試著從人群中穿進去，泉也緊張的在後面追。他們穿梭在大人之間，四處都還殘留著難以形容的熱氣。這些人與站在遠處看到的群眾不同，每一張臉都清楚分明，而辰哉的父親也在其中。他接過兒子送來的衣物袋時，眼中泛著薄薄的淚光，手也微微顫抖。

送了物品，離開抗議人群後，辰哉咕噥著說：「抱歉。」

「怎麼了？為什麼要道歉？」泉急忙說。

「因為……不相干的人，到那種地方不會覺得討厭嗎？」

泉有點受打擊，「不相干的人」這幾個字等於告訴她，你不是沖繩的人。話雖如此，她也不認為自己能了解辰哉父親的心情。

「沒關係啦。」泉無力的說。

「不久前，看到西藏僧人自焚身亡的新聞，那時候我真的不解，他那種寧死不屈的心情，到底是種什麼樣的感覺。應該不是痛恨之極，或是悲傷、或是可憐這麼簡單可以說明的吧？他想表現的是，我是來真的，我是真的生氣了。可是，難道除了死之外，沒有別的方法讓別人理解嗎？……但我想也許不行吧。讓別人理解自己的認真，可能很困難吧。因為認真或不認真，又不能用肉眼看到。……」

把採購來的大包小包暫時寄放在辰哉姨媽家之後，兩人依行程去了天文館。辰哉不再提起父親或抗議的事。顧慮到泉擔心自己沒精神，所以說起小時候在那霸迷路的往事，還有同學在英文考試中寫了搞笑答案的趣事。

除了去見辰哉父親之外，與辰哉一起度過的假日，出乎預期的有趣。來到波留間島以來第一次出島的興奮也是原因之一，不過最令她開心的是辰哉不時的呵護，「我幫你提東西吧」、「口渴不渴？」、「到那邊的陰涼處歇歇腳吧？」光是說謝謝，都能感到喜悅。

後來，與辰哉一起看到的天文景觀，果真非常美。但影片結束後，辰哉不小心吐露：「還是島上的天空比較美。」泉也表同意：「果然，星空伴著潮聲才叫美啊！」

因為機器故障，延遲了放映時間，所以他們走出天文館時，已經六點半多了。母親叫她搭最晚班九點的渡輪回來就行了。

因為還有物品放在辰哉姨媽家，兩人又回到剛才購物的鬧街上。

兩人邊走邊找便宜的餐廳，突然一個男子從眼前掠過，泉「咦？」了一聲。那個人分明就是星島上的田中，他揹著眼熟的紅色背包，壓低了棒球帽，混在人群中走著。

「喂！田中哥嗎？田中哥。」泉不覺叫了起來，可是田中沒有發現。泉跑上前，立刻追上，再次「喂」了一聲。

「啊？」田中吃驚的停下腳。

田中站定時並沒有看泉，反而先向四周張望。

「是我啦，我。在星島的時候。」泉解釋著，「嗯、嗯，我當然記得你呀，小泉。」田中連忙點頭。

因為太過突然，田中似乎還是心神不定。泉開始後悔，不該那麼輕率的叫他，於是改變話題：「我是跟朋友到這裡來的。」

辰哉站在稍遠處，直直的盯著她瞧。

「約會？」

田中臉上好不容易浮起笑意，「嗯，算是吧。」泉也爽快承認。

「……啊，可是，我沒告訴他田中哥的事。」

「我的事？」

「就是你潛伏在星島的事啊。」

潛伏這個詞用得太誇大，泉為自己說的話笑了。

「田中哥，你在做什麼？」

「我？嗯……我在這裡打工。」

「所以你又在存錢，然後增添露營的裝備嗎？」

她本是開玩笑，但田中不置可否的露出淺笑。

「請問，你還會回星島嗎？」泉問田中。

「我還沒有決定……」

泉記起辰哉還在枯等，便說：「那我先告辭了。」田中問道：「今天就會回波留間吧？」

「對，搭九點的渡輪。」

「那還有時間嘛，我請你吃晚飯，當然他也一起請。如果沒有打擾你們約會雅興的話。」

「別這麼說啦。怎麼會……」

也許是田中獨行的背影看起來有點寂寞，泉不好意思一口拒絕，便說：「我去問一下朋友。」

跑回辰哉身邊前，泉猶豫著不知該怎麼介紹田中。但是，她幾乎沒有時間思索，站在辰哉面前的剎那，嘴裡已經蹦出：「那個人之前是我們民宿的客人。」

當然，她沒有必要對辰哉說謊。只是，不知道為什麼她不想讓別人知道田中住在星島的事。

「喔，這樣。」辰哉並未起疑的接受了泉的解釋。接著提到田中晚飯請客，辰哉毫不掩飾憂慮的說：「那傢伙有錢嗎？看起來好像還處在貧困旅行的感覺。」

「那個人一直獨自旅行……難得他開口要請我們。」

辰哉也沒有非拒絕不可的理由，於是便同意了。泉帶著辰哉走回田中身邊。

「這位，是我同學辰哉。」聽泉一介紹，辰哉咕咚的點了下頭。

「你好，我是田中……所以你是波留間人？」

「是啊。」

「哦，辰哉家也在經營民宿。」

辰哉的態度還有點孩子氣，所以泉代替他回答。

「……叫做『珊瑚』，牆壁是粉紅色的那家。」泉繼續描述，但田中好像不知道。

三人簡短討論的結果，決定去田中之前去過的居酒屋吃晚飯。當然就算不喝酒，也會供應美味的沖繩料理。

前往餐廳的途中，田中迷路了好幾次。他要他們別動，自己去找路。兩人在十字路口等他的時候，辰哉說：「那個大叔的流浪之旅，到底走了多久啊？」

「拜託，你幹嘛那麼說他？」泉悄聲的說。

「他應該已經三十幾了吧？」

「會嗎，才二十幾吧。」

「總之，他那種背包客我看多了，那位大叔應該滿老練了。」

「你不要一直叫他大叔、大叔的。他會聽到啦！……可是，為什麼你知道他老練呢？」

「該怎麼說呢。沒有安身之處的人，眼光就會像流浪狗一樣，那個人應該也是這樣吧。一個人沒有了歸宿，任何人的眼光都會變成他那樣吧，我想。」

泉不太能想像流浪狗是什麼眼光。但是，「沒有安身之處」這句話一直在耳邊縈繞。以前，她想得很單純，以為田中純粹是因為個人喜好，才在那個無人島上野營。但是，她初次發現也許田中真的沒有安身之處。

田中帶他們去的，是一家店門口擺了各種泡盛*瓶的居酒屋。泉有點遲疑，不太敢進去。但是辰哉好像突然長大了，他推著泉往裡走說：「田中哥敢喝泡盛嗎？我可是從小學就開始喝哩。」

鑽過麻繩珠簾，店裡人聲鼎沸。眾人一齊把視線投向泉三個人身上，但櫃台後面的老闆娘招呼他們「那邊的位子」，聚集的好奇目光也迅速散去。

身材姣好的老闆娘過來點菜，一開口就提醒泉和辰哉：「你們倆個不可以喝酒哦，」又對滿臉鬍渣的田中說：「你也一樣，不可以偷偷給他們喝哦。」但是後來老闆娘送來的泡盛酒瓶，附了三個酒杯。

泉連忙點了可樂，「大小姐多乖巧啊，這小子就不老實了。」說著，摸摸已經把泡盛注入杯裡的辰哉的頭。

田中點的菜，每一道都好吃。那些應該是所謂的下酒菜，泉從來沒吃過，但每吃一口她就驚呼「好吃好吃」，逗得田中直笑：「小泉，你以後一定會成為酒鬼。」

「田中哥，你在這裡做的是什麼工作？」

泉把沾飽醬汁的五花肉放進嘴裡問道。

「工地之類的。打零工，酬勞也高。」

望著熟練夾起五花肉的田中，泉察覺到：「咦，田中哥是左撇子啊？」田中霎時停下動作，看著自己的左手說：「嗯嗯，沒錯。」

「田中哥是哪裡人？」

「你看我像哪裡人？」田中用問題回答泉的疑問。泉轉向隔壁的辰哉，辰哉儘管吹噓自己從小學就開始喝，但才半杯泡盛，他的眼神便開始迷濛了，咕噥的說：「一定是東京。」

「為什麼？」

「因為感覺他像個都市人。」

田中只是笑，並沒有回答他出身自何處。

「那麼，以前從事什麼樣的工作呢？」泉換了個問題。

「看他這種背包，靠爸族的可能性居多。」

辰哉莫名其妙的從旁傾靠到桌子，所以泉急忙壓住他的肩，勸道：「你別這樣……」

「辰哉的酒品不太好欸。」田中笑出來。「對不起哦，」泉道歉。

泉猛然　看，才發現辰哉和田中兩人已經喝掉半瓶以上的酒。辰哉還要往杯子裡倒酒時，泉按住他的手說：「等等，你喝夠了吧。」

「啊，別攔我嘛。小泉。」

「可是……」

「我跟你說，我喜歡小泉。所以——，我才在這裡——，跟這大叔喝泡盛。」

＊泡盛，琉球群島以粳米發酵釀製的蒸餾酒。

走進店裡才不過四十五分鐘，辰哉已經完全醉倒了。泉覺得很丟臉，從辰哉手上拿起泡盛酒杯。本以為辰哉會搶回去，沒想到他任性說完想說的話之後，突然脖子一歪睡著了。

「難以置信。」泉傻住了。

「這就是純情吧——」田中打趣道。

結果，他們倆只好抱著爛醉的辰哉走出餐廳。九點的渡輪看來還趕得上，但是還必須回辰哉的姨媽家拿寄放的物品。

走出店外吹了風之後，辰哉的醉意稍稍清醒了一點，咕嚕咕嚕的喝光田中從自動販賣機幫他買的礦泉水，「呼——」的大大喘了一口氣。國際大道還是一樣熱鬧，霓虹燈和招牌比白天更刺眼。一輛豪華轎車開著超大音量，從眼前駛過。

「田中哥，接下來你要去哪裡？」泉問。

「我會在那霸多留一陣子。」

「那星島呢？」

「很可能會回去吧。」

「那，我們就在這兒道別，沒關係。」泉說。「可是……」田中看著蹲在販賣機前的辰哉，笑著說。

「辰哉，你沒問題吧？」泉出聲道。「嗯，」辰哉俯著，舉起右手說。

「看吧，波留間島的男人沒那麼脆弱。」泉故意用辰哉聽得見的聲量說。

「真的？那我先告辭了。」田中揹起紅色背包。

「謝謝你的招待。」泉低頭感謝，後面也傳來辰哉「謝謝招待」的聲音。

「再見。」田中揮揮手，也不管紅綠燈便穿過大道，走進黯淡的小巷。最後又回頭一次，揮手道別。

待田中的背影消失，泉回頭道：「辰哉，你能走嗎？」辰哉想站起來，但兩腳還是使不出力。

「聽我說，我去你姨媽家拿東西。我想應該還有充分的時間到港口，所以你在這裡休息等我。」

「我也去。」

辰哉想站起來，泉已經往外跑著說：「不用了啦，你在這兒等。」

馬路的氣氛與白天截然不同。泉把回辰哉姨媽家的路線完全記在腦中，但是，也算是自作自受吧，她現在得一個人把那些提袋提回去。心裡打算著抱枕和懶人鞋可以放一袋，鞋盒丟掉，一面從熱鬧的大馬路往左轉。一走進昏暗巷弄，她一時以為自己走錯了路，不覺停下腳步。這裡跟白天的印象大不相同，閃著紅、粉霓虹燈的酒吧，從店裡放射出刺眼光線和轟炸般的音樂。白天，這裡一整排全是有著殖民地風格陽台的古老建築，就像是西洋史課本中看過的那種，但牆壁油漆早已斑駁剝落，最醒目的恐怕只有堆在路旁電燈桿下的大量垃圾。但太陽下山後的現在，巷子裡有好幾家大門敞開的酒吧，店內吧台前，體格魁梧的美國大兵們正笑鬧的喝著酒。

某處傳來瓶子摔破的聲音，令她雙腿發顫。但是又不能一直僵在那裡。泉立刻給自己打打氣，快步往路的中央踏出去。

從眼角閃進來的酒吧電視上，播放著女人的乳房。走過最大一家酒店門前時，店裡有人用英語叫她。泉把頭低得更深，步伐邁得更快。走出喧囂的巷子時，接著往右轉。男人們的聲音遠去，終於能自在的呼吸。這家藥局前面再往左轉就是兒童公園，公園過去一點就是辰哉姨媽的家。

泉稍微放緩步伐。待會兒拿著提袋再走回這條路令她不安，也許該請辰哉姨媽陪她一起走。泉思忖著彎過藥局旁的轉角，看到兒童公園。

昏黃的橘色街燈照射下，公園裡站著兩個男人，穿著T恤牛仔褲，打扮很隨便的白人。兩個人手臂都有刺青，不知何故一直對著她瞧，眼神明顯已經喝醉了。

泉避開他們的目光往外跑。感覺自己的腳步聲和那兩個男人的腳步聲同步。男人的腳步出了公園，不知何故越來越近。泉直盯著自己的步伐，不想讓他們知道自己的恐懼，刻意走了出去。姨媽的家就在眼前了。

突然眼前出現一雙骯髒的耐吉運動鞋擋住去路。她不敢抬頭，只想避開那雙鞋。是公園裡那兩個男人，可是不論她怎麼躲避，男人還是站在眼前。他們似乎在笑，聲音從很高的位置落下來。

就在這時，她的右手被緊緊抓住。泉不禁抬起頭，男人的臉在極高的位置。她莫名的微笑了，心想如果微笑的話，他們就會讓她通過。可是，另一個男人抓住泉的肩膀。

「No……」

泉清晰的說。

「No！」

這一次換成喊叫。只是當她叫出來時嘴巴已被塞住。沉重、濕漉的男人的手。

◈

那天，北見回到宿舍已過十二點。搜查總部裡，在很晚的時候也叫人煮了宵夜，一個飯糰與豬肉湯填不飽肚子，所以一回家，就馬上從冰箱裡拿出三個肉包熱了一下，配著涼茶塞進肚子，然後終於把穿了三天的衣服脫下。

手機這時響起，牆上的時鐘指著十二點半，北見衝去接聽。

「喂，出來了。」

南條招呼也沒打，直接告知。

「山神嗎？在哪裡？」北見急忙說。

「冷靜一點。舉發的不是他的行蹤，只不過那傢伙果然變過臉了。」

「在哪裡？」

「剛才大阪的美容整形外科向署裡通報，去年十月五日，距離案發一個半月後，山神在這家診所做了雙眼皮手術。」

「可是為什麼現在才通知？大阪的醫院應該也接到警方的情報……」

「哎，你冷靜一點聽我說完嘛。」

「對不起。」

「這家醫院正好去年夏季停業了三個月左右，因為院長得了急性腎臟炎。那正是山神通緝照片在全日本流傳的時候，但院長根本沒有心思看電視或報紙。休養了一陣子，診所重新開張，兩星期後山神上門求診。此時，所有媒體幾乎已沒再提到山神的話題了。」

「那麼為什麼現在又？」北見還是很心急。

「完全是湊巧。最新，新聘的一位護士在整理病歷的時候發現的。不過距今五小時前發現之後，醫生也做了簡單的調查，才向警方報案。地址是大阪市內的辦公大樓，名字是假的。」

「那時候的照片呢？」

「還在。」

「坐首班車去嗎？」北見問。

「嗯，有一班六點十分，從新橫濱發車。」

北見看看時鐘，就快要十二點四十分。

掛掉南條的電話，立刻寫了簡訊。

「這麼晚不好意思。因為臨時有工作，必須離開東京兩、三天，明天的約會不能去了。非常抱歉。」

傳過去後，幾乎立刻就收到回信。

「明天的事，我明白了。我會找時間去看看小貓的狀況。」

北見再次回信。

「謝謝。」

接著還想再打些內容，但想不出該說什麼。北見摸摸睡在棉被一角的貓。

去年夏天，正好是發生山神案時，北見在附近公園撿到這隻貓。而他認識黑川美佳則是在隔天。傍晚北見走過公園時，她正在草叢裡探看。只能說是一種直覺，北見認為當時她在找的，就是昨天自己帶回家的貓。

「那個，不好意思。」

聽到突然有人叫自己，美佳慌忙的把手上的小袋子藏起來。後來一問才知道那個小袋子放了貓飼料。原來是她以為有人要指責她餵流浪貓。

「小姐，你不會是在找一隻待在這裡的貓吧？」北見開門見山的問道。

美佳遲疑著不知該怎麼反應。但北見接著說的話，得到了她的信任：「如果是那隻貓的話，我昨天把牠帶回自己家裡了。」她撫著胸口說：「是嗎，太好了。我還以為牠遇到意外了呢。」

之後，他們站著聊了一會兒。事實上，美佳也以為那隻貓是被飼主丟棄了。牠和見到北見時一樣，會在她腳邊摩蹭，摸摸牠，就舒服的躺下來露出肚子。但是美佳的公寓不准養寵物，迫不得已，她只好每天傍晚帶了飼料來餵牠。

巧合還沒結束，他與美佳在同一個公園裡遇到兩次。第一次只是點頭，第二次又聊了一會兒。美佳告訴他自己在附近的花店工作；當然，接下來輪到北見自我介紹，不過如同以往的習慣，他含糊的打混過去。

恐怕此時，他已經愛上美佳了。後來北見偷偷到美佳工作的花店去看她，並且下定決心如果美佳在的話，就出聲叫她。可是美佳整理百合葉的纖纖玉手太過性感，最後還是沒叫她。

那時候，他為了山神的案子天天日夜奔忙。只要偶爾得到了休假，他便去探望美佳。不知第幾次的時候，他鼓起勇氣叫了她的名字。店裡只有美佳一個人。

美佳大為吃驚，但立刻聊起那隻貓。北見說，因為工作關係經常不在家，有點擔心牠。他也坦白自己是違反單身宿舍的規定養貓的。

分別時，美佳給了他電子信箱，要他傳貓的照片給她。傳了五、六次貓在睡覺或在窗簾玩的照片之後，北見大膽的約她見面。

很幸運的，她接受了邀請。那個週末，他們到昭和紀念公園散步，在附近的鰻魚飯老店吃飯，回家的路上，北見坦誠自己是個警察。

當時美佳的反應跟以前他認識的女人都不一樣，這只能說是刑警的直覺吧。她的反應宛如是個藏匿身分過日子的人。而事實是，第二天開始，北見就算傳了簡訊給她，她也不回。

這段時期，他為山神案越來越忙碌，可是即使在失去意識般昏睡的夜裡，心裡的一角還是掛念美佳，無法忘記她。

在搜查的空檔，心裡突然掠過一個想法：黑川美佳這個名字，也許不是真名。也許她在某處有丈夫、孩子。這社會上有女人逃避丈夫的暴力，也有女人因為家人發生什麼事件，而隱瞞身分。他可以想到好幾個美佳隱瞞身分的理由，也可以利用刑警的立場，揭發她的身分，當然這是種犯罪行為。不過，只要知道她的身分，也許對她的思慕也會隨之消失吧。

不過，北見不論如何也跨不出那一步。

她斷絕聯絡的幾星期後，北見還是放不下這一切，決定去見她。

「我絕不追查你的來歷。我不需要知道任何事，只希望你偶爾跟我見面。」

她的眼中泛出淚水，北見再次低下頭：「求求你。」「你能信守承諾嗎？」她問。

北見直點頭的說：「好，我答應你。」

第二天一早，北見兩人一到達新大阪站，便直驅通報警方的「北梅田美容診所」。院長大倉和明與發現山神的護士已在等候。開始洗腎的院長臉色如鉛，但聲調中難掩興奮。

首先院長出示的是山神的病歷表。他在這家醫院將給人犀利印象的單眼皮，整形成雙眼皮。

病歷中附有手術前與手術後的照片。兩張明信片大小的照片，都拍得十分清晰，術前與術後的形象完全不同。只看術前的照片，可以斷定這個人就是山神；但是只不過眼皮割一刀，術後的照片便宛如另一個人。

「因為他做的是外開式手術，剛做完的這張照片，眼眶還會有些浮腫，不過現在應該又會有些不同了。」

院長向北見和南條解釋道，兩人拿著照片看得入神。

「什麼叫做外開式？」北見問。

「正式的雙眼皮手術，所謂外開，就是把皮膚割開再縫合的手術。」

「會留下傷口嗎？」

「會有淡淡的傷口，但是因為和雙眼皮皺褶重疊，所以，如果不仔細看，應該看不出來。」

南條還是深深的瞪著照片瞧，自言自語的說：「整個變了嘛。」

「用這張臉走在路上，也許沒有人發現他就是山神。」北見也點點頭。

「對了……我用CG*，自己做了一張眼眶消腫後的模擬照。」

院長這麼說著，又拿出另一張照片。眼眶的浮腫的確消了。可能因為這個緣故，山神最具特色的犀利眼神也失去了光芒，整個臉轉變為模糊的印象。沒有特徵的臉，說得更誇張一點，就是走在路上到處都看得到的大眾臉。

山神一也的特徵，是異常犀利的單眼皮、右臉頰上縱向的三顆痣，以及左撇子。其中最容易分辨的特徵，現在已經消失了。

◈

泉閉著眼睛也感覺得到，母親一醒來小心翼翼的不動到床墊下床的動作。晨光照進房間，光線已十分明亮。泉網膜的後面變成鮮紅色。

母親忍著咳嗽走出房間。然後五分鐘後，她一定會拿著熱好的牛奶進來，溫柔的問她：「要不要喝？」泉覺得今天自己該下床了，她試著在棉被裡握拳。她覺得自己已經握住了，但以前可以握得更用力，最後還是使不出力氣來。

泉在棉被裡翻了身。隔壁還留著母親的體溫，她輕撫著身旁的空位。她與母親在這張小床上相擁而眠已經五天，從那一夜至今，才過了五天。

昨天晚上，母親去洗澡時，瑞惠阿姨來探望她，手上還端著已經削好、方便食用的芒果。放在琉球玻璃盤上的芒果，看起來鮮美可口。「要不要來一片？」阿姨說。她從棉被裡伸出手，然而，雖然看上去很甜，吃進嘴裡卻幾乎沒有味道。阿姨暫時在床邊坐下來，但沒有說任何話。「我要睡了。」泉說。「啊，對不起。」阿姨趕忙走了出去。聽得見阿姨在門後面忍著嗚咽的聲音，然後立刻轉變為快步跑開的腳步聲。

昨晚，母親洗好澡後，髮絲帶著甜甜的香氣。

「如果泉不想待在這裡，我們隨時都可以離開這個島，離開沖繩。」

這五天，母親一再反覆念誦的一句話，但不知為何，直到昨晚她才第一次聽進去。

＊CG，電腦繪圖。

「但我們不是無處可去了嗎？」

一回神時，自己這麼回答了。

「只要有泉在身邊，媽媽到哪裡都能撐下去。」

母親咬著牙忍住淚，等泉假裝睡著後，她才壓低聲音哭出來。不知為何只要母親一哭，泉就能忍住眼淚。

母親的腳步聲走近，門打開。泉從棉被裡探出頭。母親拿著常用的馬克杯，慣例般的問她：

「要不要喝？」

泉深呼吸了一口氣後，翻開棉被；再深呼吸了一口後坐起身體。母親慌張的一面注意著杯子裡的牛奶不要溢出，然後用手抵住她的背。

「我要起床。」泉說。

「唔，嗯。可是不用太勉強。」

從杯子裡的牛奶表面可以知道，母親的手在發抖。

「向學校請假到明天，但下星期開始我會去上學。」

泉下了床，拉開窗簾。一如以往的湛藍大海在朝陽的照射下，粼粼發光。

「反正你先喝了這個。」

泉對母親的吩咐「嗯」了一聲，正要轉過身時，突然胸口一軟，好像被什麼人按住似的蹲了下去。母親驚慌的跑過來，但嗚咽聲已從嘴邊漏出來。即使用兩手摀住臉，還是壓抑不住。不論再怎麼蜷縮起來，還是掩飾不住。不論母親再怎麼擁抱她，還是隱藏不住。好像有人在說，你再也沒有藏身的地方了。

「沒事了，泉，已經沒事了！」

母親的聲音好遠，泉慢慢的深呼吸一口，那天晚上看到的光景彷彿就要再次浮現出來。「媽媽！」她抱住母親。

「沒事了。媽媽會一直在你身邊。」

母親搓著自己背的手好小好小，那麼小的手，怎能抵擋得了那些男人。思及此處的剎那，身體又開始打起哆嗦。泉緊咬著唇，好像用力咬住，鼻子才能夠順暢呼吸。泉被懷抱著躺回床上，還留著自己和母親的體溫，泉把棉被蓋住。

「媽媽！我想換衣服！」

她在棉被裡一嚷，就聽到母親匆匆拉開櫥櫃抽屜的聲音。泉把身體縮起來，脫掉身上的睡衣和內衣，踢到床底下去。再把母親從棉被縫塞進來的新內衣和睡衣抽進來。拿在手上的內睡衣傳來一股涼意，泉把它抱在胸口，低聲說著「沒事的沒事的」，反覆的深呼吸。

母親從棉被外搓著她的背。

「我去準備早飯，弄好了會再回來。」

聽著母親的話，泉在棉被裡點點頭。母親的手即使在說話時，也沒有離開棉被。

那天晚上，她的眼睛一直沒能睜開。最後看到的景象，是公園的鞦韆。鞦韆並不像平常那樣搖晃，而是兩座鞦韆激烈的互相碰撞。

母親的手離開了棉被，從床墊的搖晃可知她站起來。「等一會兒再走」，她差點說這句話，但如果這樣，就跟昨天完全雷同了。泉靜靜聽著母親的腳步聲出去，直到再也聽不到聲音為止。

「撞擊、交纏的鞦韆鐵鍊和椅子聲，男人壓住自己手腕的手，不論手腳怎麼掙扎也動彈不得。男用香水，儘管被大手緊緊摀住口鼻，還是強烈得令人想嘔吐的男用香水。男人們如狗一般的喘息。

兩腿被撐開的剎那，全身的力氣便虛脫了。只有心逃出了那個地方。我的身體毀了，男人們把我的手和腳從身體抽掉，再也放不回去了，我想。我看見從身體抽離的右腳，被狗叨住，尖利的牙齒插入肉裡，只有疼痛的感覺。血和狗的唾液一滴滴落在公園的土地上。被男人的手褪掉內褲時，我咬緊了牙根。手和腳都不見了，那裡只剩下我的軀體。就在此時，遠處響起男人的咆哮聲，不知道他在叫些什麼。壓住我的男人們，聽到那聲音霎時丟下我逃走了。我還是沒有睜開眼。男人們逃走了，我跑回自己的所在，匍伏在地上揀拾自己零散的手和腳。我抱住自己的手和腳。鞦韆還在不停的相撞，我得逃跑、我得逃跑。心裡雖然焦急，但意識卻越飄越遠。」

不知道經過多少時間，身體的疼痛喚醒了她。一睜開眼，辰哉臉色發青的站在一旁，嚇得渾身打顫。她用手肘將身體撐起，手肘壓著碎石，但卻一點也不疼。手腳與身體還連在一起，下半身蓋著辰哉的衣服。

身體裡還在隱隱的痛，彷彿左腳和右腳裝反了一般，她知道已經不是原本的身體了。

眼前辰哉正要打手機。他的手抖得很嚴重，掉下來好幾次。喃喃的說著：「救護車……、救護車……」嘴角全是口水泡。突然間，視野清晰起來，夜裡的公園，鞦韆已不再搖晃。

「不要……」

無意識的低語著。

「聽我說，不要……別對任何人說……」身體驟然打起哆嗦來。

「可是……，可是……」

辰哉的聲音在顫抖，聽起來很害怕。

「叫我媽……」

她哭了，這時才發現自己忍耐了那麼久。不是被男人們壓倒的時候，而是更早以前，來沖繩的時候、去博多的時候、離開名古屋的時候，從那麼久之前，就惶恐得不得了。積壓已久的淚水現在才流出來。

辰哉支支吾吾的幫泉打電話給媽媽。他明明站在眼前，但卻聽不到他的聲音。

「她趕得上下一班船，阿姨說她馬上就來。」

聽著辰哉的話，泉哭著點頭，只是一味的說：「別對任何人說……別對任何人說。」之後，辰哉把泉帶回姨媽家，他說了謊：「因為身體不舒服……」因為一直低著頭，泉沒有看見姨媽的表情。姨媽在客廳幫她鋪了棉被。躺下來時，聞到了別人家的氣味。她知道辰哉一直待在門後面，但母親來之前，他都不曾進來叫她。那天晚上，母女二人睡在那霸的醫院。主治的是個六十幾歲的女醫師，母親坐在簾幕後面，跟女醫師談了很久。女醫師勸她去報警，但泉聽到母親的聲音說了好幾次「女兒的感受最重要！」也聽到她們說沒有懷孕的可能，其他都是一大堆專門用語。只不過，自己身體殘留的疼痛與那些專門用語完全連不起來。

在床上從淺眠中睡醒時，太陽已經西斜。幾小時前母親拿進來的三明治，放在桌上已經乾了。

泉緩緩下了床，開了窗深吸一口氣。在陽光傾灑的庭院裡，扶桑花正搖曳著。民宿石牆外，是同樣用石頭堆砌的防波堤，辰哉坐在上面。泉驚慌的把窗關上。辰哉似乎也注意到了。聽母親說，自從回到島上，每天放學之後，辰哉就會過來坐在防波堤上，直到太陽下山才回家。前天，辰哉也傳了簡訊過來。

只有短短數語：

「我絕對不會對任何人說，請妳相信我。」

泉到洗臉台洗了臉。鏡中的自己和從前並沒有什麼差別。

回到房間，把窗門打開一點，從縫隙偷看外面。剛才還在的辰哉已經不見了。

泉換上衣服，走出門外。待在民宿門口的瑞惠阿姨慌張的追過來。

「你媽媽剛才被叫去客人的房間了，怎麼辦？」

看著驚惶失措的阿姨，泉回答：「沒關係。我只是想從那裡看看大海。」

「是嗎？可是，要不要等媽媽回來之後再……。啊，對了，那阿姨陪你一起去吧？」

「阿姨，不要緊，我真的就在前面。」

從那一夜之後，泉第一次有了想微笑的感覺。一直沒用過的臉部肌肉僵得有些刺痛。好久不見的陽光，夕陽的照射下，臉頰立刻有些發燙。在阿姨擔憂的目送下，泉走出民宿大門，為了讓阿姨放心，她走到剛才辰哉待的防波堤坐下。

環顧四周，沒有辰哉的影子。可能是阿姨跑回民宿裡告知，母親趿著拖鞋，啪啦啪啦的衝出來。泉回頭，再次為了讓母親放心，她微笑著說：「我只是想在這裡呼吸一下外面的空氣。」

母親並沒有離開，但因為還有工作在身，一再問著：「真的不要緊嗎？」然後又一再回顧著回到民宿裡去。

之後，不知道望著大海多久，一回神，沙灘上已被夕陽染紅了。泉站起來打算回別院去。但是，不知不覺卻在防波堤上走了起來。

最後，在縣道前，泉從防波堤跳下來。一輛農作卡車悠閒的駛在縣道上，駛遠之後，又只有海浪和風的聲音。隨後，她聽到附近有嗚咽的聲音。起初，她以為是風聲。但嗚咽聲沒有停止。泉往縣道邁出一步，立刻在一旁草叢裡看到辰哉的背。他趴在地上不斷的把額頭往地上敲，那是種一再忍耐，終於到了極限的哭聲。辰哉的嗚咽聲漸漸轉高，變成了抽泣，彷彿再這樣下去，呼吸就要停止般的哭泣。泉有生以來第一次看到有人哭得這麼激烈。

泉注視著辰哉的背，又一輛小貨車過來了。霎時，辰哉強自按捺住哭聲，微微抬起頭，又慌張的蹲下，把身體縮得更僵硬。泉近乎無意識的走近辰哉身邊，在他一旁蹲下。辰哉沒再抬頭，只能看到他的側臉沾滿淚水和泥巴。辰哉的背不動了。

「我下星期會去學校。」泉說。

辰哉用袖口胡亂的抹了抹臉，「嗯」的點點頭。

「我對抗不了啊……因為我沒有那麼強。」

辰哉蹲著，對泉說的話不住的點頭。

「所以，我沒有錯吧？因為，你不是也說過嗎？做了那種事，其實也改變不了什麼……」

「……嗯。……嗯。」辰哉又不斷點頭。

「沒有人會了解我多麼的恐懼、多麼的悲哀，對吧？不論我再怎麼哭訴……也沒辦法讓人感受到，對吧？只會感到氣惱，對吧？」

淚水快要奪眶而出，泉站起身往民宿的路跑回去。溢出的淚水經過臉頰，像被掐碎般一顆顆流下來。

◈

優馬回到大阪梅田站前的商務旅館，領帶也沒脫便倒進床裡。他是為了明天站前活動廣場的新商品發表會，來大阪出差的。但是為了事前的準備，奔走了一整天。

優馬翻個身，把羽毛枕插到脖子下面。同一時間，口袋裡的手機響了，是朋友克弘打來的。今晚是三連休的中間，一定是打來問他「如果在哪裡喝酒的話，我去跟你會合」，優馬把手機丟到一邊。

已經十一點多了。電視上正播出去年發生的八王子殺人案後續報導。被殺二人中妻子的母親已在憾恨中過世。好像是今年夏天吧，公開了逃亡中凶手的女裝通緝照片。在優馬一群人間引起了小小的話題。記得好像在凶手家裡發現的紙條上，寫有辦同志趴的夜店名字，所以才發布了女裝照片。儘管看到這種上世紀思考方式，才驚訝的發現一般人的認識如此淺薄，但該殺人犯的五官頗為性感，因而圈內的話題也都集中在那方面。電視上正在報導，已發現凶手眼睛整形的事實，並公開整形後的新通緝照片。據說是在大阪這裡的美容診所，把單眼皮整成雙眼皮的。他雖然有興趣，但實在太過疲累，懶得把身體轉向電視那一側。

又過了一會兒，優馬想起身去沖個澡時，手機又響了。本以為又是克弘打來的吧，打開一看，顯示的卻是「直人」。

「喂。」

優馬又躺回床上。

「優馬，我現在在醫院，伯母……伯母的病情突然……」

優馬坐起身，在心裡念道冷靜、冷靜。這半年來，對於這種狀況應該早就了然於心。

「我哥呢？」

冷靜得連自己都有點驚訝。

「還沒通知。等一下就聯絡友香。其他還要做些什麼？我要怎麼做？⋯⋯」

電話另一頭的直人越是焦慮，優馬越是冷靜。

「新幹線已經沒有班了。明天早上第一班是六點整，所以⋯⋯不行，還是開車回去好了。我去租車，飛車趕回去的話，五、六個鐘頭就能到家。」

為什麼這麼順口的說出新幹線首班車時間，和開車回東京所需要的時間呢？

他不記得自己曾為緊急狀況做過調查，也驚訝自己竟然知道從大阪到東京開車所需時間。難道，自從母親病倒之後，自己就一直無意識的在計算，從所在之地趕到母親身邊所需要的時間嗎？

「總之，晚點我再聯絡你。」掛了直人的電話，他先深吸了一口氣，嘴裡喃喃念著「別慌、別慌」。等一下預約租車，打電話給主任說明原因。活動的準備工作已經完成，後續可以交給部下。飯店結帳。該做的事紛紛浮現腦海，只不過好像還忘了一件事。霎時，他倒吸了一口氣。

母親要死了。母親就要死了。

他詫然一驚，竟然忘了最最重要的一件事。這時，心頭浮起一個懷念的景象。

火延燒到平底鍋上，火焰熊熊燃起。那是母子三人住在公寓時，在窄小廚房裡發生的事。

還是小學生的哥哥想煮東西。母親看到火光，從隔壁房間衝出來，從哥哥手上奪下平底鍋，推開一臉錯愕的哥哥說「到那邊去！」然後不停用手掌拍打平底鍋上的火。

母親頭髮發出燒焦的味道，但是母親還是拚命的拍打平底鍋的火焰。她尖叫著：「不可以過來！不可以來這邊！」

那時候母親還非常年輕。

為什麼在這種時候，會想起忘懷已久的記憶呢？

優馬握著手機打電話給哥哥。哥哥立刻接了說：「聽說你要開車回來？小心安全哦。」看來直人已經打電話過去了。

「喂，那場火後來怎麼了？」優馬問。

「什麼火？喂喂？」

「沒有，沒事……。我是說，萬一……萬一，我趕不及的話……」

聲音就快哽咽。

那時候，母親拚命拍打著火，儘管這麼做根本滅不了。越拍，火焰越大。

「如果來不及的話，我會把話帶到。」

耳邊響起哥哥的聲音。

「帶什麼話？」優馬不假思索的問道。然後他尋思著，若是來得及時，自己會想對母親說什麼。

他想起來了。那場火之後，母親把燒焦的頭髮用剪刀剪掉，右手包著觸目驚心的繃帶。只不過他記不起那場火是怎麼熄滅的。

「我會跟她說謝謝。」

哥哥的聲音又在耳邊響起。

他不認為謝謝兩個字就夠了，但是也找不到更適合的話來。

在新大阪站的租車店租了車之後，優馬幾乎不記得自己是怎麼上名神高速公路的。途中一直開著收音機，也不記得收音機播了什麼。他並沒有哭，但也沒有任何思想。好像開車的人不是自己，他是坐在副駕駛座上。

快到名古屋一帶時，哥哥來了電話，告訴他：「媽媽還在努力撐著，總之你安全第一，先回來再說。」優馬回答：「知道了。」掛斷電話的當兒，不知為何，踩在油門上的腳突然軟了。他把方向盤切到前面即將到達的休息站，在空蕩蕩的深夜停車場正中央停下了車。在這裡哭吧，他想。但是還是沒哭出來，無意義的開了方向燈，聆聽它咔答咔答的節奏。

側眼看著曉光中的富士山，優馬不斷加著油門。到達母親所在的療養院時，還不到早上七點，走廊的長椅上，他看到了直人。

「感激不盡。」

誠心的道出這句話，直人點點頭，推著他的背說：「好了，快點。」

病房裡，哥哥站著湊向前探看母親的面容，沒回頭的說：「媽，優馬來了。」

優馬撫著母親的臉，半閉的眼睛緩慢的左右移動。善體人意的哥哥退出了病房。

「媽媽……」叫出聲的同時，變成了嗚咽。左右移動的眼睛驀然停住，筆直的望向自己。

「媽媽？媽媽！」

母親的眼中漲滿了淚，溢出的淚水流到臉頰，沾濕優馬的手指後消失。

◈

「我問你，聽說你把直人趕回去，是真的嗎？」

優馬從靈堂的廁所出來時，等在一旁的友香迎上來說。

「你叫他回去？」

即使從喪服口袋拿出手帕擦手的時候，友香依然不放過。

「……媽媽病情轉壞，最痛苦的時刻，只有直人一直待在她身邊。最近這段期間，他陪伴媽媽的時間比我還久！可是你卻不讓他參加喪禮，這是怎麼回事？」

優馬把手帕放回口袋，改變話題說：「別說了，哥哥呢？」

「現在在休息室，與和歌山的伯伯喝酒呢。說回直人的事。」

「跟你說了這沒什麼嘛。而且還要向所有人解釋欸。」

「所有人是誰？說到親戚，也只有和歌山的伯伯而已啊。」

「高中大學在一起的死黨都會來。好像有人幫忙聯絡了。」

才這麼說時，走廊深處傳來「優馬！」龍太和阿俊的叫聲。「哦哦！」優馬把友香推開，向兩人走去。

「我們先去上了香……」

「小一隨後就到。」

兩人察探著優馬的神情。優馬浮起笑容說：「那麼忙還來，真不好意思。」

「總覺得對優馬和伯母感覺很特別，所以聽到時很震驚呢。」

對龍太遺憾的口吻，優馬笑開了：「你少來那套。」

「還好。我以為你會很傷心呢。」阿俊坦率的鬆口氣。

「以前伯母很照顧我們。社團活動之後，總是做飯給我們吃。」

「真的，我們以前總是賴在優馬家裡。」

這兩人加上小一，和優馬是從高中到大學混在一起的死黨。出社會之後，雖然見面機會少了，可是只要有人吆喝一聲，大家就會一起去喝酒，大約每半年就會有一次。

「大哥在裡面？我去打聲招呼。」

優馬目送龍太兩人往休息室走去。視線的盡頭，友香依然還在。她板著臉孔對優馬說：「你在龍太他們面前，還真是費盡心思扮出非同志的模樣哦。」

「……優馬，你平時總是擺出一副『我是同志又怎樣』、『同志有什麼不對』的態度，可是卻害怕被龍太他們發現吧？其實對自己根本一點信心都沒有，對吧？」

她還在指責優馬把直人趕回去的事。

「……優馬，你其實看不起同志吧？所以，才會在你最在乎的死黨面前，想盡了辦法掩飾？」

「夠了，別再說那種話了。」

優馬覺得心煩，追在龍太後面，往休息室走去。「等等！」儘管友香叫他，他也沒回頭。之後開始的守靈結束後，優馬把喝醉的和歌山伯伯送回附近的飯店，然後順便回家一趟。雖然他已經一天一夜沒睡，但是頭腦卻清晰得難以置信。

直人在房間裡看電視，見優馬喪服也沒脫，直接往床上一倒，才問道：「不是要睡在靈堂嗎？」

「嗯，馬上就回去。」

回答的剎那，優馬察覺到自己是為了向直人道歉，才特地回來的。

「讓你委屈了。」優馬說。

隔了許久之後，直人問：「什麼？」

「沒什麼，就是我叫你『先回去』。」

「沒關係啦。」

「可是友香也罵我『太過分』。」

「友香了解我們的世界，所以才會為我說話。明白人就算不說，也是明白的。不明白的人，就算說破了嘴，他也不會明白。」

突然，優馬想起大阪飯店看到的新聞。只是因為抄下同志酒店的店名，凶手就被當成女裝癖對待。

「欸，難道沒有方法解釋給不明白的人聽嗎？」優馬問。

沉默了半晌之後，直人笑了：「那道牆相當厚哦。」

優馬望著天花板。明明累癱了，卻一點也不想睡。話雖如此，但也完全無法思考。

「有沒有好好哭一場？」

驀地直人問道。「嗯？」優馬抬起頭。

「哭出來比較好。就算你忍著，到了某個時候還是得哭。」

優馬沒有回答，只是站起來走向玄關，他打算回靈堂去。就在此時，母親的面容重新浮現出來。

母親撙節開支，攢了錢讓他去考私大附中。已上大學的哥哥也去打工幫助家計。當時，優馬正處在延遲出現的反抗期。把自己成績不好怪在生活的公寓太小，沒有自己的房間害的。難得有了考試的機會，又沒有考取的信心，還對母親出氣，說自己念書用功時，都是因為母親坐在一旁做女紅，分散了他的注意力。從那天開始，母親一到晚上便出門去。他對母親的去處一點也沒放在心上，只覺得終於能夠六根清淨了。但某天晚上去便利商店買宵夜時，終於發現了母親的行蹤，母親在附近的神社裡，坐在寺院冰冷的石階上織圍巾。

優馬深吸了一口氣，想壓住突然湧上的嗚咽聲。但是，就在把氣吐出來時，他覺得自己就要放聲大哭起來。

「不好意思……，我也許要哭了。」

話說到最後，聲音已經變了調。優馬跪下來，趴倒在地。

「她是個好媽媽，真的是個好媽媽。」話語不由自主的從嘴裡溜出來。優馬再也忍耐不住，大聲啜泣。直人把手擺在他肩上，但優馬感到難為情，把手甩開。直人便欲離開房間。

「你去哪兒？」

「去外面啊。」

他又想起在神社石階上織圍巾的母親身影。

「不用啦，你待著吧。」

為什麼那時候他沒能出聲喚母親呢？為什麼他沒道歉呢？只是一味的沒有自信，以至於連這沒自信的兒子趕出去的母親，看起來都悲慘得無以復加。

◈

每年到了年末，這條因早市而熱鬧的馬路，就會成為推銷過年食材與吉祥物的年貨市場。

好幾年才輪到除夕新年放假的明日香，到了除夕的這天，才來到這個市場，尋思著要不要偶爾做點簡單的年菜。因為在飯店上班的關係，過年無法休假也是無可奈何的事，即使如此，每年讓大吾到洋平和愛子家過年，在他們家吃長壽麵和年菜，她一直感到很內疚。

明日香正想看看賣煮豆的攤子，剛好愛子站在那裡，對她說：「想買煮豆的話，我們家會做，到時再拿去給你。」

「你這丫頭，不可以跟客人這樣說啦。」明日香笑道。

這是早市大嬸們推出來的攤子，愛子這兩天都來幫忙。

「難得能跟大吾一起過年呢。」明日香拿起一袋煮豆。

「要做年菜嗎？」

「欸，也不算做啦，就把這兒買的菜放進年菜盒裡堆起來而已，我們講究的是氣氛嘛。」

「所以叫你別買，我從家裡帶去。」

「那不就跟往年一樣了嗎？」

聊到一半時，出去歇口氣的三崎太老闆娘回來了，叫住愛子說：「小愛，換你去休息吧。」

「嗯，那我出去一下。」

愛子從攤子遮棚鑽出來，說：「明日香姐，我有話跟你說，能不能占用一下時間？」

與愛子聊天的過程中，明日香開始認為，也許就像往年一樣，請愛子分一些年菜就好了。所以她提議：「好啊。那麼我們去喝杯咖啡好了。」

走出市場，走進郵局前的「蒙布朗」，在最裡面找了張桌椅坐定。點了咖啡和蛋糕後，明日香先開口請求：「我把年菜盒拿去，年菜就拜託你了。」

愛子「嗯」的點點頭，但不知為何一直動來動去，好像坐不住似的。

「什麼事嘛？」

「……嗯。是這樣的，我想跟田代哥一起住。」

明日香有點茫然，不知該怎麼解讀愛子的話。與田代一起住，是愛子個人的願望呢？還是田代已經應允，準備規畫未來？

明日香正思考著該怎麼回答時，愛子繼續說下去：「田代哥說，一起住也行。」

「田代那麼說了嗎？」

「嗯。」

「你們倆該不會是想離開這個地方吧？」

「不是啦。田代哥還有漁會的工作，我也有爸爸要照顧。所以呢，車站前面不是有棟新蓋的公寓嗎？聽說那裡還有空房呢。」

若是車站對面的那棟新建公寓，明日香也知道。沿著街邊矗立的白牆、橘色屋頂，是棟相當可愛的公寓。已經有人入住的房間陽台，總是曬著小孩的衣服。

「……所以呢，我想求明日香姐，幫我跟爸爸……」

「你希望我跟他說？」

明日香沒等愛子說完便接口問道。愛子帶著嘆息的點點頭。

「並不是就此決定跟田代哥結婚了……爸爸應該不會答應吧？面子上不好看。」

聽著愛子根本不抱任何希望的說法，明日香腦海裡想起洋平喜滋滋的請託：「他們小倆口的事，你多關照一點。」

「都到這個時候了，面子根本不重要吧。這裡是鄉下沒錯，不過，沒有人會對這種事說三道四。最重要的還是你們倆的心意。」

愛子似乎鬆了一口氣，立刻吃起剛才還沒碰的戚風蛋糕。

「我會去和叔叔說，不過，在那之前，我可不可以先跟田代談談。」

「談什麼？」

看到愛子一臉驚訝，明日香一時無話可答。她又想到不管再怎麼靠不住，畢竟愛子和田代都是大人了。

之後，明日香與要回市場的愛子分別，沒多想就往洋平家走。雖然自己沒有幫上任何忙，但她想盡快把愛子和田代的神速進展告訴洋平。

洋平在家裡。似乎已經大掃除過，比平時看起來整齊多了。但可能因為放假，大白天的，洋平已經喝起燒酒。

明日香省略應酬，開門見山的把事情說了。雖然早在意料之內，但一開始果然還是很難接受的表情。「怎能讓他們這樣做！」洋平恐嚇道。

明日香想冷卻一下，走到廚房，試吃愛子做的年菜用食材。

「今天我難得元旦休假就不帶大吾過來哦。」明日香高聲喚道。

「大吾今晚不來吃麵嗎？」

「偶爾也要過過兩人世界嘛。晚上，我想我會帶他去拜拜。啊，對了，明天，要不要把田代一起叫來？他一個人待在租屋滿可憐的。大吾在的話，田代應該就不會緊張了。」

「都要和愛子一起生活的人了，到這裡來還會緊張，像話嗎！」

明日香捏了一撮甜煮豆，不知不覺浮起笑意。

「我覺得很好啊。小倆口住在附近，叔叔也能放心了吧。而且愛子那麼乖，以後叔叔的三餐，她還是會照常幫你準備啦。」

洋平沒有回答，也沒有反駁。

明日香從廚房出來時，洋平又在杯子裡倒了燒酒。

「叔叔，你可不能急著催他們結婚哦，住在一起後順其自然吧。」

倒酒的手驟然停住，「我說啊，」洋平盯著酒杯咕噥道：「……愛子，能夠得到幸福嗎？」

「這種事……不試試看怎麼知道？……但是，剛才我看愛子的表情，似乎很幸福。」

洋平抬起頭，無力的笑笑。

「……我不想再到那種地方去接她了，太痛苦了。」

洋平說完，一口把燒酒飲盡，明日香想不出什麼話來安慰他。

回家路上，正好遇到田代在寒風中縮著背走過碼頭邊。

「田代！你在幹嘛？」

明日香抵擋著強烈的海風叫他。田代看到明日香，縮著背朝她走近。

「你在這種地方幹嘛？天氣這麼冷。」
「我想去那邊的『荒磯』吃飯。」
田代的鼻子耳朵全都凍得紅通通的。
「『荒磯』今天沒開哦。」
「啊，是嗎。」
「荒磯」是家有名的鮪魚蓋飯餐廳，去年在全國性電視節目中有介紹過。
明日香躲到魚市場的鐵捲門後面避風，直截了當的問：「田代，聽說你要和愛子一起生活？」
「不。我是覺得一起生活也行，但是，行不通的。」
「為什麼？你有什麼難言之隱嗎？」
「因為，我只是一個打工的……」
「田代，你是離家出走吧？而且出來很久了。」
對明日香不太客氣的言辭，田代似乎想辯解。可是明日香打斷他說：「算了、算了，什麼都不用說。因為我自己也有經驗，所以很明白。」
「……父母兄弟的關係，就算一點小磨擦也很難修復，對吧？遷個戶口人家就知道你去哪兒了，所以不想讓別人知道自己在什麼地方還真難。」
田代沒有辯解。雖然她是胡亂瞎猜，但似乎也沒完全猜錯。

「我們母子明天到愛子家過年，田代，你也來嘛。而且愛子也準備了年菜，你不妨趁此機會請求叔叔同意你們。在可以說的範圍把你的苦衷說出來，這樣的話，叔叔肯定不會反對的。而且他還是你的主管，請他當你們新家的保證人也沒問題。」

明日香自顧自的說了一堆，丟下一句「那明天我們等你哦」作為結尾就準備離開，但又立刻站定。

「……你可能認為自己的人生跟父母沒關係，這種想法我也了解。不過，若是沒能為父母送終，以後會報應在你身上哦。」

田代眼也不眨的凝視著明日香，也許他凝視的是剛才明日香說過的話。

❖

除夕夜聚在朋友家裡圍爐，吃完飯直到參加某處的夜店活動，跳舞跳到天明，到了元旦黎明時，把這喧囂的夜繼續延伸，大家一起到廟裡拜拜。

這就是這幾年優馬過年的方式。當然，今年也有人來邀。只是，直到去年都還覺得興味盎然的活動，現在卻突然褪色，絲毫感受不到它的吸引力。變化之快連自己都暗暗心驚。

「花音睡了嗎？」

見嫂子友香從臥室出來，優馬問道。

「嗯。好不容易終於。」

友香趕緊拿了小盤，舀了剛才看顧花音而沒吃到的雞肉鍋。

「湯怎麼樣？好喝吧？向博多的名店郵購的。」

「嗯，好喝。」回答友香的，是坐在優馬身邊的直人。「哦，直人，要不要燒酒？」坐在對面的航哥也周到的為他倒酒。

「唉，對了。差點忘記！」

友香放下好不容易夾到嘴邊的肉，本以為她快步往客廳走去，結果卻是把母親的遺照擺在桌上。

「很好啊，這種催淚方式。」優馬笑說。「好啊好啊，就那麼放著。」大哥說，接著轉變話題：「對了，關於房子的事。」

「房子？」優馬問。

「老媽的房子。」

「哦。老媽的房子怎麼樣？」

三年前，優馬和哥哥聯合出頭期款幫母親買了一間二房二廳的公寓。兩人一起付了房貸。最初是打算兄弟其中一人與母親同住，但沒多久，哥哥與友香結婚，優馬又捨不得丟下一個人自由自在的生活，結果母親單獨一個人住。

「如果你不介意，我們想搬去那裡住。」

聽了大哥的話，優馬瞥了友香一眼。以優馬而言，他沒有任何意見，但友香不知為何卻是一臉歉疚。

「當然，以前你付的貸款，我會還給你。」

大哥急忙補上一句。

對大哥的提議，優馬答道：「還什麼呢，不用啦。」

「這種金錢方面的事還是算清楚比較好。」

「在我來說，只是當作幫老媽付房租罷了……」

「可是，房子的所有人會從老媽轉到我名下。」

說到此處，一直低著頭的友香抬起臉，插嘴說：「我說，就這麼辦吧，這樣我們心裡也坦蕩些。」

「好啊，把錢給我好了。」

優馬爽快允諾。那間房子花了很多時間才找到的，與其賣掉，他也寧可給哥哥一家住。

「太好了。」

友香像是卸下心中大石，用力的嘆了一口氣。

「你們兩個該不會為了說這番話，還做了演練之類的吧？」優馬笑道。

「我知道你不會嘮叨抱怨，不過兄弟談起這種事還是傷感情嘛。」哥哥也一臉如釋重負。

霎時，優馬覺得自己與兄嫂的距離比他想的還要遠。也許這也是母親去世所代表的意義。

「所以，你們兩人還打算住在現在的房間嗎？」

被友香冷不防一問，優馬有點驚慌。母親在醫院時，直人經常陪在身邊，所以他也沒有刻意向哥哥隱瞞直人的事。但是，他並不清楚哥哥把直人當作什麼樣的人。

「繼續住啊。我滿喜歡那裡的。」

「兩個人住不會太小嗎？」

可能有點醉了，友香難得說話這麼直白。也許感覺氣氛有點尷尬吧，哥哥起身去廁所。

「喂，喂。」優馬小聲責怪。

「怎麼？……哦，你說阿航嗎？他應該已經察覺到了啦。」

「察覺和公開討論是兩回事好嗎。」

「哪裡不同？」

「你還問我……」

優馬求救的望向直人，但直人的眼光看向別處，一副不干己事的樣子。

「優馬，你好像以為自己的大哥是個老古董，其實我老公並沒有封閉到被你看扁的地步。」

友香的口吻有點火氣。

「算了別說了。反正這件事別再提。」

優馬剛打住話題，哥哥就從廁所回來了。優馬暗忖著該找個什麼話題好時，哥哥清了清喉嚨說：「呃，我要說的是……直人，謝謝你為我母親做了那麼多事。我想我母親也很高興，還有就是……優馬以後就拜託你了。我想我母親也是這麼想的。」

哥哥不太自然的言行讓優馬著了慌，幾乎用喊的說：「不、不用啦，幹嘛說得那麼肉麻？」

「嗯、嗯！……」哥哥非常困窘的低下頭。

所幸，電視上的紅白大賽開始了，「啊，開始了開始了。」優馬把椅子轉了方向。友香也很機伶的配合：「今年聽說美輪明宏會出來哦。」

到頭來，四個人七嘴八舌的一邊發表感想，一邊看完了紅白大賽。欣賞著與除夜鐘一起響起的〈年去年來〉中迎來了二〇一三年。

「新年快樂！」

哥哥興高采烈的大聲祝賀，友香趕緊訓誡：「你小聲點，媽才剛過世呢！」

「啊，對哦。……對不起。」

「算了，沒關係，老媽也喜歡大家聚在一起熱鬧熱鬧。」優馬幫忙緩頰。

「那，我小聲的恭喜好了。」

哥哥的話逗得大家都笑了。連在房裡睡覺的花音都被這笑聲吵醒。

回家的路上，優馬和直人順道到附近的寺廟去。若非正在服喪，他會走遠一點到松陰神社去。但直人告訴他「寺廟的話，服喪也可以去」。所以便到春季賞櫻名勝的寺廟走走。新年初至，寺院裡已經排了長龍，賣甜酒和炒麵的攤子已占地做起生意。

「友香嚇了我一跳，炫耀自己老公『不是那種老古董』之後，竟然說起那麼陳腐的演說。」

隊伍中排在優馬前面的是一家人，雙胞胎的小女孩各牽著一隻小狗。奇怪的是兩隻都靜靜的對著直人瞧。

「非同志的人過年回到家，就會有那種感覺吧。被家人催婚之類的。」

直人看著喋喋不停的優馬，浮起討好的笑。

在寒風徹骨的寺院裡待了約十分鐘，終於輪到他們。優馬和直人一同投了香火錢，合起雙手。優馬想許個往常的願，再次領悟到「啊，媽媽已經不在了。」但這麼一來，就沒有其他想祈求的願望了。優馬微睜著眼，瞥向身邊。直人緊閉雙眼，皺起眉間，正虔誠的合十祈禱。那股力量令優馬忍不住轉開眼，好像看到了什麼不該看的東西。

回家途中，走進一家便利商店買東西時，手機響了。是在夜店的克弘打來的，才一接通，耳邊就爆出「恭喜新年！」的尖叫和重低音音響聲。

「恭喜。幹嘛？怎麼了？」

優馬小聲的回答後，走出店門。

「真的不來嗎？」

「不去了。剛才才去廟裡祈福，現在要回家睡覺。」

「是喔。我以為你差不多無聊得想出來玩了，才打電話給你。啊，對了對了。夏天一起去海灘趴的明哥，你還記得嗎？」

「記得啊。那次之後就沒見到過了。」

「聽說他被闖空門了。」

「闖空門？什麼時候？」

「一個月前，而且，奇妙的是，上星期大貴家也是。」

「被闖空門？」

「對。大貴家沒什麼值錢的東西，不過明哥可就損失慘重了。」

店門口寒風陣陣，優馬望向店裡，正在收銀機旁結帳的直人，手指著肉包。

「他們兩家都是大門門鎖被撬開，手法一致。品川和池袋的住處雖然相隔甚遠，但是如果是同一個人犯的案，豈不是很恐怖？說不定是我們共通的朋友。啊，阿新。」

克弘好像發現了朋友，一味的在跟別人說話，所以優馬掛了電話。

走出店門的直人打了個哆嗦說：「冷死了。」優馬告訴他：「朋友被闖空門了。」

「我買了肉包，要不要吃？」

「唔，好。……看來自動鎖也不能讓人放心哪。」

接過的肉包散發濃濃的蒸氣。

◈

知念辰哉父母經營的民宿「珊瑚」今年的新年假期，呈現客滿的盛況。雖然說客滿也不過是七個房間，但因為全家旅客很多，所以身為獨生子的辰哉，也必須從早工作到晚。難得這段期間，父親也認真的在工作，只不過這幾個月來，他的腰痛症狀惡化，勞力活全都交給辰哉打理。以前隨時一看有空就溜出家門，今年不知為何一工作起來，心情就很低落。

學校放寒假之後，他就沒有看過泉了。據若葉所說，泉母子棲身的「波留間之波」在今年新年假期也一直客滿。泉和辰哉一樣，從早到晚都在民宿幫忙幹活。

那個事件之後過了幾天，泉回到學校。告假的理由是身體不適，所以若葉和其他班上的女生都十分擔心。許久未見的泉，在學校看起來沒什麼異樣，大家才都鬆了口氣。但是，唯獨在辰哉的眼中，看起來卻不一樣。自那起事件後，辰哉覺得泉完全變了。

有一次，放學時，泉靠在校園的榕樹下，在等被叫去辦公室的若菜。辰哉在操場上踢足球，看到了靠在榕樹下的泉。校園中只有她失去了顏色，而且十分悲傷。直到若菜走出校舍的剎那，她才像是用盡最後力氣般擠出笑容，跑到若菜身邊去。

泉自那天以來沒有笑過。即使看起來像在笑，但都不是發自內心的笑。

忙亂的新年過了三天，出現了一天客人都退房的空檔。辰哉心血來潮，獨自坐了船到星島。本來是想約泉一起去的，但提不起勇氣。

把船繫在棧橋上，從沙灘邊泉一向走的小路爬到坡頂，陽光下是一整片廣闊的玉米田。辰哉想看看泉在這島上欣賞的都是什麼樣的風景，不知不覺往小時候作為基地的廢墟走去。

現在雖然一個影子也沒有，不過聽父親說，這個廢墟在他出生前，住著一個酪農人家，養了許多山羊。

走上山坡，有個人影在廢墟中晃了一下。辰哉嚇得全身緊繃，立刻停下腳步。可是崩塌的白牆後面，搭著一個露營用的帳篷。

「誰在那裡嗎？」辰哉出聲喊。沒有回應，只有風吹動腳邊的雜草。辰哉正感疑惑時，白牆後面突然探出一個臉來，那天晚上在那霸見過的男人田中沖著他笑說：「怎麼？原來是辰哉啊。」

辰哉一時感到錯愕，但腦中立刻把許多事情連繫起來。

「小泉每次來，都是來看你……」

辰哉不假思索蹦出的這句話，讓田中有點慌亂：「啊，不是啦。哎，沒有，話是沒錯，但跟你想像的完全不一樣。」辰哉嘟起嘴：「我並沒有想像什麼。」

「嚇死我了，因為除了小泉之外，從來沒有人上到這種地方來。」

田中走近來，手上還拿著裝了咖啡的馬克杯。

「泉有到這裡來嗎？」辰哉驚訝的問。

「嗯，剛才不是說了嗎。但是自從在那霸見了面之後，她就沒再來過了。嗯？所以你是湊巧過來的呢？不是聽泉說我在這裡？」

「是湊巧。」

「這樣。小泉真是個守信的人哪。」

「守信？」

「對啊，我以前拜託過她，別把我在這兒的事告訴別人。啊，對了，那次在那霸真的很開心。」

辰哉忍不住吞了一口口水。當然田中不可能知道那件事，然而他還是保持警戒。

「之後你有好好的把小泉送回家吧？」

田中一問，辰哉不覺支吾起來。

「……你這小子，醉得很厲害哩。」

田中噗哧一笑，辰哉便順著他的話說：「醜態畢露吧。」

「當然啦，總不可能帥氣吧。不過，小泉不會因為這點小事就討厭你啦。」

完全不相干，也完全抓錯重點的對話。但現在的辰哉對田中的這些話感到感恩。說得誇張點，終於遇到一個原諒自己束手無策的人。

田中問說：「要不要喝咖啡？」辰哉說好。從廢墟可以俯瞰碧藍的大海。泉每次都從這裡望海，而且還有田中為伴。雖然這完全超出想像，但因為剛才的那番對話，讓他沒法對田中產生嫉妒。

之後，田中幫他沖了一杯咖啡，兩人有一搭沒一搭的聊起田中何時來這個島，過著什麼樣的生活，還有泉是不是為了習慣在波留間的生活，才偶爾來這裡喘息一下。

「整個新年假期都在這裡嗎？」辰哉問。「食物快沒有了，所以得回波留間去一趟。」田中回答。

當然，辰哉願意接送他往返小島。

「可是你不覺得無聊嗎？在這種小島上。」

「這星期的確有點無聊，一直只能聽收音機。……辰哉，你看不看足球？」

「看啊，不過我比較少看Ｊ聯盟＊……」

「香川？英超？」＊

「對，他很厲害。」

「對啊，我對這島上唯一不滿的就是看不到英超的比賽。」

從這時開始，兩人聊的全是英超的話題，田中說不久前他在那霸住的租屋，都還有接衛星電視，明知早上很難起床，還是忍不住熬夜觀戰。

田中說最好趁著太陽還沒下山回去，於是辰哉載著他回到波留間。他指著從河口看得到的自己家說：「那面粉紅色牆就是我家的民宿。」田中問：「咦，辰哉，你們家是不是在招打工生？我有看到廣告。」

那已經是好幾年前貼的廣告，因為父親一年到頭都不在家，可以說永遠在招募中。

「你在找工作嗎？」辰哉問。

＊Ｊ聯盟，日本職業足球聯盟。

＊香川真司，目前為英國曼聯隊足球選手。英超即為英格蘭足球超級聯賽的簡稱。

「我幫你問問好嗎？以前我們家也短期雇用過像田中哥這樣的背包客。」

「可有可無的找啦。」

「真的假的？」

田中聞訊面露喜色，辰哉也微笑道：「看得到英超哦。」

之後，打工的事很快說定。不只是民宿打雜的工作，田中聽說辰哉母親以前就想把民宿的庭園改裝成琉球建築風格，開一家咖啡店。因而田中甚至建議不如趁此機會來做做看。

事不宜遲，田中當天就把行李從星島搬過來，住進以前打工生住過，現在當作倉庫用的側屋。

第二天開始，辰哉便指導他民宿的工作。叫田中準備餐點或飯後收拾，也讓他打掃客房，可能因為田中以前做過各種各樣的兼差，所以不論叫他做什麼，手腳都很麻利。唯一的缺點是沒有駕照，所以無法接送旅客。不過，即使這樣，辰哉的父母還是很感謝他幫忙找到一個好幫手。

明天就是第三學期的開學日，辰哉拿出勇氣去找泉。追源究始的話，田中先認識的是泉，田中笑說「等我工作熟悉之後，再去向小泉報告，嚇嚇她。」但辰哉擔心沒有與她商量過，就與田中談好工作是否妥當？

他不認為泉會討厭田中，只是，田中的存在很可能讓她回想到當晚的事。如果泉不願意的話，辰哉打算立刻叫田中辭掉工作。

辰哉一如以往，走著防波堤的石牆，往「波留間之波」走去。正好泉出來為一團家族旅客送行。辰哉在旁等著客人坐的車離去。

泉似乎有片刻迷惘。她發現辰哉站在那裡，驚慌的掉頭想進屋，但又驀地停下腳步。

辰哉從石牆跳下來。

泉轉向他，但沒有走近。辰哉也不再往前邁出一步。

望著自己腳丫半天，泉先開口問：「聽說田中哥在你們家那裡工作？」

辰哉有些吃驚，但仍反問：「你知道了？」

「這個島這麼小。」

「碰巧遇到的。在星島。」

「對不起。」

「什麼？」

「我說了謊。」

辰哉手足無措。

「這沒、沒什麼。你沒有必要道歉。倒、倒是，我沒先跟你商量過，就自作主張，對不起。」

「是第一次你載我到星島時，遇到田中哥的。」

「嗯，我聽說了。田中哥說他拜託你別對任何人說，他說你很守信。」

泉突然抬頭看了他一眼，又把視線落在腳上。

「我自己也很驚訝，竟然沒對任何人說起田中哥在星島的事。並不是因為田中哥拜託才做到的……」

辰哉等了好一會兒，但泉沒再說話。

「小泉，你要離開這個島嗎？」

這句話不假思索的從嘴裡溜出來。辰哉有些懊惱，但話已出口，如今也收不回來。

當然，他並沒有聽到這樣的傳聞，只是自己胡思亂想的。每天每夜，他都想到這件事。

「可是，我沒處可去。」

泉低語時，屋裡傳來叫喚聲。好像是泉的母親。「嗯！馬上回去。」泉回應道。

「……我得走了。」

「……嗯。」

「田中哥會工作到什麼時候？」

「我想會待一陣子吧。」

「是嗎。田中哥會待一陣子啊。」

「怎麼了？」

「因為，田中哥是個隨時可能離開這裡的人啊。」

泉繼續走著，在大門前停了一秒，但是沒回頭。辰哉想看看她的臉。他覺得只要看到泉的臉，就能想起自己忘了要說、必須要告訴她的話。

❖

延續幾天的新春氣息慢慢淡去，濱崎漁會完全恢復了日常的作業。唯一不同的是，東京某電視台的散步美食節目提出攝影要求，今天就是採訪的日子，洋平從一大早就四處奔走。一個不太有名的搞笑藝人到達，參觀了漁獲卸貨作業，然後到「荒磯」吃了鮪魚蓋飯。只不過這麼短短的內容，他就忙了一上午。

到了下班時間，洋平叫住正打算回家的田代：「喂，陪我去喝一杯吧。」拉著他到濱崎車站後面小飯館「彩」去吃飯。

後車站這塊區域，是個小小的酒館街區，規模不大，只不過兩三間綜合大樓裡零星有幾家小酒館罷了。小飯館兼酒店的「彩」老闆娘，是洋平國小到國中的同學奧田彩子。幾年前他一星期都還會去個一、兩次，近日很久沒光顧了。

推著田中進入店裡，老闆娘喊道：「哎喲，真難得。」

「原來還沒倒啊。」洋平毒舌虧了一句。

「洋平哥，你差不多也該寂寞難耐，來找我約會了吧？」

「誰要跟你這種老太婆約會啊。」

「我如果是老太婆，你不就是老頭子。」

接過熱毛巾，洋平擦了臉，立刻點了「啤酒、啤酒。」

「不是我也沒關係啊，你看聰美過世到現在，幾年啦？我知道你對她是死心塌地的，不過你已經也不是壯年了，還想這樣死心眼到什麼時候啊？」

「我沒有死心眼。少說廢話了，快點端些吃的上來吧。」

妻子聰美過世一段時間後，這位老闆娘就曾約他去採草莓。他覺得拒絕太麻煩，而且也明白老闆娘想安慰他的心意，所以就去了。但人生不是要想享樂的時候就能享樂得了。

老闆娘為田代倒啤酒，所以洋平便介紹：「這位是，我們家的小伙子。」老闆娘微笑道：「我知道呀。愛子的男朋友嘛。」

「什麼男朋友，沒那麼高尚啦。」洋平拍拍田代的肩，因為用力過猛，田代的啤酒從杯子溢出來。

老闆娘的手藝越來越精湛。後來端出來的醋漬小菜、煮食、冷湯等豪邁料理，對漁村長大的洋平來說，非常合味口。

洋平與老闆娘談起兒時趣事，兩人相視大笑。田代坐在一旁默默把菜送進嘴裡，一口一口的吞著冷酒，但看起來也並不像無聊。

偶爾也會插進兩人的敘舊說：「以前那一帶也是海嗎？」

不知道說到什麼話題上時，老闆娘說：「有這種爸爸在，找愛子去約會一定被刁難了吧。」已經喝醉的洋平說溜了嘴：「應該是吧，所以兩個人要一起住了。」

老闆娘一驚，看著田代說：「喲，真的嗎？」於是洋平繼續說：「哪，車站對面不是蓋了一棟新公寓大樓嗎？他們要住在那裡。」

老闆娘不只知道那棟大樓，而且據說大樓的屋主還是常客。她拍胸保證說：「既然如此，那我幫你們介紹吧。禮金的話，我算便宜一點好了。」

「用我的名義簽約，他們小倆口住進去的形式就可以了。」洋平說。

「為什麼？」

「當然，房租他們倆會自己繳吧。只不過，這小子現在還是兼職工，身為家長還是這樣比較放心。」

洋平想起前些天明日香對他說的話，對老闆娘解釋道。洋平本來希望田代此時可以表示點意見，但田代兀自低著頭，沉默不語。

「田代先生，你來這裡之前在哪裡工作？」

老闆娘打破沉默的問道。

「那個，是信州的民宿。」

「包吃包住嗎？」

「……對。」

「做了多久？」

「做到來這兒之前……大概是兩年多……」

連洋平都聽得出，田代似乎難以啟齒。

「一直無所事事對吧？年輕的時候是無所謂，不過總不能一直這麼混下去。」

洋平幫襯著說。

正當談話氣氛有點僵的時候，正好有兩個客人進門。他們不是濱崎人，洋平沒見過。趁著老闆娘走去兩個人面前時，洋平說：「差不多該走了吧。」「好。」田代應諾著正要起身，洋平小聲又問：「公寓的事，真的可以進行嗎？」「對不起。」田代道歉。

「為什麼要道歉？」

「沒有……，那個……謝謝。」

走出店，與田代道別，頂著寒風回到家。可能心情愉快喝多了酒，身體一點寒意也沒有。驀然間，洋平發現自己嘴角帶著笑。跟田代一起喝酒簡直無趣之極，但是只要一想到他會是未來要跟愛子一起生活的男人，這種無趣的性格也許反而是個優點。

明日香叫他別催著兩人結婚。但只有採取結婚的形式，兩人才能安定下來。在去公寓簽約之前，還是瞞著愛子和明日香，再問一下田代的意見吧。如果田代珍惜愛子，對這段感情認真的話，應該也能感受得到他的心意才對。

回到家，愛子在洗澡。開著的電視裡，正在播介紹信州的旅遊節目。

洋平心生一念，對著在浴室的愛子問：「喂，田代之前工作的信州民宿，叫什麼名字來著？」

他努力回憶之前田代履歷表上寫的名字，但就是想不起來。

「你說什麼？」

水聲頓時停住，傳出愛子的聲音。

「現在電視的旅遊節目正在介紹信州的民宿呀。」

等了一會兒，沒聽見愛子回答，又響起了水聲。

洋平走進裡面房間，躺了下來。伸出腳把電視的方向轉過來。在冬山的背景下，覆滿雪的白樺樹林美極了。面熟的兩位女明星，一手拿著味噌烤肉，輕鬆的散步。光是看著，都覺得空氣十分清新。

洋平發自內心的想，真是個好地方。

彷彿有人叫喚似的，洋平清醒過來。先前在看的電視已經轉變為體育新聞。

「……爸爸真是的。」

他把臉轉向聲音的方向。愛子穿著睡衣，在吃冰淇淋。

「衣服也不換，這樣睡會感冒啦。」

「沒有，我沒睡。去洗澡了。嗯？你什麼時候洗好的？」

洋平口齒含糊的問道。「什麼？我洗好澡都一個多小時了呢。」愛子笑道。

洋平覺得肩頭發冷，打了個哆嗦坐起身子。

「他說叫做『南方小屋』。」

愛子用湯匙挖著杯底的冰淇淋說。

「唔？什麼『南方小屋』？」

「你不是問我田代哥以前工作的信州民宿嗎？」

「咦？他來過啦？」

「簡訊啦。」

把最後一湯匙放進嘴裡，愛子發楞似的笑笑，從椅子站起來。

「愛子。」洋平叫住她。

「真的要和田代同居啊？」

愛子回過頭，臉上稍顯憂慮的問：「不行嗎？」

洋平很想說些溫柔的話，但最後說出口的卻是：「沒有不行，只不過你們兩個人得要再努力點。」

愛子咕咚的點了頭，走上二樓去了。

該去洗澡了，洋平從口袋拿出手機。突然想了起來，趁著還沒忘記，輸入「信州　民宿　南方小屋」，進行搜尋。

剛才看到的信州美麗冬景又浮現腦海。

本以為立刻就會顯示出來。但出現的民宿名字雖然有些相似，卻沒有找到完全精準的條目。南方小屋，剛才才聽到的應該不會有錯。

洋平再查詢一次，可是不管怎麼搜尋，田代來此之前工作的那家信州民宿「南方小屋」，都沒有出現。

下

到了這旱期，目擊情報戛然而止。自從在大阪美容診所取得山神一也手術後照片，與院長用電腦繪圖自製的眼眶消腫模擬照，將它們做成新的通緝照片發布到全國之後，連日來，搜查總部不斷接到新的目擊情報。然而數量雖多，值得追查的線索一件也沒有。

當然，在電視公開搜查節目上，與女裝照推出時相比，給社會帶來的衝擊小了很多。但是不僅是東京，不論走到全國哪個角落，都可以在派出所門口看到這兩張新通緝照片並列刊登。

這次的目擊情報中有個特色，之前的情報幾乎都是來自東京、大阪、名古屋等一般的大都會區，但這次有不少來自福岡的訊息混雜其中。

犯案之前，山神個人與福岡沒有任何關連。只不過山神父親的故鄉，位於福岡與大分縣的邊境地區，儘管離福岡市區有點距離，但在一直找不到突破點的搜查中，北見接到南條的命令，飛往福岡。

車子在蜿蜒的山道前進，濃霧森林在拂去小雨的雨刷後面，出現又消失。霧氣中樹齡超過三十年的杉木錯雜而立，筆直參天的樹幹淋濕後，就像面無表情呆立著的人群。

結果，福岡市內查證的目擊情報也沒有助益。很可能舉報者確實看到了山神，但是是在幾個月前的街角或食堂，已經沒有辦法確認它的真偽。

坐在副駕駛座的北見搖下一小格車窗，讓冷濕的森林空氣流入車內。

「這一帶的杉木樹齡尚淺，再往裡走就會變得更粗。」

握著方向盤一面咳嗽的是福岡縣警的巡查長岩永。北見的視線只要轉向某處，他便忠實的一一解說。

「是嗎？」北見簡短回應，瞇起眼看著前方濃霧中車頭燈反射的景色。

「不過，這地區雖然還在福岡縣境，但文化圈幾乎已經屬於大分了。」

貌似十分健談的岩永，從福岡署出發之後的兩小時多，幾乎都在找話跟他聊。

「……這座山的後面是由布岳，那一帶已經屬於阿蘇九重公園的範圍。」

北見沒再回應，只是注視著雨刷擦過的霧中森林。轉過急彎的剎那，霧氣一時散開，顯現出谷底的聚落。的確，這一帶的巨大杉木圍繞著聚落而立。

山神一也的父親就是在這個奧谷地區出生長大。據岩永事前的調查，該地區人口外移嚴重，現在只剩五、六戶農家居住。山神的親戚們已都不在，只留下無人的老家任自朽壞。

心裡思忖著，一路往下走的話就會到谷底的聚落吧。可是車子又在杉樹林道開始爬坡了，濃霧和杉樹幹的影響，遠近變得難以分辨。

「那是什麼？」

北見的視線追逐霧中倏然出現，立刻又向後飛去的石階。

「是個祭祀大蛇或什麼的小神社。這一帶平時就沒什麼人，遇到這種濃霧的日子，更是顯得陰森。你聽過吧？這一帶都還有活人祭的傳說。當然啦，到鄉下去的話，哪兒都有這種事吧……剛好這裡叫做道切峠，是奧谷地區的邊界。」

岩永一路都是在獨角戲，現在好像終於抓住聊天的話頭，抓緊了方向盤，喜上眉梢的說：

「我對這一帶其實也不太清楚啦。」

岩永從年輕的時候便熱愛開車兜風，跑遍了九州各地。據說他最喜歡查訪當地的傳說、民間故事。據他的解說，這個奧谷地區的傳說並非特別有名，很典型，又沒有深刻意涵，只不過這是他拿手的話題，所以一逕說個沒完。

「……聽說八十年前，奧谷發生過凶殺案。應該與這次的案子沒有關係，不過當時一九三三年，是昭和……，總之是戰前的事了。剛才也說過奧谷這裡有活人祭的傳說。聽說到昭和四十年代左右，還改變成另一種形式保存下來呢。奧谷在夏天有慰靈祭。每年從村外找來一個外人，款待他三天天夜，到了祭典的日子，讓他擔任祖神化身的角色。往前追溯上去，款待時間可能更久，從一個月、半年，甚至一年。祭典之後，有些人就在村子裡住下來了。……凶殺案指的就是這些在村子裡定居的人，突然用柴刀劈死七個村民的案子。那些人的家位在離聚落稍遠，排水不良的地區，據說他們突然拿著柴刀衝出來，把沒有出外農作的女人、孩子等七人殺死。很久以前，我對這案子有點興趣，所以找出了當時的調查報告，當時手寫的報告，可以說字字句句都是鮮血淋漓。彷彿能看到烈陽高掛的夏日午後，被殺死在牛舍的女人和小孩，凶手沾滿鮮血牛糞在聚落亂跑的身影，甚至聽到農民們將凶手圍在廣場上，和凶手被制伏時的吶喊。」

北見一邊聽岩永說故事，遠望濃霧重鎖的山林。可能是心理作用，被濃霧染濕的一棵棵大樹，看起來就像是那些凶手和受害者。

「……最後，警方對逮捕的男子，只用『心神喪失』簡單的下了結論。最令人不解的是，發生了這麼大的案子，後來卻幾乎沒有傳說開來。剛才我也說過，到處查訪民間故事、傳說是我的興趣。以我個人的經驗來看，這個案子似乎成了諱莫如深的禁忌。事件之後，聚落的人全都三緘其口。」

岩永的話還在繼續，不過下到山谷，霧氣消散，北見的思考也已回歸現實。

休耕的空地濕潤刺眼，山坡上有著星星點點的民房。車子在混凝土鋪設的小路上繼續進行。廢耕的荒地越來越廣，雜亂叢生的草堆中偶爾可見傾圮的房屋。從外表看就知道是塊排水不良的土地。

「那裡是山神父親的老家。」岩永告訴他。

下了車，北見撐開了傘，但又立刻闔上。拂過臉頰的霧雨十分冰冷。

眼前出現了一棟朽壞的屋子。但看起來倒不像屋子坍塌，反而像是從屋子裡長出一個小小森林。

據岩永所說，距今約三十年前，山神出生的時候，住在這裡的山神祖父母相繼過世，從此之後屋子就一直空置，無人聞問。

車子引擎關上後，周圍一片寂靜。沒有風，冷冷的霧雨靜靜的染濕森林。

「哇~，冷死了。」發抖走近的岩永，說話聲封閉在山谷中。

看到一輛車從山路開下來。白霧在隨著車子方向的車頭燈探照下襲面而來。

車子並沒有駛走，而是在北見駛入的小道入口停車。一個年輕男子立刻打開副駕駛座的車窗，探出頭問：「有什麼事嗎？」

北見隨即跑上前。男子開著一輛四輪傳動的新車，副駕駛座的嬰兒座椅中，一個小女孩睡得正香。

「不好意思，你是本地人嗎？」北見問。開著暖氣的車裡飄出奶臭氣息。

「嗯，我就住在前面。」

男人指著山坡上的一棟房子。

「從外地回來？」

因為男人的打扮很時髦，所以才這麼問。但男人回答：「不，我住在這裡，用便宜的價錢租了田地和房子。」

「哦哦，就是人家說的I TURN*吧？從哪兒回來的？」

「東京。」

「東京？」

「我想務農，所以辭了工作。」

這時，男子彷彿突然想到似的，再次問道：「有什麼事嗎？」

北見拿出山神整形前後的通緝照片給男子看：「在這附近有沒有見過這個人？」

＊I TURN，日本鄉下地方鼓勵青年到大都市讀書後，回歸家鄉工作的一種就業策略。

這個人頗為機警，他交互看看北見和站在後面的岩永，露出擔心的神色：「出了什麼事嗎？」一手不時輕撫著沉睡的女兒。

「哦，別擔心，並不是這附近出了事。」

北見微笑著安慰他。

男子重新看了照片。

「咦？」

男子歪著頭。

「……我看過他。應該說，我跟他說過話，在這裡。」

「什、什麼時候的事？」

「去年。哦不，前年……。咦，可能不是。不過總覺得有點像。總之，我記得是一個夏天，我到那邊的農地時，有個年輕男人站在那裡……這一帶雖然偶有車子經過，但很少會有人，所以我就出聲叫他了。」

「叫這個人嗎？」

「嗯。對不起，我不太確定。」

據他所說，那個男人一直楞楞的看著山神父親的故居。這一帶自七年前開始，被指定為培育創業農家生產有機蔬菜的模範地區。他誤以為那個男人也是來事前勘察的，所以才跟他打招呼。不過，當他問「是哪裡的農業大學介紹來的？」時，那男人卻說「沒有，不是那麼回事。」然後便離開了。

「我跟他說完話之後，他馬上就不見了。在這兒待了多久呢？他說他坐公車來的。在這隘口的對面，有個叫山霧溫泉的旅館，一天有四班公車吧，來回此地。因為就算走路，從這裡到山霧也要花兩小時。」

在安全座椅上沉睡的小女孩醒了。男人對她說：「就快到了。」

「發生了什麼事件嗎？」

男人詢問下，北見告知：「是東京發生的案子，你不用擔心。」那人似乎不願接受，不過，也不想表示關心。

之後，北見又去聚落裡總共五戶的居民家，給他們看山神的照片，五戶中有兩戶人家不在，其他三戶都沒有人見過山神。

出了聚落，他們兩人再次越過山隘，往山霧溫泉駛去。獨立山間而建的溫泉旅館，在濃霧中氤氳著更濃的蒸氣中，飄蕩著嗆鼻的硫黃味。

雖然是個小旅館，但是露天溫泉景色宜人，十分受到歡迎。近年來還有很多國外來的觀光客造訪，停車場設置了可以蒸雞蛋、山芋的空間，用日、英、韓、中等語言書寫了使用方法。可惜不巧天候不佳，沒有客人，只有蒸箱兀自冒著熱煙。

北見給旅館老闆和工作人員看了山神的照片，三人口徑一致的表示：「沒有印象。」

北見爬到展望台上，遠望霧海覆蓋的山巒，想像著山神也看過這片景色。但是無法查知山神突然造訪父親故鄉的原因。當然，也沒法證明這件事與八王子案有任何關連性。但是，事實上山神在犯案之前來到此地的可能性很高。而他來到此處，也許見過這片景致。

那天晚上，回到福岡市區後，岩永帶了北見到雞肉火鍋店用餐。那家店位於中洲，而且是只有沒錢的人才會來的地方，岩永大力推薦。

北見和岩永兩人坐在窄小的櫃台，喝起芋燒酒。可能店裡人多，兩人絕口不提山神的事。岩永喝醉之後，變得更饒舌了。

「北見兄，有小孩嗎？」

岩永用粗手指攪著杯裡的冰塊。

「說來慚愧，現在還是光棍一條。」

「都這個年紀了還單身，的確有點丟臉。」

「是啊。」

「是不是有什麼苦衷啊？做我們這種差事的，的確也不是任何人都能結婚。」

「沒有，我只是懶。」

二十幾歲的時候，曾在學長的介紹下相了好幾次親。每個對象都別具魅力，只不過全都不了了之。

「要買福岡的特產，什麼比較好？」北見改變話題。

他想起今天也去幫貓換尿布的美佳。

「不知道。我愛喝酒，所以首選當然是明太子啦。」

岩永這麼回答之後，抓了一個店員，先把杯裡的酒喝乾後，請他再續一杯。

◈

掛了電話，洋平躺回被窩。星期天，愛子已經出外到早市工作。一大早響起的電話，是後車站小飯館「彩」的老闆娘打來的。她是為了幫他介紹上次閒聊提到的公寓屋主，聽說那個人十分爽快，禮金全免，租金折了三千圓，只要有時間隨時都可以去看房子。

「我去看也沒有用啊。」洋平笑道。「明明想看得不得了。」老闆娘反過來笑他。最後決定三十分鐘後在公寓前見面。

洋平從被窩爬出來。才剛過八點半，但因為愛子用過廚房，所以室內並沒有那麼冷。進了廁所，撒了一泡長尿。這幾天心裡的疙瘩一直沒化掉，田代以前工作過的「南方小屋」民宿，在網路上找不到。雖然直接問田代就行了，可是他卻問不出口。也許問了，只是個簡單的原因，像是「哦，那邊關門了，所以我才辭職到這裡來。」但是，洋平就是問不出口，問不出口就只能臆測了。會不會根本沒有「南方小屋」這間民宿的存在呢？田代的履歷表是造假的嗎？若是如此，為什麼田代要造假？

他記得明日香說過「田代應該是離家出走的小孩。我是過來人，所以有這種感覺。」如果只是離家出走，那還不算什麼。萬一田代是牽連到什麼案子，想要逃離某些人的話……。當然，他覺得自己過慮了。只是，畢竟這個人對愛子頗有好感，就算有什麼隱情也沒有辦法。心裡雖然有一部分這麼想，但又覺得愛子的手氣那麼差，就算抽個獎恐怕也會落空，身為父親竟然只能如此看扁女兒，自己真是情何以堪。

如果問了田代，對方說「那家關門」的話，一切就能迎刃而解。為了取得工作，謊報經歷的傢伙比比皆是。但是如果田代真的說謊的話，如果他與田代的信任關係因為那麼一問而崩潰的話，好不容易關係和緩的兩人如果出現裂痕的話……

梳洗整裝結束後，洋平開車前往公寓，與「彩」老闆娘會合。老闆娘與貌似屋主的男人已經站在那裡等著，立刻領著他進屋。

「不知為什麼只有這個房間空著，採光很好呢。」

年過七十五，但依舊滿面紅光的屋主一面說明，洋平走進這間採光的確不錯的房間。跟在後面的老闆娘也任意的到處看看：「欸呀，這房間很不錯嘛，廚房還有窗子呢。」

進了玄關緊鄰著廚房和飯廳，裡面是兩個相連的三坪房間，推開中間的拉門，兩房立刻變成一個大房間。洋平打開靠庭院的換氣窗。面對馬路有個小院子，正好隔壁的年輕太太在曬衣服，腳邊還有個小女孩正在騎三輪車。

「你們好。」

屋主上前招呼，年輕太太的眼光落在洋平和老闆娘身上：「要搬到隔壁來嗎？」

「不是不是，是我家女兒。」洋平趕緊回答。

「跟太太你差不多，現在還住在車站對面的娘家。」

屋主似乎已經聽老闆娘說過，在旁解釋道。

「一個人？」

「不是，是夫妻。啊，準夫妻吧。」

屋主說著看看洋平，被老闆娘手肘撞了一下。「也對啦，就是這麼回事。」洋平答道。

「真的嗎？我們一家才剛搬到濱崎，很多不懂的地方可以向他們請教了。美由，哦——」看來是個單純的女性。太太摸摸女兒的頭，露出微笑。

洋平欣賞著鄰居的院子。一邊曬衣服一邊陪女兒玩，頗有愛子的味道。

「你先生最近好嗎？」

「因為搬到海邊來，一到假日就只想著釣魚。」

屋主開始和年輕太太話家常，洋平丟下他們回到餐廳，對跟在後面的老闆娘笑道：「這房子相當不錯呢。」

在公寓門前約好後天簽約，洋平告別了屋主和老闆娘，坐進車子裡。他徬徨了好一會兒後，在車內導航輸入「長野縣諏訪郡下諏訪町」的地址。

田代在履歷表後附了「南方小屋」老闆夫妻寫的介紹信，這個地址就是介紹信上所記載的民宿地址。假如田代真的說謊，那這封介紹信也是假的。不過，也許是洋平想像出愛子在那間採光良好的房子生活的情景，思考不知不覺也變得正向起來。其實到信州走一趟，事情就變得很簡單了。只要停業關門的「南方小屋」存在過，他就能誠心祝福兩人去那間公寓開始新生活。

車內導航完成搜尋路線，畫面顯示到達目的地需要四小時三十二分鐘。現在才九點半，兼程趕一下，也並非不能當天往返的距離。

洋平先繞到漁會，把雪鍊拿到車上，便一路直驅長野。

到了那裡，如果田代工作了兩年的「南方小屋」確實存在，接下來只要哼著歌回到濱崎，簽約訂下那間採光好的屋子就行了。小事一樁。

出了濱崎鎮，洋平陷入奇妙的幻想。他想像著明日香堅持田代一定有不為人知的一面，他的話不值得信任。而自己則費盡唇舌的想說服她。在幻想中，唯獨洋平知道田代的過去。

「那傢伙給人的第一印象不好，可是他從小就吃了很多苦啊。幾乎是孤苦零仃的長大。」

洋平幻想著田代自幼失去雙親，一直在親戚家裡輪流交迭。到了寄居家裡，總是努力的討好對方，可也總是事與願違。像是養父母問他想不想去遊樂園，田代回答「不想去」。當然他心底是想去的，卻覺得只要忍耐，就會受到讚美。然而他的養父母對他的話信以為真，責備他不可愛，結果只帶了與田代同齡的女兒去遊樂場玩。田代一直在家裡默默的等。天黑了，家人沒有回來。他雖然肚子餓，也不敢隨意翻冰箱。田代抱著棉被，不住的哭喊肚子餓。

從東京灣跨海公路接上首都高速公路、中央道，到諏訪下交流道時，比車內導航的預計時間還快了一個小時，約是下午一點多。幸運的是遠望八岳、前往高原的道路已經除過雪。從漁會帶來的簡易雪鋪就足以應付。

車內導航告知即將到達目的地周圍時，映在洋平眼中的是高聳的雪山，和街道旁零星興建的民宿。

地址應該就在這附近，但數個向後掠過的招牌中，並沒有「南方小屋」。再往下走，就會偏離目的地了。所以他暫時停了車，正好街道有條小路延伸到山坡上，裡面有停業中的民宿。

洋平心想不會這麼巧吧，不過地址就在這附近，所以他抱著很高的期望下了車。踩著深達腳踝的積雪，往民宿走去。原木風格的房子，堆了雪的門柱上掛著「空地出售」幾個字。洋平站在稍遠的地點注視著房屋，看起來既像最近才停業，又像是空置多年。洋平四下張望著，在晴朗的冬日中，雪花隨風飛舞，閃著晶瑩的光。

停車地點的馬路對面，是一家掛有「小熊」招牌的民宿。正好一輛載著一家大小的車從裡面駛出，老闆夫妻走到大門口正揮手送別。洋平跑回小路，穿過大街，叫住準備走回屋內的老闆夫妻。不過，吸引兩夫妻回頭的，倒不是洋平的叫聲，而是附近樹上突然崩落的雪聲。他們以為發生了意外，視線轉向洋平的車。

「不好意思，請問一下。」

洋平氣喘吁吁的跑近。

「……那個對面的民宿。」

因為在雪地上奔跑，呼吸變得紊亂。戴銀絲框、看起來有點神經質的老闆說：「你是說『南方小屋』？他們去年就結束經營了。」老闆的太太大概還有急事，判斷車子沒事便默默行了一禮，回到屋裡去。

「『南方小屋』？」洋平跟著重複一次。

「是的。」老闆點點頭。

洋平頓時覺得兩腿一軟，果然田代工作過的民宿是存在的。

「是去年的何時呢？我是說，那家民宿結束經營的時間。」洋平問。

「我記得去年暑假的時候已經沒在營業了。……」

男人推開緊閉的大門，向裡面太太問道：「孩子媽，『南方小屋』是什麼時候關門的？」

裡面回答：「好像是五月中的事吧？因為他們說黃金週都還有預約。」

田代飄然在濱崎出現是在六月中旬，時間吻合。

「請問，你記不記得有位田代哲也的人在那裡工作過？」洋平問。

「田代哲也？有嗎？短期打工生？」

「不是，我想他應該待了兩年多。」

「兩年？那家民宿的老闆夫妻很刻薄，打工生都待不長呢。不過如果待了兩年的話，我應該會記得……」

洋平趕忙拿出手機，尋找以前漁會聚餐時，半開玩笑拍的全體大合照。穿著薄衫的老闆，開始冷得直跺腳。

「對不起，你看這張。」

洋平把照片一角的田代放大讓他看。

可能有老花眼的老闆把手機拿遠，瞇起眼睛。

「嗯，哦哦。」

「認識嗎？」洋平急問。

「是、是啊，這不是高橋君嗎？」

「高橋？」

見洋平一臉驚訝，老闆再次仔細端詳了一下，同樣又說：「對，是高橋。」

「……可是，他沒有待兩年哦。去年五月民宿關門時，他的確還在。不過應該只待了一、兩個月……最多三個月吧。」

令洋平難以接受的不是工作時間的長短，而是姓名的不同。

「你、你是說高橋？」他重又問了一次。「是啊，高橋君。」老闆重複說道。

「我記得『南方小屋』的老闆夫妻非常難得的稱讚了這位高橋君。」

穿著薄衫的老闆說完，打了一陣哆嗦，彷彿無言的催促，盼望著早點能回到屋裡去。

那天，洋平晚上九點多才返回濱崎。雖然心裡乾著急，但是假日陷入壅塞的馬路，除了在半路的休息站吃了天婦羅麵之外，竟連續開了九個小時的車。當然，在車上，他不斷思考著田代的問題。田代用了化名，而且直到現在還在用的事實，與自己想像他兒時的乖舛命運，在腦中混雜在一起，變得難以收拾。

「南方小屋」對面的「小熊民宿」老闆說，那個叫高橋的小子工作十分認真，「南方小屋」老闆夫妻都搞壞了身體，所以決定把生意收了。離開前他們還曾拜託這位老闆「如果人手有空缺，能不能雇用高橋？」

被卡在中央道的車陣中時，洋平給愛子打了電話。早市工作結束後，他猜想愛子會和田代在一起。不，如果是田代倒還無妨，但洋平感覺，她是和一個叫高橋、洋平不認識的男人在一起。結果，愛子在明日香家，和大吾玩電動。「你一個人？」洋平問，愛子笑了：「不是跟你說了嗎，我跟大吾兩個人哪。」

他沒有信心能在電話裡把狀況說清楚。洋平掛了電話，心浮氣躁的瞪著停滯不前的長長車流。不過奇妙的是，只要車子往前一動，他就會從善意來思考田代用化名的原因。反之，車子一旦停止不動，對於田代背後陰暗過往的妄想便會不斷膨脹。

田代該不是被壞人追趕而逃亡吧？還是田代自己做了壞事才逃走呢？如果他是為了逃避壞人，洋平願意想辦法幫助他，但如果是主動逃走的話……。

回濱崎的路上，這種沒有根據的思緒一直在腦中縈繞不去。

回到濱崎，洋平把車開到田代借住的上原婆婆家旁。不論如何，現在只能請當事人自己說出真相。不過，田代正好不在，上原婆婆也不知道他去了哪裡。他突然想到，也許和愛子在一起，便試著聯絡女兒。但愛子已經回家了，「爸爸，你在哪裡，晚飯呢？」完全狀況外的樣子。

不方便在上原婆婆家等田代回來，所以洋平暫時先返家。雖然心裡明白，這件事應該先與田代對質才對，但是看到愛子眉開眼笑的說：「爸爸，聽說你去看公寓了？」心裡還是急躁起來。

「你來一下，坐這兒。」

洋平把在廚房裡的愛子叫過來。

愛子關了水，用毛巾擦乾手走過來。洋平粗聲粗氣的說：「我有點話要跟你說。」

愛子狐疑的呆站著。

「是田代的事情。」洋平說。

霎時，愛子彷彿卸下胸口大石，微笑道：「爸爸，你是要他成為正式員工吧。田代很高興呢。」

「很高興？」

「嗯，他說很高興爸爸願意信任他。」

談話的走向有點偏了，洋平乾咳了一聲，告訴愛子：「今天，我去那小子以前工作的民宿。」

「嗄？為什麼？」

愛子大吃一驚。

「那小子用高橋的名字在那裡工作。他說做了兩年也是騙人的。」

洋平忍不住拉高嗓門。

「慢、慢著，爸爸你等等。你為什麼要去調查那些事？」

「這還用問嗎……」

「怎麼這樣！爸，你！」

愛子驚惶失色，拉著洋平的手拍了又拍。

「爸爸，你相信我嗎？你會相信我接下來要說的話嗎？求你啦，爸爸！」

「愛子，你是不是知道什麼！」

洋平忍不住叱喝。愛子肩頭一抖，再度拍著手腕說：「求你啦，爸爸，爸爸。」

「好、好，我知道了，你說。」

看到愛子就快哭出來的樣子，洋平拍拍她的肩說。「你要相信我哦？」愛子又問。洋平急回道：「好，我相信你。」

愛子深吸了一口氣說：「田代哥並不是做了壞事逃走的。他用化名是有苦衷的。」

「所以，田代這個名字也是假的嘍？」洋平問。愛子垂著脖子點點頭。

洋平全身一軟，癱在椅子上。腦際不知為何浮現出今早參觀的那個光線明亮的房間。

「用化名哪！不管有什麼理由……」

嘆息聲一從口中溢出，便再也說不出話了。洋平心亂如麻。

「田代哥呢，他是在逃亡沒錯，可是他不是壞人。是這樣的，田代哥念大學的時候，田代哥的爸爸為了工作向人借錢。剛開始他都有按期還款，可是後來還不出來，而且那個債主把權利賣給黑道了。……結果，田代哥的爸爸和媽媽都自殺了。」

洋平抬起頭。愛子兩手緊拉著毛巾，使盡全力的解釋著。

「田代哥根本沒有必要還錢，可是那些人不放過他。他也去找警察商量，但聽說還是行不通。好不容易找到了工作，那些人又到公司去搗亂，公司沒有人願意幫助他，他去別的公司上班，那些人又來。不論他到什麼地方都會被找到，所以田代哥只好逃走。他不敢再用真名了。」

洋平浮起不可思議的感覺。他在車上隨意想像田代幼年在親戚家之間流浪的故事，竟然與愛子口中的他不謀而合。

「求求你，爸爸，幫幫他吧。求你。讓田代哥可以在這個鎮住下去。如果爸爸願意的話，一定能幫他的，對嗎？我很明白那種感覺，沒有人願意幫忙，就算哭也沒有用，那種感覺很可怕。」

洋平立刻知道愛子想起了什麼。去歌舞伎町保護中心接愛子時的景象又重現眼前。

看到愛子突然膽顫心驚的模樣，洋平只能說：「好，好，我幫他。」

「只要我和爸爸不說出來，田代哥就可以一直待在這裡吧？我也知道自己是什麼貨色，像我這種人不可能跟正常人在一起得到幸福，可是像田代哥那樣的人……」

愛子說到這裡，突然咬住嘴唇。

「像田代那樣的男人，又怎麼樣？」

洋平問出口的話軟弱無力。僅是想像愛子接下來想說的話，和愛子看待自己的心態，他便感到悲哀莫名。

到頭來，我還是沒有盡到照顧愛子的責任。世上有哪個父母能忍受女兒說，自己只能愛有苦衷的男人？只要是個夠格的父母便不可能接受，善盡扶養責任的父母更加難以忍受。

「你願意承受這種事？你真想跟那種男人在一起？」

回神一想，洋平才發現自己說了違心之論。愛子無力的點點頭，低聲說：「沒辦法啊。」

「胡說八道！你跟誰在一起都能得到幸福！」

話聲中少了力道。

「爸爸，……我想跟田代哥在一起。跟田代哥在一起之後，我才能喜歡這個鎮。」

洋平毫無辯駁的餘地。

之後，愛子求他就當沒聽過田代的事。田代信任她才告訴她的，他們約好了絕不會說出去。田代總有一天會對洋平說出自己的身世，希望爸爸耐心等待。

聽完愛子的話，洋平洗了澡，吃了愛子準備的晚飯。正當此時，「彩」的老闆娘打電話過來問他，何時要去公寓簽約，對方希望能盡快完成。

「愛子他們倆何時要去參觀？」

老闆娘問道。「……愛子她，已經決定了。」洋平說。

接著對老闆娘說，看屋主哪天方便，隨時都可以簽約，又謝謝老闆娘的牽線後掛了電話。

剩下的飯，他和著味噌湯一起吞下。拿出待客用的酒杯，開了從前咬牙買下的軒尼詩XO，洋平心裡想著，今晚為了慶祝而開。斟了酒，他告訴自己，愛子一定能得到幸福，然後一口氣把酒喝乾。

❖

走出辦公室，優馬搭上地下鐵前往惠比壽車站，約了久未碰面的好友克弘一起吃飯。這段期間，他一直婉拒邀約，但這次是為前些天被闖空門的大貴特地舉行的慰問會，沒法隨便找個理由拒絕。據他們說，小偷還沒有抓到，也採不到指紋。因為屋裡沒放現金，所以並沒有真正的損失。不過全棟五十戶的大樓裡，只有大貴的屋子被闖入，令人毛骨悚然。剛好他的房子到了更新租約的時期，所以正考慮搬家。稍早前，夏日海邊派對時一起玩的明哥也被人闖了空門，克弘等人見面聊起這件事時，大家還興致勃勃的猜測，假設小偷是兩人共同的朋友，最有可能是誰。

搭乘人潮雜沓的地下鐵到達惠比壽站時，離約定的時間還早，優馬打算走進設有書店的車站大樓。就在這時，目光恰好直視的咖啡館裡坐著直人。

優馬心想，坐在這家整面玻璃牆面對馬路的咖啡館深處，直人肯定一個人在喝咖啡吧。可是再定睛一看，直人不是一個人，他前面坐著一個女人。

霎時，他以為自己看走眼了。思緒一時無法理解直人與人為伴是什麼狀況。

自從直人住進家裡，從來沒從他口中聽到在外頭與人見面的事。平常白天他會出門，可是範圍也只限於小鋼珠和超級錢湯。優馬偷偷查過他的手機紀錄，除了「藤田優馬」之外，沒有別人的名字。看到紀錄的剎那，優馬不禁擔心：「這樣的生活，難道不寂寞嗎？」可是另一方面，他也想到最近的週休假日，自己除了「直人」之外，也並不想見誰，因而領會到「這樣的生活，原來並不會特別寂寞啊。」上次他勸直人至少把手機帶在身上時，直人還笑他「優馬，你在乎的事太多了」，現在他好像能明白這句話的意思。

當時，優馬羅列了好幾條帶手機的優點，極力強調不管上推特或是LINE都需要手機，自己無法想像沒有手機的生活。但直人卻是一臉不可思議的表情。

到頭來，有了在乎的人，就表示也許以前在乎的東西，現在不在乎了。在乎的事物不會增加，只會減少。

優馬在馬路上停下腳步。坐在玻璃牆後面，咖啡館深處的確定是直人，他正和面前的年輕女子談笑。當然直人可以有朋友，沒有朋友才奇怪。但是，優馬從沒見過直人笑得這麼自在，不知道對面的女子是什麼樣的朋友？但儘管直人會有個自己不知道的世界是理所當然的事，優馬卻感到莫名的衝擊。

優馬不知不覺的往咖啡館走去。他想主動上前招呼，然而卻做不到。他排到收銀台前的行列中，不時往裡面瞄著，但聊得正專注的直人完全沒有注意到他。優馬買了一杯卡布奇諾，坐在稍遠的位置。這家店怎麼說都不算寬敞，但是直人卻沒有看到他。他本想在直人發現他時，裝傻問：「欸，你在這兒幹嘛？」可是時間過得越久，他越覺得身體僵冷。

早知道就別進來了。心裡正後悔的時候，直人和朋友先站了起來，優馬不覺低下了頭。直人端著放有餐具的托盤往回收口走去，而女性友人則在旁等待。

他聽到女子在說話，但聲音模糊，聽不清楚。接著，直人放好托盤給了回應。不知為何，直人的聲音卻清楚的直入耳中。

兩人直接往店外走去，似乎是去車站。他們互相倚著，在玻璃牆後漸漸遠去。

優馬注視著兩人的背影，剛才聽到的直人話語又在耳邊響起。

「所以我才說嘛，你在乎的事太多了。」

直人一字不差的說了這句話。

那天晚上與克弘等人吃完飯，優馬帶著暗淡的心情早早回了家。雖然這頓飯是為了安慰大貴才聚的，但大貴的心情超乎意料的低落，看到他說「我現在做什麼事都提不起勁」的頹喪模樣，幾乎令他懷疑大貴是不是有點輕鬱症了。只不過，直人的影子一直占著腦海的角落。本以為沒有朋友的直人原來有朋友，也許是自己想得太多，可是會不會那個女人也跟自己一樣，誤以為直人只有她一個朋友？當然，直人從來沒說過「我沒朋友」，所以他並沒有說謊。總不能因為跟自己恣意塑造的直人形象不相符便責備他吧，但是心裡就是無法釋然。

回到家，直人已經回來了。他一如往常的靠在床上看電視。

「今天不是會玩得晚一點嗎？」直人迎上來。「唔？沒有，就回來了。」優馬應答著，注視如常穿著休閒衣褲的直人。

「今天有去什麼地方嗎？」優馬邊脫外套問道。

「怎麼了？白天在車站前的小鋼珠店待了一會兒，小贏了一點。」

「只有這樣？」

「怎麼？」

「沒事……」

優馬想說在惠比壽的咖啡館看到他，但不知為何說不出口。

「那，傍晚的時候一直在這裡？」

「是啊，為什麼這麼問？」

直人難得焦慮起來，聲音、臉色也變了。

「下班的時候，遇到一個跟你長得很像的傢伙。」優馬說謊。

「在哪裡？」

「銀座。」又說謊。

「那不是我。我從小鋼珠店回來，一直待在這裡。」

直人的視線轉回電視，看不出來完全在胡扯。反過來說，他說了一個完全不像在說謊的謊言。

對話不了了之，優馬想去洗澡。在浴缸放熱水時，嫂嫂友香來電。

「對不起這麼晚。雖然有點突然，明天晚上，你來家裡吃飯吧。」

其實也不是什麼急事。不過她說，為了母親公寓名義變更一事，哥哥想再和他仔細討論一下。

「哥哥在嗎？」優馬問。

「在啊，你等等，我叫他來接。」

哥哥接過電話，優馬說起他最近考慮的母親墓地。母親會歸入和歌山本家的墓地，雖然她跟本家疏遠，但那是外公外婆長眠之地，對母親而言最為理想。不過，他突然動念，考慮是否該在都內近郊買一塊墓地。

「掃墓比較容易，而且我將來應該也會葬在那裡吧。」

雖然他只是輕鬆的給個建議，不過哥哥似乎煞有介事的在聽。

「你沒有必要現在考慮那種事吧。雖然你現在一個人，但未來會怎麼樣，還不知道呢。」

哥哥似乎大為驚慌，優馬歉疚的回道：「我並不是對自己悲觀，而是把它當成現實問題在考慮。」但哥哥似乎想得更嚴重了。

「別說得那麼淒涼。」

「我並不覺得淒涼啊。你看，現在一個人獨自終老的情形也不算罕見了，就是那個意思，別隨便把它定義為淒涼嘛。」

「話是沒錯，可是……」

「反正，日本總有一天會像英國或美國……」

講到這裡，突然說不下去。對自己這群人而言，就算是再確切的事實，只要是不同立場的人，就根本不會放在心上。那只是別處下的雨罷了。

「唉，算了。總之，明天聊吧。倒是墓地的事，當時如果問過媽的意見就好了。」

之後，電話又換回友香來接。「明天，把直人一起帶來。」優馬「唔啊」的應諾，目光轉向正在看電視的直人。

掛了電話，直人問他：「要買墓地嗎？」優馬「唔？嗯——」的點點頭說：「明天晚上，到大哥那裡。」但沒告訴他友香也要他一起去。

第二天，優馬下班後就前往哥哥家。告訴友香直人不來時，她有些失望。不過，三人圍著壽喜燒火鍋，兩三下解決了母親公寓名義變更的問題，接著討論墓地。

哥哥也考慮了一整天，最後贊同優馬的意見。並且提議，既然要埋在郊外，就選個景色優美的環境吧。

哥哥去洗澡時，他和友香獨自聊了一會兒，提到大貴和明哥被闖空門的事件。竟然友香以前上班的公司也有類似的事件。

「……結果，人犯果然是共同的朋友。A和B被闖空門，結果抓到的人犯是同部門C小姐的男朋友。C小姐知道A和B的地址，她男朋友知道了便趁機闖空門。當然C小姐完全不知情，但後來想想，她的確有跟男朋友提到A和B出差的日子。」與友香聊這話題時，優馬還沒當回事的說：「遇到這種事，真恐怖啊。」但在回家的電車上，突然背脊發涼。

儘管覺得難以置信，優馬仍然慌亂的打開手機的通訊錄。因為太慌亂，不斷按錯鍵，弄得又急又氣。可是，心急之餘，記憶也甦醒了。雖然通訊錄上輸入的，幾乎都只有電話號碼和電子信箱，但有些朋友也輸入了地址。像明哥，去年夏天參加完海灘派對之後，他就曾郵寄瑪麗亞·卡拉絲*的DVD過去。可能是明哥約他下次單獨見面，可是明哥不合他口味，所以想委婉拒絕，因而把之前提到的DVD寄去給他。不過，他不太記得那時候有把地址輸進手機。反倒是大貴的地址，他記得自己輸入過。以前去大貴家裡酒聚時，自己快要遲到，所以問了地址。當時剛換手機，有印象輸入時費了番工夫。

優馬檢查通訊錄的手有些發軟。當然，登記地址的還有其他幾人，但明哥和大貴也堂堂在列。

將闖空門與直人連結起來的剎那，優馬差點噗哧大笑出來，趕緊摀住了嘴。他想到自己彷彿正在上演推理電視劇，笑意更是源源湧出。

不可能會有這麼戲劇性的發展吧？

＊瑪麗亞·卡拉絲（Maria Callas），美籍希臘女高音，歌劇《茶花女》是其代表作。

優馬在心裡說著，用以壓抑湧上來的笑意。他向左右張望，沒有人用異樣的眼光在看他。

說到底，優馬的心中根本不曾懷疑過直人與闖空門事件有關。但是，他回想，如果是剛認識的時候，如果是幽暗發展場一角抱膝而坐的直人，他應該會把他與闖空門嫌犯連在一塊兒。只是他不知道兩者的不同之處在哪裡？原因並不只是跟他生活了幾個月，肯定也不是跟情或愛有關。說得直白一點，值得相信或是不值得相信，是非常主觀的想法。這麼說的話，那份主觀又是從什麼地方產生的呢？主要是看自己有沒有信心相信直人。簡單說，就是對自己有沒有信心。

回到家，直人站在廚房，遙望了一下他的手邊，正在剝橘子。

「回來啦。」

「不要用那雙黏答答的手……」

「知道啦，開冰箱或是摸門把，對吧？」

強烈的橘子香味飄來。

「要吃嗎？」直人問，「不了，吃得好飽。」優馬應答著走進房間。

「墓地的事，談得怎麼樣？」

「最後是傾向要買……應該吧。」

優馬把脫下的西裝丟到床上。直人正想把橘子放進嘴裡，見他回頭便停下手。

「昨天在惠比壽的咖啡館，跟你在一起的女人是誰？」

這麼單刀直入的質問，連優馬自己都感到驚訝。也許是因為在電車裡，他確知自己相信直人。

「嗄？」

直人的眼光在飄游。

「我昨天說了謊。其實我看到你了，湊巧的。你在惠比壽的咖啡館和女人在一起。」

優馬為表示自己並非在指責他，故意走近直人，把他手上的橘子搶下，抓一片放進嘴裡。

默默注視著這一連串舉動的直人，輕聲說道：「對不起，我不想說。」

「為什麼？」優馬用滿不在乎的語氣問道。

「話說回來，你為什麼做這種對人下套的事？」

「這一點，我自己也不明白。」

他誠實的說。

「……我猜，假設我問了之後，你回答了……，嗯，只是猜測啦，我擔心你的答案會是我討厭的類型。」

「討厭的類型？」

「這部分，我自己也不太懂……比如說，對了，其實你是雙性戀，跟那個女人在交往之類……不是，如果是那樣，我可能只會想：也不過是這麼回事。所以，我說的不是這些，而像是徹底背叛我之類的理由。」

把自己的想法用語言說出來太困難了。優馬想表達的也許只是極簡單的想法，但他也抓不住那個簡單的想法是什麼。霎時，優馬的腦中閃過一句話。

「我可以信任你嗎？」

他領悟到自己想表達的就是這麼簡單的想法。可是，從口中說出來卻又是無比沉重。優馬把橘子放回直人手上，說：「那就算了，如果你不想講的話……」便想轉身離開。

「是我妹妹。」直人出奇不意的說：「我跟妹妹很久沒見面了。」

「妹妹？這種事為什麼要瞞著我？」

優馬詫然，口氣反而凶起來。重新回想咖啡館的兩人，現在感覺只像兄妹了。然而，如果直人告訴他「那是情人」，看起來就只能像情人。簡單的說，直人如果說「這裡沒有橘子」也許自己就看不到橘子。這種結果讓他感到不安。不對，他整理了一下想法，最後怎麼決定還是看他自己。

之後，優馬去淋浴，出來時，換直人進去放水洗澡。

當然，在淋浴的時間，他也找了各種理由，思考直人隱瞞與妹妹見面的原因。不過，他想得出來的，大抵上就是平凡無奇的一家離散故事。也許有什麼進退兩難的隱情，這類不幸造成的傷痕，不願對外人道也。

優馬想改變一下心情，於是打開電腦，開始搜尋在東京這地區，一塊墓地大概多少價位才買得到。

曾幾何時，高科技墓地可在網路掃墓開始成為話題。像東京這種大都會已經沒有多餘的土地，本以為置物櫃式的墳墓儼然已是主流了吧，但實際搜尋之下，赫然發現一般的墓地還是存在。把面積大小和交通便利性放在天秤上一量，大概就能得出選項。簡單來說，同樣價格在都心雖近但小，在郊外則是雖遠而大。

隨意的搜尋中，他發現了一處看得到海的靈園，那個葉山的廣闊墓園綠地豐富，若是自己和母親都能長眠於此，該有多清幽，但那地方不太方便來去。在網路上搜尋的過程中，優馬突然掠過一個不莊重的念頭。像這樣選墓地的心情，有點似曾相識。就和友香和哥哥結婚時，來找他商量，一起選結婚禮堂有點像。領悟到這一點時，他又忍不住想笑了。原來如此，自己這種同性戀者沒法子結婚，只好去擔心墓地了。正好直人洗好澡出來，所以優馬把他叫過來：「快來幫我看看，價格還算便宜，而且看得到富士山。」他望著邊用毛巾擦頭的直人笑說：「反正你家裡關係也不好，不如葬在一起吧？」

當然，他只是開玩笑，可是直人停下擦頭的手，垂下眼睛點點頭說：「嗯，好啊。」他的側臉極其認真，優馬急了。

「我開玩笑的。」想敷衍過去。但直人也笑了：「我知道啦。」

「不過，就算是認真的，我也沒問題。」他說。「我知道。」直人又笑了。

❖

吃著從廚房冷凍庫拿出的冰淇淋雪派，辰哉躺在床上，打算著來看本漫畫，便聽到樓下的田中喊著「辛苦了」似乎剛做完工作。他的腳步沒停，直接跑上二樓。

「我進來嘍。」門沒敲就開了。剛洗完澡的田中，脖子上掛著毛巾朝屋裡窺探。

「比賽開始了嗎？」田中問。「還沒。」辰哉答道。

「今天是第二十三輪比賽？」

十一點開始播出英國超級足球聯賽的那天，田中就會在打掃完浴室後，上到辰哉的房間。辰哉覺得看比賽看到半夜，第二天五點半起床一定很辛苦吧，但田中卻笑道：「我這個人隨時隨地都能睡，白天找機會就會小睡片刻。」

辰哉打開電視，田中一如往常拿坐墊當枕頭，躺在地上。辰哉跨過他，回到床上。

「啊，明天只有一組客人，真輕鬆。」

田中在地上伸個懶腰。

「我媽對你讚不絕口哦。她說田中先生做什麼事都很俐落。」

「我是個很勤快的人哪。不過，來這兒工作真好。早知道幹嘛去星島野宿啊，雖然一個人自在又很酷，可是到了最後，實在是無聊得快死掉了呢……啊，對了，我去拿點啤酒來。」

田中霍的站起來，又跑著下樓。以前也有在這裡借宿的打工生，但是沒有人像田中這樣好相處。辰哉不知道自己到底喜歡田中哪一點，甚至連他泡在自己房裡也無所謂。不過彷彿下課後和大家踢足球的心情，一直延續到家裡的感覺。

說到這裡，今天泉主動跟他說話了，許久以來第一次，在他踢足球的時候。他追著球往大門方向跑時，泉就站在那裡問他「田中哥好嗎？」自從告訴她田中在家裡工作後，他從來沒在校外見過泉，在學校裡也不交談。

「田中哥很好啊。民宿的工作，他好像滿喜歡的。」

這時，隊友們喊著「快點踢回來啦」，所以辰哉說了句「先走了。」泉也回答「嗯，回頭見。」

可能相隔多日終於說上話，辰哉跑回操場的步伐變輕了。能夠和泉像一般高中同學般說話，簡直像是奇蹟。只不過泉不可能忘了那一夜的事。她越是露出笑容，辰哉越是為自己沒出息的作為，感到全身不自在。

「怎麼了？臉色那麼沉重？」

可能在思考泉的事，連田中上樓的聲音都沒注意到。

「有煩惱的話，快跟我說，反正我也不會幫你解決。」田中笑著喝起罐裝啤酒。

「請問一下，沖繩的美軍對女孩子做了很過分的事吧？」

「什麼？」

田中嘴裡的啤酒噴出來。

「……我是說，那種事件很多，是吧？像那種情形，我們能做些什麼？」

「做什麼？」

「我的意思是，我們去拜託警察、拜託國家，最後，誰也不肯出手相救。所以，還有沒有其他的方法可以做？」

「怎麼了？」

田中陡然變得一臉嚴肅的打量他。辰哉翻過身去，而田中也沒再問下去。只剩電視上播放的青春痘藥廣告在吵人。那時辰哉突然意會到，如果不解釋好像會被田中發現自己的朋友也遭到欺凌。

「沒有啦，不是的。我班上有個朋友叫佐久，他的堂哥住在那霸。那個堂哥朋友的妹妹好像遇到那種事……今天佐久在學校裡偷偷跟我說了，可是我不知道該怎麼回答才好。」

田中好像相信了辰哉編的故事。

田中把啤酒放在桌上，輕聲的嘆氣。

「這不是我能隨便給個建議的問題。那種事，很心痛啊。」

說完這話，田中又「呼」的吐了一口氣。辰哉不知道他想說什麼，對著垂下眼的田中問道：

「心痛？」

「那種事，光是聽著都感到心痛。如果是朋友，那更是心痛。不過最難過的，還是那個女孩子。」

田中看著地上，那側臉彷彿遭到欺凌的是自己的妹妹。

「聽說她不想公開。」辰哉繼續說。

「……不論如何，她都不願意。但是，佐久堂哥的朋友覺得，這樣的話，妹妹太可憐了。遇到這種事，他也不希望自己永遠是輸家，就任她夜裡哭著入睡。」

辰戠的聲調漸漸變高。

「永遠是輸家？」

田中不可置信的抬起頭。

「因為，同樣的事件一再的發生，但是卻從來沒有人出來主持公道……大家心中都覺得，可能已經沒人會解決了吧。但是，這種事不解決不行……很多人一次又一次鼓起勇氣站出來，但只有剛開始會有人注意，漸漸的，誰也不再關心了。那些人以為站出來很簡單，其實他們錯了。民眾真的是提起最大的勇氣才能站出來……但最後，沒有人幫助我們。」

辰戠的聲音在顫抖，不知不覺攢緊的拳頭，用力的敲在床上。

辰戠明白，自己的激動令田中無所適從。他的眼光游移著，似乎在思索辰戠說的不是特定的人物，而是沖繩這個地方。

「對不起，」辰戠的道歉如同遞來一根救命繩，「今天才剛剛聽說這件事，所以……」

「喂，辰戠，我不會說『我和沖繩站在一起』那種偉大的話。不過，如果是你的話，我永遠站在你這邊。」

站在一起，辰戠在心中低聲念著。這句到處都聽得到的話，辰戠覺得彷彿出生以來，今天才第一次聽見。

之後，田中繼續看電視足球比賽，像平常那樣說了簡單的比賽感想後，道聲「晚安」便回別院去了。

看著比賽，辰哉一直想著泉和之前沖繩發生的同類事件。以前，這些事跟自己很遙遠，再者他也沒想過自己能做些什麼。可是泉並不是遙遠的人，田中說的「我永遠站在你這邊」，意外的在心裡迴盪不止。當然，自己只是個離島的高中生，沒有能力改變什麼。但是，就算不中用，多動點腦筋，也能為泉或其他受害女生發起一點行動吧。沒有必要從一開始就放棄。

待田中走出房間，辰哉關了燈，躺到床上。已經深夜一點多了，但精神卻清晰異常。突然他想起曼聯隊的香川真司，當他和自己一樣十六歲時在做些什麼？立刻用手機搜尋。當然，香川在高中時就已經大出風頭，畢業前便簽下史上創紀錄的職業合約。

辰哉把手機丟開。自己連足球社都沒進去，跟世界級的香川相比，只是自尋煩惱。他翻個身打算睡了，突然想起某件事，挖開書包底部，找出一張壓得皺皺的影印紙。這是波留間島舉行的例行性半馬拉松比賽，也有高中生可以參加的十公里賽程。

報名截止日期是明天，他對自己的腳程並非沒有自信，只要好好訓練，十公里只是小事一樁。再次想到也許沒有必要從一開始就放棄。

❖

冬日晴朗、舒爽的星期六，八王子署的北見坐在以前撿貓的公園長椅上，看著孩子們奔跑。與美佳約好十一點，還有十五分鐘左右。這幾天他都在陰暗的搜查總部守著，難得的假期，連坐在長椅上曬太陽都感到新鮮。

之所以守在搜查總部，可惜並不是因為掌握到山神一也的行蹤。而是去年夏天播出的公開搜查節目，明天將播出第二集。為了提供所需資料，趕著做最後準備。

第一集播出後，山神女裝的合成照片引起廣大迴響，儘管從播放時就有相當多人提供情報，但最後還是無法追查到山神的蹤跡。就通緝照片來說，後來接到大阪梅田美容診所的通報，公開了山神雙眼皮的照片，但此時少了電視宣傳，再加上上次女裝照片的衝擊還很強烈，所以民間對這張照片的印象不大。

播出時間是明天星期天晚上，結束後也還得守在搜查總部，所以，這個週六成了難得輪空的休假。

正當他閒閒的看著孩子們溜滑梯時，美佳走進了公園。北見站起來舉起手，美佳看到他，便跑著邊把米色圍巾從脖子摘下來。

「我訂了兩點十分那一場。」北見說。

可能因為摘下了圍巾，一條細鍊彷彿從白衫領口處沿著鎖骨鼓起來。

「新宿的電影院嗎？」

「嗯，我想要不要先去吃個午飯。」

「你想吃什麼？」

「天婦羅怎麼樣？」

美佳對北見的提議含笑點頭，往車站方向走去。

用簡訊討論的結果，兩人決定去看《少年PI的奇幻漂流》，描述少年和老虎在船遇難後漂流的故事。

「貓咪怎麼樣了？」

往車站的路上，美佳與他隔著一點距離走著。聽她這麼問，北見答道：「今天早上飼料都吃了。」

前天晚上，為了整理資料沒有回家睡覺，那天美佳也到宿舍來了，但是盤子裡的飼料幾乎都沒動，所以她有些擔心。

「該為牠取個名字了吧。」

默默走了一陣，美佳突然開了口。

「取了名字，就會有感情了。」

北見的回答與以往一樣，「你對牠還沒有感情嗎？」美佳露出有點悲傷的笑容。

之後在新宿看了《少年PI的奇幻漂流》，讓北見的心情有些五味雜陳。少年和一隻老虎的漂流，把它當成奇幻故事就行了，但北見彷彿自己也實際漂流了一番，體會到絕對孤獨的滋味。聽到美佳問他：「很好看喔？」他連笑容都扮不出來。

還不到五點，吃晚飯還早。新宿街頭的混雜人潮，和電影中少年漂流的大海交疊在一起，北見有種悶悶的感覺。

「去不去賓館？」北見提議。美佳沒有回答，但跟在他後面走過北見經過的平交道。

他們進了一家之前去過一次的賓館，被安排的房間也和先前一樣。

「跟上次同一間？」

美佳也察覺到了，走去打開窗簾。北見抓住她的手說：「別開窗。」

美佳似想逃開緊閉的窗口般，走向浴室。但是北見不放開她的手。

「我們要一直這樣交往下去嗎？」北見說。

美佳沒有回答。

「……偶爾這樣見面，這樣走進相同的賓館房間，像這樣只是……。很煎熬啊。每次見面，都很煎熬。跟一個一無所知的對象交往，很痛苦。」

「你不是說這樣可以嗎？你不是答應我，可以這樣交往下去嗎？」

「嗯，我知道。」

「對不起，這樣就行了。這樣就行。」

美佳想從北見手中掙脫出來。

北見放開美佳的手。

❖

星期天早上下了一場大雨，還好中午以前雨就停了。到了下午，愛子兩人按照預定計畫，把自己的行李搬到公寓新居去。下雨天搬家特別費事，結果所有行李就定位時，太陽都下山了。

明日香讀小學的兒子大吾也來幫忙搬家。洋平自己雖然沒動手幫忙搬行李，但是也趁這個機會大掃除一番。

少了愛子的物品，家裡多少會有點冷清吧，不過就如愛子所說「我只帶必要的東西去」，儘管洋平拿出幹勁來大掃除，家中卻幾乎沒什麼變化。

愛子說想在今天之內把所有箱子拆封，所以她和田代倆就直接留在公寓，洋平帶了辛苦一天的大吾去吃晚飯。不過，雖然他提議「要不要叫份頂級的壽司來吃」，漁港長大的大吾似乎吃膩了壽司，竟然堅持「叫壽司不如吃披薩吧。」

洋平叫大吾先去洗澡，打算自己也洗了之後，開罐冰啤酒來喝。沒想到大吾洗到一半，披薩就送到了。披薩冷了就不好吃，所以只好帶著一身灰塵跟洗完澡的大吾一起享用。

「愛子姐和田代哥以後會結婚嗎？他們什麼時候會生小寶寶啊？」

下巴沾著番茄醬，大吾耍起嘴皮子。

「那種事現在怎麼可能知道。」

「為什麼？他們不生小寶寶嗎？」

「難說啦……」

「我喜歡男孩子。我可以教他足球。」

大吾天真的想法，令洋平驀然想到自己也許有機會抱到孫子。

「快，也把沙拉吃了吧。」

洋平把容器雖大，份量卻只有一點點的沙拉盒蓋打開。

「你媽今天工作到幾點？」

「她要加班，所以是九點。」

瞄了一眼時鐘，快六點半了。洋平習慣性的打開電視，經常播出的公開搜查節目正要開始。

大吾切了一塊新披薩，又開始大快朵頤。

「大吾，今天在這裡住一晚吧？」洋平問。「嗯，好啊。」大吾順口答道。

「哦，真難得。」

「因為媽媽說愛子姐搬出去之後，叔公會很寂寞，所以叫我偶爾在這兒住嘛……啊，可是今天不行，我跟媽媽約好要打電動。明天呢？明天可以的話，我放學就直接過來。」

他絕不是因為寂寞才留大吾在這兒住的。不過心情全被明日香看透，自己也只能苦笑。

「哇！嚇死人了。」

就在這時，大吾突然大叫起來。

「怎麼了？」洋平趕緊問道。「我還以為田代哥上電視了。」大吾指著電視。洋平回頭，畫面中出現殺人犯的通緝照片，好像是發生在前年吧，那個八王子夫妻凶殺案的嫌疑犯。記得這個凶嫌的女裝照以前登出來過，洋平對那個衝擊記憶猶新。

「田代哥？」洋平問。

「嗯，乍看有點像。」

大吾用油油的手拿起杯子，咕嚕咕嚕的喝著可樂。那個人據說是整形後逃亡。畫面上播出整形後的通緝照片，有數張改變了髮形、體形的不同照片。

洋平盯著電視，大吾告訴他：「剛才短髮的那張照片最像。」

「可是田代的頭髮沒那麼短啊。」

「是沒錯。足球練習時，他會把毛巾纏在頭上，照片很像那時候的田代哥。」

洋平等著電視會不會重新播出那張照片，但最後還是沒有登出來。節目才剛開始，現在做整集的節目簡介，所以立刻轉移到下一個案件了。

洋平的目光轉向大吾。大吾似乎已經失去興趣，一臉認真的問：「叔公，冰淇淋可以跟披薩一起吃嗎？」洋平笑道：「可以啊，什麼都可以，愛吃就吃吧。」

大吾馬上從冰箱拿出冰淇淋，順便咬了另一隻手上的披薩。

◈

「哎，累死了。一直坐在車上也這麼累。」

走進房間，優馬倒在床上。直人憋了好久的尿，直接往廁所衝。

「……富士山確實很美，而且靈園廣闊的環境十分舒適。難怪沒辦法隨時前往。雖然窄了點，但也許還是都內的墓地比較好。」

優馬這話是打算跟直人說的，但是廁所裡沒有回應。

今天星期天，優馬按照預定計畫去參觀可以遠眺御殿場富士山的靈園。最初只打算和直人兩個人去。但後來哥嫂兩人也有意加入，這麼一來，兄嫂夫妻加上姪女花音，總共五個人坐上哥哥的車一起去參觀。

從都內出發時還在下雨，但從高速公路下來，雨已經停了。到達靈園時，雲中已看得見藍天。

實際上，在園中的位置可以將富士山一覽無遺，平緩的坡地林立著一排排新的墓碑，修剪細緻的草坪十分優美，但路途中稍微遇到塞車，優馬一家紛紛吐露出「掃墓時會很遠哦」的感想。

由於難得來一趟，所以參觀完之後，又順道前往箱根，在無旅宿的溫泉設施休息片刻。因為帶著花音，所以兄嫂去的是全家浴池；而優馬和直人去的露天浴池，可以看得見富士山，心情又轉變為「也好，若是每個月一次掃墓兼泡溫泉也還不壞。」泡完澡去米其林星級的休閒飯店吃法國菜，然後又一路塞車回到都內。現在想想，還是覺得每月忌日*來一趟實在太遠了。

「我去超商一下。」直人從廁所出來時說。因此優馬託他：「啊，幫我買個飯糰，除了梅乾口味都行。」最近吃了法國菜或義大利菜之後，無來由的想吃米飯。因為這樣，好不容易鍛鍊的腹肌又開始長肉了。

＊忌日：除死者忌日之外，一年其他十一個月與忌日同一天的日子。

直人出去後，優馬用遙控器打開電視。正在播出公開搜查的節目，許多女接線生正接受觀眾打進來的電話。他切換其他頻道，但也沒有有趣的節目，結果還是轉回這台，把遙控器放下。

現在這一節似乎正在追查電話詐騙的嫌犯，電視上放映出一個五十歲男子站在ＡＴＭ前的照片。

優馬從床上下來，走到廚房煮水想喝杯茶。這時，他突然想起友香的話。

「直人說，他差不多該找份工作了。」

在無旅宿溫泉設施的休息室裡，剛好只有他和友香在座時，友香告訴他的。聽說是在高速公路休息站，優馬一個人去上廁所時，直人在車上說的。最先是哥哥很單純的問他「直人，你還沒有工作嗎？」於是直人說起自己該找工作的事，以及以前因為前一份工作搞壞了身體，所以才辭職。友香說從他說話的口氣，「並不像是大病的感覺」。

水滾了，優馬關了瓦斯爐的火。電視上播到下一個單元，報導前年八王子發生的殺人案，也就是之前曾經公開女裝通緝照的那個。還記得接到母親病危消息時，他在大阪飯店裡有看到這案子的相關報導。

就在把熱水沖到小茶壺的剎那，手一時停了下來。播報凶嫌特徵的主播說「而且，右臉頰有三顆排成一排的痣」。

優馬「唔？」了一聲，走回電視前。凶嫌經過整形，成了雙眼皮，畫面打出用電腦合成製作的通緝照片。

忘了什麼時候，母親在病房裡曾對直人說「你右臉頰有一排痣呢。」他想起直人回答「聽說右臉頰有痣不太好？」的表情。

優馬坐到電視正前方，看著通緝照片。要說像不像直人，其實不太像。只是臉型並非完全不同。這時，大門有了開鎖的聲音，優馬莫名緊張起來。他想找遙控器換頻道，可是剛才還拿在手上的東西，現在卻找不到了，只好臨時把電視電源關掉。

「我回來了。吶，飯糰，現在吃嗎？」

直人問。「嗯，好。」優馬一答，直人即從超商塑膠袋裡拿出飯糰朝他丟來。接過來一看，是柴魚片飯糰。

「你這是要泡茶？」

拿起剛才只裝了茶葉的茶壺，直人問道。

「嗯，是啊。對了，之前我媽是不是跟你說過臉上的痣？」優馬問。

看到電視時的震撼還沒消退，聲音有點發抖。

「有啊，你是說這個痣嗎？」

直人摸摸右臉，背過身去將熱水倒進茶壺。

雖然他也不認為直人就是那個通緝犯，可是下面的話就是說不出口。優馬用力嚥了一口口水。

「你啊……你不會是殺人犯吧？」

勉強擠出來的聲音，雖不是刻意製造效果，但聽起來卻頗像開玩笑。

「嗄？」

直人轉過來，愕然的表情和聲音瞬間化解了緊張。

「沒啦。剛才電視在播公開搜查的節目。他們說那個殺人犯右臉頰有三個直排的痣。」

這次沒有勉強，笑意自然浮上臉頰。

「所以，我就成了殺人犯？」

直人鼻子發出嗤笑，彷彿感到無比荒謬。他搖著茶壺轉起來。

「我也想不可能嘛。」

自己的窮緊張顯得更加可笑。

「富士山真的很美。」

直人改變話題，所以優馬也附和道：「可是，還是太遠了。」

「遠是遠了點。可是，能夠埋葬在那種地方，就算死了也不錯。」直人深有感觸的說。

「你那麼喜歡啊？」

直人在兩個茶杯倒了茶，走進房間。優馬接過杯子，啜了一口熱茶。

「你上次不是問我，要不要葬在一起嗎？若是合葬有困難，也許可以葬在旁邊。」

直人似乎認真考慮過了。但這麼久遠的事，現在說起來也很不真實。優馬隨口答道：「好啊。」

◈

公開搜查節目九點結束。最後，洋平沒去洗澡，把整個節目看完了。吃完披薩的大吾，要在這裡待到九點母親下班，從剛才就一個人玩著電動。即便八王子殺人案的單元開始，重新映出凶嫌通緝照片時，他也不再有興趣了。

洋平認真的聽完案情概要，任何時代都有慘案，然而，這個案子除了殘忍二字，沒有其他字眼可以形容。凶嫌的通緝照片刊出了很多次，但洋平只對大吾說了一次：「這個人像田代哥哥嗎？」大吾在玩電動，只用側眼瞥了一下電視說：「仔細看的話，並不像。」

說實話，洋平也不覺得這張通緝照片中的嫌犯像田代。但是這名嫌犯整過形，而且犯案至今經過了一年半，現在他變成什麼模樣，沒有人知道。話雖如此，若問這個凶嫌與田代是否為同一人，洋平並不這麼認為。再說，越是了解這個案子的殘忍和對世人造成的衝擊，他越是無法將幾小時前從愛了房間把紙箱搬出來的田代與這案子連在一起。

然而，他沒有關掉電視，是因為田代不是一般人。田代雖說是受害者，但卻也是使用化名在生活的人。

「我想回家了。」

聽到大吾叫他，洋平才從思緒回到現實。

「叔公送你回去。」

洋平關掉電視，對披上外套走向大門口的大吾問道：「田代哥很會踢足球？」「嗯，很厲害哦。」大吾回道。

「你喜歡田代哥嗎？」

「為什麼這樣問？」

「那你覺得他是好人，還是壞人？」

「為什麼要這樣問呢？」

大吾沒有心機，很認真的這麼問道。也許孩子的眼睛能看到真實吧。

「他是好人啊，變成親戚也行。」

大吾似乎搞錯了意思，粗聲粗氣的回答後，走出大門。

把大吾送回家後，洋平不知不覺往愛子的公寓走去。商店已經打烊，他穿過月台上空無一人、只有明亮燈光照耀的車站。雖然離港口還有一段距離，不過靜心傾聽的話，還能聽到微弱的潮聲。走到大街上，轎車或卡車加快油門超趕過去，每當車子從身旁經過，冷風便打在洋平臉上。

四周圍沒有建築，即使從遠處便能一眼看到愛子的公寓。一、二樓合計六戶的公寓窗口，燈火通明。

等待一輛大型卡車經過後，洋平過了馬路。走上平緩的斜坡，便看得到臨路而建的公寓院子。雖有車輛往來，但行人極稀，所以一樓的三戶都沒有拉上窗簾，屋內一覽無遺。最靠前面的屋子裡，上次打過招呼的太太站在廚房，年輕爸爸和小女兒坐在沙發上看電視。

正中間是愛子和田代的房間。屋裡還堆著紙箱，但可以看到愛子和田代在餐桌前吃飯。洋平祈禱般閉上眼睛，然後再次睜開。不自覺吐出「拜託」兩個字。

田代在吃拉麵。

公開搜查節目中報導了八王子殺人案的凶嫌特徵。整形前是目光銳利的丹鳳眼，右臉頰有三個成直線排列的痣，還有就是左撇子。

不知道自己注視了多久，回過神來時，洋平已跪倒在地。他攀著欄杆，使勁想站起來，卻力不從心。

明亮的屋子裡，田代正大口大口的吸著拉麵。他的左手拿著筷子。

「左撇子的人到處都是。」

他這麼對自己說。但同時，他還得像這樣，再視而不見幾次才能放心呢？不管什麼原因，使用化名，逃避追債者的人是田代。當然，他並不當真認為田代是通緝殺人犯，只是，他不知道未來還要像這樣再視而不見幾次，才能確定愛子能得到幸福。

節目的迴響超出預期。可能因為增加了通緝照片，印象更加普及了。節目播出到結束後，搜

查總部的電話鈴聲一直沒有停過。

當然，和以前一樣，民眾提供的情報大多與山神一也沒有直接關係，但是就量而言也不可小覷。所以即使是「好像看到相像的人」、「記得是在春天時候」等模糊不清的訊息，只要兩件、三件、四件的增加，自然而然就能鎖定地點。

播映結束過了三個小時，大約到了凌晨零點左右，電話聲暫時平靜下來。結束電話接聽的電視台送來了資料，抱著熬通宵準備的北見等搜查員也來到了重大時刻。

「情報都有按照地區分好，所以請各班按剛才叮囑過的，依照時期來整理。」

北見做出指示，著手處理自己負責的北陸地區資料。只是這個地區送來的情報少，而且，目擊時間和地點多沒有交集。

一個地區結束，再幫忙情報量較多的其他地區，整理中也有些資料讓人忍不住想高喊「有了！」但是按照規定，必須全盤整理完後再經過審議，所以，所有搜查員全都默不吭聲的持續作業。

沉默作業中，大家也會互相傳遞有用的情報。像去年一月開始，有個狀似山神的人在琦玉縣西部的營造公司工作，好幾個同事都作證表示「他長得很像」。

整理完大量的資訊已是深夜三點多。宣布暫時休息一下、十五分鐘後集合的指示後，北見在搜查總部的廉價沙發上坐了下來。

「琦玉縣的營造公司，如果是去年一月到三月，那就是案發的半年後，已經整形了吧。」

回過頭，他的主管南條嘴裡啣著仙貝站著不動。北見趕緊站起來答道：「是的，他住在宿舍，後來房間空了，也許能採集到指紋。」

十五分鐘休息後開始的會議中，營造公司老闆提供的情報果然最先被拿出來討論。對方在節目一結束就打電話給電視台，情報的可信度極高，而且很具體，所以電視台立刻將電話交給搜查總部的聯絡官，聽取相關細節。

「該營造公司叫做向井建設，所在地是琦玉縣東松山市。情報提供者為董事長向井正雄，五十七歲。被懷疑為山神一也的人自稱小林賢二，在該營造公司工作的期間為二〇一二年一月十一日到三月五日，約兩個月。他是看到當地報紙登出的廣告前來應徵工作員。當時他帶來的履歷表，晚一點可以查證。」

根據報告，該小林男子的工作態度良好，住在公司後面的單身宿舍。與別人相處上雖然稱不上和睦，但到了假日，如果同事相邀，他也會到附近的娛樂場所玩撞球。不過，下班回家從來不去喝酒。某同事證實，該小林男子領到以現金支付的週薪之後，就把鈔票放在厚厚的皮夾中，然後用布包起來綁在腰際，隨身攜帶。

「平日不苟言笑，也不會油嘴滑舌，是那種漸漸成為同事的人。」

這是老闆和年輕同事們對小林的印象，事實上他們對經常獨來獨往的小林，有什麼事都會招呼他。順道一提，那段期間正好有位同事舉行婚禮，這位小林也受邀去喝喜酒，還跟同事們一起表演了餘興節目。

「……不過，經過兩個多月，三月五日那天深夜，這個小林在宿舍內大吵大鬧。細節還必須前往現場進一步詢問。總之他在宿舍裡突然發狂，然後便消失蹤影，此後便沒有聯絡了。據社長所說，在他鬧事之前，並沒有跟同事發生過糾紛，所以這部分還必須詳細調查。」

向井建設位於琦玉縣東松山車站五公里以北的位置，附近有個知名的高爾夫球場，四周保留了廣闊的農地。

沿著大馬路零星搭建了工場等建築，而向井建設就位在一角。原本它只是透天厝的營建承包商，通報人的父親擴大經營後成為現在的建設公司。最近聽說他們要在這一帶興建大型集合住宅，目前主要處理大樓內部的隔間牆。

向井建設公司所在地是一棟三層大樓，十分氣派。以五十名員工來說，看起來有點過大。

北見的車開進停車場後，一位貌似老闆的男子，和三名年輕員工已在等候。北見和同事才剛下車，四人就趨前過來，彷彿有滿腹的話想說。

彼此簡單的自我介紹後，北見迅速進入主題。在他簡短整理昨天晚上的訊息時，老闆和員工已經迫不急待的點頭說：「是的，沒錯。」

北見與前往確認輪值表和履歷的搜查員兵分兩路，在老闆的引導下，走向公司後面的宿舍。路上，老闆也彷彿急不可待的問：「那傢伙果然是山神一也吧？」

跟著老闆去到的宿舍，是兩層樓的組合式建築。一樓備有一個小食堂和澡堂。單人式的房間一樓有三間，二樓有八間。而小林就住在二樓三號。

「小林住過的房間，後來一直閒置著。很慚愧，連打掃都沒掃。所以，調查一下，說不定能找到指紋之類的跡證。」

社長說了這話，和年輕員工互相點頭確認。

上了二樓，從走廊的窗口可以看到陽光下的農地。三號的門沒上鎖，老闆幫忙開了門說：

「就是這裡。」

這個房間有種難以形容的奇妙感覺。除了鋪了薄墊的鐵管床之外，家徒四壁。牆壁、地板和窗戶貧乏單調，只有床墊的花紋顯得活潑生動。

「那個叫小林的人離職的時候說了什麼話，能不能詳細的告訴我？昨天在電話中，聽說他還引起了一點小麻煩？」

北見站在走廊如此問道。

「哎，早知道應該去報警就好了，我也跟這幾個小子討論過。不過如果小林真是那個凶手，真的應該去報警的。」

說完長長的前言之後，據老闆的描述，那天晚上小林突然在宿舍發狂。

「大概是十二點前吧，突然從這個房間傳出一聲尖叫，隨後他衝到走廊上，對吧？是十二點前吧？」

老闆向年輕員工確認後繼續往下說。

「……他從這房間衝出來，呃，那邊二〇一室，就是這傢伙，他是舍長，叫做永倉。」

老闆身邊的年輕人一直低垂著頭，好像不久前幹了什麼壞事似的。

「……他突然衝進這傢伙的房間，而且拿著一根球棒。」

「球棒？」

「對，木製的。工人們有時候會在那邊的廣場上打棒球。」

「也就是說，這個叫小林的人拿了球棒過來打人嗎？」

「是，是的。」永倉這位舍長接著話說下去。

「總之，他突然大喊一聲，然後就走進來打我了。我已經睡著了。第一棒打在我的大腿上，我立即躲進牆壁和床的縫隙間。早知道躲在床底下就沒事了。」

小林後來也怪吼怪叫的胡亂揮舞著球棒，衝出房間。接著跑到一樓，依序把一樓的房間門亂敲一通。不過，這時候，其他工人們聽到聲音全都聚集過來。

「大家不知道到底發生了什麼事，所以把他團團圍住，叫他『冷靜一點、冷靜一點』可是小林那傢伙被圍住之後，變得異常激動，不分青紅皂白的揣起球棒，亂揮亂打。」

描述的口吻雖然輕描淡寫，但是一群年輕力壯的男人都不敢靠近，當場的氣氛應該很緊張。最後，小林打破玻璃窗，撞傷了兩個想阻止他的同事的手腕和肩膀，然後又怪吼怪叫的跑回二樓，逃回自己的房間。情緒激昂的永倉等人踢著他的門大叫：「給我出來！」但是裡面沒有反應。他們把門踢破，小林已經從二樓的窗口逃走了。

聽著永倉的敘述，北見心裡莫名的忐忑起來。

山神現在還能持續逃亡，肯定是有人在幫助他。總有一天，他又會像這樣發狂，到時候，他一定會傷害那些人。

北見臉色蒼白，但永倉等人仍然繼續說著。

「在電話裡忘了提，他的特徵也完全吻合。左撇子，右臉頰有三顆痣。」

北見忍不住吞了一口口水。

「……哦不，雖然是三顆，可是其中一顆有刮掉的痕跡，現在只剩兩顆。對吧？那個，是他自己刮掉的吧？」

老闆問年輕的員工，他們一齊點頭。

北見想像著刮掉痣後留下的疤，再次確認：「總之，他從二樓窗口逃走，此後就行蹤不明了，對吧？」

「那個人的隨身物品，說起來也只有一個背包。他把背包從二樓窗口丟出去。後來，我打電話給老闆，請他過來。是吧？」

這次換成老闆接下永倉的話說：

「對，反正，我先安撫這些小伙子的情緒，一方面也不知道他到底出了什麼事，而且大家也只是皮肉傷。我們想，他第二天早上自己反省之後，就會回來了吧……」

「所以，才沒去報警？」北見問。

「是，是的。」

「可是……」

永倉似乎還有話沒說完，插進來說道：

「……我們這兒全都是男性。大家都是開誠布公的，就像一家人的感覺，而且所有夥伴都很關心那傢伙。真的發生得太突然了。那傢伙是英國超級聯賽的超級球迷，每天都在休閒區的電視看到很晚，就算早上很辛苦也沒有怨言。前一天晚上，他也是像平常那樣看了球賽。所以怎麼會突然發狂呢？我們真的搞不懂。」

永倉似乎到現在也無法理解似的歪著頭。

此時，無線電告知「鑑識科的人到了」。北見為了暫時轉移陣地，繼續問話，便與老闆等人一起到辦公室大樓去。

不管有什麼苦衷，還是無法理解小林為什麼突然要用球棒毆打同事。不過，永倉「就像一家人的感覺」、「所有夥伴都很關心那傢伙」這兩句話一直縈繞在耳際。

這天晚上，鑑識的結果出來了。從向井建設這位小林賢二的房間驗出的指紋，與八王子案嫌犯山神一也的指紋完全吻合。

❖

開始練跑之後，島的景色在辰哉的眼中完全改變了。從往岬角下坡馬路所看到的海，吹過原生椰子林的風、自己在柏油路白線上晃動的身影，還有自己劇烈搏動的身體與這波留間島融為一體的感覺，與走路不同，與坐在父親的車上不同。勉強比喻的話，像是搭小船渡海的感覺。對，很像坐在小船上切入風中的感覺，只是前進的不是大海，而是陸地。

最近，只要學校的課一結束，辰哉不再像從前那樣，和同學踢足球打發時間，而是換上運動服，背了塞滿制服和課本的書包，開始往外跑。每天的路線都一樣，從學校後門出去，從養羊的牧場繞上一圈，穿過原生椰子林，然後繼續切到沿海道路。沿海路旁零星設立的觀光設施，是參觀榕樹的觀光船行程所到之處。但幾乎沒有人在路上走，到了這裡，呼吸有點喘不上來。不過，他可以不用顧慮任何人，練習不久前在運動雜誌上看到的「呼、呼、哈、哈」呼吸法。過了通往岬角的長下坡之後，轉彎到縣道來到沙灘。入口有幾個賣星星沙的小攤販，但是再往前走，就是狹窄的白沙灘。當然，沙踩起來相當吃力，不過這是整條路線中辰哉最喜歡的一段。之後離開沙灘，腳步瞬時輕快起來。踩過沙之後的腳，回到硬地後十分舒服，彷彿這個島也在為自己的奔跑加油助威一般。

練跑的時候，他就可以把泉的事拋開。從那次之後，泉總是躲在若菜後面，看起來越來越畏縮，那姿態令辰哉感到心痛。就因為如此，他一直思考著，自己可以為她做些什麼。就算明知自己做不到，也在拚命思考。然而，像這樣練跑的話，他就不會再鑽牛角尖了。不對，錯了，不管跑得再怎麼氣喘，還是會想到泉的遭遇。只是，只有在跑步時，他會有個錯覺，彷彿自己有能力解救泉的困境。

這天，辰哉跑完固定的路線，回到自己家門前時，幾乎累到快倒斃了，宛如熱毛巾從頭頂蓋下來的感覺。他兩手撐住膝蓋，用全身的力氣調整呼吸，接著往後院走去想喝點水。突然，從玄關丟出旅行包來，砰的在地面揚起了塵埃。

辰哉吃驚的站定，接著又有行李箱被粗暴的丟出來，咚的一聲壓在前一個旅行包上。

辰哉往玄關探頭查看，不知出了什麼事。但走出來的人竟然是田中。他沒想到有人在門外，一看到辰哉擋在門邊，嚇得全身一震。

「你不能這樣！這是客人的行李欸！」辰哉劈頭就是一陣責備。

「對不起，我的手有點痛。」

田中的藉口一聽就知道在說謊。

「不可以做這種事啦……」

辰哉察覺自己的眼神太過冷酷，於是把聲調放低。

「我爸爸他們呢？」

改變話題後，田中有點戰戰兢兢的回答：

「他去接榕樹遊覽船的客人了。老闆娘去買東西。」

說得簡單點，就是因為沒人在，所以對客人的行李才這麼粗魯。辰哉隱約感覺看到了什麼不該看的東西，嘴裡只是不住的叨念：「反正，不行就是不行。」

尷尬的沉默持續著。田中低著頭不知是不是在反省。辰哉感到不太自在，想轉個話題。田中的右臉頰有上下兩顆痣，上方還有個小傷口。那裡的疤痕一曬到太陽就會閃閃發光。所以辰哉顧左右的問道：「你臉上的傷是怎麼回事？」

田中把傷口摀住：「青春痘。年輕的時候擠青春痘。」不知為何神色有點慌張。

傷痕雖然小，但肉卻在抽動，怎麼看都不像是痘疤。

再次陷入沉默，辰哉難以按捺的走向後院，打開水龍頭喝水。

剛才拋丟行李的方法並不是嫌麻煩的感覺，很明顯是惡意的。

他突然閃過一個念頭，也許田中在這裡的生活並不如外表顯現得那麼樂在其中。

辰哉把頭伸到水龍頭下，淋濕頭髮後立起身，田中就站在一旁，把脖子上的毛巾交給他。辰哉順手接下：「哦，謝謝。」

「其實，我自己也很心煩。我遇到一件無可奈何的事，心裡很懊惱。所以不自覺的就拿客人的行李出氣了。不好意思。」

「可是，不能做的事就是不能做。」

「……對不起。」

田中的表情更憂鬱了，不禁懷疑年紀都老大不小的男人，該不會要哭了吧？辰哉心想自己也許說得太過分便問：「你說什麼事無可奈何？」

田中欲說還休，十分苦惱的樣子。他抬起頭想說，又立刻低下頭。

「……我其實……是知道的。小泉發生的事。在那霸的時候。」

辰哉不禁嚥了一口口水。他用力握住毛巾，可是因為太柔軟而沒有觸感。

「你說你知道……」

田中不像在說謊。但是他不懂為什麼田中會知道這件事。

兩腿突然沒了力氣，辰哉不由得伸手扶住牆，但即使如此還是支撐不住，就這麼蹲了下去。

「那天晚上，跟你們分別之後，我本來打算回租屋去。可是，我想到以前去過的夜店在辦活動……那個夜店就在公園附近。」

霎時，那天晚上的事又重新浮現眼前。公園的情景也歷歷在目。辰哉無法抬起頭，只能定定的望著地面。黑螞蟻努力想搬運一隻蟲的屍骸，那隻蟲比牠的身體大幾十倍，牠怎麼頂怎麼推，還是不動如山。

「……我走到公園前面的時候，看到公園裡有兩個美軍壓制住一個女孩。說實話，我非常害怕，兩腿發抖，一步都走不出去。只是，我發現了那個女孩就是小泉。我其實應該上前去幫她的，絕對應該去的。可是，兩隻腳卻動不了。然後，那些壞蛋把小泉的衣服……我開始發瘋似的狂叫。我想我叫的是『波麗士！波麗士！』那些壞蛋聽到我的聲音就逃走了。我應該立刻跑到小泉身邊，可是不知為何，我跑去追那兩個人了。我想，絕對不能讓他們逃掉。我也不知道自己為什麼會那麼想。總之，不顧一切的追著那兩個逃走的傢伙……他們很快攔了一部計程車坐進去，我也立刻搭上後面的計程車。那兩個人的車開進軍營裡，到那時，我才想到現在不是追人的時候，我得回到小泉身邊去。後來回到公園，你已經來了，我聽到小泉的聲音在說『不要跟別人說！』一次又一次的說著『不要跟別人說！』我說什麼也走不進去公園。無論如何……」

最後，地面的螞蟻放棄、離開了。只剩大蟲的屍骸留在那裡。

田中告白完經過了不知多久，聽著他的話時，辰哉只是一直重複的說著一句話。

為什麼……？

為什麼不能立刻幫助泉？為什麼把泉丟在公園自己離開？為什麼明明知道，卻隱瞞到現在……為什麼那天晚上會遇到你？為什麼我要帶泉去那霸？為什麼我要喜歡泉？為什麼？為什麼？

「上次辰哉在房間裡跟我說過認識的朋友遇到那種事，你說的就是小泉吧？那時候，我拚命忍住，裝出不知道的樣子。」

辰哉猛地站起來。

「我沒有對任何人說。」

辰哉突如其來的蹦出這句話。而站在面前的田中說：「我也不會告訴任何人，以後再也不提起這事。」

只是，這樣做就行了嗎？他不知道。這樣就能救得了泉嗎？他也不知道。

「……我不能做點什麼嗎？為小泉做點什麼……」

淚水終於湧了上來。辰哉低下頭，不想讓田中看到。滴下的淚落到地面。

「就憑我們兩人，一定能為小泉做點什麼事的。」

田中緊緊抓住他的肩膀。

「小泉變得好小好小。從那件事之後，小泉在學校裡總是勉強自己笑著，身體卻變得越來越小。那天，如果我不找她去……」

「不是你的錯。」

田中搖晃他的肩頭時，辰哉怒吼道：「那你告訴我，我們能幫小泉做什麼？你告訴我啊！」以前不能對別人言明，一直藏在心頭的話，終於一口氣爆發出來。辰哉只想讓人聽見他心裡的話。

「最近，我看你跟我一起看足球賽，每天練跑，打算參加馬拉松大賽，老實說，放心了不少。當然，你還是不能忘記那件事，可是心情上也許平靜了一點吧。」

聽著田中的話，辰哉胡亂擦掉臉上的淚。

「我就算看著足球賽，心裡也在想著那件事。但是如果我在家裡或學校一直苦著臉，很可能會被人注意到。所以我一直努力裝出平常的樣子，馬拉松大賽也是……」

說著，眼淚又浮起來。

從田中的肩頭，他看到父親載客的小客車回來了。

他提醒田中「我爸回來了」，田中立刻換了一副表情，回到大門前。辰哉則又轉開水龍頭洗臉。

腳邊那隻昆蟲正在移動，不知不覺間，來了無數的螞蟻在搬運那隻蟲。

◇

星期天看過公開搜查節目已經過了三天。經由向那個節目通報的訊息，已經確知凶手在犯案後，曾在埼玉的營建公司過了一段寄宿生活。這兩天，不論哪個談話性節目都邀請該公司的老闆和員工上鏡，描述凶嫌當時的狀況。甚至還有電視台把它拍成模擬電視劇。今天中午休息時間，漁會辦公室的電視也在播放談話節目。洋平立刻把目光轉向電視，但田代背對電視，默默的整理上午交託給他的資料。

如果田代是凶手的話，他不可能泰然自若的待在播放這種節目的地方。據說凶手右臉頰有三顆直排的痣，其中一顆，他自己挖掉了。當然，田代既沒有痣，也沒有挖掉的疤痕。只是，雖然白天心裡這麼想，晚上回到一個人的家，鑽進冷冰冰的被窩時，就會忍不住想到「不過，會不會經過那麼久之後，疤痕痊癒了呢？剩下的兩顆痣會不會也挖掉了呢？」於是，他就開始坐立不安，想像著自己去解救與殺人犯共同生活的愛子的模樣。轉瞬間，那張臉變成一臉驚恐來迎接自己的愛子，於是他再次告訴自己「田代不可能是凶手」，霎時渾身無力。到頭來，自己不信任的人不是田代，而是自己的女兒啊，洋平想。自己打從心底認為，自己的女兒不可能得到幸福。

傍晚，走出漁會的洋平沿著寒風刺骨的碼頭，往家的方向邊走邊思索剛才跟田代之間的對話。收拾工作準備回家的田代湊過來，毫無預警的問他：「今天晚上要不要來我家吃飯？」

洋平婉拒了。田代似乎也沒有堅持的意思，低頭說了聲：「那，先告辭了。」便離開了。

洋平往家門前進的腳驀然停下來，轉過身去，無來由的想到明日香家坐坐。當然，他並沒有打算說出田代背負父母的債逃亡，也沒打算談談自己懷疑田代是殺人犯的無聊想法。只是，今天晚上，他不想就這麼直接回到空無一人的家。

明日香家的車庫有車停著。洋平按下電鈴，聽到大吾跑出來的聲音。門開了，大吾抬頭看到洋平，即對裡面的明日香報告：「是洋平叔公！」

洋平拍拍大吾的頭走進屋裡。在吃晚飯的明日香拿著飯杓探頭看。

「怎麼了？」

被明日香這麼一問，洋平含糊不清的答道：「唔？嗯嗯。」

「我們吃完飯了哦。叔叔呢？」

「唔？還沒。」

「吃一點吧？」

洋平彷彿傻了似的，沒聽懂別人問什麼，一味的點頭。明日香似乎誤以為洋平是因為愛子不在，心裡寂寞使然。她拉著洋平坐在餐桌，拿出啤酒，幫他倒進杯子時，忍不住笑出來說：「突然變成孤單一人，很寂寞吧？」

大吾已經吃完飯，拿著電動玩具到二樓去了。洋平喝了一口啤酒，沒頭沒腦的蹦出一句話：「愛子跟田代一起生活了啊。」

明日香心想，生米都煮成熟飯了還說什麼呢？她笑著，把啤酒也倒進了自己的杯子。

「這話你別對愛子說。」洋平說道。來之前，他真的沒打算把田代的來歷和懷疑田代的事說出來。但是管不住自己的嘴，他也沒辦法。他答應了愛子，明知不能說出來，可是他覺得如果說出來的話，明日香一定會告訴他：「別擔心，愛子會得到幸福的。」總之，他想找個人說出來。

「什麼？有什麼事嗎？」

看洋平一直默不吭聲，心急的明日香催促道。

「上個星期天看了電視，」洋平支支吾吾的起了頭。

「電視？」明日香有些納悶。

「沒什麼，我知道是自己胡思亂想。」

「到底是怎麼回事嘛。」

「我的意思是，電視上在報導殺人案的公開搜查，那個凶手的通緝照片哪，唉，當然我知道是我疑神疑鬼啦。只是，那張通緝照片有點像田代……」

「嗄？什麼？」

明日香發出哀嚎般的聲音。

「……你說殺人犯？」

看明日香驚叫，洋平也慌了手腳。

「不是，我只是說他長得像。」

「你怎麼還有閒情逸致說這種話呀。得去報警……，愛子呢？愛子現在在哪兒？」

「你、你冷靜一點。」

洋平按住明日香的肩，讓她別急著站起來。

「田代不可能是兇手吧。」

「可是，如果他不是的話，你幹嘛特地跑來告訴我？」

明日香的話一針見血。事實上，洋平也不知道自己為什麼要來。

「我那天也在電視上看到那個案子，田代右臉頰上有痣嗎？」

「沒有，不過可以消除。」

「那田代是左撇子嗎？」

「對，左撇子。」

洋平冷靜的回答，令明日香方寸大亂。

「既然如此，還是有可能性呀。因為我們對田代這個人完全不了解嘛。他從哪裡來，是什麼樣的人？誰也不知道呀！」

可能腦中閃過愛子吧，明日香站起來說：「不管怎樣，得先通知愛子才行！」

明日香心情越混亂，洋平卻越是冷靜，也更加確定田代果然不可能是殺人犯。他明白自己想說的不是這件事。

「明日香，你能不能答應我，別對任何人說起這件事？」

他想背叛愛子，但又不太說得出口。

「什麼事？快點說嘛。」

「我已經知道了那傢伙從哪裡來，是什麼樣的人。」

明日香既像是鬆了口氣，也像是驚訝，癱軟無力的再坐回椅子裡。

「你知道了？這話什麼意思……」

「總之，你先答應我別告訴任何人。」洋平再次強調。

可能覺得田代不管是什麼樣的人，都比殺人犯強吧。明日香狀甚疲倦的點頭說：「我知道了，答應你就是。」

洋平道出田代在什麼緣由下來到這個鎮。他先說了田代在信州的民宿只工作了幾個月，然後又把從愛子那裡聽到的，父母欠了債、逃亡、化名等的事一五一十的告訴明日香。明日香相當吃驚，但與殺人犯相比，這些事還算容易接受。聽完整個梗概後，明日香嘆了一口氣說：「我離家在外時也遇過那種人。那些人非常惡劣，警察不但不幫助我，還把我的地址洩漏給那些人。」

「你覺得如何？」洋平忍不住問道。違背對愛子的承諾，雖然心裡過意不去，可是，終於把多日來獨自背負的秘密告訴了明日香，心情的輕鬆出乎想像。

「什麼怎麼想？」

「就是田代這個人哪。」

「如果愛子可以接受，我們又有什麼話好說？總之，只要他不是殺人犯，我就……」

「可是，田代的話能照單全收嗎？他會不會自己編出一套……」

「我說叔叔，從剛才開始，你到底想說什麼？本以為你要嚇我說，田代可能是殺人犯。結果又拿出證據說他不是。怎麼現在又說那個證據可能是假的？拜託你別再胡鬧了。」

明日香的責備合情合理，洋平除了道歉，無可辯駁。但是近日來他的心情的確就是隨著這種矛盾的思緒來來去去呀。

「總之，我認為這件事只能向田代本人求證。我去問？」

「不、不用了啦。我來想辦法⋯⋯。總之，今天我們說的話絕對不要跟任何人說。」

「叔叔，你該不會覺得愛子不可能得到幸福吧？」

突然被明日香戳中心事，洋平狼狽不已。

「我不願意相信你這麼想。可是你會不會有偏見，好像喜歡你女兒的，絕不會是正經男人？如果你這麼想，我就要替愛子說『你別把我看扁了！』」

這就是結論。對自己女兒缺乏信心，是一切煩惱的元凶。我也想相信愛子，我也想挺起胸膛說像愛子那樣的好女孩，不可能得不到幸福。

◈

直人說了，「若是合葬有困難，也許可以葬在旁邊吧。」他的神情是認真的。

說的是與兄嫂去參觀可遠眺富士山的那塊墓地。直人說他想葬在那裡，就算不能合葬，旁邊也沒有關係。對了，那天是星期天。

那天參觀的墓地，是個舒適清爽的地方。但是優馬覺得掃墓太遠了。之後，大家一起到無宿溫泉去，在法式餐廳用餐，和直人一起回家。直人要去便利商店，託他買了梅子口味之外的御飯團。然後，吃著直人買回來的柴魚飯糰時，他說「若是合葬有困難，也許可以葬在旁邊吧。」

之後，他們既沒有吵架也沒有細微的齟齬，彼此刷了牙上床，也做了愛。

第二天早上，優馬照常去公司上班。對著優馬「我走嘍」的招呼聲，直人也照常的給予「路上小心」的回應。那天晚上回到家沒看到直人的影子，優馬心想可能出去吃飯，沒放在心上。但是，過了終班電車的時間，直人還是沒回來。這是直人住進這個家之後第一次沒回來睡覺。一時之間，腦中掠過與直人相遇的地點，念頭一起就拂拭不去那種印象，於是氣呼呼的喝了酒睡覺。

可是第二天，直人還是沒回來。他盡量不去思考的完成了當天的工作。即使如此還是放心不下，於是提早回了家，但是直人還是不在，連回來又出去的跡象都沒有。

優馬不知道該從何處開始思考。意外？分手？新歡？種種想像在心頭浮起又消失。然後，他猛地想起一件事。

那是直人說「若是合葬有困難，也許可以葬在旁邊吧」之前的話題。

優馬問他「你……你不會是殺人犯吧。」直人一臉愕然的回過頭問「嗄？」那個表情現在看來有一點點不一樣。

優馬注視著沒有直人的房間。他先回來的話，一定會坐在這個坐墊上，倚著床看電視。他喜歡衛星頻道播出的外國紀錄片。有一次沒錄到昆蟲紀錄影片，錄到的卻是歐洲足球比賽，他失望了好久。優馬不知道用高速攝影機記錄孵化的昆蟲有什麼好玩，但是，有關宇宙形成或南美植物介紹的影物，直人都百看不厭。

凝視著坐墊，優馬突然有個疑問，打開了衣櫃。但是直人的背包果然不在。他把直人一向穿著的灰防風外套拿起來，在這裡生活期間補買的衣服和內衣褲都原封不動的留著。

優馬把外套丟在床上，撲倒似的躺到外套上。正想嘆口氣時，口袋裡的手機響了，連忙拿出來。他直覺是直人打來的，但顯示卻是友香的名字。優馬重新嘆了口氣，接通電話。

「直人有跟你聯絡嗎？」

沒有問候，開門見山的問道。優馬簡短回覆：「沒。」

「是嗎？很擔心吧。」

今天早上，優馬打了電話給友香。自己一個人想破了頭，也想不出直人不回家的原因，因此想到也許前天一起去墓園參觀的友香或大哥會知道點什麼。雖然無憑無據，但他感覺直人會在大哥家裡。因為直人在大哥家時，雖然也和往常一樣沉默寡言，但是看起來比較放鬆。

優馬敘述來龍去脈時，友香開始笑了。可能是優馬刻意帶著玩笑的口氣，友香調侃他：「跟男友才一個晚上沒聯絡，就那麼擔心，優馬，你也變成那種男人啦？」

優馬反駁：「來這兒之後，他從來沒有外宿過。」心裡則咕噥著「只要有我在，他就顯得很幸福的樣子咧。」

「喂喂。」

友香的說話聲又回到耳邊，優馬剛才一時出了神，不知不覺間又凝視起直人常坐的坐墊。

「今天早上我想了很多，去參觀墓地那天，直人還是很正常啊，沒有異樣。但是，萬一他被牽連到什麼意外事故，醫院應該會來聯絡。」

聽到友香的安慰，優馬不覺大聲起來：「我們又不是夫妻，直人就算發生什麼事也不會聯絡我呀！他們怎麼會知道直人跟我住在一起。」但馬上說了：「抱歉。」

短暫沉默之後，正當友香說：「總之明天若沒回來再聯絡。」便要掛了電話時，優馬開了口：「那個，」霎時，他察覺自己差點就要把那件事說出來，荒謬的心情與背脊發涼的感覺同時發生。最後的談話是八王子殺人案。他也想到，也許自己懷疑直人是凶手，那傢伙怕東窗事發，所以逃走了。

「怎麼了？」

「沒有。算了。對不起……唉，一定是那樣，有了新男友之類的。你想想看，那傢伙跟我是在什麼地方認識的？反正我跟他都是會出入那種場所的人……」

「心裡根本不是這麼想的，何必說這種話。」

友香用嚴厲的語氣打斷優馬的自嘲。

「欸，我問你，痣這種東西如果硬生生挖掉的話，還會在同一個位置長出來吧？」

突兀的問題令友香「嗄？」的驚呼一聲，但隨即跟上話題：「……是嗎，真奇妙。可能是色素的問題吧。」

「直人的右臉頰上有三顆痣。如果本來就有三顆，之前削掉一顆，以後還是會再長成三顆吧？」

這話說得語焉不詳，友香擔心的問：「怎麼回事？」

「我覺得，他不是出了意外。那傢伙應該是自己決定離開這裡了。」

優馬一不留神，這句話已經說出口了。

◈

今天，田代在漁會工作以來第一次請假。他自己打了電話來說，感冒了想休息一天。那聲音帶著濃濃的鼻音，似乎很不舒服。「好好休息，」洋平回應後掛了電話。

午休時，愛子照例帶了便當過來。「田代怎麼樣了？」他問。愛子一臉憂心說：「吃了藥在睡覺，不過燒得很厲害。」

「帶他去看醫生吧。」

洋平只是順著話這麼說，但立即想到田代並沒有健保卡，趕緊解釋：「一點小感冒的話，醫院並不會太貴。」

愛子回去後，洋平心情又墜入谷底，連便當都不想碰。他領悟到一個理所當然的道理：即使自己可以睜隻眼閉隻眼，但是用化名過著隱匿逃亡的生活，這個社會可是連一張健保卡都不許他申請。

「辛苦嘍。」

同事突如其來的問候，把盯著田代空桌子發楞的洋平嚇了一跳，趕忙也回應「你也辛苦」。

不知不覺間太陽下山，門口快壞的螢光燈閃爍不定。

洋平還是決定叫愛子帶田代到醫院去，他收拾好桌面，走出漁會。才到門口，眼前停的車向他按喇叭。定眼一瞧，坐在駕駛座的是明日香，她從窗口探出頭對他說：「我在等你。」

「什麼事？」

「你要回家吧？上車吧。」

沒有拒絕的理由，洋平坐進副駕駛座。

「今天我輪休，所以剛才去找愛子談了。」

車子開動的同時，明日香說。

「談了？談什麼？」

洋平從座位跳起來。

「還用問嗎……」

「你該不會是……」

「哎喲，別緊張啦。」

明日香踩住煞車，左右張望一下後開到馬路上。

「聽你說了那麼多，我怎麼可能乖乖的說『是嗎，好吧，我假裝沒聽見』嘛。你想想看，田代也來指導我們大吾踢足球耶。這件事跟我也算有關係。」

明日香強辯似的滔滔不絕說著。洋平擔心女兒會怎麼表態，根本沒把明日香的話聽進去。

「你說你跟愛子談，到底說了什麼。」洋平急催道。

「就是田代的事呀。叔叔不也覺得把話說清楚比較好嗎？」

「所以我才問你，跟愛子怎麼說的。難道你……」

「叔叔，對不起。我坦白跟她說了，叔叔告訴我田代為了什麼緣由使用化名逃亡的事。而且也說了我們擔心他會不會很像電視上那個殺人犯。」

洋平臉色發白，畢竟是父女，以前也都曾爽過約。只是這次的約定跟以前性質不太一樣。

「愛子怎麼說……」

「她也全盤都告訴我了，田代為了什麼苦衷而逃亡。就像叔叔跟我說的一樣。」

明日香的話沒有回答自己的問題。

「……所以，我問愛子這些話有沒有證據？愛子說，她沒有證據，可是田代在信州民宿之前在哪裡工作過，更早之前又在哪裡，她全都知情。說是田代跟她說的。那兩個人對彼此的信任，超出我們的想像。愛子的分寸拿捏得很好。」

車子已經開到洋平家門前。洋平盯著一片漆黑的家沒下車。

「……那個八王子殺人案，是前年夏天發生的對吧。我問愛子，她知不知道田代那時候在哪裡做什麼？她說她知道。因為跟田代約好了，不能說，不過她說她知道得很清楚。」

「所以，愛子怎麼說？」洋平又問。明日香瞪大了眼睛，愕然的答道：「所以，也就是說田代並不是殺人犯啊。」

明日香露出這件事已了結的表情，望著洋平。

洋平問的「愛子怎麼說」，明日香並沒有回答。

愛子對父親違背承諾有什麼感覺？對父親懷疑自己心愛的男人是殺人犯有什麼想法？明日香根本沒有回答他的問題。

「我要回家，不進去了。」

看洋平仍舊坐著不動，明日香只好暗示他該下車了。洋平「唔？哦」的開了車門。

送走明日香的車，走進幽暗的玄關。驀地，他覺得該跟愛子好好談清楚才好。雖然不知道該從何說起。不過現在這時候，他該去找愛子，就算只看著她的臉也好。

洋平鞋還沒脫便又走出玄關。往愛子的公寓走去時，心中暗忖著用探望臥病在床的田代為藉口，勸他去醫院。

冬天的港鎮由風所主掌。海上吹來的寒風鑽進鎮上每一個縫隙，洋平抓緊了大衣的衣領。

從碼頭旁的馬路轉到名存實亡的商店街，朦朧的街燈映照著全已拉下鐵門的各個店家。白天在碼頭邊等魚吃的四、五隻流浪貓，在街燈下相互倚偎。

可能注意力放在貓身上，直到近前，他才發現愛子正站在不遠處。

「愛子？」

一叫她名字，正在看著別處的愛子倏地轉過臉來。愛子站在巡邏亭前面，再走近幾步，洋平才知道愛子盯著看的東西是什麼。

「愛子……」洋平低聲叫道。

愛子在看的是貼在巡邏亭公告欄上的通緝犯照片。好幾張並列的照片中，也包含了山神一也。

愛子望著洋平，默然無語。洋平思潮起伏，只說了一直盤旋在腦中的那句話。

「田代的身體怎麼樣了？」

愛子浮起笑容，宛如現在才認出站在眼前的是自己的父親。

「你……」

洋平的目光轉向公告欄上的照片。愛子的視線也跟隨著轉向它。「別擔心。田代的燒已經退了。他說明天就能去上班。」愛子很快的說。

「生病了就不用硬撐……」

「我是來看照片的。」

愛子突然轉變話題。

「……聽明日香姐說了，我想來看看是不是真的那麼像。」

洋平無話可答。

「其實不像吧？」

再度把目光轉向照片的愛子微微笑著。

「愛子，對不起。我沒遵守約定，爸爸跟明日香……」

「沒問題的啦。田代，他沒問題。」

洋平的道歉被愛子打斷。

「你一直都知道嗎？田代來到這裡之前去了哪裡，做了什麼事？」

「我知道。」

「既然如此……」

寒風颼過大街，把商店街的鐵門吹得嘩啦響。

「爸爸，你還是反對我跟田代在一起嗎？」

「沒，沒這回事。」

「那，是擔心？」

「這是當然……」

「因為是我？」

洋平語塞了。沒等回答，愛子又轉向通緝照片。

「那些被殺的人好可憐。因為他們又沒有做壞事。」

公告板上並沒有刊登事件的內容，愛子是自己去查的。在這寒夜中，愛子只穿著涼鞋。雖然腳上套著襪子，但那雙腳趾光看都覺得快凍僵了。

「爸爸，你要去哪兒？」

愛子突然想起似的問道。洋平說了謊：「去那邊的『彩』喝一杯。」

「那我回去了。爸，不可以喝太多喲。」

愛子微微揮了手，走了。涼鞋的聲音在黑暗的馬路上發出清響。

❖

今天，公司做了內部異動的指示。成立新的第三宣傳部，他被指派為該部經理，有了這頭銜，等於高升了。部屬並沒有增加，但從原本處理國內活動相關業務，去接手去年剛購併來的英國合作公司廣告宣傳，所以，往後出國出差的機會變多了。

整理好儀容的優馬，一時心血來潮的噴了香水。

今天雖是星期三，但沒有加班，六點多就回家了。之後到新宿與克弘用餐，然後打算參加夜店辦的活動。

約定的時間還沒到，他在床上坐下。直人常坐的那個坐墊自然的映入眼簾。

最後，直人沒有回來。今天他盡可能把直人趕出腦海。只是，決定不想他的同時，還是會想到，所以沒那麼簡單。這也是為什麼他決定外出，跟久未碰面的克弘和其他人見面。

終究，直人是自己離開的，優馬想。不管他怎麼想，都想不出理由來。但男同志交往，尤其是在那種地方結識的，能維繫半年已經很了不起了。不論他再怎麼煩惱，圈子裡這種分手故事早就多得沒人愛聽了。但即使如此，他還是會猛然體會到近乎恐怖的空虛。那並不是因為直人不在了，而是兩個男人過日子時一起窺見的朦朧未來，似乎只是個荒謬的夢，令他愕然不已。

今天，優馬從公司回家的路上遇到了一個人。那是年輕時常泡的同志酒吧媽媽桑。當時，那是間連藝人都常去的熱門酒吧，但每天灌酒搞壞了身體，幾年前聽到他歇業關門的消息。這位仁兄只要一喝醉就會模仿中森明菜，是個樂天派。

這位媽媽桑站在道路工程現場當指揮員，戴著頭盔、穿著尺寸不合的制服，向通行的路人低頭道歉。

當然，他並非看不起指揮員這個工作。腦中浮起當時媽媽桑憧憬女王般人生的模樣，就算那只是半開玩笑也罷，他還是不自覺的快步離開現場，深怕看到什麼不該看到的東西。像是看到世人在嘲笑媽媽桑，無能的傢伙就是無能。何況，那些笑聲也像是衝著自己而來，嘲笑他憧憬能與直人得到平凡的幸福。總之，他從那個場面落荒而逃了。

這兩天，他幾乎沒睡。為什麼要走？自己說了什麼話令他不高興嗎？還是在別的地方認識了什麼人？不管他怎麼想，都得不到確實的答案。於是，說不定八王子案凶手果真是直人的想法，不經意的溜了出來。當然他並不是認真的這麼想。只是，凶手還在逃亡中。「那個時候，如果有個笨蛋在幽暗的發展場裡跟大爺我搭訕呢？不但如此，那笨蛋請大爺我進家門，提供一個躲藏的場所。錢花光了，就到笨蛋的朋友家闖空門。笨蛋的朋友當然也都是笨蛋。這個笨蛋不知道自己被騙，還認真的愛上大爺。大爺隨便敷衍那笨蛋，想做的時候就出去找從前的女友。被揭穿了，只要稱她『是我妹』，笨蛋就會信以為真。真好笑，這笨蛋居然還考慮跟我一起合葬。大爺我附和了幾句，他就樂得跟什麼似的，露出歡天喜地的表情。」

模擬直人叫自己笨蛋的聲音一直縈繞不去。為了趕走那聲音，優馬在心裡對自己說：「說到底，那種混帳自己離開也算萬幸。」

萬一，他真的是殺人犯的話，因為那是個轟動社會的大案子，不只是藏匿他的自己，哥哥、友香、姪女花音都會受到牽連。親弟弟是同性戀而且還藏匿人犯的事，被世人發現的話，哥哥的鐵飯碗工作肯定被革除，友香和花音也得流落街頭。他們會恨死這種弟弟，更何況他不只是弟弟，而是同性戀弟弟。這種人可恨度多了數倍、數十倍。

不知不覺間又鑽起牛角尖了。優馬把視線從坐墊移開。牆上的時鐘快到七點四十五分了，若不快出門，就會趕不及約會。

正要從床上站起來的瞬間，口袋裡的手機響了。心想肯定是克弘的催促電話「你會遲到」，但螢幕顯示為非設定群組。

「喂。」

優馬邊往門口走，有一秒鐘他期待是直人打來的，但立刻就知道不是。

「是藤田優馬先生嗎？」

他聽到一個年輕男人的聲音，但不是推銷電話那種討好的口氣。

「是的，我就是。」優馬公式化的回答。

沒有時間了，優馬穿上鞋，關上房間電燈。

「您是藤田優馬先生本人嗎？」

「對。沒錯。」

「我是上野署的……。」

名字沒聽清楚。但同時，握住門把的手停下來了。剛才還在耳邊迴響的直人聲音又再度響起。

「如果有個笨蛋在幽暗的發展場裡跟大爺我搭訕呢？那笨蛋請大爺我進家門，提供一個躲藏的場所。錢花光了，就到笨蛋的朋友家闖空門。」

「在嗎？喂，喂。」

男人的聲音回到耳際，優馬連忙說：「在、在。」

「因為有點事想向您請教，所以才打電話給您。」

「有、有什麼事嗎？」

「您認識大西直人先生嗎？」

優馬吸不太到空氣，膝蓋打顫，緊緊握住門把。中學時候的記憶不知為何又回來了。班上有個娘娘腔的同學叫安井，總是被人欺負，被罵「噁心、去死」。同學把他衣服脫下來，在他身體上塗鴉。每次安井被欺負時，他的心就縮成一團，害怕自己被跟安井歸為一類。他總在心裡祈禱，只要安井不在就好了。

「請問，大西直人……」

男人的聲音又回到耳邊。

「不認識。……我不認識。」

優馬如此回答。

「嗄？是這樣啊。」

對方聽到優馬不認識大西直人，在電話另一頭顯得十分驚訝。感覺接下來想說的話被攔腰折斷，只說了：「啊，這樣，不認識啊。」就接不下去了。

「是，我不認識他。」優馬再三強調。握著手機的手顫抖得出乎尋常。

「您確定是藤田優馬先生吧？」

「對。」

「大西直人……」

「不認識。」

不由分說的否認到底。一瞬間，他有股衝動想問「那個人幹了什麼事？」但另一個聲音說

「別跟他有牽扯。」

「是真的嗎。你不認識？」

「是。」

「那打擾了。」

對方打算掛斷。

他想問直人到底發生什麼事，但是如果問了的話，他會被牽扯進去。

對方沒有遲疑的掛了電話。

優馬把手機放回口袋。放回去的當兒，心情突然浮躁起來。他脫了鞋回到房間，在黑暗中踱步。

直人被捕了。也好，這樣也好，也許是闖空門時被捕的，然後可能在調查時發現他就是殺人犯。直人坦白這幾個月都住在此處，就算電話中可以唬弄過去，但警察會來。什麼大西直人，我不認識。哦對，他的確在這裡住過。但我不知道他是殺人犯，也不知道他去朋友家闖空門。他也不是一直都住在這個家，偶爾來小住而已。我們在某個地方認識，他說他沒有地方住，所以讓他留宿。某個地方是什麼地方？這不相干吧！就是男同志會聚集的地方啊。有什麼不對？去那種地方有什麼問題！

黑暗的房間裡，回神時發現自己把話說出來了。霎時他想到，不行，不能在這裡待下去，按著原本計畫出門才自然。對，保持自然，自然行動比較好，自然而然絕對比較好。

優馬慌張的回到玄關，穿上鞋子。

優馬到約好的新宿餐館時，克弘已經到了。可能他盡可能小心保持平常，克弘開始喝白酒時，便又照舊開始喋喋不休。優馬雖然裝著專心聽他說話，但從他驚慌的由房間出來後，對於警察的來電，對於被抓到的直人，腦中不斷盤旋著各種可能性的想法。

來電的人自稱「上野署」，殺人案發生在八王子，所以那並不是所屬轄區的警署。果然直人是因為闖空門被捕的。警方訊問中查知他是該殺人案的凶手，在調查逃亡蹤跡時，自己的名字被供出來了。不認識的說法過得了關嗎？當然，他不知道直人犯過哪些案的說法，應該是可以過關的；但是不會變成窩藏犯人吧？所以，不如別說他住在這裡，只承認他偶爾來這兒？

「喂，你有沒有在聽啊。」

冷不防被克弘拉回思緒，優馬趕忙點點頭說：「唔？有啊。」一瞬間，他想到一件事，拿出了手機。

逃犯如果被捕的話，雅虎新聞應該會登出來。優馬不管克弘眼光，開始操弄手機。但是，開啟的雅虎首頁並沒有凶嫌被逮捕的消息，也許還沒放上頭版，他又搜尋最新新聞，但怎麼查都找不到。

「什麼事？」

克弘終於察覺他不太對勁，擔心的問道。

「沒有，沒事。」

但優馬還是繼續搜尋。主流新聞媒體、通信社，甚至連ＣＮＮ都打開來看。但別說是逮捕凶嫌，連八王子殺人案的相關記載都沒有。

「我們該過去了吧？」

經克弘一說，他看了看時間，來到這裡已經過了兩小時。

「時間還早，去黃金街坐一坐吧。」克弘起身。

優馬：「唔？好啊。」的點點頭。

在黃金街喝酒，和後來去的夜店，優馬十分鐘，哦不只，五分鐘就會打開雅虎新聞確認一次。結果直到深夜，都沒有登出相關案件。

如果是這樣，確定是闖空門被捕了。闖空門的話，不會登上新聞版。可是，警方不可能不注意到直人右臉頰的三顆痣。自那通電話後，警方沒有再跟他聯絡。他打回家裡電話，留話錄音裡沒有訊息。

聲音轟嗡的夜店中，優馬坐在吧台一角，又再打開手機。在舞池跳舞的克弘撥開人群走過來。

「大新聞！大新聞！」

汗水淋漓的克弘攬住他的肩，優馬稍微躲開。

「他們說明哥和大貴家闖空門的小偷抓到了！」

瞬間，優馬面無血色。

儘管優馬明顯臉色大變，克弘還又重複「他們說，明哥和大貴家闖空門的小偷抓到了！」克弘的酒臭味噴到耳邊，很不舒服。

他想像直人站在大貴房間的模樣。大樓外停著警車，警官們已坐上電梯。明明應該早點逃走，但直人卻傻傻站在房間裡。門口的敲打聲又急又猛，但直人還是定住不動。門被踢破了，警察蜂擁而入，直人還是不動。被警察制服的直人不知為何叫著自己的名字，優馬幾乎尖叫出來。

下一個畫面，他想像的是自己待在房裡的景象。有人在敲門，外面站著刑警，他立刻趴到地上想找地方躲藏，可是沒有可躲的地方。門敲得更響了。身體蜷縮起來，優馬很難看的趴在地上，把頭藏在直人一向愛坐的坐墊旁。

「優馬？你怎麼了？」

克弘的聲音和激烈的音樂回到耳際。

「聽說剛才警察打電話到明哥家裡。」

克弘一臉擔憂的注視優馬。優馬抱住頭，頭痛欲裂，儘管音樂並不吵，也沒有喝太多酒。

「叫什麼名字？」優馬問。

克弘被音樂干擾，沒有聽見的樣子。他問：「什麼？」酒臭的氣味又撲向耳朵。

「當然是那個被抓的嫌犯啊，叫什麼名字……」

「我沒聽到名字……啊，對了，之前說過可能是我們共同的朋友。」

克弘給明哥打電話。

「抱歉，我回家了。」

優馬站起來，把克弘推開，彷彿想要逃走。

「明哥怎麼不接電話。」

克弘咕噥著抓住優馬的手腕。

「真要走？」

「抱歉。」

優馬甩開克弘的手，頭也不回的走出夜店。

回家的計程車上，以及回到家裡，頭痛都一直持續著。雖然全身發冷，但包住棉被時又出了一身汗。棉被中薰蒸著汗水和許久未聞的香水味。

已經半夜兩點，在棉被裡查了好幾次，雅虎新聞還是沒有登出相關案情。

束手等著警察來找嗎？心情暗淡下來。警察遲早會來的，光靠「不認識」、「沒關係」可以擋到什麼時候呢？早知道直人是那種人，就不會讓他留在家裡。跟他在一起既沒有感到那麼幸福，也並沒有那麼喜歡他。不，真是這樣嗎？與直人在一起是幸福的。那傢伙不論是什麼樣的人，兩人在一起感受的心意是真實的。與直人生活之後，出生以來第一次體會到，在乎的東西只要一個就好。只要這個人待在身邊，自己就是幸福的吧。警察總有一天會來，而可以確定的是，直人曾經在這裡住過。

優馬在棉被中抓住手機，在顯示的電話數字鍵盤上，依順序看著「1、1、0」。手指按下第一個「1」時，他嚇得把手機扔出去。

◈

一大早，全國各地都籠罩在冷雨中。從靜岡縣三島市的超市走出來，八王子署的北見與南條一起撐開傘，回頭向出來送行的店長和員工鞠了躬，往停車場走去。

雨勢更大了，毫不留情的打在北見的陽春傘上。

「三島這兒應該有好吃的鰻魚飯哦，不會太高價的店。」南條一面避開水窪說道。北見聽了說：「剛好中午，要不要順道去嚐鮮？」

自從電視的公開搜查節目播出以來，陸續接到有關山神的情報。不過，除了去年一月到三月間，山神曾經潛伏在琦玉縣營建公司的宿舍之外，現在還沒有掌握到其他線索。

這段時期，北見和南條搭檔持續進行地毯式搜查，他們前往通報指稱的地點，將情報一一擊破。今天拜訪的三島超市也是其中之一，有人通報一個貌似山神的男人幾乎每天都來店裡買中午的特價便當。剛才北見已見過那個男人，可惜也不對。

南條站定，開始用手機搜尋鰻魚飯餐廳，站在身旁的北見則冷得直發抖。他以為顫抖一路傳到了大腿，結果是手機在震動。

把手機靠在耳旁的當兒，就聽到部下的聲音衝進耳中：「喂喂！剛才好像有人打電話進來。一個直到最近都還跟山神一起生活的人打來的。」

「你冷靜點！」北見吼道。

南條被北見的吼聲嚇了一跳，手機摔到地上。

「啊。」

正巧腳跨出去，腳尖踢到手機，掉進水窪裡。

北見轉過身背對南條，對著電話另一頭的部下吼道：「喂，冷靜下來，說清楚一點！」手機中，部下的呼吸聲清楚可聞。

「對不起。我是大友班的蘆田。我這裡還沒有收到確實的情報。剛才有人打了一一〇到總部，只有簡短通話就掛斷了，細節還沒呈報過來。不過已經確定的是對方說『直到不久前還跟貌似山神的人在一起』，地址和通報者的名字都確認過了。」

「你等等。」

北見回頭，南條手中抓著掉進水窪裡的手機，似乎也感受到他的緊張感，催促道：「快說！」

北見把剛才部下說的話如實傳達。

「地點呢，從哪兒打的電話？」

被南條一質問，北見又匆忙把手機舉到耳邊，看到手微微發顫，才發現自己有多緊張。

「在哪裡。通報者從哪裡打來？」

「請您等、等一下……欸，對不起，手邊還沒有確實的資料。其實是剛才一個同期的告訴我有人通報，所以才想先告訴北見部長。……」

「知道了。總之，詳細情節一到立刻跟我聯絡。我們立刻回署裡。現在在三島，開車的話，兩小時，哦不，一小時半可以到。」

「了解。我也馬上回去確認。」

掛了電話，北見兩人踩過水窪，跑到停車場，激烈的雨水打在臉上。北見把礙手的傘收起來，和同樣收傘的南條一起，奔跑在滂沱大雨中。

❖

兀自開著的電視響起新聞快報的提示音，正在吃炒麵當午餐的洋平停下了動作。也可能因為外面傾盆大雨，開大了電視音量，快報提示音一反常態的大響起來。

從提示音到新聞跑馬燈出現大概只有兩三秒鐘。但預感新聞內容可能是八王子殺人案凶手被捕的洋平，覺得那兩三秒極其漫長。

結果，跑馬燈顯示的是北陸發生地震的內容。第一條之後，立刻又跑出標示各地震度，以及不用擔心海嘯的訊息。

洋平思量著那次地震之後，已經快滿兩年，然後又吃起炒麵來。

自己做的炒麵本來是為星期天午餐準備的，但爛糊糊的，一點也不好吃。吃了一口，正要拿起遙控器降低電視音量時，門口傳來人的動靜，便轉過頭。

玄關的毛玻璃後面有個人影。大雨中，沒撐傘。那兒也沒有屋簷，所以應該穿著雨衣吧。

等了一會兒，但人影既無靠近敲門的意思，也沒有打算叫門。

洋平從椅子站起來，右手還拿著筷子，就這麼往玄關走去。因為門沒有鎖，他單腳跨下階梯，用拿筷子的手開了門。

全身濕透站在門口的是愛子。

「愛子……」

「爸爸……」

寒雨中，愛子的頭髮、臉頰、衣服、鞋子都濕透了。隨著「爸爸」的叫聲呼出來的氣都是白的。

「你，你怎麼來了……」

洋平光腳衝出玄關，擁住愛子的肩想把她扶進來。可是愛子的腳站得牢牢的，一動也不動。

「愛子，怎麼了？」

「爸爸，……我……我打電話了。……打電話……給警察。」

洋平一時間沒聽懂愛子想說什麼。「警察」、「電話」這些詞彙，不如女兒悽愴的叫一聲「爸爸」讓他揪心。

「總、總之，先進來。」洋平更用力的推著女兒的背。

沾濕愛子臉頰的不只是雨，還有淚。從她哭腫充血的眼睛就可以分辨得出來。不知她在雨中站了多久，從握住的手感覺不到體溫。

強迫把她推進了玄關，愛子還是兩腳跨立，雙手握拳。腳邊的水已經積成水窪。

「愛子，發生什麼事？」洋平問。

愛子全身緊繃得宛如打進土裡的木樁，茫然的瞪著虛空。

「愛子，鎮定下來說給我聽！你不把話說清楚，爸爸……」

「我已經說了嘛！打電話！愛子、愛子打電話給警察了。」

愛子一拉高聲調，兩腿像是沒了氣力般蹲在地上，她抽泣起來，背脊痛苦的起伏著。洋平慌張的蹲下來，撫著女兒的背。

「我是說……你為什麼打電話？」

「因為那些人，沒有做壞事啊。他們什麼壞事都沒做啊……」

「那些人是誰？愛子，你在說什麼？」

「那個太太，在幼稚園工作。她很溫柔，孩子們都喜歡她。她沒做過壞事。」

愛子說的是八王子被殺的夫妻。洋平聽懂的同時，也恍然發現愛子打了什麼電話給警察，不禁全身發涼，面色如土。

「……愛子哦，本來在廟裡的幼稚園，後來念到一半，不是轉到別的幼稚園去了嗎？廟裡的幼稚園有個慈祥的老師。愛子吃點心吃太慢，不太會跟大家說話，可是那個老師總是很慈祥的照顧我。我不想跟那個老師分開，可是爸爸無論如何都要我到別的幼稚園去。」

洋平現在才察覺到，襪子濕了，所以自己的腳也變得冰冷。

「愛子……」

剎那間，那時的情景再次重現。他記起幼稚園園長的臉，和她說的話：「愛子的智能比其他的孩子略低一點。」

「被殺的那個太太，一定也是那麼慈祥的老師。可是卻……她根本沒做什麼壞事啊……」

洋平使勁扶起愛子的肩膀。

「愛子，」洋平再問一次：「你為什麼打電話給警察？」

「因為他說他也許就是電視上在找的凶手。田代在電話裡說了，說不定他就是！」

「可是你……」

霎時，田代的臉和那個殺人犯的通緝照片重疊在一起。洋平不覺在女兒身邊蹲下來，身體因為害怕而打著哆嗦。

「可是你……你不是知道的嗎？田代告訴過你了呀？他雖然在逃亡，可是那是因為他父親欠了錢……而且，你也說你知道田代以前在做什麼……你說你全部都知道……你不是這麼對明日香說的嗎？」

敞開的玄關外，傾盆大雨正激烈的敲打地面。冷風灌進來，把堆在走廊的報紙吹得沙沙響。

「……你騙人的嗎？愛子！你說話呀。」

洋平使盡全力，搖晃著愛子的肩。

「我沒騙人，沒騙人……」

「愛子，這件事很重要，你說清楚一點。」

「田代真的跟我說過，他為了父親欠的債而被迫逃亡。他真的這麼說過……。因為他信任愛子，所以只對愛子說……」

「好，那他來濱崎之前，在哪裡做了什麼事，你說你全部都知道。這是真的嗎……」

話還沒說完，愛子就又抽泣起來。

「誰叫田代什麼都不告訴我。我叫他說，不論怎麼求他，他還是一句話都不肯說。」

「既然如此，那些都是你編的嘍？你根本不知道田代在什麼地方做什麼事，對吧？」

洋平又再搖晃愛子的肩。愛子蹲得更低來抗拒。

「你什麼時候打電話給警察的？」

「剛才，來這裡之前。我打了電話，很害怕，所以才來這裡……」

「那田、田代呢？他現在在什麼地方？」

洋平突然意識到關鍵所在，大吼說道。愛子聽到這聲音，把身體縮得更小了，哭著說：「他不在了。他不在了。」

「不在？去哪裡了？喂！田代跑哪裡去了？」

愛子像孩子一般嚎啕大哭，洋平的手再也沒有力氣搖晃了。隨即玄關外又響起有人跑近的腳步聲，抬起頭，一個穿著雨衣的年輕警官「呼、呼」吐著白氣站在門口。

「打、打擾了……我、我是那邊派出所……」

肩頭還在劇烈起伏的警官斷斷續續的吐出話來。

「……你是二丁、二丁目，陽、陽光小築，一〇，那個，一〇二室的……」

氣喘吁吁的警官目光直直盯著蹲在地上的愛子背影。

「是，是令嫒嗎？住、住在陽光小築的、令、令嫒嗎？」

警官兩手撐在膝頭，調整呼吸，雨打在他的雨衣上，流下來的雨水淋濕了警官的臉。

洋平說不出話來，只是撫著哭泣女兒的背。

「你、你是打電話通報的槙、槙愛子吧。」

聽到警官的話，愛子的背抖了一下。

「剛才來了聯絡，我到公寓那邊去了。可是沒有人在，跟屋主取得聯絡，然後才知道那是您女兒的住處⋯⋯」

警官的呼吸總算漸漸順暢。這個警官前不久才被派到附近派出所來，洋平還沒有跟他打過招呼。

「是這樣的，請問一下，跟你同居的那個男人現在在哪裡？」

回答警察問題的是洋平：「他⋯⋯已經不在了。」

無線電呼叫聲響，警官趕緊回應。但打在雨衣上的雨聲太大，聽不清楚無線電的聲音。

洋平把手插進愛子兩腋，一邊命令：「愛子，來，起來。」試圖讓她站起來。

警官掛掉無線電，再次回到玄關對他們說：「現在負責的刑警要來這裡了，請你們先到派出所去等候好嗎？」

扶起愛子的洋平點點頭應諾，快速抓了自己的雪衣，又幫愛子拿了兩條毛巾出來。

在警官前導下，洋平扶著濕淋淋的愛子肩膀跟著，愛子連自己撐傘的力氣都沒有，最後洋平用自己的傘幫她撐，冷雨打濕了兩人的肩。

名存實亡的商店街一如平常的冷清，只有流到溝裡的雨水聲音最大聲。

進入派出所，警官讓濕透的愛子坐在暖爐前的椅子。自己也迅速脫下雨衣，用毛巾擦乾濕潤的臉。愛子還在打著輕微的哆嗦，抬起心灰意冷的眼神注視著警官。

「剛才打一一〇報警的人是你沒錯吧。」

警官問話，愛子點點頭，洋平仍然站著，用毛巾幫愛子擦頭髮。

「聽說你們一起生活直到最近，可以告訴我那個人什麼時候出去的嗎？」

洋平對警官的問題不太自在，但愛子已經先回答了：「今天早上，九點多。」

「今、今天早上？……你是說今天早上？」

「愛子，說話要照著事情先後順序，否則別人聽不懂。為什麼田代要那麼急著出門？」洋平忍不住插嘴。

愛子抬起頭輕輕點了點。

愛子沒有轉向警官，而是對著洋平緩緩說出今天早上發生的事。過程中好幾次哽咽，但還是照著洋平的囑咐，按著順序一一說出來。期間無線電一直在響，警官不斷被催著回應，但洋平都還是靜靜的傾聽女兒說的話。

今天，愛子和田代計畫好到船橋市剛開幕的家具賣場去買餐櫃。但是愛子謊稱身體不適，早上九點，田代自己一個人出門了。三十分鐘後，愛子撥了田代的手機，田代還在電車上。

「十二點的時候，我要打電話給警察。」愛子說。

田代非常震驚，不明白愛子在說什麼。於是顧不得車廂裡周圍的眼光，一再的問：「為什麼？」

愛子說，前一晚她問了田代到濱崎來之前，究竟在哪裡做了什麼。她說，如果相信我就全部告訴我。但是田代不告訴她，愛子認為如果他說出來的話，自己有信心可以分辨他是不是在說謊。可是，田代不說的話就沒輒了。一整晚，愛子都在想著那對被殺的夫妻，尤其是在幼稚園當保母的太太。

她在田代面前，實在問不出口「你是那個案子的凶手嗎？」因為她害怕田代親口回答「是的。」田代用假名逃亡，年紀大小相同，容貌相似。以前，明日香問到田代出身時，愛子不假思索的說了謊：「他來濱崎之前，在哪裡做了什麼事我都知道。」從那時起，她就在心裡掙扎著，為「田代不可能是殺人犯」與「也許可能是」兩種想法交戰。

讓警察檢查指紋，立刻就能真相大白。如果確定是別人，就能夠天下太平了。她對自己說，就算因為這樣，讓田代的行蹤曝了光，被那些可怕的人發現，爸爸也會守護他的。

「田代哥，你是不是殺了人在逃亡？」愛子問。「你在說什麼？」電話另一頭的田代只是驚訝：

「我不知道。因為你什麼都不跟我說。所以，我要請警察好好調查。就算田代哥所在之地被別人發現，爸爸也絕對會保護田代哥的。」

「愛子，你從剛才開始就在說些什麼啊……」

田代只是不安。

「田代哥不可能殺人的嘛！所以，你馬上回來，我在家等，我會等到中午。中午之前不會打電話給警察。不是的，對吧，你沒有殺人對吧。所以你快回來，算我求你了，我會相信你的，中午之前回來吧。」

愛子掛上電話。在十二點之前還有兩個半小時，愛子靜靜在房間裡等著田代歸來。田代如果沒有犯下殺人案，他應該會匆忙趕回來才對。他會一臉茫然的飛奔回來說：「怎麼突然胡思亂想呢？」她等著田代回來告訴她：「總之，我不是殺人犯，請你相信我。但是我還是不想被警察調查，因為萬一我的行蹤曝了光，下場會很慘。我會用其他方法確實證明我不是殺人犯，請你耐心等我。」

可是，過了一個小時、兩個小時，田代還是沒回來。距離十二點還有五分鐘時，愛子又打電話給田代，她想一定是因為什麼事故，電車停駛了，或是還有別的原因。可是電話沒接通。隨後，她接到田代的簡訊，上面只寫著：「感謝你這麼多日子的陪伴。」

愛子說完話，宛如失了魂。洋平也沒有話再對她說了。派出所的警官似乎是菜鳥，全副精神都用在應付無線電的回應上，沒注意愛子的話。他一下快步走出屋外，一下又走到後面房間，來來回回好幾趟之後，終於又飛奔出去迎接某人了。

「愛子。」

屋裡剩下兩人時，洋平開了口。「爸爸，田代沒有回來，我等了他，但他沒有回來。」愛子抬起頭，不住的說：「……告訴你哦，我在田代哥的包包裡放了錢。今天早上，田代哥出去之前，我偷偷的放了四十萬。那是愛子的存款，所有的。」

洋平倒吸一口氣。

愛子難道是想，如果田代是凶手的話就幫他逃亡，所以才精心設計了這個布局。通知警察的時候，如果田代在家，一定會被捕。但是，如果在兩小時之前，就事先告知會去報警的話，田代就能逃走。

聽到愛子的白白，洋平差點蹲了下來，匆忙間拉了張鐵椅來坐下。

「錢的事別對警察說，知道嗎？」洋平小聲的說。

愛子抬起臉，注視著洋平，但眼光渙散。

「聽到沒，愛子。不要跟警察說。」

洋平再次叮囑時，年輕警察回來了。

「那個……剛才總部那裡來電聯絡了。能不能請你們移駕到公寓那邊。在公寓那邊等？」

警官說話依然畏畏縮縮。洋平只簡短的說了聲「好」，便先站起來拍拍愛子的肩。愛子俯看著腳趾站起來。

警官再次穿上雨衣的當兒，洋平和女兒在巡邏亭外等待。激烈的大雨打在兩人撐的傘上，手拿著傘都凍僵了。

警官領頭前往公寓，鎮上和平時一樣一成不變。在郵局屋簷下躲雨的流浪貓，注意到洋平等人的腳步聲，喵喵叫起來。途中與幾個熟人擦身而過，洋平也像平時一樣打招呼。經過的人都對走在警官身邊的洋平父女，感到不太自在，於是只招呼說「下雨了呢」、「很冷呢」。

抵達公寓，洋平和愛子進了房間。愛子一身濕的直接走進裡屋換衣服時，洋平對警官說：

「天氣冷，要不要進來坐？」但警官不知怎的堅持要站在窄小的玄關。

愛子換了衣服便坐在地上。反倒是洋平替她泡了茶，他也給警官準備了，但警官不肯接受，「我不用了」，牆後一直傳來鄰居小女兒的笑聲。

就這樣不知過了多久時間，刑警和鑑識科的人來時，手邊的茶都已經涼透了。

這輩子第一次看到鑑識搜查，洋平有種在看電視劇的感覺。自己窩藏了殺人犯的事實，應該更受衝擊，也明白感到狼狽很正常。但是自己的心情好像已經從身體裡抽離出來，沒有感覺。

愛子對刑警的問題，都回答得有條有理。她按著洋平在巡邏亭教她的，按著順序說明得很仔細。兩名刑警和洋平父女待在裡屋，可以看得見鑑識人員在餐廳採集指紋。其實田代在這裡生活，不用那麼大陣仗都能隨便找得到。但是穿著整齊制服的三、四名搜查員還是輪流的來回走動。

當然，警方並不只是輕鬆的在這間屋裡調查，他們也追查今早前往船橋家具賣場的田代的蹤跡。從愛子那兒一得知時間和事情始末，刑警就通知了某處，以無線電傳達了田代逃亡可能使用的路線、道路名稱，對話中不時出現大範圍等的指示用語。

「細節部分，負責的刑警還會再來向你們訊問，他們再過三十分鐘就會到達，麻煩請稍等。可能會請你們把剛才說過的話，如田代這個人來到本鎮的時間、緣由，在這裡的生活狀態等再複述一次，請兩位多多協助。」

洋平察覺這位身材精幹的刑警說話的對象不是愛子，而是自己，立刻把視線從餐廳轉回來點點頭。

「你們會認為同居的男子有可能是山神一也，是因為看了電視播出的公開搜查節目，對吧？」

「是的。」

他想這話是對自己問的，洋平點點頭。但刑警的眼光卻是對著愛子。

之後，據稱負責本案的八王子警署北見刑警到達時，鑑識搜查已經告一段落了。

又得從頭開始回答問題了嗎？洋平感到渾身無力。但這位北見刑警只說：「總之我們等鑑識查對指紋結果後再說吧。」顧慮到一臉憔悴的愛子，他隨即帶著剩下的刑警走出房間。

即使刑警離開後，愛子還是盯著地板的一角，至少一個小時都沒想動。洋平雖然盡可能什麼都不想，但還是想到了自己才是懷疑田代的人，以及雖然懷疑，卻努力相信愛子謊言的心情。好久以前，他曾認為愛子的手氣絕對抽不到中獎籤。對自己的親生女兒竟然這麼沒有信心，實在太悲慘了。

洋平從地板站起，將窗簾拉開一點。滂沱大雨中，刑警們坐在馬路旁的車裡待命。鄰居查覺到隔壁家異狀，一家人已不知跑到哪裡去了。院子裡有輛在淋雨的三輪車。

低密的雨雲連綿到海上。洋平想起去年夏初忽然在漁港出現的田代，當他詢問「有沒有工作讓我做」時，為什麼沒有拒絕呢？現在才來後悔已經太遲。而且後來，自己確實對田代產生了好感。雖然知道他來歷不明，但是他的眼中閃著光彩。

大雨敲打的車門開了，他看見那個叫北見的刑警走了出來。刑警在雨中傘也沒撐的直跑過來。

「來了……」洋平不自覺發出聲音，緊緊握住顫抖的雙拳。

敲門聲響起，洋平走到玄關，深吸一口氣後打開了門。

「就在剛才，指紋鑑定的結果出來了。」

北見刑警拍拍打濕的肩。洋平只是點頭。

「……我只說結論。住在這裡的田代並不是山神一也，同時也沒有發現前科。」

洋平一聽刑警的宣告，當場癱坐下來。玄關那兒放著愛子的涼鞋。他伸出手緊緊握住，心想，這鞋原來這麼小。

同一時間，他聽到裡屋傳來愛子的哭聲。那聲音逐漸變高，既不是悲傷哭泣的那種哭法，也不是因為懊悔痛心的那種哭法。自己女兒發出的，是嬰兒用盡全力呼喊「我想活下去！我想活下去！」的哭聲。

◇

應該傳達的就只有這些。

在這裡生活的田代，與逃犯山神一也的指紋不吻合，也找不到任何前科。

背後還下著大雨，但北見站在玄關都能聽見屋裡通報女子的慟哭聲。而她的父親癱坐在腳邊。

女人的哭聲並不尋常，淒厲的程度幾乎令他訝異，原來人可以哭到這種地步。

「謝謝你們的協助。」

北見向蹲在腳邊的父親點頭致意，父親蹲坐著應了一聲「好」。北見不知怎的無法就此離去。他告訴對方：「因為過去沒有犯罪紀錄，所以也無法知道這個男人的真名是什麼。」儘管已經知道了，但基於保護個人情資的原則，他不能說，但又很想對他們說點什麼。父親再次說了「好」，無力的點點頭。

北見再次致意，手放開了門。門自動緩緩的合上，蹲坐在玄關的父親就此消失。

正想跑回車子時，驀然止了步。他聽到門後的父親站起來的聲響。北見把耳朵貼在門上，聽得見父親的腳步往裡屋走去，哭泣的女子聲音啞了，但還是大聲哭喊著。

「爸爸！爸爸！」

門後女人的哭聲更加淒厲。

「怎麼辦，爸爸！我……，田代哥……。怎麼辦，爸爸！我，我背叛了田代哥。我背叛他。田代哥那麼信任我，而我，我卻違背了承諾……怎麼辦？爸爸！」

「愛子……」

「可是，都是因為那個幼稚園老師，她沒有做壞事啊。她不應該被殺啊！怎麼辦，田代哥不會再回來了。是我不好，我……」

「你沒有錯……你沒有錯！為了被殺害的人……你已經盡力了……愛子，你沒有做錯事……」

北見離開了門。在大雨中跑回車子，踩到的水窪濺起了泥巴。跑向車子的途中，北見回頭望了一次。隨處可見的家庭型公寓，並排的其中一個院子裡，有輛兒童三輪車在淋著雨。

剛才的父親聽說在濱崎漁會上班。北見無法查知這對父女和田代那個男人之間，發生了什麼事。背債逃亡的小伙子認識了漁村早市裡工作的姑娘，兩人決定攜手在這間公寓展開新生活。父親也守護著他們。

但是，女人懷疑男人，報警了。懷疑他可能是殺人犯。可是，最後搞錯了。男人並不是殺人犯。

不得不懷疑同居男人可能是殺人犯，會是種什麼樣的關係呢？不得不懷疑與女兒生活的男人可能是殺人犯，父親過的是什麼樣的人生呢？

坐進駕駛座，副駕駛座的南條對他說：「又白忙一場。」

「到今天早上為止還在一起，所以期待滿高的。」北見也回答。

「現在呢？暫時先回警署嗎？」

「不了，可以的話，回程順便去確認千葉市內的情報再回去。」

「說到千葉，哦，我想到了。據說是住樓上的人長得像山神。」

「對，不值得期待，不過姑且去走走。」

「光是今天，我們就去了三島的超市、這裡濱崎的同居對象，接下來則是樓上的住戶嗎？」

南條嘆了一口氣，北見就以它為信號，踩下了油門。

雖然不清楚剛才那對父女和男子田代之間有什麼瓜葛，可是到頭來，對自己而言，它只不過是白跑的案件之一。接下來要前往的千葉市情報，說不定揭開事實後，也只是平日對樓上噪音感到不滿的居民挾怨報復，又是白忙一場。

南條突然想起似的說：

「這一路到濱崎，花了不少時間呢。」

北見也回應道：「因為房總這邊高速道路比較不方便。」

◇

一週開始的星期一，優馬照舊去上班。出門的地下鐵中，他又開始擔心說不定警察已經打電話到辦公室。但又想到如果已聯絡的話，應該不會一直等著當事人進辦公室。他告訴自己，保持平常心過日子就行了。

這個週末，優馬一步都沒出家門。不開電視，也沒放音樂。但即使鋼筋水泥建築的大樓，也會有各式各樣的聲音。樓上的腳步聲和椅子拉動聲，在走廊玩捉迷藏的年幼小孩聲，還有心底的聲音。

結果，這個週末也沒有八王子殺人案的新聞，警察也沒有到訪。

可是，警察打來查問直人是事實。隨後，闖入明哥和大貴家偷東西的小偷被捕，也是事實。透過克弘，跟明哥、大貴聯絡上，但兩邊都還沒有回覆小偷是誰。而優馬也沒有一再催問的勇氣。

被捕的闖空門嫌犯果然是直人，所以警察才會來電聯絡？但是他也許不是八王子殺人案的嫌犯，也就是說，直人單純只是闖空門，並不是殺人犯。

這幾天一再的自問自答，直到上班之後依然持續。

「午飯去哪兒吃？」

同部門的梅原出聲叫他時，優馬正盯著電腦螢幕發呆。

「我還得再做一會兒這個。」優馬扯了個謊。

梅原也不堅持，說：「那，我去西西里亞叫淑女餐吧。」隨即離開了辦公室

優馬目送梅原之後，從位子站起來，走進無人的會議間，把百葉窗拉下一半，讓外面看不到

他的臉。

優馬打電話給克弘，響了三聲後克弘來接。

「明哥或大貴有跟你聯絡嗎？」他一開口就問。克弘回答：「對不起，有了有了。昨天明哥傳了簡訊來。」

「明哥怎麼說？」優馬誠惶誠恐的問。

優馬慌張的把百頁窗拉得更低。

他感到胃痛，有點想吐。

「你等等，我出去外面講。」

很清楚的聽見克弘走出吵雜的辦公室，走到一個安靜的處所。

「喂喂。」克弘的聲音回來了。

「……他說果然是認識的人。真是太恐怖了。」

優馬忍不住把手撐在椅背上蹲下來。

「認識的人？」

他的聲音沙啞。

「據說是去年在網路上認識的大學生，只讓他到家裡來住過一次。呃，那個字怎麼念來著。」

「大、大學生？」

不覺提高聲調。

「就是說啊。呃，那個名字啊，就是水下面一個日，下面是掛念的掛。」

「沓掛？」

「對對，就是叫沓掛隼人。咦，優馬你認識嗎？」

沒有印象。話說他一直感覺會聽到大西直人這個名字，所以反倒有種雞同鴨講的怪異感覺。同時他聽見自己在說：「不是直人，不是直人。」

「……明哥說了，搞不好大貴也讓那個大學生在家裡住過。不過他完全沒回訊。」

聽著克弘說話，優馬心亂如麻，既然如此，為什麼警察會找上門。

直人不是闖空門的。然而，警察卻來了電話，看來還是為了八王子案。但是，新聞沒有播出凶手就逮的消息。就算還在嫌疑階段，這麼大的案子不可能沒有任何報導。

「喂喂？」

聽到克弘的聲音，優馬好不容易才勉強出聲：「喂，我在聽。」

那一天，優馬下班前努力不去想直人的事。當然就算不想，腦中還是盤桓著種種疑惑。因為正值即將異動的時期，看到優馬躁動不安的樣子，同事們不時冷言諷刺：「再怎麼隱藏，還是洩露出這次異動的喜悅之情吧？」

優馬準時下班，搭上固定的地下鐵。但在澀谷站中途下了車。從克弘那裡知道闖空門的人不是直人，而是另有其人之後，他就想著至少他必須先解決警察為什麼會找上門的大疑點。

在澀谷站下了車，來到地面，優馬戴上口罩，走過大十字路口。仔細一想，可能因為季節的關係，許多人都戴著同樣的口罩。

自車站走了兩三分鐘，有一棟銀行進駐一樓的大廈，它的前面果然有座公共電話亭。行人很多，這時代稀有的公共電話並不怎麼顯著。

走進電話亭，拿出在公司查到的上野署總機號碼，附近可能設置了監視器，他盡可能壓低了臉，按下號碼。

他以為自己會更加緊張，白天工作時他自己想了一個凡事漫不經心的形象，成功把自己切換成那樣的人，手指按下號碼鍵也沒有發抖。

「是的，喂，這裡是上野署。」

一個口氣似乎很忙碌的女性聲音，令他的氣勢立刻矮了半截。

「呃，那個，喂。」

「是。」

「呃，那個，前幾天我接到貴署的電話。」

「是。」

「對，是這樣的。你們說了一個男人的名字。問我知不知道他。」

「是。」

「對，是這樣的。當時我想不起來他是誰，很自然就回答不知道。但後來我回憶起來，因為我不知道他的名字，所以一時想不起來。後來想起來了……」

「是。」

電話另一端的女性，似乎因為來電者一直沒有說到主題，顯得有點不耐煩。

「是。所以，那個，因為我想起那個人，就想打來問問，當時到底什麼事找他。」

「您知道打電話給您的人是誰嗎？」

「啊，不知道。我沒有聽清楚……只記得他說上野署……啊，他，他是男性。」

「那麼敝署向您請教的人叫什麼名字呢？」

「哦，是，叫大西。大西直人。那個時候一直沒想起來……」

「該負責警官還跟您說了什麼嗎？」

「呃，沒有。他突然說了那個名字，問我知不知道。」

「如果不知道負責人是誰，我們很難查對。而且負責警官沒有再說什麼，我方也不能把更詳細的內容告知您。」

「這、這是什麼意思？」

「這是我們的規定。」

對方回答得太流利熟練，優馬一時不知道該怎麼問下去。

「……總之，我們會查詢一下，請負責警官回電給您。能不能留下您的姓名與聯絡方式？」

優馬先前已經做過演練，萬一對方問了這種問題，該怎麼回答。可是突然面臨這種狀態時，他卻又說不出口。

「喂？您的聯絡方式。」

「哦，不用了，我再打電話來好了。」

優馬的話一出口，那位女性的態度明顯有了改變。她簡單的回答：「那麼我們會再查詢。」那口氣聽起來她並不打算再做任何查詢。

「麻、麻煩你了。」

他能說的只有這些。對方掛了電話，優馬站在電話亭裡，邁不出步伐。他有股衝動想再打一次，詢問八王子案有什麼進展。可是那位總機小姐應該不會對不願表明身分的男人，說明搜查現況。這時他突然靈機一動，「就說是意外。如果告訴她有可能與某個意外有關就好了。」但是他沒有勇氣再打一次。

優馬走出電話亭，再次打開手機的雅虎新聞網頁。還是沒有登出任何與八王子案有關的訊息。

優馬走到拉下鐵門的銀行前，在階梯上坐下。想等心情沉澱一點再思考，可是來往經過的路人多得非比尋常，他完全無法集中注意力。

最近，他發覺自己一直在網上搜尋八王子事件的相關報導。報紙、雜誌、甚至留言板，到處尋找有沒有跟直人有關的訊息。但是不管他怎麼找，此案都沒有任何與直人連結的資訊。相反的，他越了解山神一也這個人，便與直人的形象脫離得越遠。

有本雜誌刊登了一則採訪，對象是曾與山神生活過一段時間的女子。兩人都差不多才二十出頭。

報導中是這麼說的：

「我被山神的事害慘了。我的確有半年時間跟他住在同一個房間，但我們不是情侶，當然也不知道他犯案的動機。

「我和山神是在六本木一家酒店認識的，當時我在那裡工作。那時是山神打工的飲食店老闆帶他去的，後來他就一個人來。他跟一般的客人不太一樣，但我也說不出哪裡不同，我們在店外也會碰面。雖然有過肉體關係，但見面不是為了這個，主要的目的，多是中午一起去打柏青哥，或是吃一頓健康午餐。那時候，我常跟他商量要怎麼甩掉上門追求我的客人。

「後來山神有時會到我家睡覺。我們並不算住在一起，只是讓他過夜。宿舍裡的女孩子都以為山神是我的小白臉。其實山神都有在工作，也沒有跟我討過錢。

「因為我們談得來，所以才在一起。說真的，我也找不到其他的話可以形容。山神是什麼樣的男人啊……有趣幽默，過一天算一天就很滿足的人吧。我是這樣覺得啦。

「不過說得不好聽一點，他就是個小無賴。山神離開我家的不久前，我身邊有兩三個朋友都丟了錢包。她們去餐廳、酒館、夜店丟了錢包時，山神一定都在現場。

當然，我沒有證據證明是山神偷的，而且還有另一個女生也有順手牽羊的壞習慣，但我心裡懷疑是他。

「山神突然之間就不告而別。我想他可能又找到其他談得來的人吧。沒印象後來還有見過他。

「過著什麼樣的生活嗎？因為我們兩人當時都是做夜間工作，所以每天過了中午才起床，看看八卦節目，悠哉的打發時間，有興致的時候就去打柏青哥，然後各別去自己的店上工。一起生活的那段時間，彼此都換過好幾次工作。山神待過池袋的雷鬼酒吧、澀谷的法式小餐館，大概是這樣的感覺。

「有一次，山神和鄰居房客起了口角。隔壁搬來一對年輕夫妻，他們聽音樂時經常開得很大聲，有時也會找一堆朋友開轟趴，大吵大鬧。只要隔壁太吵，山神就踢房間的牆壁。他踢得非常用力，有時我幾乎都以為牆壁會不會踢破呢？此外，只要對方一傳出笑聲，他就笑得更大聲，還故意跑到陽台上去笑。

「只要有一點聲音，山神就會咆哮一頓。我還記得對方可能因為不太愉快，結果搬家了。只不過，平常的時候，山神算是個滿溫和老實的人。一遇到不順心的事，他會突然發起脾氣；但脾氣好時，山神說話妙趣橫生，所以頗受歡迎。

「山神說，誰對他有好感，他一眼就看得出來。一旦發現這種人，他會很自然的投其所好。我不太清楚詳情，不過，我想對象不只限於女性。有像我這種酒店小姐，也有流氓長相的大哥，有一次他說有個男人在葉山那裡有棟大別墅，叫山神隨時可以過去使用，所以還叫我一起去呢。

「我自己是沒有這方面經驗，不過我想他應該也玩票的吸過毒。

「我不小心瞥見過山神的手機裡有好多張香豔的床照，當時以為『反正男人嘛，總會像個蠢蛋一樣，想炫耀自己有幾個女人吧！』不過以他打工拿到的報酬來看，山神用錢相當揮霍。

「我不覺得他會白嫖女人，但我也沒把握他一定沒有。」

優馬閉上眼睛。閉眼的同時，車道上響起急促的喇叭聲。一輛緊急剎車的小貨車差點撞上賓士，因此不肯罷休的長按喇叭。

那是什麼時候的事呢？與直人走在家附近的派出所前時，直人突然閉上眼睛好幾秒鐘。因為眼睛眨巴著不太自然，所以優馬問他「怎麼了？」直人指著派出所前的公告欄說「你看，那個。」那裡公告著前一天交通事故的死傷人數。

「這是我的習慣。那裡死亡欄的數字如果是0就沒事，如果掛出了1或2，我就會默禱同樣的秒數。」

直人的口氣很輕鬆，所以，當時他只覺得「欸，真少見」聽過就忘了。但事到如今，想起那麼在意他人生死的直人，心裡有點毛毛的感覺。

優馬立刻站起來，跑回剛才那個電話亭。他擠進裡面，又打了上野署的總機電話。

接電話的不是剛才那位女性，而是個男性長者。但忙碌的氛圍還是從他的語氣中傳達出來，旁邊還有電話在響。

「對不起，是這樣的，我有個朋友一直聯絡不上，很擔心他會不會發生了交通意外，能不能請你幫忙調查一下？」

與剛才不同，優馬流利的表達意見。他莫名的相信直人可能是遭到意外了。

「什麼名字？」

剎那間，他以為問的是自己的名字，試著回應道：「那個，我是代替他家人來詢問的……」不料對方說：「不是，我問的是你朋友的名字。」

「姓大西，他叫大西直人。」優馬說。

「請等一下。」

對方的聲音離開耳邊，吵雜的室內聲音聽起來嘩啦嘩啦的。說話聲、電話聲、敲鍵盤聲……。

「大概是多久以前的事呢？」

對方的聲音突然回來，優馬一時心慌：「什麼？」

「從什麼時候開始聯絡不上……」

「哦，是。大約一星期左右了。」

「沒有耶。」

「嗄？」

「至少，最近這星期在都內發生的交通意外中，都找不到這個名字。」

「哦，這樣。」

這回答太出乎意料，優馬一時說不出話來。

「如果是在都外的話，查找會需要一點時間。」

最初打電話到家裡的是上野署，所以，不可能是其他地方。

「請問，會不會不是交通意外，而是其他事件之類……」

「哦哦，如果是那樣的話，我得幫你轉接……」

明明是理所當然的動作，對方卻含糊其詞。優馬道了謝掛斷電話。

直人遇到車禍，受了重傷，身上沒有任何辨識身分的物品，所帶的手機中唯一輸入的通訊姓名，只有自己一人。打電話之前，這個念頭在腦中閃光般出現又消失。

優馬再次走出電話亭，提起沉重的腳步往車站走去。

以前，他有位五十多歲的客戶，毫無預兆的因心肌梗塞死亡。下了班在回家途中的某處過世，聽說為了保護個人資料，他死亡的地點連其妻與女兒都不能告知。那天是星期五晚上，也許他只是單純想去哪裡喝一杯再回家，也說不定是在哪個色情酒店迎接死期。雖說是規定，但無法得知死亡地點，可以想見妻子和女兒該有多麼悲痛。

漫無目的的走了好一會兒，優馬不知不覺間走進了賓館林立的地區。

還有什麼其他可能呢？優馬試著重新思考。警察打電話來，問他認不認識大西直人這個人。既不是侵入明哥和大貴房間的竊盜犯，八王子殺人案也沒有進展，加上不是交通意外的話，到底還會是什麼原因？

優馬停下步伐，前面有個年輕男子被兩名警官盤查。他聽不太清楚他們在說什麼，但警官想查看年輕男子的背包。

比方說毒品，這方面就不考慮了嗎？可是他們一起生活了這麼久，如果直人在吸毒，從他的神情舉止一定會察覺得到。他不認為直人有在吸毒。若是這樣，會不會直人去參加雜交派對之類的活動，結果被警方逮捕了呢？那裡就會有吸毒的傢伙。想起與直人認識的地點，很難說沒有這種可能性。腦中浮現出直人半裸著身體被警察押去的光景，這一瞬間，優馬逃也似的走過眼前盤查的警官身邊。

越是思索，越是看不見直人這個人的存在。他不可能是殺人犯，不可能是闖空門竊犯，不是吸毒犯，也不可能參加雜交派對。但是，若是如此，直人到底是什麼樣的人？為什麼會消失呢？

優馬加快了步調，心想直人一定是什麼原因被捕了。這種感覺越強，心裡「所以，不要再管他，他不值得關心」的聲音也越大。

他自問，與直人認識之前的生活很無趣嗎？他從來沒跟別人認真交往過，但活得應該還算快樂自在。而且即使他與直人會有未來，又有誰會祝福他們？世上有什麼地方會祝福自己？不被祝福的人當然也不可能祝福別人，那樣的世界有什麼幸福可言？所以，這樣就夠了。算了，就此打住吧。

◈

微開的窗口外，東方的海面漸漸明亮起來。雲量多，看不見清楚的日出。但染成粉紅色的雲和海緩緩的朝海灣靠近。

「這麼早起床啦？」

聽到有人說話，泉回過頭。從床上坐起身子的若菜，像小孩一樣，用雙手揉揉眼睛。

「對不起，冷嗎？」看泉想要關窗，若菜又縮回被窩裡：「不會，沒關係。」

為了準備期末考，昨晚泉睡在若菜家裡，但結果幾乎沒在念書。

「現在幾點？」

聽到若菜問，泉抬頭看看牆上的時鐘。

「六點十五分。」

若菜抱回枕頭，想繼續睡。泉也繼續看著晨曦下的大海。「啊，對了，辰哉他們出來了哦。」若菜說。

「辰哉他們？」泉問。

「他們一直持續呢，清晨的馬拉松練習。看來是認真想參加大賽了。最近，每天早上一到這個時間，他們就會在家門前做暖身運動，然後去跑步。在辰哉家打工的那個、叫田中的人也一起哦。」

泉從窗口向前傾身，海灣旁的馬路末端，看得到辰哉父母經營的民宿「珊瑚」。

「還沒出來嗎？」若菜問。

「好像還沒。」泉答道。海上的陽光還沒照射到辰哉家前面，自動販賣機的燈光照映著馬路。

「那兩個人竟然成了哥倆好耶。」

聽到背後的若菜說話，泉裝傻問：「哪兩個人？」

「辰哉和田中先生啊。看起來好像兩兄弟似的。辰哉好像是第一次跟打工生有這麼好的交情。你知道，那些打工生大概都是從東京來的。辰哉很不習慣跟那些人打交道……」

這時，辰哉的身影出現了。泉低聲說：「啊，出來了。」跳到大馬路上的辰哉，隨即伸展背脊。

泉可以清楚看見辰哉正在自動販賣機前做腿部屈伸的動作。田中也跟在他後面出來，這位仁兄大概沒睡飽，打了一個大呵欠。

雖然聽不到他們的聲音，不過兩人笑得很開心。辰哉冷不防開始奔跑，田中「喂！」的叫住他，匆忙騎上自行車跟在後面。

朝陽還沒有到達，兩人消失的夜路上，又只剩下自動販賣機的燈光。

泉關上窗，回到鋪在地上的棉被裡。

「他們跑遠了？」

若菜一問，泉便說：「嗯。不過田中騎自行車。」

棉被中還留著自己的體溫，泉把被子拉到胸口。若菜的聲音從床上飄下來：「欸，我問你哦。」

「……畢業之後你想幹嘛？」

泉凝視著隱約變亮的窗，沒有回答若菜的問題。過了許久之後才反問：「那若菜呢？」

「如果那霸的飯店有不錯的工作就沒問題，如果沒有，可能去東京或大阪吧。」

「咦？你要離開這個島？」

「一般都是這樣啊。」

「為什麼？」

「因為，找不到工作呀。」

「是喔。」

「對啊……所以，你呢？打算怎麼辦？」

若菜又重問一次，泉只好回答，可是說到「我……」便打住了。

泉並不是沒有思考自己的前途，但是並沒有具體的規劃。

「上大學嗎？」

若菜如此問，泉答道：「大學恐怕讀不了。我去讀大學，我媽會很辛苦。」

「可是，你總不能跟你媽一直在那家民宿幫忙吧。」

樓下，若菜的父母也已經醒了，傳來各種聲音。泉想改變話題，便問：「辰哉會怎麼樣呢？」

「誰知道。他那個成績，想考大學根本不可能。我想到頭來恐怕也是那種到東京或大阪附近工作一段時間，很快厭倦了，又回到島上來的人吧。」

窗口又更明亮一點。

「何時會回來呢？」

泉的意思是跟田中一起練跑的辰哉，什麼時候才會跑回來。但若菜會錯了意，答道：「應該至少一年吧。」

「哦，我不是問這個。辰哉他們每天早上要跑多久？」

「那個啊，平常都是一個小時左右吧。我聽辰哉媽媽說的，假日會跑得更久一點。」

聊到最後，兩個人都完全清醒了。下了床，洗臉，刷牙，若菜在做他們倆的早餐時，泉走到屋外。

在路旁蹲了一會兒，隨著狗叫聲，她看到辰哉正往這裡跑來。那隻狗不知是誰家養的，繞在辰哉的腳邊開心得叫個不停。緊跟在後的是騎自行車的田中。

泉站起來，辰哉也注意到了，露出略略驚訝的神色。

「早。」泉先開口。

辰哉跑到她面前換成原地踏步，也回應：「早。」

「我在若菜家過夜。」泉說。

「早安。」田中從辰哉背後招呼。

「……那我，先回去了。」

田中有些慌張的回到辰哉家。

「聽說田中哥天天陪你練跑？」泉注視著田中的背影問道。辰哉仍舊氣喘如牛，但是強自笑著說：「他好可怕。只要速度稍微慢一點，就從後面踢我屁股。」

泉再度蹲下來，用手招招辰哉腳邊、吐著舌頭喘氣的小狗。小狗馬上走上前，兩腳踩在泉的膝頭上舔泉的臉。

「誰家的狗？」泉問。

「下平叔叔家的。」

「下平？牠從那裡跟起啊？」

「每天早上都跟哦。」

「牠自己回得去嗎？」

「回得去啊。島上不論什麼地方，這小傢伙都去得了。」

也許感覺到自己被讚賞了，小狗開心的搖著尾巴。

泉撫摸小狗的脖子抬起頭。海上的朝陽將辰哉汗涔涔的臉頰映的閃閃發光。

「辰哉，我想跟你說……謝謝。」

幾乎是無意識的，不知不覺話就從嘴邊溜出來了。

因為太過出乎預料，辰哉驚訝的「嗄？」了一聲。

「辰哉，畢業之後，你要離開這個島嗎？」泉改變話題。

「我還沒有決定呢……」

「我一直在想，該找一天好好向你說聲謝謝。」

泉並不是為了說這番話，才到屋外等待辰哉的。她只是想對兩人道聲早安，然而心裡並沒有準備的話，卻自然而然的從嘴邊滿溢出來。

「……雖然還沒有發生，可是我想，如果辰哉離開了這個島，我一定再也沒有勇氣對你說謝謝了。我希望鄭重的向你道謝。」

「你、你怎麼啦，幹嘛突然說這些……」

辰哉顯然慌了手腳，可是如果不趁著現在的機會，泉覺得自己再也說不出來了，於是繼續往下說。

「……我，從以前就常告訴自己，一定要好好努力奮鬥才行。」

「小、小泉，你一直都在努力奮鬥啊！」

辰哉突然拉高聲調，小狗嚇了一跳，又開始吠叫。泉溫柔的撫著牠的頭。

「可是，我覺得自己再也奮鬥不下去了。我有努力不下去的理由，所以我告訴自己，不再努力也沒有關係。但是，這種想法行不通，對吧？」

「沒、沒錯。你一直都在努力奮鬥，而且也能繼續奮鬥下去。」

泉摸著小狗的背，「嗯——」的點點頭。

忽然傳來動靜的聲音，泉和辰哉抬起頭。辰哉家玄關門開了，田中露出頭說：「辰哉，阿姨叫你快點回來吃早飯。」

「好，馬上來。」

辰哉嘟起嘴巴，可能因為被當成小孩，有點難為情。

「若菜也說了，你跟田中簡直像對兄弟。」泉笑道。

辰哉並未抗拒，笑道：「那個人，感覺滿有意思的。」

❖

到達福岡機場，來接機的是上次前往山神一也父親老家時，幫忙帶路的岩永巡查長。

乘坐清晨第一班飛機的北見和南條，在入境大廳短暫寒暄之後，隨即在岩永的駕駛下到縣警單位報到。

昨天深夜，北見接到了岩永的聯絡。他說博多中洲某色情服務店的員工因為傷害事件被逮捕。其中一人供稱他與貌似山神一也的人認識。

傷害事件本身並不稀罕，一群色情服務店的員工圍毆前職員，施暴者共有三人，其中有個人叫早川貴明，在這家店才剛上班不久。就是這個人說去年十月左右，他和貌似山神的男人在同一個工地現場共事過。

根據負責審訊的岩永巡查長所說，這個早川三十幾歲，不折不扣的混混，在家鄉崎玉被高中退學之後，工作不定，最後流浪到九州來。在此之前曾因傷害、恐嚇及竊盜，入獄服刑了兩次。

這個早川與疑似山神的人共事的地點，是鹿兒島市內的土木工程現場。因為工地很大，聚集了為數眾多來自九州各地的工作者。

早川和疑似山神的人住同寢室，雖然只有三星期，時間不長，不過性格還滿投合的，休假時曾經一起出游過。

早川本人表示，他是在辭去工地工作，回到福岡在這家色情店工作後，才想到同寢室的男人可能是山神。不過據岩永偵訊時的感覺，很可能在一起的時候，早川就已經發現了。雖然他談得不多，不過如果那人是山神的話，早川證實他覺得山神當時是從沖繩來工作的。這是因為雖然他們彼此沒有告知自己來歷，但那個人身邊的物品，例如簡易打火機，或裝了清洗衣物的塑膠袋上，都寫著那霸市內的店名或地址。

附帶一提，這個疑似山神的人和早川一樣，十月底就離開這個工地，後來再也沒碰過面。

如果那個人是山神的話，初春在埼玉的營建公司工作，用球棒打傷宿舍同事之後消失蹤影，這樣一來他的蹤跡又可以連接起來了。而且若是這個情報發生在去年十月，則不過是三個月前的事。況且，來自沖繩這條情報會是一條大線索。

在岩永引導下，北見和南條進入署內的偵訊室。窄小的房間裡，已經讓早川坐著準備。

一眼看到早川抬起無精打采的臉時，北見霎時感到煩悶。因為工作性質的關係，他明白自己必須習慣跟這種長相的人打交道，可是無來由的，心情總會感到沉重。

也許是因為光線暗淡，早川的臉色異常蠟黃，眼睛鼻子耳朵，都好像是隨便撿別人不要的湊合在一起，缺乏協調感。一個人生活放蕩糜爛，自然表示他的心也放蕩糜爛，但是果然相由心生啊，北見想。那張臉乍看時，並不特別凶惡，再者，如果他燦然一笑，倒也還人模人樣。只是，習慣犯罪的人，臉上好像用針一一縫上了自暴自棄、貪念、幼稚的線，把整張臉變僵了。北見暗忖，若是把那些線一條條用剪刀剪斷，會變成什麼樣的臉呢？不過，拆掉線之後的平板面孔，也許又會呈現其他的醜惡。

北見懷著沉重的心情在面前坐下，早川大大嘆了一口氣，咂舌說：「拜託放過我吧。」

「想早點結束的話，就把你知道的全都說出來。」北見冷冷的說。

早已習慣偵訊的早川，似乎從這句話就察覺出北見是個什麼樣的刑警，立刻放軟了態度說：「不關我的事啊。那個八王子案跟我無關。不過我看，是那個傢伙，他是凶手。」

「我蹲了幾次監獄，所以很清楚。真正腦袋不正常的人就是那種長相。平常看起來很普通，但那種普通的臉才會殺人。」

早川突然說起了長相，讓北見有點心驚，彷彿自己的想法被看透了似的。不過他還是強迫自己面無表情。

「為什麼覺得那個人就是山神？」

北見問得簡短，讓對話不致卡住。

「首先是長相，真的很像哦。咦，是什麼時候的事啊。我在某個地方看到那張通緝照片，立刻就聯想到了。當然啦，一般人看到可能也不會連想，可是人的相貌看多了，一眼就分辨得出殺人犯的臉。還有，其實是他自己說的。當然不是說殺人的事啦。但是，欸，我忘了是什麼時候，同一班中有個傢伙自殺了，上吊死的。後來我說『我從來沒想到去死欸』。那傢伙說『我也沒有』，只說『有時會想死了也不錯』。

貌似山神的人還說了下面這番話。

「我也從來沒想過去死。不過，偶爾——並不是什麼特別的時間——比方說早上撇條的時候，或是電視上在播綜藝節目的時候，猛然會想到『欸？我如果現在就這麼死了，好像也不錯。死了一了百了。』並不是對世界絕望，或是有什麼討厭的事。反倒是有點開心的時候，我會突然覺得『欸，死一死也不錯？』」

早川好像本來就是個健談的人，後來也同樣複述了貌似山神的人說的話，想到哪裡就說到哪裡。

「……說得簡單點，那傢伙啊是個對生死界線不太在乎的人。他自己不太在乎，所以認為別人也不在乎。因為，自己消失，跟別人消失都是一樣的嘛。所以才會想要殺了自己吧。所以啊，那種人一旦發狂時，會做出什麼事情很難預料。啊，對了，現在想想好像有點像。那傢伙好像提過在八王子發生凶案那天的事耶。哦，當然啦，我不確定是不是啦。只不過後來看電視，知道凶殺案當時的狀況，直覺好像就是他。」

據早川所說，那天，疑似山神的人去過東京郊外的城鎮。火傘高張的炎熱夏天，腳邊的柏油發出令人發嗆的熱氣。剛好前一天，那人登記的派遣公司聯絡他，有份算日薪的差事。工作內容是傍晚到清晨的土木工程，到了現場後，對方會準備作業服等，酬勞也是現場發給。

那人大概下午五點過後到了該車站。雖說是郊外，但有大型的車站大樓，車站前的圓環停著往各方面運行的公車。

按前一天電話指示，他要去的地方大概是坐公車二、三十分鐘的距離。那人走出車站，尋找公車站牌，不過跟有冷氣的站內不同，一走出屋外就熱得汗如雨下。

坐上公車，前往指示的地點，下車的地方是個新興住宅區，可是他按指示走了半天，都沒有類似工程現場的場所。男子到處尋找。一路上，在自動販賣機買了好幾瓶冷水或茶。盛夏住宅區的熱氣，和風景一樣絲紋不動。那已經不是流汗，簡直是穿著濕衣服在路上走。

到了集合時間的五分鐘前，還是找不到工地。男人終於打電話到登記的派遣公司去。告知指示的地址後，對方笑道「那個啊，是上星期的工地。」好像是前一天打電話的人搞錯了。對方說「距離有點遠，如果你還打算去的話，我就告訴你。」連聲道歉都沒有。男子掛了電話。

總之汗已經流了，也沒辦法了。汗水從下巴一滴一滴的落到地面。放眼望去全是模樣相仿的房子。他已經找不到公車站，也不知道自己從哪裡走到哪裡了。

男人在一旁的家門階梯上坐下。彎曲的膝蓋窩黏答答的很不舒服。不過，他已經沒有力氣再往下走。但時機就是這麼不巧。在成排的房子當中，正好男人蹲踞的房屋主人回來了。一位嬌小的女子，手上提著超市的塑膠袋。

男人祈禱，希望她繼續從面前走過去。但女子在稍遠處站定，開口說：「請問？」

男人心底一陣煩悶，在心中暗念著「幹、幹」的站起來，一面想著，為什麼偏偏是自己坐的這家。

他想拍拍屁股就走，但女子又出聲：「請問，找我們家有什麼事？」

「沒有，沒事。我只是有點迷路而已。」男人沒好氣的回答。

女人理解似的「哦哦」、「欸欸」的點頭。

「這附近有沒有自動販賣機？」男人問。他的嘴渴到連口水都乾了。這附近全是模樣相似的房子，連一台自動販賣機都沒有。

「自動販賣機嗎……」女子側著頭想。

男人走下階梯，讓女子進去開了門。她上了階梯走到玄關。男人不自覺的望著女子的背影。門關上時，女子朝他瞥了一眼，所以男人假裝往外走去。但門一關，他又坐回剛才那個位置。

房子這麼多，但路上一個人都沒有。屋子和街道只有熱字了得。

就在此時，背後響起開門的聲音。男人蹲著回頭時，那女子走出來了。男人更加煩悶，把手撐在膝頭站起來。

「先生，如果你不介意的話，請用。這是麥茶。」

仔細一看，女子手上拿著杯子。她小心翼翼的走下樓梯，怕把茶水溢出來。她沒開門，而是從門上把杯子遞出來。男人站起來，接過杯子。冰得透澈的麥茶，連手中的杯側都變成霧狀了。

他沒說謝，就在女子面前一飲而盡。真是冰涼又可口的麥茶。剛一喝完，不知為何突然憶起剛才電話中男人的笑聲：「那個啊，是上星期的工地。」瞧不起人的聲音。

遞還杯子，女子問：「要不要再來一杯？」男人拒絕了。

「……然後，接下來的部分，我覺得是他自己編的。」

說完喝光麥茶的場面後，早川驀地露出猥瑣的笑容。

「女子走回屋裡後，那傢伙得意忘形，尾隨在後敲了門。他說，那女子出來幫他開了門，所以就直接闖進去，在玄關強暴了她。」

早川說了這話又笑了。那笑帶著污穢，北見不覺轉開視線。

「這是那傢伙說的？強暴了那女子？」北見問。

實際上，被害人尾木里佳子並沒有受到性侵的跡象。

「對，他是這麼說的。但是，我看是騙人的啦，因為之前我跟他說了女人的事，他不服氣，所以自吹自擂。」

「然後呢？他有說後來怎麼樣嗎？」

「強暴之後，因為肚子餓，就搜刮他們的冰箱，吃了火腿和水果後逃走。」

北見抬頭看看站在身旁的南條。就算不說話，他們倆也能確定剛才早川說的光景，跟八王子被害人屋裡的狀況完全吻合。

「那傢伙有說，他是從沖繩來的嗎？」北見改變話題。

「沒有。所以詳情我不知道。昨天我也跟別的刑警說了。那傢伙身上帶的東西有沖繩商店的名字和地址。」

「你們離開共事的工地時，他說了什麼沒有？」

「沒有啊，那種地方，連招呼都不用打。啊，不過……」

「不過什麼？」

「他好像有說過，存了錢要去買露營用具。帳篷啦、睡袋啦、飯盒啦，所以我問他『買那些東西，你是打算去流浪嗎？』他說『嗯，差不多。』」

男人向這家建築公司登記時，用了「田中信吾」的名字，把連巷弄號碼都沒有的橫濱地址當作聯絡處。

「這話找來說可能不太適當，不過你們如果不早點抓住他，那傢伙絕對會再犯的。尤其是從旁看來，他樂在其中的時候。」

對早川長達一個小時的審訊時間結束後，北見與南條一起步出走廊。

「還是沒有沖繩來的目擊情報嗎？」

來到走廊時，南條問。

「對。米之前查對過了，但是連值得調查的對象都沒有。我以為，也許會有一兩個那裡的消息被我們遺漏了，所以我剛才過去再找一次。但到達機場時確認過了，目前都還沒有任何訊息。」

晚一步走偵訊室出來的岩永問：「接下來呢？」

「我們想去早川他們在鹿兒島共事的工地。然後直接回東京。」北見答道。「喂，山神父親的老家離這裡遠嗎？」南條插嘴道。

「開車要兩、三個小時。」回答的是岩永。

「得花一天工夫哪。」

南條似乎放棄了。岩永說他去準備回機場的車，便轉身離開。「北見，你對坐在那邊的老婆婆，有什麼看法？」南條突然改變話題。轉身一瞧，走廊尾端的長椅上坐著一個看似福薄的老太太。

「不知道耶。會來這種地方，可能是兒子不學好，所以來保釋的吧。而且恐怕已經進出警局好幾十次，老太太這半輩子都這麼過日子，不是嗎？」

北見回答之後，南條說：「說到底，還是地點的問題。例如，假設山神在沖繩那種渡假勝地，會有誰懷疑他是殺人犯呢？還有，那個老太太啊，因為讀大學的孫子騎摩托車摔車，她是陪著孫子一起來的。剛才還在罵那個優秀的孫子呢，『所以才叫你別騎那麼快，提醒你多少遍啦！』」

北見再度看向老太太。一旦知道了真相，原本看起來福薄的身影現在卻宛如有了新的面貌。

「你覺得山神會回沖繩去嗎？」

聽到南條的詢問，北見不假思索的說：「會」，儘管他手上一點根據都沒有。

那天晚上，回到東京後，北見重新把之前通報中與沖繩有關的資料調出來，結果，沖繩來的通報只有一件。

疑似與沖繩相關的那一件通報，來自居住在大阪的女性。在多不勝數的通報中，能升格成為刑警調查對象的，僅僅只有一小撮。當然有些資料會委託當地轄區警局進行確認，但交給當地也就意謂著該情報已被判斷為無用。實際上，這些通報當中，也都沒有一則與山神連結起來。

這位大阪女性提供的情報，甚至還不到委託當地轄區確認的程度，因而埋沒在大量的資料中。

通報者叫做種田優里，二十四歲，目前在全國知名的甜點屋心齋橋分店工作。通報的內容為距今一個月前，她與另一名同事去沖繩旅行時，好像見到一名貌似山神一也的男子。

所幸，她留下了明確的聯絡方式。北見迅速打電話到該手機號碼，但可能在上班的關係，打了兩次都沒有接聽。不過一個小時後，對方打電話到北見留下的手機號碼。

時機太不巧了，北見正在廁所小便。他慌張的回應：「我再回電給你。」手也沒洗就衝出廁所。

稍微交談了一下，北見發現這位女子並不是惡作劇或是好玩才打電話通報的。

「……聽說您發現貌似山神一也的人，能不能請您再詳細描述一下呢？」

「呃，我也不能百分之百確定他就是凶嫌。」

「那是當然，即使這樣也沒關係。」

「對了，我們發現的日期，你已經知道了嗎？」

「是的，這邊的資料上都有紀錄。」

「呃，我們看到那個人的地點並不是在沖繩本島，我是說那霸。」

「嗄？不是那霸？」

這個訊息並沒有記在資料中。

「對，我和朋友是下榻在那霸的飯店，但最後一天，我們去了波留間那個離島，當天往返。」

已經走回自己桌子的北見趕緊拿出地圖，翻開沖繩那一頁。

「那個小島從那霸搭渡輪大約三十分鐘可以到。我是在島上的碼頭，看到了那個很像嫌犯的人。」

從手邊的地圖，北見已經找到波留間島的位置。粗略看來，它算不上小，但也不像石垣島或宮古島那麼大。

「……對不起，我是猜的啦，那個很像凶嫌的人可能在那個島的旅館或民宿工作。我們到岸的時候，他來迎接跟我們同一班渡輪的一家人，湊巧去搭回程渡輪時，他也在。他是去送一對年輕情侶離開。我還記得他一臉笑意，站在碼頭上揮手揮了好久……」

「對不起，打斷一下，那時候你是從什麼地方察覺他可能是山神一也？」

「因為以前電視上報導過這個凶手在大阪的美容診所做過整形手術。而那家診所就在我娘家附近，所以印象非常深刻。啊，還有，通緝照片上的臉，我也記得特別清楚……。哦，不過，我並沒有馬上就認出來，在碼頭上看到時，那個人曬得很黑，而通緝照片跟他比起來，算是相當白皙……。不過回到大阪之後，心裡一直掛著這件事。所以心想還是通報一聲比較好。」

這個情報若是發生在一個月前，山神就有可能還留在這個島上。當然，那個人還不能斷定就是山神，不過那個島並不大，清查島上的旅店花不了多少時間。只是，不能打電話一家一家確認，因為很可能接電話的人就是山神本人。

通報者掛斷電話之後，在八王子凶案現場下令再調查的部下來了電話。

據說為福岡早川的供述佐證的麥茶茶杯，掉在現場玄關旁的盆栽裡。只是很遺憾的，並沒有取得指紋。

也許被害人尾木里佳子的確請山神喝了麥茶。可是，就算真是如此，也沒能解決任何問題。

北見想像著沖繩蔚藍天空下，山神一也站在碼頭邊笑臉送客的模樣。一瞬間，他想起在福岡時早川的話。

「……不快點抓到他，那傢伙一定還會再犯的。」

◈

與若菜一同從學校回家，走到平時分別的地方揮手道別時，泉一時停下動作說：「啊，我忘了。今天我要去『風獅爺之家』借一輛腳踏車。」

「給客人用的腳踏車？」

「嗯，明天來的客人是一家六口，我們少一輛車。」

兩人並肩走在通往峽灣海灘的路，遙望著灰暗的冬海。之後，她在「風獅爺之家」前與若菜道別。走進布置成小小咖啡座的院子，正好民宿的老闆娘從門口出來。

老闆娘似乎一時忘了，瞪著烏溜的大眼好一會兒，才喊道：「啊呀，我想起來了。那邊那邊，我放在那邊了。哪一輛都行。」她指著倉庫。

這位老闆娘平日都是便服外加圍裙，今天不知為何穿了工作服。

「您要出去嗎？」泉問。

「星島啊。我去割草。」

「您在星島上有土地啊？」

「地是有，但也沒多大。不過，又不能擱著不理。」

「阿姨，能不能帶我一起去呢？」泉問。

「可以啊。可是我要待一、兩個小時喲。」

「我幫你割草。」

「不用啦。那塊地還沒有大到需要人幫忙。」

老闆娘往通向沙灘的後門走去，所以泉把書包放在倉庫，跟在老闆娘後面。

凸出於白沙灘上的棧橋，繫著「風獅爺之家」的船。可能也用在載客，所以比辰哉的小船大了一倍，而且船體也很新。

泉跳進船裡。果然，因為比辰哉的船大，所以穩定性也強。泉蹲下來時老闆娘已經解開繩索，啟動馬達了。

「跟辰哉的船比，我這算得上豪華客船了吧。」老闆娘豪爽的大笑。

果然船大速度也快，飛馳的景象也與以前大不相同。泉抓穩重心的站起來，讓全身接受撲打而來的風。駛出海灣的剎那，烏雲散開，冬天的柔和陽光灑落在海面上。

之後，船側停在星島的棧橋，泉跳到棧橋上。

「小泉，從那兒上去，往右邊走一會兒，就一座舊石牆和三個倉庫，你知道在哪兒嗎？」

聽到老闆娘的話，泉點點頭說：「知道。」

「阿姨會在那附近。你不可以跑到太危險的地方哦。不過，這裡也沒什麼危險的啦。」

「我只會爬到那個山丘上看海而已。」

「山丘，是那個廢墟啊？阿姨最近都沒去，那裡怎麼樣了？」

「還是廢墟那個老樣子啊。」

也許覺得泉的答話很有趣，老闆娘又一陣豪爽的大笑。

泉率先往前走，像平常那樣走上小路後，確實發現右手邊稍遠處，有一座殘餘的石牆，和三個簇新的倉庫。

許久之後重返小島，令泉感到雀躍。往廢墟所在的山丘走時，不知不覺跑了起來。爬到坡頂時，眼前只有開闊的大海，從雲縫間射出的陽光讓海面熠熠生輝。

泉正想在以前常坐的石頭上坐下，忽然心生一念，走進了廢墟中。當然，田中的行李已經不在，陽光直射在崩塌的白牆和腳邊的瓦礫上。

泉環視了一圈，以前田中倏然露出頭嚇到她的那個門框還在，現在正好成了一個大畫框，看得見門外的景色。她突然想到，這麼說來，好像還沒有到廢墟後面看過呢，泉往後方走去。

從本來有門的空間向外跨出一步，是個小小的空地，以前應該是個小後院。它的尾端連接著平緩的山岸，可以看到下方的海灘。

泉再走到幾步外的地方，朝崖下探看。白色的沙灘延伸出去，將島和海分隔開來。島上生長著茂密的野生椰子樹，而海上湧起白浪。藍色的大海藍得無邊無際，白色的沙灘白得沒有盡頭。在風中搖晃的椰子樹葉強而有力。

泉不由得嘆了一口氣。景色看得入迷，不自覺的往山崖的方向跨出腳。還好南國特有的樹根遍生四處，本應踩空的腳踏在了半空中，她趕緊縮回。

泉在無敵美景前伸了個大大的懶腰。光是看著這片風景，就覺得今天來這兒也值得了。

伸完懶腰後，泉驀然對背後有些好奇，就在轉過身的那一刻，泉驚呼了一聲。猛地後退的腳又踩在柔軟的樹根上，然後就無法動彈了。

眼前是一道白牆。雖然一半已經崩塌，但有一塊一直連接到二樓部分。那道白牆上用紅色油漆寫著「怒」。

儘管只是單純的塗鴉，但那個字飄蕩的詭異氛圍，令泉感到恐怖。她很想穿過剛才出來的門框，立刻回到另一側去。可是那個紅色的「怒」字堵在面前，她跨不出腳。彷彿轉開視線，那個字就會侵襲過來般，膝頭竟漸漸顫抖起來。

泉屏住氣，與那個字互相對峙。仔細一看，「怒」的周圍也用紅色油漆寫了好多小小的「怒」字，宛如密密麻麻的壁虎爬在上面，亂扭亂動寫成的字。

泉一時頭暈目眩，就地蹲了下來。只是，即使蹲在地上，眼睛還是離不開那道牆。好像大量的「怒」蟲吸附在自己身體上，緩緩爬上來，讓她毛骨悚然。

紅色的「怒」字小蟲，看起來不斷不斷的從白牆中湧出，湧出的蟲爬下白牆，爬到地面，來到泉的腳邊。

泉使勁的用手拍打自己的手臂和臉，可是再怎麼拍打，紅蟲還是爬上來。

她發出尖叫，逃進廢墟中，然後逕直跑到屋外。她本想一路跑到「風獅爺之家」的老闆娘那裡，可是她停了下來，現在所站的位置，氣氛上明顯和牆壁後側不同。

泉低頭看著自己的身體，當然並沒有紅蟲附著。剎那間，她又想尖叫，如果早一點發現就好了，太大的衝擊打斷了思考。

那個字是田中寫的。

泉的眼前浮現出田中用紅漆在白牆上寫下「怒」的背影。只是那個背影並不是她所認識的田中。

泉想直接跑下山丘，可是不知怎的又停了下來，在稍遠的地方轉過身來。

那是什麼？自己剛才在那道牆後面看到的，究竟是什麼意思？

從這兒看，只能看見崩塌的白牆，可是，那道牆的後面確實有一個「怒」字。

雖然田中做什麼事總是樂在其中的樣子，但她突然想到，他也曾經在這種地方野營過。當然，泉並不知道田中為了什麼因素，在這種地方孤伶伶的獨自生活。這裡對田中而言並不是終點，只是路過，所以她沒有想得太深。但假如把現在的自己跟他對調，和母親、「波留間之波」的叔叔阿姨、若菜以及辰哉完全斷絕關係，獨自待在這種地方。簡單的說，就是斷絕過去與未來，那個田中就是這麼做的。這樣的人當然不可能沒有煩惱，但是從白牆上那個字散發出來的詭異感，不是這點理由就能拂拭得掉。

❖

日漸西沉，又起風了。海上吹來的寒風敲打著玻璃窗。洋平擱著筷子，心不在焉的看著電視。那是個比賽形式的熱鬧節目，不可能聽不見聲音，可是他完全不明白他們在進行些什麼，也不知道它有什麼好笑。

洋平沒動筷子，他等待的是茶泡飯用的茶。愛子站在廚房，可能水壺的水還沒燒開，一直不見她回來。不對，也許她才剛剛離座。洋平站起來窺探著廚房，愛子楞楞的注視著已經冒出白煙的水壺。

「愛子，茶呢？」洋平叫她。

愛子猛然回過神，正要說：「還沒開……」才注意到眼前的白煙。

洋平坐回桌前，用筷子把明太子截了一大塊，放在碗裡的剩飯上。

田代消失蹤影其實是一星期前的事。但它既像昨天才剛發生，又像是一年前的事。

那天，愛子哭到筋疲力盡。洋平擔心她會不會就此再也站不起來。所以，軟硬兼施的把不願離開的愛子帶回家裡。他做好了心理準備，可能她會把自己關在屋裡一段時間；可是第二天早上，愛子照常到早市去工作，工作完了就回到田代不在的公寓，中午到漁會給洋平送便當。然後，等洋平下了班回到家，愛子會幫他做晚飯，一起吃飯、洗碗後，又回到公寓去。

那天以後，田代沒有一通電話。愛子也一概不提田代的事。洋平見狀，想問也不敢問。因為愛子每天回公寓，所以也許還在期待田代回來吧。看到愛子這般痴心，他說不出「田代已經不會回來了」這種話，當然也更說不出「他總有一天會回來」。

「爸爸，喝茶。」

冷不防被愛子叫了一聲，洋平嚇了一跳。眼前，愛子正拿起茶壺搖晃。

吃完飯，洋平去洗澡。廚房傳來愛子在洗碗的沖水聲。水聲一停，洋平就忐忑起來。「愛子！」無目的的喊了女兒，「什麼事？」愛子說。「沒事，等一下我要喝點小酒，你幫我留點下酒菜吧。」洋平臨時找了個無關輕重的話說。

洗好澡，在更衣間穿上睡衣，就聽到愛子「晚安」和走向玄關的腳步聲。

洋平從更衣間衝出來，跑向玄關。

「要走了嗎？」

愛子正在穿鞋，臉上沒有一絲表情。

「冰箱裡有馬鈴薯沙拉。」

「哦，好。」

「我說，喂！」隨即又叫住正要出門的愛子。

愛子回過頭，還是沒有表情。

「……那個，對了。不用特地回那邊去嘛。只睡覺的話，這裡也能睡啊。」

洋平說到這兒打住了，喉頭還哽著一句：「一想到你一個人待在公寓，我會擔心。」

「……還有，你就算沒有待在公寓，田代他，他也知道這裡呀。」

洋平一說出田代時，愛子望著父親的無神眼光中，突然溢出了淚。

「他、他會回來的。那個人沒做過壞事，等他心情平靜下來，一定會跟我們聯絡的。」

洋平一口氣說完，他也知道不該說這些話。愛子的臉頰流滿了淚。

「他不可能回來！他不可能回來的呀！爸爸你心裡一清二楚，為什麼還要說這些話騙我！」

愛子任由淚水流著，歇斯底里的大喊。

「田代哥都說了要我相信他！我還發誓說我相信，都是因為爸爸不相信，都是因為爸爸從來不相信愛子說的話！」

洋平走下冰冷的玄關，想安慰開始抽噎的愛子。但是他才把手放在女兒肩上，愛子就在窄小的玄關發起脾氣來。

「都是爸爸……如果爸爸對我說，就算我這種人也會有人愛！如果爸爸告訴我，那個人既溫柔又正直！愛子一定會幸福！如果你這麼說……我就不會……我就不會打電話給警察……」

洋平趕緊支撐住快要哭嚎起來的愛子。原來這星期以來，她是懷著這樣的心思送便當、做晚飯啊。想到這裡，不忍心的淚水湧了上來。

「愛子……」

洋平硬是用手塞住自己的嘴，因為他覺得自己差點就要說出「田代會回來，他會回來，別擔心」之類的謊話。如果他能說出「爸爸相信你，爸爸相信你會幸福」，該有多簡單。但是他不想再用那種謊言欺騙已經不堪一擊的女兒。自己是個不相信女兒的父親。

這時，客廳的電話響了。先反應過來的是愛子，她抽噎著想爬回客廳。洋平跨過她的身體，回到客廳，拿起電話筒。

他聽見一個老年男性的聲音。那人似乎很激動，說話含糊不清。

「……老槙嗎？大、大事不好啦。你租的公寓房子突然來了一大群貌似流氓的男人，他們說要把它搗爛……喂喂，聽得見嗎？我是『陽光小築』的屋主啊。」

終於聽懂對方說話的內容，「喂喂」洋平回應道。

「你快、快來一下。是之前那件事吧？你女兒的老公欠債逃走，他們是來討債的吧？全鎮的人都知道啦。剛才已經聯絡了警察，反正你先來一趟。」

站在一旁的愛子帶著期待的眼神看著自己。洋平搖搖頭說：「不是田代。」

掛了電話，洋平強自裝出鎮定，嚴厲的說：「你給我待在這裡，等爸爸回來！聽好了，絕對不可以到外面去。」

當然愛子想知道原因，但他怒吼著說：「不是田代的事。總之你給我待著！」然後換了衣服衝出家門。

坐進車子，插入鑰匙，他的手非比尋常的顫抖起來。雖然不知道他們用了什麼方法，但總之警察洩漏了田代的所在地了。田代的話是真的，田代信任著愛子，田代他……田代真的愛著愛子。

洋平心中亂成一團，不知道該怎麼做，暫且先把車開動了。在公寓前停下車，玄關前確實站著三個長相凶惡的男人。他們往他這邊走來，似乎想要離去了。可是，其中一個突然轉身走回愛子的房間，提腿朝大門使勁踢落。那聲音連在車上的洋平都聽得一清二楚。

男人們走近，朝車裡的洋平瞧了兩眼，洋平抱著隨人處置的心情走下了車。

「莫非你跟一〇二的人有關係？」

較年長的男人把臉湊過來，直到聞得到他呼氣的距離時開口說。洋平點頭。

「警察過來有點麻煩，我們今天就回去了。你已經知道來龍去脈了吧？總之，借的東西就一定要還。」

踢門的年輕男人走回來。然後，那個年長男人突然揍了那年輕人一拳。男人呻吟了一聲，倒在地上，只留下牙齒碎裂的鮮明聲音。

「這個混蛋把門踢壞了，不懂禮數之處，對不起了。」

年輕男人摀著嘴從地上站起來，噴出的血水從指間溢流出來。流到下巴的血不斷滴落，把他身上的白色羽絨外套染成紅色。

男人們坐進車裡，開車離去。整個過程，洋平只能口瞪目呆的看著。它已經超過害怕的限度。彷彿眼前是一片乾涸沒有海水的濱崎海岸。

◈

澄澈見底的碧藍海水從腳邊延伸到遙遠的地平線，透明度令人屏息，而藍色的熱帶魚則在腳邊悠游。從渡輪下到波留間島的碼頭，北見凝視著海。

「世界上竟然有這種地方。」

南條沒理會北見由衷發出的讚嘆，用下巴往前指著說：「喂。」轉頭一瞧，一個制服巡警踩著腳踏車往自己走來。

「我不是叫你別引人側目嗎！」

南條小聲叱責。但那種口氣應該知道並不是北見的錯。

北見和南條雖然盡量打扮得不顯眼，但是氛圍卻是藏不住的。巡警下了自行車，在稍遠處朝他們敬禮。

「應該有人通知你們要低調一點吧。」北見走近厲聲說道。年輕巡警被這話嚇得縮成一團，只敢回答「是」。

「總之，你先走。我們跟在後面。」

所幸，渡輪的乘客都已經離開碼頭，坐進民宿來接客的車子裡。

「昨天查詢的事呢？」

北見對著前面推腳踏車的巡警背影說，巡警一時想回頭，但又忍住了。

「是。島上的旅店大小共有六十三間。因為您囑咐不能用電話，所以直接去找業主確認的有十九間。現在還未能確認疑似山神的男子。只是，在這種島上，年輕男人隨意跑來，在民宿等處打工的情形並不少見。已經調查的民宿中，就有三、四間在這半年雇用了打工族在工作。」

「那幾個人都沒有可能嗎？」

「沒有。就年齡上和體格等來看。」

載了客的小客車陸續從碼頭的停車場開出。搭乘回航渡輪的乘客也都上了船。轉眼間，碼頭冷清下來，只聽見靜靜的海浪拍打上岸的聲音。

雖然稱之為碼頭，但是並沒有什麼特別的設施。只有大而無當的停車場和渡輪船員專用的小休息室，以及水泥已剝落、供客人躲太陽用的候船室。再過去就是一片椰子林，還有一條延伸到聚落的柏油路。

北見朝著前面的巡警問：「離派出所遠嗎？」巡警守信的沒回頭答道：「不用五分鐘就到。」

旅客候船室裡似乎沒有人，北見想討論一下探查的順序，於是叫住了巡警。

可是，空蕩的候船室一角，坐著一名制服少女。剛才在碼頭就看到的少女，似乎是來送搭渡輪回去的朋友。

「你好。」北見招呼道。少女抬起的臉略顯驚訝，但也回應：「你好。」

「本地人？」北見問。

「是。」少女點頭，目光轉向隨後進來的南條和巡警。少女很機靈，見兩人走進來，立刻起身到室外，讓出空間來。北見對她說：「抱歉哦」，少女沒有回答。

巡警在長椅上坐下，立刻展開全島的地圖，說明先前探查的狀況。

「昨天有人搭渡輪進出嗎？」北見問。

「沒有。我和船公司聯絡過了。」

驀地，眼光轉向牆壁，那裡貼著「波留間島半馬拉松」的海報。

「那是什麼？」北見問。

「要在這島上舉行。啊，還好。如果是馬拉松的時期，觀光客大舉湧入島上的話，要找到山神就更困難了。」

北見看向敞開的窗外，宛如從天空落下來的藍色大海上，渡輪已經遠颺。

「呃，要不要我也一起同行……」

「不，你在派出所待命，如果有什麼狀況，立刻請求支援。」

北見的話讓巡警的臉色更為緊張。

◈

從棧橋出港的渡輪已經遠去，在靜止的藍海上，拉出一條長長的白尾巴。

走出候船室的泉，下意識的繞到後面，蹲在窗下注視大海。遠去的渡輪上坐著打算去那霸親戚家的若菜，泉才剛送她上船。

因為窗門敞開著，可以清楚聽見她出來時進去候船室那兩人的聲音。因為和警官在一起，剛開始，泉以為渡輪上出了什麼意外。但聽了他們的談話內容後，發現那兩個便服男人是東京來的刑警。

她無意偷聽別人，可是那三人似乎以為附近完全沒有人了。在這時候，她也不方便站起來了。

泉抱著膝，不發出聲音的靜靜坐著，直到三個男人出去為止。

這段時間裡，她把三人的對話內容都聽明白了。三人似乎為了尋找某人而來到這個島。雖然不知道他們找的是男人還是女人，但派出所的警官舉出聚落和民宿的名字，所以想必他們找的不是本地人，而是觀光客。

泉再次凝望大海，若菜搭乘的渡輪已經繞過岬角，看不見了。

「總之，我們先行動吧！」聽見這句話後，三人走出候船室。剛才說話的人，就是問泉「是本地人？」的年輕刑警。

泉等三人出去，又隔了一會兒才站起來。騎上停車場唯一剩下的自行車，踩著踏板往縣道騎去。這條路穿過椰子林，椰子葉從兩側伸到路上來。泉為了不撞到葉子，縮著脖子騎車經過。來到縣道前，她看見三人的背影。警官推著腳踏車走在前頭，三人一同走著。年輕刑警注意到泉的車，轉過身讓出路來。「怎麼你還在這裡啊？」顯得有點吃驚。

「不好意思。」泉呼喊了一下，使力的踩下踏板。超越三人的剎那，她才終於領悟到一件顯而易見的事。兩名刑警自東京來到此地，肯定是為了一件重大的案子。

在縣道與向左轉的三人分道，泉開始站立踩車，爬著緩坡往自己家前進。

她知道那三人在追查某件案子的嫌犯，他們絕對不會是壞人，但是她還是想快點遠離他們。但是，騎到坡道中間，泉照舊用盡了力氣、下來推車。回頭望去，三人正好轉過彎道，消失了蹤影。

遠望無人來往的縣道，泉不知怎的心臟怦怦跳得很快。她直覺三人尋找的是重大凶案的嫌犯。

他們的神態並不像是尋找這兩天才來到島上的人。如果嫌犯不是島上的居民，那就有可能潛伏在島上一段時間了。

快點回家吧。泉推著車加快了腳步。但隨即停下了動作，為什麼一直沒想到呢？腦中浮現的是昨天在星島廢墟看到的紅字「怒」。田中肯定也背著自己的煩惱在過日子吧。看到塗鴉之後，泉試圖用這個想法來遺忘自己受到的衝擊。

只能說是第六感吧，她覺得那三人在找的應該就是田中。但是浮起這種感覺的同時，也同時想到清晨田中騎著自行車，在後方督促辰哉練跑的身影。刑警們與田中完全搭不上線。

泉匆匆往歸途走去，走到坡頂、再度上了車，一路滑下連到河口的下坡。

到了家，泉一個勁的往民宿的廚房跑去。母親在那兒，「回來啦」的迎接讓她心情稍微篤定了一點。

「媽媽，剛才……」

泉想把刑警的事告訴母親，但時機不巧，住宿的客人在叫她。「對不起，等我一會兒吧。」母親出了廚房。泉對著她的背影回道：「沒關係，等一下再說好了。」

泉不知為何焦躁不定，她出了廚房，打開手機，輸入「嫌犯」、「波留間島」試著搜尋，當然沒有符合的條目。

「泉啊，咦？不在了？」

裡面傳來母親的聲音。泉沒有回答，又再跨上自行車。

泉踩著自行車，並不確定自己想去哪裡。只是心情無端的焦慮著，把力氣都放在踩踏板的腳上。

最後，泉來到的是辰哉家所住的聚落。到達之後，她越加不明白自己來此的目的是什麼。

泉在辰哉家門前下了自行車。似乎沒有住宿客在。微暗的玄關大廳空蕩無人。她沒出聲，只是觀望著屋裡。突然間，背後有人喊道：「小泉？」

吃了一驚回頭看，正是剛去練完跑的辰哉。

「怎麼了？」

辰哉不解的問。

「唔，沒什麼……」

「你是要到我家來吧？」

「嗯嗯。」

「找田中哥？」

「他在嗎？」

辰哉立刻領會，正想去叫田中。泉慌張起來，叫住他：「啊，不是的！對不起，我不是找田中哥，而是找你。」

「找我？」

辰哉轉過身，略略顯得緊張。

「嗯。我是想……我是想，如果你有時間的話，等會兒可不可以帶我去星島。」

辰哉相當詫異。「好，好啊……」他如此回應，可是仍然站在原地不動。

「對不起。如果你很忙的話……」

「完全沒關係。我去換衣服，你先到沙灘去。」

辰哉說著，把鞋脫下來扔在玄關。雖然是脫口而出的話，但她想讓辰哉看看星島上的塗鴉。

辰哉和田中的關係比她還親近，所以也許會有完全不同的感想。

泉把自行車靠在玄關旁，從後門走下沙灘。從腳邊延伸的繩索末端，辰哉的小船在靜止海面上搖晃。

辰哉很快從屋裡跑下來。

「對不起，臨時麻煩你。」泉再次道歉。

直到船停靠到星島之前，泉都沒向辰哉說出塗鴉的事。

把船繫在棧橋，辰哉一如往常往椰子樹下走去。但泉對他說：「辰哉，能不能陪我到山丘上的廢墟？」

辰哉有點吃驚，不過他點點頭說「好啊」，便率先走出去。泉毅然決然的說：「聽我說，廢墟上的牆壁畫了塗鴉。」

「塗鴉？」

辰哉回過頭，但腳還是不停的往上走。

「可能，我想很可能是田中哥寫的。」

「田中哥？什麼樣的塗鴉？」

走到坡頂時，辰哉站定了問。泉支支吾吾答：「怎麼說呢……不知道該怎麼形容。」

「所以你想讓我看？」

「嗯……是這樣的，今天我去渡輪碼頭送若菜的時候，遇到了兩個刑警……」

「刑警？」

辰哉的表情掠過一絲緊張。他把刑警和那一夜聯想在一起。

「不是的。他們不是為我的事來的。呃，我不太會解釋，不過他們好像是為了找什麼人才到這個島上來的。派出所的員警也在一起。」

泉急忙說明。辰哉繼續往前走，泉也跟在後面爬上往廢墟的坡道。

「東京的刑警會來到這裡，應該是為了什麼案子吧？」

泉朝著辰哉的背影喊道。辰哉沒回頭，只是側著頭說：「大概是吧。」

泉想告訴他，嫌犯可能就是田中，可是說不出口。

到達廢墟時，海上的風把椰子葉吹得猛力搖晃。

「在哪裡？」

站在廢墟前時，辰哉回頭問。泉指著廢墟裡：「在那裡面，最裡面那道牆的後面。」辰哉一個人走進去。

待辰哉消失在廢墟中，泉閉上了眼睛，耳邊傳來吹過椰子葉的風聲與海浪的聲音。她想像著廢墟裡的景象，假裝與辰哉一起同行。穿過廢墟去到後面，辰哉眼前最先出現的是廣闊的沙灘，然後回頭。

此時，泉睜開眼睛，豎耳聆聽辰哉是否發出什麼聲響，但什麼聲音都沒有。

過了半晌，她聽到辰哉踩著瓦礫回來的腳步。泉只用眼神向走出廢墟的辰哉傾訴想法：「看到了吧？那個，是田中寫的對吧？」

可能是自己的錯覺，辰哉的臉色顯得有些鐵青。

「辰哉？」

泉擔憂的問道。

「……那個，是田中哥寫的吧？」

辰哉點頭，突兀的說：「小泉，你不用擔心。」泉不懂他的意思，反問：「嗄？什麼？」

於是，辰哉這次像對自己說一般，重複道：「小泉，你不用擔心。」

辰哉的神情明顯有些怪異。他把泉扔下，獨自走回沙灘。泉慌了。她不知所措的跟在後面，可是對著那個背影，一句話都說不出口。

回程的船上，辰哉完全沒說話，眼光也刻意避開了泉。

回到波留間島後，辰哉的態度仍然沒變。泉如同以往看著他把船繫好，辰哉此時才開口：「好了啦，你先回去。」直到最後，他都沒有再看泉一眼。

◈

門柱的風獅爺在夕陽中染成紅色。北見折起攤開的地圖，站在敞開的門口叫人。

沖繩傳統民家改建成的民宿，一塵不染的琉球榻榻米鋪到裡屋。過了一會兒，一名穿著圍裙的中年女子走出來。她以為是投宿的旅客，趕緊招呼道：「哎呀，您是預約的客人嗎？」

「不是，」北見簡短回答，跟先前同樣，把拜訪的原因向女子說明。女子摘掉圍裙，不知所措的站著。她雖然把北見說的話一字不漏的聽進去了，可是也跟前面幾位一樣，女子瞪大了眼睛，對眼前這個人到底在說什麼，完全一頭霧水。

北見首先提醒她，他是秘密在島上訪查，隨後拿出山神的通緝照片。這時候，女子也才與先前幾位一樣回過神來，她把照片端詳了半天，瞧瞧北見的臉，又再度看回照片。

「啊，這個是……」

女子這麼一說，北見急促起來：「你認識嗎？」

「不是不是。因為之前在電視上看過嘛。就是那個，女人打扮的照片……咦？這個嫌犯在波留間？嗄？真的嗎？」

女子用拉高了假音喊道。北見為了讓她鎮定下來，否認說：「不，還沒有確定。」

接著，北見說明了這個男子在波留間旅店打工的可能性，中年女子果然也和先前幾位一樣告訴他：「我們這裡沒有……年輕人隨興到此，然後在島上打工的情形並不罕見……」

「……你要把整個島都找過嗎？」

女子這麼問，北見點點頭。

「據我所知，至少我們這個聚落裡沒有。民宿也只有五、六間，哪一家有什麼樣的人在打工，大家都知道。」

事實上，女子說得沒錯。這已經是他們在這個聚落問的最後一家旅店，其他所有旅店也都說了同樣的話。

北見道了謝，離開了民宿。不覺之間太陽已經下山了。被夕陽染紅的風獅爺，現在被玄關前的街燈所照亮。南條站在路邊的車旁，北見搖搖頭，回到駕駛座。

他把島上巡警給的地圖攤開在方向盤上。這半天繞過的地點，南條都打了叉叉。南條踩熄香菸，正要回到副駕駛座時，剛才那位女子從屋裡跑出來。

北見打開駕駛座的窗。

「先生，我想到一個最近才開始在島上打工的小伙子。不過是在距離這裡有點遠的聚落。那民宿叫做『珊瑚』，開車走這條路十分鐘就到了。」

北見為了表示禮貌起見，下了車。

「……那家『珊瑚』的民宿，大概是從新年之後開始吧，請了個小伙子打工。可是他的臉跟剛才的照片有點不太一樣。」

「他現在還在工作嗎？」

「有的。今天早上還跟老闆兒子一起跑步。」

「跑步？」

「對。老闆的兒子參加了這次馬拉松大賽。兩個人只要一來，我家的狗就會跟在後面跑。它還是小小狗哩。所以好幾次，那個打工仔特地把牠帶回來。」

北見眼神一轉，院子後面有個小小的狗屋。

「長相不太像嗎？」北見問。

「唔——，我覺得不像。而且實在想不到那孩子會跟這件案子的凶手……」

再次向女子道謝後回到車裡。南條指著展開的地圖告訴他：「反正就是下一個要去的聚落。這家叫『珊瑚』的民宿。」

北見發動引擎。

◈

不知什麼時候，房間暗了下來。辰哉抱膝坐在地板上，凝視著直到剛才還被夕陽染紅的牆壁。

窗外有男人們的說話聲。他們是用完晚飯的客人們，好像是到屋外抽菸去吧。

「欸，你也逃出來啦？」

另一個人對著已在外面的人問道，眾人發出嘩的笑聲。

「哇，你們兩位也？真過分，我還以為你去上廁所了呢。」

「欸欸，不敢領教。」

「對對，真的不敢領教啊。」

男人們又揚起聲音大笑。

「老闆那種熱血的心情，我也很瞭解。基地的問題啦、對當事人來說，都是切身的問題呢。」

「這麼說也沒錯。我明白這裡老闆的想法，也知道這是整個日本必須解決的問題。」

「哎——，不過啊，抓著我們這種來觀光的人那麼熱烈的解釋也沒用啊。」

「你剛開始的時候，不是還很認真的在聽嗎？」

「那是因為，剛開始時，我也並非沒有興趣……」

「可是，沒完沒了的一直說，就很想逃走了。說到底，畢竟沒有關係，不，也不能說沒有關係啦。不過我們是來觀光的嘛，這就有點……」

「那位老闆不太會做生意啦。」

「可是，剛開始把話題引到那邊的，也是我們自己嘛。」

「結果就一發不可收拾了。」

「老闆還在食堂滔滔不絕的演講嗎？」

「你忘啦，還有一對學生情侶嘛。那位男學生，好像不知道沖繩是被美國占領呢。」

「哇，這太誇張了吧……咦，尊夫人呢？」

「她在我之前，早就帶著孩子逃回房間去了。」

三十分鐘前，辰哉進到廚房，被派出去打雜的田中還沒有回來。食堂傳來父親的聲音。他還是老樣子，對著喝醉的客人聊起沖繩問題。他往食堂偷瞧了一眼，想去阻止父親。但男人們圍著父親，很專注的聽他說話。那些人以前在電視新聞上看過父親參加的示威活動，也以強烈的口吻指責政治家的詭辯。辰哉一聲不響的回到房間，蹲坐在地上，然後凝視著夕陽中的牆壁。

男人們的對話還在屋外持續著。可是話題已經改變了，聊著各自的工作內容。

辰哉站起來，走出昏暗的房間，再走下更幽暗的樓梯。走到一半，突然停住，就在樓梯坐了下來。

在星島廢墟看到的景物又浮現眼前。廢墟牆壁後面的塗鴉化成田中的聲音重回到耳旁。白牆上寫了紅色的「怒」字。他直覺知道是田中寫的。那時候他應該感覺到什麼，但現在已經想不起來了。他想走回泉的身邊，突然站住了腳。白牆的左下角，他看到被雜草掩蓋的地方好像寫了什麼，不是用紅色油漆，而是用黑色馬克筆寫的。

辰哉緩步走近，撥開茂密叢生的雜草。

「看到被美國大兵硬上的女人。認識的女人，讚哦！不知哪裡的大叔喊叫波麗士，沒戲。別逃啊，幹到最後嘛美國大兵。女氣絕，讚哦！」

用了一點時間，他才理解自己現在在看的東西。想起那時，倒在公園裡的小泉身影。「不要……不要跟別人說」小泉哭泣的聲音又重現了。

辰哉從樓梯站起來，踏著沉重的腳步走向廚房。田中還沒有回來，食堂傳來父親在找客人的聲音。辰哉在冰箱和洗碗機之間的空隙蹲下來，濕滑的地板在螢光燈下閃閃發亮。

可能聽到人的動靜，響起父親走來的腳步聲。父親窺望廚房的臉上有些泛紅，看到辰哉躲在小空間裡，訝異的問：「你在做什麼？」

「只是在等田中哥。」辰哉回答。

「喂，你有沒有看到客人？突然間都不見了……」

父親又要去找人，辰哉對著他的背影叫了一聲：「爸爸！」

「……別再說了，放棄吧。」

父親可能沒聽見，反問：「嗄？說什麼？」但還是繼續往外走去。

田中坦白自己看到公園裡發生的事時，他說過，是自己叫了「波麗士」。他說他不顧一切的去追美國大兵。而且，他也這麼說過。

「如果是你的話，我永遠站在你這邊。」

站你這邊這種話，到處都聽得見。可是那時，辰哉彷彿覺得他第一次聽到這句話。

後門在這時候打開了。

「我回來了。」

田中在後面大聲喊道。發現辰哉蹲在地上，倒抽一口氣似的，驚訝的問：「你、怎麼回事？幹嘛啊你？」

田中抱著剛買的食材，走了進來。雖然一時詫然，但還是走到辰哉蹲坐的冰箱旁，把買來的食材塞進去。

「幹嘛擠在那種地方？你在幹嘛？」

「……什麼都改變不了。」辰哉喃喃自語的說。

濕漉的地板反射著眩眼的螢光燈。還聽得見父親在屋外尋找客人的聲音。

「……別裝著一臉同情的樣子。」

辰哉站起來。看到他手中的菜刀，田中往後退了一步。辰哉伸出手往田中胸口撲去。

「……什麼都改變不了。……夠了。已經夠了。」

他念念有詞的一再揮起手臂。田中的身體被他重重的壓制在地。

手濕了，菜刀從濕答答的手中滑落。但是辰哉還在揮動手臂。父親的聲音又響起，一次又一次的問：「到哪兒去啦？」

◈

心頭惶惶不安，是在太陽下山，照例在廚房幫忙母親的時候。最初，她以為可能感冒了，腦袋昏沉沉的。母親明明就在身邊，聲音卻好遠好遠。接著，心臟開始怦怦亂跳。泉勉強哼起歌蒙混過去，不想母親為自己擔心。

她知道原因出在哪裡，就是辰哉看完塗鴉後的表情。那個塗鴉讓泉感到毛骨悚然。可是，辰哉可能感受到不同的事物。若菜說過，辰哉和田中兩人就像兄弟一樣。如果自己大哥陰沉的部分讓別人發現了，弟弟會怎麼想？

幫母親做完事，回到別院時，才剛離開的廚房傳出吵雜聲。不只是人的聲音，那種氣氛，連人在外面的泉都切實感受到了。

霎時，泉沒有跑向廚房，而是朝屋外衝去。沿著海灘堆砌的石牆沐浴在月光下。泉凝視著從前辰哉經常坐的地方。

「泉！」

就在這時，母親緊張的聲音傳來。泉回頭，看到母親慌慌張張的跑出來。

「泉……，剛才辰哉他……」

泉緊盯著母親的臉，她好像知道母親接下來要說些什麼，明明什麼都還沒聽到，膝蓋卻開始發抖了。

「剛才，若菜的母親打電話來了。她說，辰哉他們家……」

母親欲言又止。

「沒關係，你說……媽媽！沒關係，你說！」

泉的聲音變了調。母親撫著她的肩，想讓女兒鎮定下來。

「媽媽也不清楚到底發生了什麼事。……只是……若菜她媽媽說了，辰哉他，他們家不是有個叫田中的年輕人嗎？辰哉把他殺了。」

彷彿心裡已知道母親要告訴她的就是這回事，卻又有著完全相反的預感。但是現在，除了辰哉殺死田中之外，泉已經想像不出其他景象。儘管沒有親眼看到，她仍可想像兩人擁抱著交疊在一起。

「錯了……」泉不覺喃喃說著。雖然她這麼說著，卻不知道自己想說的是哪裡、什麼樣的錯。

「泉？」

聽到聲音，才意識到母親正站在眼前。

「總之，你先進去再說。」

母親伸手想推她的背，被她一手攔下。泉沿著石牆跑出去。

「泉！你去哪裡。泉，快回來！泉。」

母親的叫聲與腳步聲追了過來，但她沒有停步。

在快到縣道前，母親放棄了。籠罩在月光中的椰子林，在風中大幅搖擺，像在搜集夜空的星星。

泉跑下縣道。途中經過她在島上第一次遇到龜殼花的地方。那時候，她與辰哉一起。辰哉問她「怕嗎？」泉回答「好漂亮。」也許就是在那一刻，自己已經愛上了這個島。

跑下幽暗的縣道，繞過岬角，呼吸漸漸困難起來。但是她還是向前邁開步子。車前頭燈靠近照射到泉，閃了一下又奔馳而去。

她一步也沒停的跑到辰哉所住的聚落。站在坡道上時，看見小聚落包圍在異樣的氣氛中。警車停在辰哉家前，車頂的紅燈照耀著四周人們的臉，周圍有很多人影，可是沒有聲音。不論是誰都沉默無言，在旋轉紅燈的照耀下張望辰哉的家。

泉跑下坡道，站在人牆後面。第二層三層的人群正踮起腳尖窺探屋裡。

即使連呼吸都已竭盡氣力，泉還是試著撥開人群，「不好意思，不好意思」的往前面擠去。

可是沒有人想動。她完全看不到屋裡的狀況。

響著警笛的救護車此時從背後駛來。泉眼前的背脊一齊向左右散開，在泉面前開出一條路。與平日完全相同的景象。亮著燈的民宿玄關，月光映照下的院子，只是，那裡面站著一個警官。

停下的救護車下來一個隊員。

「閃開點！」

泉的肩被推了一把，差點跌倒，這時，隊員停止了動作，聚集的人群之間發出低沉的嘆息。從裡面出來的是辰哉，他的頭垂得低低的，兩側被大人架著走路，那姿態讓泉幾乎窒息。街燈下，辰哉的臉、手、T恤上全都是血。

「辰哉！」

大人押著辰哉的背，讓他坐進警車的後座。泉跑上前，但被別人抓住手腕，她粗魯的甩開。

辰哉聽到她的叫聲微微抬起臉。

「辰哉！」泉又喊了一次。

但警官馬上制止，壓住她的肩膀說：「退開！」不過，她還是衝到前面。然而辰哉已經坐進車裡，一起坐進去的男人關上了車門。

辰哉坐的警車開走了。泉想跟上去，又被警官抓住了手。

這時，又有一個男人從民宿玄關走出來。泉很面熟，是那個中午在渡輪搭乘處，問她「本地人？」的年輕刑警。

刑警擋住想往內走的救護隊員，告訴他：「害者*已經死亡，其他無人受傷。」

刑警的視線轉向泉，泉張開口想告訴他，但又不知道該說些什麼。刑警似乎還記得白天的事，眉毛挑了一下，又再轉向救護人員。

「現在鑑識人員已經從那霸來了，現場麻煩請保持原狀。」

「那我們在這裡待命比較好？」

「不用了。他父母還在裡面，麻煩你們先把他們帶到安靜的地方去。」

要走回屋裡的刑警又看了泉一眼。泉還在使勁甩開抓住她的警官。

刑警和隊員們走進屋裡後，看熱鬧人群的對話也傳進泉的耳裡。

「聽說是這家的孩子殺死了在這兒工作的年輕人。」

「太太發現時的尖叫，連客人都聽到了。」

「廚房，你看，就在那扇窗後面。現在滿地是血啊！」

「他們兩個感情很好嘛。怎麼會發生這種事……」

這次出來的是辰哉的父母，在兩個救護隊員的攙扶下走出來。兩人臉色蒼白，呆滯沒有焦點的眼睛，完全看不到圍繞在自己身邊那些看熱鬧的民眾形影。

＊害者，日本警方的暗語，即被害者之意。

◈

優馬在行李箱塞進一星期份的衣物，準備明天一早去倫敦出差。他已經不再期待直人哪天會突然回來，但出差一星期不在家，也很難澆熄那微弱的期待。

優馬闔上膨脹出來的行李箱。行李箱下面正好壓著直人常坐的那塊坐墊。當他拉出坐墊時，兀自開著的電視響起新聞快報的提示音。

優馬停下手，畫面先出現《新聞快報》四個字，一閃而過後，跑出了內容。

「沖繩十六歲少年刺死男子。被刺男子確定為前年『八王子夫妻命案』的嫌犯山神一也」

暫時消失的新聞又在提示音後出現。優馬不知不覺向電視伸出手，想要讓那跑馬燈不要消失，但是畫面上的文字消失了，又回到綜藝節目。

優馬趴在地上，抓住遙控器，切換到別的頻道。按到的第三個電視台正好是夜間新聞節目，主播正在念山神事件的快報。

優馬實在想不出直人突然消失的原因。再者，不論怎麼想，他都沒有理由走。如果心頭有什麼不能釋懷的，就是直人不告而別的前一天晚上，兩人談到了八王子夫妻命案的話題。他當然不認為直人是凶手。但是，當那個凶手被捕的現在，得知那凶手在沖繩因口角而被陌生少年刺殺的現在，他只能認為直人已經死了，直人是被殺死的。

畫面中一再重複播報的主播接過紙條說：「現在又有新消息進來了。」

「根據現在傳來的訊息，八王子夫妻命案的嫌犯山神一也，是在沖繩縣波留間島被殺害。據傳山神從今年一月起在島上的民宿工作，山神是否在工作的民宿遭到殺害，目前還沒有詳細的資訊傳進來。重複一次。前年八月在八王子發生的夫妻命案嫌犯，逃亡近一年半的山神一也嫌犯，身分已在沖繩得到證實。詳細內容尚未進來。但據悉已被十六歲少年刺殺死亡。……少年似乎供稱他並不知道男子就是嫌犯山神。」

主播快速說完的瞬間，切入了保險廣告。優馬發現自己停止了呼吸，趕忙吸了一口氣。

今年一月開始的？在沖繩的民宿工作？

他想起了上次的除夕夜。在友香的邀請下，與哥哥、姪女花音以及直人，五個人一起吃年夜飯。聽著紅白歌唱大賽中美輪明宏的演唱，迎接今年的新年。

回家的路上，他與直人兩人繞到附近的寺廟。徹骨的寒風中，排了近十分鐘的隊，然後兩人合十祈禱。那時，他瞇著眼睛偷看身旁的直人，直人皺起眉心，閉上眼睛，非常真誠的祈禱。

那時候，他許了什麼願呢？

換到下一個廣告，優馬回過神，無意識的呢喃著：「錯了……」

新年還在一起的直人不可能在沖繩的民宿打工。直人果然不是殺人犯。

想到這裡的剎那，心中湧起了從未體驗過的感情。明知道直人不是那種人，但直到最後，自己都不曾信任他。上野署來電話的時候，我背叛了他，我說不認識大西直人這個人。

那麼，直人為什麼突然失蹤呢？警察的來電有什麼用意？當一切都還在混沌未解的時候，自己卻只會丟出一古腦背叛他的話「不認識。」那時候，我逃開了。背叛他，逃開了。

◈

迷糊間聽到愛子的叫喚，洋平跳了起來，以為還是半夜，但窗外已經濛濛亮了。枕邊的時鐘指著六點，大概是聽錯了吧。正想再鑽進被褥時，果然聽到愛子「爸爸！」的叫聲，從拉門外傳進來。

「怎麼了？」洋平急忙拉開門，暗忖著莫非那些討債的傢伙又在外面了。可是，客廳裡開著的電視正播放洗衣精的廣告，愛子凝目望著它。

討債男第二天也出現在愛子的公寓。他把愛子帶回家了，但還是擔心會對隔壁鄰居造成困擾，所以當天就跟屋主聯絡希望解約。鄰居家有年幼的孩子，不能給他們添麻煩，於是當天晚上就把公寓的家當全部搬回家裡。愛子抗議說，這樣田代就沒有地方回來了。可是當她看到討債男跟在搬家卡車後面，也就放棄了。那些人當中也有前些天在洋平面前被老大修理的男人，臉腫了起來，破掉的嘴唇還在滲血。

從第二天起，那些討債男就轉到他們家來了，而且總是半夜一點以後，死命的敲門。當然，他們也報了警。可是警察一來，他們就溜了，幾小時後又回來。那些人對警察說：「我們只是在等朋友回來。」不可能對洋平有什麼要求。然後，前一晚，門口的玻璃被打破了，洋平驚慌的跑到外面，對方卻說：「玩鬧間打破的，沒有錢賠給你。」那個老大冷不防又朝浮腫未消的小混混臉上打，快癒合的傷口又發出裂開的聲音。洋平一聲未吭的關上了門。

與愛子並肩看的電視廣告結束了，開始報導節目。從第一個畫面，洋平就明白即將報導什麼，只不過雖然明白，卻不曉得自己該如何反應。

大家關注的殺人犯抓到了。他在沖繩被一名十六歲少年刺殺身亡。主播說，那個嫌犯抓到了。

愛子似乎也不知道該如何理解這則新聞。因為山神這個人的逃亡，愛子背叛了田代，失去了他，這種種似乎都是那個凶嫌的錯。可是冷靜下來細想，這個人和他犯的罪案跟自己一點關係都沒有，這個事實讓洋平心頭的混亂更加無解。

看看身旁凝視電視的愛子，正想開口叫她，玄關突然傳來敲門聲。洋平抱住愛子蜷縮的肩，豎耳靜聽了一會兒，敲門聲又響了。「洋平！在嗎？是我，茂夫。對不起，一大早打擾。」是榮海丸船長的聲音。

洋平拍了一下愛子的肩，對玄關回應：「我馬上來開。」

光腳走下玄關，凍得發疼。一開門，船長站在門口，正檢視著玻璃被打破的地方，那裡已用膠帶和瓦楞紙暫時封住。

「大清早的，不好意思。這是怎麼回事？」

船長的問話，洋平只簡短回應：「沒什麼。」

「早上很忙吧，所以我就直說了。」

寒意中，船長搓著粗厚的手掌。

「明日香來找我商量了。怎麼你一句話都不哼呢？大家都很生氣啊，洋平竟然這麼見外。難道不相信我們嗎……事情我全都知道了。總之，你和愛子沒有錯。我不知對方是流氓還是何方神聖，可是這事不能讓你一個人承擔。我們也不能讓那些混蛋在這個鎮上為所欲為，該做的事我們會做的。」

客廳的電視繼續報導著事件的始末。一個素昧平生的男人殺了人逃跑，然後在洋平一輩子也沒去過的沖繩小島上，被一個素昧平生的少年殺害。

信州的民宿、假名、左撇子、田代的出身、愛子的謊言……。

這些日子以來，自己到底努力視而不見的是什麼？他試圖視而不見的也許並不是這個事件，而是自己和愛子不敢期待的人生吧。

◇

走出那霸警署偵訊室，北見在走廊的自動販賣機買罐茶，女警過來問：「午飯怎麼辦？」

「現在這時候，那孩子也許會願意吃，請幫我送過來吧。」

女警向他微一頷首，正要離去，又突然收步，回頭問：「警官你的呢？」

「哦，我隨便吃點就行了。」

北見喝了一口茶，在冷硬的長椅坐下。

刺殺山神一也的少年知念辰哉，還在偵訊室訊問中。逮捕之後，雖然他對警方的訊問有問必答，可是身體卻不停的發抖。他既沒有逞強，也沒有流淚。只是身體的顫抖一直停不下來。

北見和南條最先接到通報的時間十分諷刺，正是他發動車子要前往現場的時候。在泊船碼頭處迎接他們的巡警來電通知，當他知道命案現場在民宿「珊瑚」時，北見難以克制的大叫了一聲，他直覺被殺的人就是山神一也。山神發狂鬧事，島上的少年為了阻止他，於是將他刺死。

抵達現場時，靜默得令人吃驚。巡警的自行車停在玄關口，旁邊站著一名消防隊員。只聽得見數步之遙的大海聲音。

走進民宿的凶殺現場，臉色蒼白的少年已在巡警監看下站著。他的臉、衣服都沾滿了血，用木然的眼神俯看著餒然無力坐在腳邊的父母。

另一側，山神的屍體躺在廚房濕漉的地板上。水槽的水龍頭一逕開著，噴濺出來的水花濡濕了山神的臉。滿地是血。血水流進排水溝，北見想起八王子現場的血字，那個「怒」字彷彿被水沖走了。

北見跨過山神，先關了水。山神張開的瞳孔正對著自己。這個自己一直追逐的男人，倒在狹窄的地方，可能因此他的形體看起來比想像大了一號。

「起來啦。」北見忍不住在心裡獨白著。你死在這種地方，所有謎團都沒法解開啦！

島上唯一的一輛警車終於到達時，外面看熱鬧的人群開始聚過來。北見把山神的屍體留在廚房，走到巡警監看的少年身邊，他的身體顫抖得連牙齒都在咯咯響。

「能不能說說事情的經過？」北見公式性的語氣說。

雖然在顫抖，但少年很乖巧的點頭說「是」，接著說：「因為一氣之下……因為一氣之下，殺了他。」

這個少年為了制止暴怒的山神，所以刺殺他。這算是正當防衛吧，北見主觀的想。

「……田中從在這裡工作開始，我就對他很不滿意。看到他的臉就火大。後來發生口角……就殺了他。」

少年發現他是山神，北見這麼認為。山神察覺對方知道自己是殺人犯，所以發狂攻擊。他腦中浮現出這樣的構圖。可是這個想法和少年的說法不吻合。

「你知道那個人是殺人犯吧？」

北見不由得這麼問，但立刻遭到南條的白眼。該少年似乎連這問題的意義都不懂。反之，身旁的巡警直到現在才恍然大悟，不小心「啊」了一聲。

「山神，哦不，那個田中發狂了對吧？所以你才拿刀刺他？不是嗎？」北見耐不住性子催促道。

少年似乎墜入五里霧中，喃喃說：「口角之後，我一氣之下……」視線在周圍游移，身體又顫抖起來。

「所以啊，是山神先暴怒……」

南條厲聲制止北見想要再次強調的說法。

單純吵架？山神就因為這點細故死了？

無法想像。可是，眼前的少年不像在說謊。癱在腳邊的母親哭泣著喃喃說著：「你們不是交情很好嗎……媽媽，一直這麼以為。」

北見走出外面，想整理一下混亂的思緒。看熱鬧的人群越來越多，把現場圍成了兩圈、三圈。

北見對走出偵訊室的女警說：「那孩子有吃一點吧？」

「我勸他吃一口也行，結果他真的只吃一口。」

望著女警離去的背影，北見把茶喝光。眼前是偵訊室那道薄薄的門。

直到最後，知念辰哉都沒有改變案發後的證詞。從一開始就性情不合，對客人的行李粗暴，動不動就想偷懶的態度，令他十分不滿。直接的原因是什麼，已經記不得了。像平常一樣，兩人發生口角，一時氣憤就用手邊的菜刀殺了他。供詞很連貫。但是在另一間偵訊室接受調查的父母，卻口徑一致的說：

「兩人就像兄弟一樣。每天清晨一起跑步，晚上一起看足球賽到深夜。」

完全南轅北轍的說法。據母親的證詞，少年遇見來島上玩的山神，把他帶回家問家長，可不可以讓他工作。沒有問他在哪裡認識的。只是，島上這種年輕人很多，並不特別稀罕。

北見站起來打算回到偵訊室時，南條步出走廊。

「我這裡已經向山神工作過的營造商確認過了。那孩子說的沒錯，他在那霸和之前鹿兒島工地工作之後，就回到波留間了。並沒有到其他離島的跡象。」

「南條警官也稱他『孩子』嗎？」北見忍不住插嘴。

南條目光轉向偵訊室的門，帶著心痛的表情說：「雖然是高中生，可是十六歲畢竟還是孩子啊。」

「……總之，如今山神的蹤跡都已能掌握住，但在八王子發生了什麼事，卻永遠埋在黑暗中了。」

對南條的感嘆，北見無話可答。

唯一可以作為線索的，就是被殺害的尾木里佳子曾經親切的端茶給蹲在門外的山神喝。但是關於這一點，也只來自於福岡因傷害案被捕的色情業員工供述。這種結局的話，被殺害的夫妻沒法瞑目升天，連自己一直追捕的這個人是否真實存在，都變得曖昧不明了。

❖

泉藏身在山坡上的樹蔭中，俯視著聚落。辰哉家門前依然包圍著大批媒體記者。辰哉被帶到那霸之後，只能從電視報導中了解他的情況。她知道待在這裡也見不到辰哉，可是她就是無法離開。

「這位小姐，不好意思。」

突然背後有人開口說話，泉全身一震。回過頭，是一個記者打扮的女子。她說：「你是知念辰哉的同學嗎？」泉慌張的說：「不是。」逃開了現場。她沒有往聚落，而是走向沙灘的方向。

泉的心裡還無法把田中與東京殺人案連結在一起，況且她也無法想像辰哉會因為口角，而殺死田中。認識這兩人的話，別說是刺殺，就連口角都很難想像。但是，辰哉刺死了田中，他證實自己因為口角，一時氣憤不過，刺殺了田中。

辰哉刺殺田中一事，發生在兩人去星島，讓辰哉看到塗鴉的那天晚上。辰哉後來也許發現田中就是殺人犯山神一也。泉把警察來島上的事告訴了他，他也許去找田中查證了。若是如此，就不難想像辰哉是為了抓住逃跑的田中，才發生了這次的事件。那屬於正當防衛。可是，辰哉說他不知道田中是殺人犯，他沒有理由明明知道了卻還佯裝不知。若是如此，辰哉果然真的不知道，可是，辰哉不可能因為小小的口角而殺死田中，如果不知道他是殺人犯，就更不可能這麼做。

現在回想起來，辰哉看見塗鴉之後的表情很不正常。那時候，他為什麼要說：「小泉，你不用擔心」呢？

泉走下沙灘，靜止的海面停泊著辰哉的船。

泉查探了一下四周，拉住了繩索。只有剛開始時，手掌感覺到很沉的力量。但她試著用全身重量去拉，漸漸的，辰哉的船靠了過來。

泉不假思索的跳進海裡，她以為會更冷，沒想到海水還比較暖和。她照著辰哉一向的做法，先改變船的方向，攀爬上去。然後放開繩索，捲成圈後丟向沙灘。船身搖晃著，繩索並沒有如預想般飛起來，但還是掉在沙上。她心裡很清楚，自己不可能獨自操控這艘船，但自然而然學會了辰哉總是做的那些動作，啟動馬達，握住船舵，船緩緩的向前駛出。一旦動起來，就很難再停下來了，泉緊緊握著舵，半蹲著壓低重心。

船頭切過青綠的大海。她回憶著平時駛過的岬角景象，慎重的掌著舵。自己操縱的船感覺很渺小。船繞過岬角，星島便在眼前出現。

泉把船靠上星島的岸邊。當然不像辰哉停得那麼好，撞擊的振動讓她摔了個四腳朝天。她學辰哉丟出繩子，半蹲著把停靠點拉向自己，然後跳上棧橋，照辰哉所教的繩結繫緊了船。

「成功了……」

不自覺的吐出這句話。

跳上棧橋，從沙灘跑上小路。然後一口氣爬上山丘。泉站在廢墟前面，一時間，田中在東京犯下的罪案、滿身是血的辰哉被帶走的模樣，都令她恐懼不已，但她還是提起勇氣往裡走。穿過廢墟，來到後面寫塗鴉的地方。

泉回過頭，白牆上是紅色的「怒」字。與上次看到時沒什麼兩樣，辰哉也在這裡看過，她想，然後握住拳頭努力克服恐懼，邁出發抖的腳。

看著眼前的白牆，從上到下，從右到左的凝視。接著，泉皺起了眉頭。上次沒注意到，白牆的左下角，被雜草掩蓋的地方寫了東西。不是紅漆，而是黑色馬克筆。感覺從站的地方，必須朝裡窺視才能看得到文句。

泉緩緩走近，用手撥開茂密的雜草，隱藏的地方果然寫著文字。

泉看到了它。

回過神時，泉在地上爬著，逃離牆壁的爬著，膝和手都沒有痛覺了。她想大聲叫，但死命的忍住了。現在如果叫出來，好像就再也無法回到原位的感覺。她想吐，努力想站起來，但是站不住，然而，就算用爬的也要離開此地。

那天晚上的感覺瞬間在身體各部位甦醒。她好像脫離自己的身體，從那個地方逃出去。

「小泉，你不用擔心。」

辰哉的聲音在耳邊響起，而她明白了那是什麼意思。

自己如何回到星島，如何走回自己的家，泉好像沒有任何記憶。她應該是操縱著船，走縣道回來的，但那一切的感覺都沒有留存下來。

回到家之前，心裡一直念著同樣的話。

辰哉沒有告訴警察為什麼刺殺田中，那個理由絕對不對任何人說。如果說出來的話，那天晚上的事就公之於眾了。辰哉答應我了，絕對會保守秘密。而且田中那時也在那個地方，他明明在，卻不出手相救，還在一旁譏笑。辰哉不會說。說了的話，我的秘密就會曝光了。所以他才會說，小泉，不用擔心。

只是，她越是在心裡呢喃，越是不清楚自己到底希望辰哉說出實情，還是繼續沉默下去。

住客站在玄關口，泉點個頭正要往別院走去。

「……聽說平時是個很乖巧的孩子，可是竟然殺人，真想不到。」

「在這麼優美的環境長大，也會變成那種孩子呢。我還以為只有都市裡才有乖戾的小孩。」

他們在說辰哉的事。泉跑回去，努力抑制住「請你們別胡說八道！」的怒吼，逃回了別院。

母親似乎從廚房看到了她，叫著：「泉！」

泉馬上關緊了房門，可是母親追來了。母親打開門問：「你到哪裡去了。」她答：「沒去哪裡。」

「剛才若菜來找你，路上見到了嗎？」

「沒見到。」

「若菜似乎受到很大的打擊，她一直哭，臉腫得好可憐。」

她知道若菜知道事件後，天天以淚洗面。她想打電話給若菜，但不知怎的卻做不到。她覺得彷彿是自己從若菜那裡搶走了辰哉。

「媽媽。」泉叫住往外走的母親。

「……是我害的。辰哉做出那種事，都是我害的！」

女兒突如其來的吶喊嚇到了母親，她驚慌的問：「怎麼回事？」

「是我害的……。辰哉才會做出那種事……」

她想要叫出來，但聲音啞了。

驚恐的母親攬住她的肩，讓她坐在地板上。母親搓著泉的背，打量著她的臉問：「怎麼突然這麼說？」

「我得說出來，我必須為了辰哉說出真相。」

她的身體又在咯答咯答的顫抖了。那天晚上的恐懼又回來了。

「泉，告訴我怎麼回事。」

「辰哉不可能發脾氣就把人殺死。是我害的，辰哉，是被我害的……」

她說不下去了，把臉埋在母親胸口，放聲大哭。母親什麼話都沒說，只是一直搓著她的背。不知哭了多久，呼吸平靜下來後，泉把一切告訴了母親。在星島發現寫了「怒」字的塗鴉。在渡輪搭乘處看到刑警；將刑警和塗鴉連結起來；把辰哉帶到星島後，發生了命案。然後再去星島，發現田中另一個塗鴉取笑那晚的事。還有辰哉一定看到了那個，念念有詞的說「小泉，你不用擔心。」

母親沒說任何話，只是靜靜的聽著。說完始末的泉等待著母親開口，等著母親說，這樣下去辰哉會被當成壞人，趕快去跟警察說吧。她覺得母親一定會叫她說出那晚的事。可是母親垂著眼說出來的話卻完全不一樣。

「媽媽不想再讓泉痛苦下去。你把媽媽當成壞人好了。你是被媽媽阻止的。你為了辰哉想說出真相，可是媽媽不許你說，求求你，照我的話做。」

母親完全與期望相反的話，讓泉莫名的鬆了口氣。然後，她原諒了自己，她再也不想離開這裡一步，我沒有那麼堅強。畢竟我不是堅強的人啊！這樣的話在心裡一再的環繞著。

◈

電視上連續幾天都用煽情的方式報導因為嫌犯死亡而無奈結案的八王子案。而優馬還在這些訊息中尋找直人。當然，他的理智很清楚，不論八王子案，還是波留間島的事件，直人都沒有任何關連。可是，他還是不由自主的去尋找，因為直人的失蹤依然沒有頭緒。

突然消失蹤影的原因、上野署打電話來的原因，都還沒有解決。儘管只是一個與自己完全不相干的地方發生的一起殺人案，因為另一起殺人案而落幕，但優馬不得不從那裡去尋找直人。

拖著再思索也找不出答案的問題過日子，令他疲憊，這幾天優馬努力的想忘了這件事。

若把它當作男友突然變心的失戀，也不過就是隨處都聽得到的笑話。

朋友只要約他，他一定到夜店報到。前幾天，跟大夥兒喝酒胡鬧到天亮，也跟在夜店認識的男人去開房間。他覺得回到認識直人以前的生活，就可以忘掉一切。可是遇到直人之前的生活，與不知道直人在哪裡的生活不一樣，這只是讓他體認到，既然認識了，就不能裝作沒認識過。

儘管知道這個道理，今晚下班後，他又和克弘他們去玩樂。結束了工作，優馬朝著約好的惠比壽餐廳走去。即使在客滿的地下鐵車廂裡，回過神時才發現自己張望著四周，在尋找直人。

下了電車，車站一樓有個咖啡館，是從前直人和「妹妹」見面的地方。明知他不可能在，還是往裡面瞄了幾眼。霎時，優馬停駐了腳步。

以前直人坐的位子，坐著一個女子。朦朧的記憶中，感覺她就是與直人在一起的女子。不會這麼巧吧，他暗忖，然而當優馬再繼續端詳，越看越有把握，她就是那位女子。

女子一個人在喝咖啡。

優馬像被什麼牽引般進了店裡。沒點餐就往她走去，也沒有問候的站著。女子察覺到他，表情起了變化。

「對不起，請問一下。」優馬的聲音沙啞。「以前你是不是在這裡和大西直人見面？」

隨即，她的臉色緊繃起來，但並沒有逃過優馬的眼睛。

「很抱歉這麼冒昧。我叫做藤田優馬……」

忍不住喋喋的自我介紹起來，但說到一半又接不下去。

她動也不動的注視著優馬，而在一陣奇妙的沉默後，才以極沉著的聲音說：「是的，直人跟我說過。」並且微微點頭。

「……你不坐下嗎？」

聽她這麼一說，優馬才發現店裡所有人都在注視自己。

「對不起。」他拉過椅子，趕緊坐下，以逃避客人們的視線。

「呃，我……一直在找直人……因為他突然聯絡不上……我實在不明白什麼原因……」

他的聲音已近似哀求。他不知道這女子與直人有著什麼關係，也許就像直人所說，她是妹妹，也可能是直人的謊言。

在優馬面前，她低下頭。經過一段相當長的沉默之後，低聲說：「是嗎？果然還是有人在找他嗎？」

「你知道？現在，直人在哪裡？能不能幫我跟他取得聯絡？」

他已顧不得周圍的視線了。如果她要求，就算跪下來磕頭他也願意。

「請冷靜一點。我會說，全部都告訴你。」

優馬閉上眼睛，雖然他還不知道任何事，但彷彿已經找到直人般全身乏力。

之後，女子真的說明了一切。直人是什麼地方人，為什麼突然從優馬面前消失，還有，為什麼上野署會打電話來……

優馬沒有插話，只是為了保有勇氣聽到最後，他緊緊交握著桌子下的雙手。

她的話說完後，優馬道了謝走出店門。一走出門，淚水再也難以克制的奔流出來，他在人潮眾多的車站前，找了電線桿躲在後面，悶著聲音哭泣。

直人生在千葉。他的父親是壓克力加工廠的工人，與工廠同事結了婚，直人是他們的獨生子。直人在父母的疼愛下長大，然而直人四歲時，兩人在車禍中過世。直人被母親的兄嫂接過去，但舅舅家有同年代的孩子，他不太融得進去，幾個月後就被送到孤兒院生活。

他在院裡認識了她，以前直人說的妹妹。雖然兩人沒有血緣關係，但她說直到現在都還像是兄妹一般。

國中畢業後，直人離開孤兒院，一邊在靜岡縣汽車工廠工作，一邊上夜間部高中。畢業後，換到都內的小型旅行社，在主推國內巴士旅遊的部門工作，同時繼續上函授大學，另外還想參加國家證照考試。然而，就在這時候，他被檢查出心臟的疾病。不是需要做手術那一類的，是一種只能吃藥與它和平共處的疾病。

「……在這家咖啡館見面時，直人第一次告訴我他和優馬先生住在一起。他說和優馬先生在一起時，就能充滿自信。」

國中的時候，直人的性向在孤兒院被揭穿，被欺負得相當慘。

「他以為這一輩子都只能在躲在暗處生存，但現在一起生活的優馬並不這麼想。他說優馬總是抬頭挺胸。在一起之後，他說連他自己都變堅強了。」

直人的身體狀況變差，所以經常向旅行社請假。工作單位雖然調整了他的工作方式，但最後還是決定離職。他的手上約有兩百萬日幣，那是去年夏天的事，優馬隨後就與直人相遇。在那種場所，以那種形式與直人相遇。

上野署打電話來的前一天，直人被發現倒在上野公園的草叢裡，已經沒有呼吸了。司法解剖的結果，死因是心臟病造成的呼吸停止，死亡已經多時。

不知是誰幹的好事，他的錢包、手機等隨身物品全都被搶走，唯一留在口袋裡的是一張便條，上面寫著優馬的名字和電話號碼，以及她的聯絡方式。

優馬接到上野署聯絡的同一時間，她也接到了同樣的電話。當然，她回答：「我認識直人。」

她立刻趕到上野署，確認了躺在太平間的直人。

那時警方曾問她「我們與一位藤田優馬先生聯絡，可是他說『不認識』。」

「剛開始，因為和直人告訴我的優馬先生相差太遠了，所以我以為一定是哪裡搞錯。本想由我再打一次電話給你，可是重新思考了一遍後，我想優馬先生可能有什麼苦衷。……也許不想讓別人知道你和直人的關係。」

在車站的電線桿後面狠狠哭了一頓後，優馬跳上了計程車。他向駕駛指示的地點，是直人的死亡之地，上野公園。

下了計程車，優馬走進寒冷蕭瑟的公園。他一逕走著，尋找直人倒下的地點，一逕走著，尋找她形容的地點。

走在春季時因賞花而熱鬧的大道，他沒有和直人賞過花。街燈朦朧的映照著無人坐臥的長椅，直人是否曾在公園的長椅上坐過呢？

發現一條蒼鬱幽深的小路，走進這條路，似乎直人就在那裡。不知不覺中他跑了起來。兩張並排的長椅背後，杜鵑花叢裡面，他看到了倒臥的直人，看到了不可能在那裡的直人。跳進樹叢，撥開葉片，那裡只有冰冰的地面。

「怎麼回事啊你……，喂，直人，你在這種地方做什麼！」

忍不住吐出這句話時，淚水也泉湧而出。

「你幹嘛相信我這種混蛋……為什麼，你要相信我這種膽小鬼……」

優馬跪下喃喃說著。

「對不起……對不起……」

再怎麼想觸探，直人也不在那裡。只有冰冷的泥土從優馬的指間撒落。

◈

從沖繩回到東京已經過了數日，東京的寒意又滲入了全身。走出八王子署的北見，在寒風中縮起背脊，快速往宿舍走去。

自沖繩回來的隔天起，貓終於嚥不下食物了。連續腹瀉使得肛門又紅又腫。不在家時，美佳過來幫他照顧貓，幾次發了簡訊到沖繩：「不太吃得下飼料」、「腹瀉很嚴重」、「帶去醫院了」、「醫生說『最後的時候請好好抱抱牠』。」

每道簡訊都令人難過，他把責任推給工作，他幾乎沒有回訊。

一年半前撿到牠時，醫生便推測牠已超過十五歲，直率的說沒有多久可活了，能撐到現在也許是奇蹟。然而，儘管動不了，牠還是奮力想露出肚子向北見撒嬌。看到這個情景，北見不覺都想幫牠打氣：「加油，你一定能撐過去。」

回到宿舍，北見連鞋都來不及脫，就這麼穿著鞋走到貓身邊。躺在軟墊上的貓眼神空洞的看著地板，腹部微微的上下起伏。

「我回來啦。我來陪你了。」

聽到北見的聲音，貓的耳朵小小顫動了一下。他審視貓的臉，睜著瞳孔的眼睛有些濕潤。

「喂。」北見叫著，把手靠在貓微微起伏的肚子上。

「喂。」這次他輕聲在耳邊輕喚。

他把貓攬住抱起來。一想到牠撐著最後一口氣等自己回來，不禁眼頭一熱。直到最後，都不曾幫牠取過名。北見回想起在公園裡牠走過來摩搓腳邊的情景，也許那時候不遇到牠比較好。不，再怎麼樣，遇見總好過不遇。

抱著牠不知多少時間，臂彎中的貓漸漸變冷。北見讓貓躺進準備好的紙箱，裡面也放著牠平時最愛咬的軟墊。

坐在紙箱旁，北見給美佳打了簡訊。

「就在剛才，貓走了。牠真的努力到最後。謝謝你一路關心照顧。」

山神一也案在不盡人意中落幕的現在，北見與南條不僅在大眾媒體面前，甚至在搜查總部都成了千夫所指的責備對象。少年知念辰哉殺死山神時，兩人正在波留間島，而且正往現場前進，然而卻未能防患事件於未然，而且那霸與波留間島的搜查，完全聽憑南條一意孤行。這兩點成了他們被攻擊的主要原因。

北見和南條都受到相當程度的處罰。他們雖然只差一點點就能追到，卻無法活捉山神，揭開事件的全貌。當然，北見自己也對這樣的結果無可辯駁，他對自己的責備比任何人都嚴厲。

即使從沖繩回到東京，他也幾乎沒有回家。這段時間，只有靠美佳來照顧病弱的貓。

自從養貓以來，一直是如此。不在家時託她照顧，偶爾有了休假，便約在新宿看電影。吃了飯，開房間。今天跟昨天一樣，明天又和今天一樣。與美佳的交往一直沒有進步，也沒有結束，只有一起看的電影數量增加了。

美佳如果肯說出自己的過去，應該就會有所變化。可是，他也害怕一旦說出來，這段關係就會結束。這些日子，數不清有多少次，他都衝動得想去調查美佳的身世，然而最後還是煞住了。因為他情願信任自己不論發生什麼事，都能夠相信她。

那天，知念辰哉的偵訊終於快要結束時，警署走廊站著一位少女。看著有點面熟，隨即想到是在波留間渡輪候船室遇到的那位少女。

他跑過去問：「有什麼事？」少女抬起毫無血色的臉說：「我有話說。」

「說什麼？」

「有關知念辰哉的事。」

「現在還不能會面。」

北見以為少女想見辰哉，如此告知。可是少女緊抿著嘴，不肯離去。

少女自稱小宮山泉。北見讓她坐在長椅上後，她的話便如同壓抑許久般傾瀉而出。

北見靜靜凝視少女的臉，那是張還有些稚氣未脫的臉龐。她滔滔不絕的說著，彷彿知道只要一停下來，自己就再沒有勇氣說下去一般。

她對北見道出在那霸市遭美國兵性侵未遂的經過、山神一也也在現場的事實、在星島廢墟中，看到山神嘲笑那件事的塗鴉，知念辰哉看到塗鴉之後犯下這起事件的原因，知念辰哉為了保護自己而做的偽證，以及自己並沒有打算為那霸的性侵事件提出告訴。

聽完她的證詞，北見當天就坐船到星島。廢墟的牆壁上確實留著塗鴉。可是讓北見受到衝擊的，並不是恥笑少女的那句話，而是和八王子現場同樣，用紅色油漆寫下的「怒」字。

北見不由得跪了下來。紅色的字與山神的臉重疊在一起。直到最後，他都沒有見過在世時的山神。但是，山神在這裡，在廢墟的牆壁上。

憑藉小宮山泉的證詞，警方對知念辰哉的搜查方針有了一百八十度的轉變。他犯下殺人罪是事實，但是其動機應該酌情處理。

當他向知念辰哉轉告小宮山泉的證詞時，他第一次哭了。在嚴峻的偵訊期間，一滴眼淚都沒掉的少年，放聲痛哭。

少女抱著自己性侵傷害將會公之於眾的心理準備，坦白說出真相，需要多大的勇氣？而少年一心想守護少女人生的心情又是多麼殷切啊！

這些北見都懂。他們都賭上一切，做出自己相信的行動。但是，就一名追捕山神的刑警立場來說，他們的勇氣對山神案的解決並無幫助。

注視著貓死去的面容，北見回想著沖繩少女說的話。就在這時，門口的電鈴響了，直覺是美佳。

打開門，正是美佳，看來已經哭過了。

「對不起。」北見不知為何道了歉。美佳脫了鞋走到貓身邊。

她彎著背蹲下來，撫著紙箱裡的貓，一再的說：「你努力過了哦，努力過了哦。」

北見注視著她的背影。

突然間，他想，這是誰？

現在，在眼前哭泣的女人，是誰？

他想信任這個背影。想信任這個哭泣的女子。不論她是什麼樣的人，自己的心意都不會變。

我信任眼前這個女子，我能信任眼前這個心愛的女子。

「……我說啊。」

北見對著她的背影說。

回過頭的美佳，臉頰已被淚水沾濕。

「……我再也忍耐不下去了。」北見說。

這並不是他一直想說的話，而是一直認為不可說的話。

「……我說，你能不能跟我結婚？」

美佳沒有回答，只是靜靜的望著他。

「……我查過了你的事。我知道，對你很抱歉。可是，我再也忍耐不住了。而且，了解了你的全部之後，我決定跟你結婚。我想一輩子照顧你。」

當然是胡謅的，他根本沒有調查過美佳的過去。他只是想表達，不論她是什麼人，有過什麼樣的經歷，自己都有信心可以一輩子愛她。

美佳站起來，輕語著：「對不起。」

「我是認真的，所以……」

情感從美佳的表情上滑落消失，北見伸出手，宛如想去接住那些感情。美佳逃過那雙手，走出房間。

「不論你有什麼隱情，我都不在乎。」北見繼續說謊。

美佳穿上鞋，想衝出房間，北見追上來。

「……別過來。」

令人顫慄的冷酷眼神，令人無法再靠近的冷淡聲音。

門關上了。美佳走在長廊的腳步聲漸漸變小。聽不到腳步聲後，北見走出門，只剩下一條空寂的長廊。

他不曉得自己剛才到底說了什麼。應該說了我愛你，應該說了我相信你，也應該說了請相信我。

◈

洋平走出漁會，向碼頭的方向望去。柔和的日光下，多組家庭都在碼頭上享受釣魚樂。春天的腳步近了。

「星期六還找你來，真對不起。」

他向站在旁邊的信用金庫行員說道。同樣也望著碼頭的行員說：「今天，我的工作到這裡結束，回去喝啤酒啦。」然後舉手做出拿啤酒杯的動作，離開了漁會。

正想轉身往裡去，有人叫：「洋平！」臉上曬出斑的榮海丸船長吃著冰棒走過來。

「後來怎麼樣？」

船長問道。洋平含糊的點點頭說：「嗯。」

「如果那個田代本人回來的話，我們就可以幫他提起訴訟。我看勝算很大。」

咬著冰棒，船長露出擔憂的表情。

「……嗯，謝謝。」

山神一也的案子落幕。後來，即使電視上連日報導事件，熱鬧非凡的時期，那些討債男還是日夜不分的到洋平家站崗。

不過，榮海丸船長叫了其他漁夫，每天晚上住進洋平家裡。偶爾也會抱著對幹的打算衝出去。

最近，不知是不是放棄了田代會回這裡的想法，討債男露面的日子減少了。不過偶爾還是會出現在愛子打工的早市，也會在深夜來洋平家附近徘徊。

船長把快溶化的冰棒塞進嘴裡，拖著草鞋走了。洋平對著背影說：「哪天再去卡拉ＯＫ

吧。」

與船長們一樣，明日香只要找到時間，就會來探訪愛子。同時，也是她向蹲在玄關的他們問出為什麼要如此窮追不捨的原因。

根據討債男的說詞，田代本名叫柳本康平，確實是他父親向這些人借了三千萬，但沒有還清就離開人世了。

獨生子田代被半強迫的押著簽下了代父還債的承諾書。只是那時，高利貸的利息已經翻倍。討債男會這麼執著的追著田代，主要原因在於父母過世後，田代領到了父母的人壽保險金，雖然金額並不足以清償連同利息在內的所有欠款。不過，田代拒絕還錢，選擇了改名逃亡的路。

如榮海丸船長所說，正大光明的走司法管道的話，應該有勝算。他不是孤身一人，洋平等人都會成為他的後盾。但是，身為關鍵人物的田代本人不現身的話，一切都免談。

最近，洋平也搞不清自己心裡到底希望田代回來，還是就此消失。愛子仍舊痴痴的等著田代的聯絡，愛子堅稱，只要他打電話來，告訴他榮海丸船長都願意幫助他的話，他一定會回來的。但是回來之後，田代若是沒有勇氣與那些流氓戰鬥，就會再逃走。到了那個地步，傷心的還是愛子。

從漁會走回家，因為穿得太厚，出了一點汗。打開玄關門的剎那，即聽到愛子的哭喊：「我求求你！」

驚慌的洋平鞋也沒脫的跑進客廳，他以為討債男又來了。可是屋裡只有愛子一人，她拿著手機，在房間裡四處踱步。

「怎麼了！」洋平吼道。

「啊，爸爸，是田代哥打來的！他在東京車站！現在，他說在東京車站！」

愛子緊張的把手中手機伸出來，又立刻接回耳邊。

「田代哥！拜託你，不要掛。我說的是真的！爸爸和榮海丸的船長他們都會幫助你！」

洋平忍不住從愛子手中把手機搶過來。湊到耳邊，車站月台的嘈雜聲浪傳了過來。

「田代……」洋平叫。

經過了很長的沉默，才傳來田代虛弱的聲音：「……對不起。……真的很對不起。」

「田代，你……一切平安嗎？」

田代再次說：「對不起。」

「……我並不是有意想聯絡。以後也不會再打擾你們……對不起。」

「你聽我說。你啊，一個人已經努力很久了。任何人被那群混蛋窮追不捨，都會害怕的。我也會怕。可是，田代，只有對自己沒自信的人，才會甩不掉那些人的魔掌。聽好了，你繼續這樣逃下去，永遠也解決不了。只要我能幫得上忙的，我一定盡力幫你。田代，能不能再給我一次機會？給我一次相信你的機會？」

一留神，洋平才發現自己好像對著一個無聲的對象唱獨角戲。這些都是無眠夜裡浮起又消失的想法。他聽不見田代的聲音，只有車站月台吵鬧的聲音。

「田代……你沒有地方可去吧？拜託，你回來吧。」

這時候，一直在觀察狀況的愛子搶去手機。

「喂喂，田代哥！求求你，回來吧。沒事的。大家都會保護你的！我去接你，現在就去接！銀之鈴！車站的地標，銀之鈴，你知道吧？我現在就去那裡，我會等你的。我會一直在那裡，等到田代哥來為止。喂喂！喂～！」

電話掛斷了。愛子還是躁動不安的在屋裡四處走著。「我要去。我去看看！」她跑上二樓，拿了包包便下來。

「爸爸也跟你一起去。」洋平也慌張起來。

已經在門口穿鞋的愛子說：「我一個人沒問題，我會打電話回來的。」說完即衝出門外。

「愛子！」

跑出門外的腳步聲已往坡下跑去。洋平沒有追上去。

愛子出去後，洋平在門口的階梯坐下來。一坐，竟然已經過了兩小時。這段時間，他凝視著愛子的涼鞋，不覺想起去年夏天的往事。他去歌舞伎町的保護中心接愛子回家，時間已經不夠了，愛子卻堅持要在東京站買年輪蛋糕。最後，兩人在站內狂奔，趕在發車前一刻跑上車廂。那天，窗外看到的東京灣為什麼那麼黑。白浪湧起時簡直像是一幅水墨畫。坐在對面座位的愛子在聽音樂，洋平問她想吃什麼，愛子說「爸爸的飯糰就行」。那時候自己在想些什麼呢？為什麼海水看起來會那麼黑呢？

當洋平意識到手機在響時，夕陽已經爬到腳邊了。

「喂～！」

把手機靠到耳邊，車站內的雜音外，響起愛子的聲音：「爸爸，是我。」

洋平懷著祈禱的心情，等待下一句話。他閉上眼睛，準備好聽到愛子說「田代哥不在」。

「……我剛才買了特急的車票。正好來得及趕上六點整的電車。」

「……嗯。」

「田代哥也在一起。等一下我們就回去。」

「……嗯。」

他好不容易才點點頭。腦際浮現出愛子與田代兩人在車站裡奔跑的畫面，兩人跑在去年夏天父女倆跑過的中央通道。

「爸，我會帶田代回去。」

「……嗯。」

愛子說自己將帶著心愛的人回來。洋平豁出性命保護的女兒說，接下來她要保護自己心愛的人。

「……田代，還好嗎？」洋平問。

「嗯，沒事，已經沒事了。」

「愛子……」

「嗯？什麼？」

「沒有，算了。小心點……，回來的路上自己多小心。」

說了這句話，洋平眼睛湧出了淚水。

◈

也許是窗簾忘了拉，強烈的晨光射了進來。抓抓曬燙的臉，睜開眼睛，優馬在床上伸了個大懶腰後下床。

星期天。優馬打開窗子，望著旁邊公園的樹林好一會兒。開了電視想去廁所，正好播出的是山神案的總整理節目。優馬一時看得入神，但最後還是關了電視去上廁所。

一個叫山神一也的人，在八王子殺了夫妻兩人。從案子發生，追蹤他在大阪的整形手術、埼玉、九州各地的營建公司，以及最後到沖繩的逃亡生活等，這類型的節目已經有好幾個。住在美麗波留間島的少年刺殺了山神。關於他殺人的原因，各大電視台和報社都沒有清楚的報導。但是在網路或八卦雜誌上搜尋的話，一般的說法是有個少女被美國大兵性侵未遂，為了不讓目擊暴行現場的山神洩露出來，少年才殺了他。只是少年對這說法一概否認，堅持是他和山神之間爭吵引發的殺機。同樣的，山神為什麼要在八王子殺害那對夫妻，其動機無人知曉。大多數人的論調都和最初人們討論的一致，認為凶手與被害者並不認識，只是隨機殺人式的犯行。

不管真相怎麼樣，這事件都跟自己毫無關係。優馬再次這麼想。只是在另一方面，他確實感受到這個案子從自己的身體穿透而過。

走出廁所，優馬用手機打開推特。欣賞克弘一夥人利用連假到曼谷去，在海灘和拍蓬街玩樂的照片。

他們也邀了優馬去這趟旅行，但最後他拒絕了。

看完一輪推特訊息，他淋了浴準備外出。這星期，哥哥和友香帶花音去關島玩。車子空出來，所以他打算一個人去掃墓。到頭來，他與哥哥商量之後，買下了可遠眺富士山的御殿場墓地。

東名高速公路下行路段十分通暢，下了御殿場交流道附近有間花店，優馬買了花。這家店是以前友香來時找到的，價格很公道。

再走約十五分鐘，把車子停在墓園的廣闊停車場，停放的車子比以前來時多了一些。

柔和的日光令人心曠神怡，他緩緩走在並排在斜坡草坪的墓碑間，不論從什麼角度都能看到宏偉的富士山。

他買的區段在斜坡的上方，雖然墓碑只有零星幾處，但大部分都已經賣掉了。優馬在小噴泉廣場的水龍頭，用水桶裝了水。走向偌大的黑御影墓碑。

站在墓碑前，他開口道：

「媽媽……直人……，我來了。」

蹲下來，碰碰墓碑，墓碑上並列著母親和直人的名字。他撫著兩人的名字，輕聲再喚：「我來了。」

優馬從在惠比壽咖啡館的女子得知，沒有親屬家人的直人埋葬在合葬公墓。她已經結婚，可以理解她沒有別的選擇。優馬沒有遲疑，哥哥最初很反對，「我明白你的心情，可是他也只是跟你生活半年的伴侶而已吧」。

「如果，你跟友香結婚半年，她就死了，哥哥你會怎麼做？」優馬反問。「對我而言，他就是那樣的伴侶。」

優馬把買來的花插起來，點了香。煙隨著風流逝。

直人從來沒有告訴他自己的病。聽說他覺得說出來的話，好像一切就會結束。聽到那話時，他驀然想到，也許只有母親一個人知道直人的病。在那個病房中，直人會不會只對母親透露了這件事呢？

「媽，請你保佑哥哥一家人。直人，我媽就請你照顧了。……還有，我已經沒事了。一切都是得自於你。謝謝……直人，謝謝你。」

優馬向著墓碑合十默禱。

◈

狹窄的更衣室裡瀰漫著炸馬鈴薯的油耗味。泉脫下髒污的工作服，換上學校制服。

「咦，制服？今天不是假日嗎？」

背後，處理文書工作的女經理問道。泉嘟起嘴說：「今天要補習。」

「啊對了，小泉，下星期的週末，真的可以麻煩你嗎？」

「是的，沒問題。」

「對不起哦。每次都拜託你。寺內他們要去旅行，早一點說就好了嘛。」

「寺內先生他們要去沖繩，是吧？」

「聽說是石垣島。你知道嘛，寺內先生在玩潛水。啊，小泉也是沖繩地方的人嘛？」

「不算當地人，不過因為母親工作的關係，來這裡之前住過一陣子。」

聽到廚房在叫人，經理走出去前叮嚀：「回家路上小心哦。」泉露出笑容說：「辛苦了。」

從店的後門走到室外，春天的夜，很多人都走出室外。泉一步出門，即拿出圍巾，在往車站走的路上，打簡訊給母親。

「打工結束嘍，現在回家。」

辰哉事件之後，「波留間之波」的耕作瑞惠夫妻想盡辦法幫母親找到了新工作。就是位於橫濱這裡的某中古車行。這家車行的老闆是「波留間之波」的常客，他很爽快的說「如果可以接受打工的話，沒問題」。當然，母親馬上點頭。決定騎驢找馬，先打工邊找正式的工作。

期望早日離開小島的泉，也不得不接受這樣的做法。她答應自己也去找份兼差，在可能的範圍內幫助家計。

搬家簡直是兵慌馬亂。泉在警察署向刑警說出真相的第二天，大批媒體便跑到星島廢墟去採訪。辰哉刺殺田中的真正原因，也在一天中傳遍了全島。當然，辰哉守護的少女名字，也成了人人嘴上的話題。

許多人來勸說母親，應該向美軍提出告訴。北見刑警也說他願意提供建議。他幾次特地來見泉說，這麼做也是為了辰哉。當然，泉很明白自己應該那麼做，可是無論如何都提不起勇氣。

泉與母親兩人悄悄離開小島的晚上，若菜來到渡輪搭乘處送行。

「對不起，我什麼都不知道。對不起，我什麼都沒有為你做。」若菜頻頻哭泣，泉也流出了按捺很久的淚。

泉該接著說「辰哉發生那種事，都是我的錯。」然後，期待若菜告訴她「不是你的錯啊！」可是兩人只是相擁而泣，直到最後，彼此都沒有把那句話說出來。

從鬧街的打工處換乘公車，泉回到了租屋。打開門，母親正在廚房準備晚飯。「我回來嘍。」泉擠過母親背後，一邊問：「今天吃什麼？」

「什錦燴飯和豬肉湯。現在就吃？」

「嗯，肚子餓扁了。」

窄小的飯桌上放了兩封信。好像是前幾天母親應徵工作的未錄取通知。

「媽，車名能記住幾個了吧？」

泉開玩笑的問。

「竟敢小看我！」母親在廚房裡笑了。然而職場還是一樣不好待。窄小的飯桌留著剛寫好的履歷表。雖然老闆一口答應，雇用了母親，但據說老闆娘從一開始就反對，「我們沒有餘力雇人打工。」

打開拉門，走進裡面的房間。原想打開電燈，突然腳一軟，無力的坐在榻榻米上。

「我信任那個人，所以無法原諒。」

辰哉在警察局裡這麼回答。

在星島廢墟看到田中的塗鴉時，你是怎麼想的？你覺得田中有一天會把泉的秘密透露給別人嗎？

不論怎麼問，辰哉都不回答。他只說：「我信任那個人，所以無法原諒。」

上星期，泉偶然遇到了北見刑警。那時，她與母親難得前往新宿的手工藝專賣店。在路上，她看到北見刑警正在電影院前面查看上映時間。北見刑警瞄了一眼手錶走進戲院。獨自一人。泉不由得跟在刑警後面，「媽媽，你在這裡等我一下。」她沒有勇氣叫他，可是身體卻不由自主。

刑警在售票口排隊，輪到他時，買了票，坐手扶梯上去。

休假日，刑警一個人來看電影。就只是這樣。可是，泉覺得這個景象很殘酷。因為，好像大家都已經忘了辰哉這個人了。

黑暗的房間裡，泉再度打開辰哉的來信。她已經會背了，所以黑暗中，那些文字還是會浮現出來。

泉寄了三封信後，才終於收到這封回信。

致 小宮山泉小姐

我猶豫了很久，該不該寫回信給你。可是，有一句話，我務必要告訴你，所以寫了這封信。也許我的說法有點無禮，請多包涵。

這次我引起的事件，與泉小姐完全沒有關係。我並不是為了泉小姐做的。所以，希望泉小姐早日忘了它。

知念辰哉

泉把信放進信封，凝視著漆黑的窗。她爬了過去，想像窗外是波留間的廣闊大海。打開這扇窗，遠處就是耀眼的藍天和碧海，而辰哉則坐在陽光下的石牆上。

泉在心裡祈禱著打開窗門。

窗外是緊鄰的投幣式小停車場。正好有輛車要開出去，車燈照亮了整個停車場。因為空間太小，車子調整了好幾次方向。每一次轉向，車燈就會照射出水泥牆、鐵欄杆和白線。

文章原於《讀賣新聞》早報連載（二〇一二年十月二十九日～二〇一三年十月十九日），修潤增補後，出版發行。

附錄

為了不怕表達憤怒

朝井遼

作者的作品《惡人》中有一幕，失去女兒的父親對某大學生這麼說：

很多人心裡沒有在乎的事。不懂得在乎的人，錯以為自己沒有東西可失去，於是他們恥笑、輕視那些執著於珍愛之物、時喜時憂的人。

《惡人》之後相隔七年——《怒》的腰帶上這麼寫著。我讀著這本小說時，回想起前面那段話。

這個故事始於凶手殺害一對無辜夫妻，在現場用鮮血留下「怒」字的謎樣凶殺案。一年後的夏天，出現了三個來歷不明的男人——住在房總漁港的父女認識了「田代」，同性戀上班族優馬在新宿結織了「直人」，而與母親搬到沖繩離島的高中女生泉巧遇「田中」。人們接納了這三人，卻又在不久後漸漸開始在這些人身上，看到了與該凶案凶手之間的交集——。

女兒從事色情工作的不堪過去、自己的性取向、美國大兵對島民的施暴……書中人物個個都對自己生活的世界有著無法調適和憤怒。與來歷不明男子的相遇，讓心中的憤怒更加浮現出來，然而卻無法妥善的表現出來，於是怒氣轉到了自己身上。

我認為，人之所以會憤怒，是因為心中有所愛、有想信任的事物。因為想要守護它，一旦遇到有人破壞，就會湧生出怒意。而就因為人生氣的姿態太認真、太用力，——用另一個形容來說，看起來才會特別滑稽。於是，人們訕笑那種滑稽的姿態，卻不願多看一眼沉睡在那滑稽表面下的、滾燙的情感。

這部小說連載結束後，作者這麼說了：對於那些已打算在人生中放棄憤怒的書中人物們，我實在不忍心用一個鼓舞人心的結局作終，只不過，我希望能讓他們明白，有人值得他們信任、有人值得他們驕傲。我是抱著這種心情寫完它的。

我想藉這方天地告訴作者：我們這些讀者都信任你，也為你感到驕傲。我們絕不恥笑你所書寫的人間身影。至少，我從中得到了鼓舞，再也不會對那些外表也許滑稽的人們心底流動的情感視若無睹。同時，熱切的感受到自己想從心底相信某些珍愛的東西。

讀了《怒》這本書，我彷彿抓住了自己心裡最在乎的東西。而且我知道，當我快要失去它，或無法再信任它時，我會大聲的將心中對自己、對世界的怒火表現出來。

本文轉載自《週刊文春》2014年3月6日號

（朝井遼，日本新生代小說家，著作有《聽說桐島退社了》、《何者》等）

小說精選
怒

2014年12月初版　　定價：新臺幣450元
有著作權・翻印必究
Printed in Taiwan.

著者　吉田修一
譯者　陳嫻若
發行人　林載爵

出版者　聯經出版事業股份有限公司
地址　台北市基隆路一段180號4樓
編輯部地址　台北市基隆路一段180號4樓
叢書主編電話　(02)87876242轉221
台北聯經書房：台北市新生南路三段94號
電話：(02)23620308
台中分公司：台中市北區崇德路一段198號
暨門市電話：(04)22312023
台中電子信箱　e-mail：linking2@ms42.hinet.net
郵政劃撥帳戶第0100559-3號
郵撥電話：(02)23620308
印刷者　世和印製企業有限公司
總經銷　聯合發行股份有限公司
發行所：台北縣新店市寶橋路235巷6弄6號2樓
電話：(02)29178022

叢書主編　林芳瑜
校對　張幸美
封面設計　許晉維
內文排版　林淑慧

行政院新聞局出版事業登記證局版臺業字第0130號

本書如有缺頁，破損，倒裝請寄回聯經忠孝門市更換。　ISBN 978-957-08-4487-0 (平裝)
聯經網址：www.linkingbooks.com.tw
電子信箱：linking@udngroup.com

IKARI JO,GE

國家圖書館出版品預行編目資料

怒/吉田修一著．陳嫻若譯．初版．臺北市．聯經．
2014年12月（民103年）．440面．14.8×21公分
（小說精選）

ISBN 978-957-08-4487-0（平裝）

861.57 103022672